历史深处的
南丝路

**Exploring the History of the
Southern Silk Road**

赵良冶 著

四川人民出版社

图书在版编目（CIP）数据

历史深处的南丝路 / 赵良冶著. -- 成都：四川人民出版社, 2024. 12. -- ISBN 978-7-220-14011-2

Ⅰ. I25

中国国家版本馆CIP数据核字第2025WQ1193号

LISHI SHENCHU DE NANSILU
历史深处的南丝路

赵良冶 / 著

出 版 人	黄立新
选题策划	石 云　石 龙　涂怡媛
责任编辑	石 云　蒋东雪　刘姣娇
装帧设计	李其飞
责任校对	蓝 海
责任印制	祝 健
出版发行	四川人民出版社（成都市三色路238号）
网　　址	http://www.scpph.com
E-mail	scrmcbs@sina.com
新浪微博	@四川人民出版社
微信公众号	四川人民出版社
发行部业务电话	（028）86361653　86361656
防盗版举报电话	（028）86361661
照　　排	四川胜翔数码印务设计有限公司
印　　刷	四川机投印务有限公司
成品尺寸	165mm×230mm
印　　张	30.75
字　　数	390千
版　　次	2025年3月第1版
印　　次	2025年3月第1次印刷
书　　号	ISBN 978-7-220-14011-2
定　　价	79.00元

■版权所有·侵权必究

本书若出现印装质量问题，请与我社发行部联系调换

电话：（028）86361656

前人说"故土难离",
庆幸这辈子,没有走出生我养我的这方土地;
今人说"职业定位决定人生",
多亏我有幸从事文化工作,
一路相伴终此一生。

这不,步出家门,
南丝路历史悠久、文化博大,
四千年古道任我遨游。
埋头典籍,听尘封往事,
对话文物古迹,书写南丝路文明进程,
不亦乐乎!

——题记

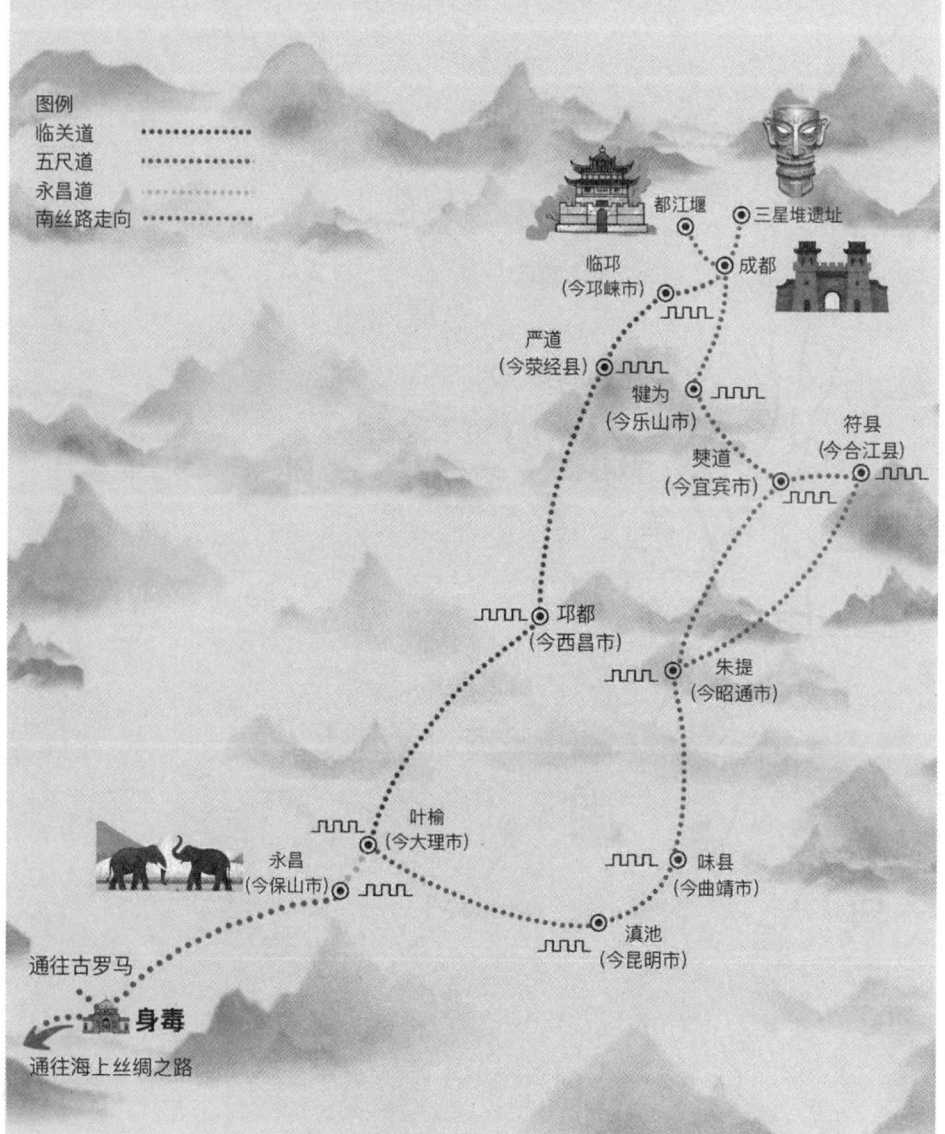

南方丝绸之路（局部）走向示意图

秦汉时期西南夷（局部）分布示意图

目录 CONTENTS

第一章　丝路悠远
一　家乡那条古道　　　　　　　／ 003
二　时代的使命　　　　　　　　／ 012
三　路在脚下　　　　　　　　　／ 020

第二章　锦绣成都
一　蜀地蚕事　　　　　　　　　／ 031
二　好一座锦官城　　　　　　　／ 041
三　蜀锦的魅力　　　　　　　　／ 052

第三章　青铜岁月
一　源头三星堆　　　　　　　　／ 063
二　接力者石寨山　　　　　　　／ 083
三　过渡期的老龙头　　　　　　／ 095
四　印章的巴蜀图语　　　　　　／ 106

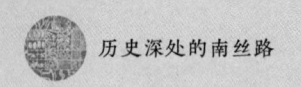

第四章　风兮起于秦
一　一石三鸟　　　　　　　　/ 115
二　李冰与都江堰　　　　　　/ 122
三　治道与筑城　　　　　　　/ 135

第五章　滇王庄蹻身世之谜
一　楚国将军庄蹻　　　　　　/ 145
二　岷山庄王庄蹻　　　　　　/ 153
三　强盗庄蹻　　　　　　　　/ 160

第六章　拓边西南
一　五尺道与夜郎　　　　　　/ 169
二　卓氏的生意经　　　　　　/ 181

第七章　非常之君
一　邓通钱　　　　　　　　　/ 197
二　经略西南夷　　　　　　　/ 208
三　奠定大西南疆域　　　　　/ 220

目录

第八章　三个知音
一　情挑卓文君　　　　　　／237
二　治国干才　　　　　　　／248
三　子虚乌有的婚变　　　　／259

第九章　千秋太史公
一　读书与游历　　　　　　／269
二　奉使大西南　　　　　　／279
三　西南夷研究之鼻祖　　　／290

第十章　那年月圆时
一　终结乱局　　　　　　　／303
二　哀牢族源神话　　　　　／309
三　龙归大海　　　　　　　／321

第十一章　石头上的大汉气象
一　造石工刘盛　　　　　　／335
二　无名氏的杰作　　　　　／355

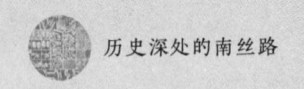

第十二章　西南夷道钩沉

一　蛛丝马迹　　　　　　　　　　　　／ 377

二　治道刻石复出　　　　　　　　　　／ 388

三　岁月里的桥梁　　　　　　　　　　／ 403

四　神话中走来山地马　　　　　　　　／ 421

第十三章　诸葛亮平定南中

一　后院硝烟起　　　　　　　　　　　／ 437

二　恩威并施　　　　　　　　　　　　／ 450

三　稳定大后方　　　　　　　　　　　／ 463

后　记　　　　　　　　　　　　　　　／ 477

第一章
丝路悠远

一　家乡那条古道

中国内陆，大西南万山丛中，一条南丝路跨越四千年岁月。

来自哪里，去向何方？这么几十年，我无数次凝视地图，结果无一例外，总将目光首先投向成都。

南丝路始于这座繁华都市，出城南穿越无数城市和村落，绕行横断山脉的山岳河谷，盘绕而上云贵高原，再迂回通往东南亚、南亚次大陆……前路遥不可及。

成都平原向云贵高原过渡地带，南丝路主道一分为二，其中一条恰好经过我的家乡雅安。

早年，并无南丝路这个名称，家乡父老口中，城外山间盘绕的路叫古道。

比古道年轻许多的雅安城，始建于隋代，坐落青衣江河谷，四面环山，城区狭小。

我穿开裆裤那会儿，雅安比今天气派多了，头顶西康省省会的桂冠，中国城市中排名靠前。西康省经济落后，地盘却辽阔，包括时下的雅安市、凉山彝族自治州、甘孜藏族自治州以及攀枝花市的大部分地区，外带西藏的昌都市，总面积四十五万平方公里，比广东、广西加一块儿还大。

山高水远，古道隐没千峰万壑间。年湮代久，别说秦汉时的踪迹难觅，便是明清年间也多坍塌，每有发现，文物部门都会重点保护。

一九三一年，我的爷爷（左起第六）与家人，合影于老家的院子

我家中也有古董，包括瓷器、玉器、青铜器之类，能否归入文物、珍贵程度如何，不得而知。玉器多为奶奶的手镯、簪子等，另有书房案桌中央供奉缅甸玉观音一尊。幼时的我，玩不来玉也懂不起优劣，只知道观音菩萨满目慈祥，石头白中带黄逗人爱。

挡不住诱惑，总想伸手摸一把。未曾提防，爷爷举起长烟杆打来，吓得撒腿就跑。长子长孙，又是家中独苗苗，做什么老人家都惯着，唯有这缅玉观音像碰不得。这不，我被罚跪观音像前，一米多长的烟杆子，脑门上来回晃。耳听得，爷爷厉声呵斥：孙娃子莫淘气，可知这宝贝传了多少代？一个不留神摔坏，小心打烂你的屁股！

警告归警告，转眼间我又骑到爷爷脖子上，四川方言叫骑"马马肩"，最得宠的娃儿才能享受。爷爷又高又瘦，好杯中之物，隔三岔五被亲朋好友邀约小聚，老人家就一袭长袍罩身，一根长烟杆在手，牵起我去也。

当我总角之年，便能在纸上歪歪扭扭写出爷爷名字——赵子元。其实，爷爷本名赵存善，字子元，一九一七年毕业于四川公立工业专门学校，学的是采矿冶金。四川公立工业专门学校学制三年，虽属专科，已是当年全省工业方面的最高学府。

民国期间，军阀混战生灵涂炭，乱世之下，我爷爷毕业后返原籍教书育人，成一方贤达众人景仰。新中国成立，爷爷更名赵子云。西康省撤销后，作为民主人士、文教界代表人物，四川省文史研究馆聘任爷爷为特约馆员。

我喜欢端一个小板凳，坐葡萄架下，依偎爷爷身边，听他讲述赵氏祖先往事：

"掰起指头往上数，爷爷的爸爸，考取前清秀才，被官府举荐为拔贡，家中开个私塾，门生遍布雅州府。爷爷的爷爷，中过举人见过大世面，可惜功亏一篑，京城会试名落孙山。

再往上的祖辈们，家谱逐一记载。清康熙年间，九世祖赵世荣背井离乡，由甘肃天水辗转入川，最终定居雅州府的雅安。北方地区，赵姓著名郡望共计十一个，北丝路上的天水郡为第一。"

赵世荣略通文墨，念过《三字经》《千字文》。初来乍到，人生地不熟，全凭脑筋灵光吃得苦，投靠成都大商号当伙计，一年到头四川、云南来回跑，一个往返三个来月。贩卖丝绸、茶叶、药材等货物外，逮住机会，也倒腾玉雕、青铜器一类玩意儿，古道一路留下脚板印。几代人忙活，手头攒下些银两，外加路况熟门道清，索性自家开商铺，取名"天庆号"。继续干老本行，四川、云南两边跑，主要经营绸缎加布匹。

历史深处的南丝路

半个世纪前的雅安，烟雨朦胧

挣钱不易,道路艰险不说,一路土匪多如牛毛,货物被抢时有发生。莫反抗,钱财乃身外之物,性命要紧!留得青山在不愁没柴烧,风里来雨里去,几辈人豁出性命干,但逢当家的出门跑生意,家中妇孺提心吊胆。

为了求平安,祖先从彩云之南请回一尊缅玉观音供起来,天天焚香礼拜。不知观音菩萨显灵还是运气好,几代人行走古道,顺风顺水。

前人栽树后人乘凉。托祖宗的福,爷爷和我纳凉的这院子不算小,除去葡萄架,另栽有柚子树、橘子树和枇杷树。先祖有远见,拿出上百年的积蓄,盘下城中一座宅院,宅院不算大,占地一亩多。但市口好,坐落城中心的中大街。双开间门面,修缮一新,里面房屋一间挨一间,开旅店后就不用跑古道啦。储蓄一些闲钱,就把后辈送去读私塾,盼着光宗耀祖。

清同治、光绪年间火灾接连发生,半条街的木板房,几度化作灰烬,赵家损失惨重。最后一次掏空家底,修起的房屋大大缩水,中间空几个院子,旅店就此歇业。家道中落,曾祖父迫不得已设帐授徒,教几个学生养家糊口。

爷爷这一辈,兄弟两人,房屋一分为二。因为爷爷是长子,缅玉观音像随爷爷。

先辈行走的古道何在?爷爷手指南门外,出城门洞就爬坡上坎,一路通云南。

那地方我常去,小地名南门坎。弯弯的山道上,货物人背马驮,来来往往。脚下的铺路石或大或小,几百年踩踏,磨得溜光,色泽温润古意盎然。

一九五二年修通川滇西路(今108国道之一段),路况差汽车少,南门坎依旧热闹。

爷爷对我说:"这古道不过明清,至于秦汉时期的嘛,等啥时候机会

雅安城群山环绕，南丝路隐没其间

来了，带你去找找。"爷爷低头拉住我的小手，满脸慈祥。前朝事似懂非懂，只晓得老人家不会逗我玩。

一晃几年，秦汉古道事我早忘到"爪哇国"去了，直到有一天，相关部门找上门，邀请爷爷去趟荥经县，帮着看一看铜矿储量。

爷爷带上我，说瞧瞧山水，长长见识。

这应该是我头一次走南丝路，先随爷爷到宝子山，事毕去黄泥铺。大相岭山高路险，土路通至半途，弃车步行，一路往上爬。没多久爷爷乐开了，说我们运气好，脚下即古道。爷爷张口就没个完，说这条跨越大相岭的古道，多有典籍记载。远的不说，清朝乾隆四年（1739年）编纂的《雅州府志》，不仅记载翔实，还涉及方方面面。这不，铺路石上深陷的马蹄印，背夫杵的拐子窝，就是证据。

公事了却，顺古道前行。越走路越险，石头满布苔藓，我搀扶着老人家，缓步爬上高高的山脊。缓过气，爷爷开始激动，目视前方朗声道："快看，白雪覆盖处就是大相岭，再前行过了大渡河，小相岭的路同样凶险……二十多年前找矿，沿着这条路，我走到会理、盐边两县，那一带矿产资源富集，罕见呀！"继而感叹："一趟下来，方知行走古道不易，体会到祖先受的磨难。"

转过身，爷爷弯下腰，手中鹤嘴镐撬起一块石头，喃喃自语：这是民国年间的，往下挖，可能是明清两朝的。再下面呢，如若路线未曾改变，就会出现宋代唐代的……

哪里是个头，爷爷没说，倒背双手来回踱步，似乎在用脚丈量古道的悠远，历史的深邃。

秦汉的路没找着，而当年名称爷爷则一口道出：西南夷道！

称呼古怪，我本就年少无知，怎么解释也一脸茫然。回家，书柜抽出一摞线装书，爷爷告诉我："这是民国版的《史记》，两千多年前的司马迁所写。孙娃子，司马迁了不得，他可是中国写历史的老祖宗，西南夷道就出自这书，非爷爷杜撰。无论古道还是《史记》，学问大了去，慢慢你就明白了。"

说了这么多，一个字都没记住，就瞪圆双眼，盯住几本发黄的书。繁体字搞不懂，"史记"二字笔画简单，也就过目不忘。

几年后，爷爷驾鹤西去，临终叮嘱，保存好家中收藏的几箱线装书。我的父亲一九四五年毕业于四川大学历史系，老师包括徐中舒等知名学者，新中国成立就担任雅安中学史地教研室主任，教了一辈子高中历史，这些书的价值非常清楚。

小学五年级开始，我迷上线装书的插图，每天完成作业，从《西游记》开始一部接一部翻看。慢慢地，我开始阅读，反复咀嚼书中的文字，虽说繁体字难认，但连蒙带猜加上查字典，不少书能读懂五六分。

时至今日，南门坎既是省级文物保护单位，又是雅安城区一条幽静的小道

大相岭半山腰，黄泥铺这条古道，周边的村民依然在走

第一章 丝路悠远

家中侥幸留下的古籍,我少年时的乐趣所在

可惜雅安气候潮湿,线装书不是生霉就是虫蛀,数十年过后所剩无几,唯有《增像全图三国演义》《绣像东周列国志》等保留下来。

时至今日,翻开这几部泛黄发软的线装书,爷爷钤上的"天水赵氏"藏书印,还有毛笔的圈点及批注,依然清晰。

弄懂西南夷道这个概念,已是我多年后,端坐大学课堂时。

攻读汉语言文学,必修课少不了中国古代史。已届而立之年的我,正襟危坐于教室,听老师大讲西南夷族群及分布区域,包括先秦至秦汉期间的演变。提及西南夷,绕不开的是什么?老师粉笔字刚劲有力,黑板上落下两个熟悉的字:《史记》。

教室鸦雀无声,老师语调抑扬顿挫,将西南夷、西南夷道徐徐道来。精彩处,听得我手舞足蹈。学生痴迷,老师亢奋,敲几下教鞭,指指高挂的古代地图,转而指向我:西南夷道就经过你的家乡。据《史记·西南夷列传》云:当是时,巴蜀四郡通西南夷道……

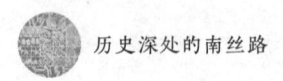

切记，古道称谓历代不一，眼下流行的说法——南方丝绸之路。怕只怕，这条比成都历史还久远的古道，早就面目全非了。

话虽如此，得空大山里走走，倘若有所发现那可不得了！老师补上这么一句。

二　时代的使命

老师激动我冲动，每逢学校放假，我一次次跑进山里，想得简单——几下子找出西南夷道。

几次下来，脚底打泡腿发软，才晓得锅儿是铁打的。外加囊中羞涩，父亲不愿赞助，就此打住。长了见识也留下遗憾，石板古道清代居多，明朝罕见，更遑论唐宋……反正，与西南夷道无缘。

若按父亲的意思，犯不着东奔西走，身边的青衣江流域，就有东汉《何君阁道碑》《明亭开道碑》，只要找着这些治道碑刻，紧挨的不就是西南夷道！

这话没毛病。那《何君阁道碑》据说就在荥经县，历朝金石著作无不收录。只是，这碑人间蒸发近千年，毫无线索，哪里找得出来！

遥想岁月长河，古道由近及远；眺望人类行进步伐，虽然缓慢但不断前移。跨越南亚次大陆之后，经过辽阔的中亚、西亚地区，抵达万里之外的欧洲，形成欧亚商贸通道的雏形，这个时间当以千年计算。

漫漫岁月，古道默默无闻。活力迸发，却是秦汉时期，蜀地丝织技术突飞猛进，植物、动物、矿物质染料色彩丰富，彩绘和印花技术再上层楼。轻便而价值高，长途运输不易损耗，丝绸成大宗商品。

五彩缤纷的丝绸,花朵样娇艳,云霞般瑰丽,缝制服装穿上身,男性潇洒女性柔美。光泽华丽质感好,风头盖过印度的棉织品、西亚的毛织品、埃及的亚麻织物。沿古道一路西去,所到之处,权贵们纷纷推崇,想不畅销都难。

公元前二世纪初期,罗马人攻占叙利亚,缴获的战利品中,意外发现轻薄柔软又光滑亮丽的丝绸。

"云想衣裳花想容",远在天边的罗马帝国贵族,

早年行走零关道,眼见苍劲的古木,充满生机的苔藓,而悠悠古道则从树下穿过

挡不住诱惑,加入崇拜者行列,就连恺撒大帝也迷上丝绸袍服。追求奢侈的贵族女性,竞相攀比,以拥有炫目的半透明丝衣自豪。罗马大剧院、斗兽场,成为她们展示魅力的场所,样式不同色调各异的丝绸服饰,争奇斗艳风景别样。

丝绸哪里来,罗马人闹不明白,流行的说法:丝绸是"赛力斯"人从东方的树林中采摘。几十年后,古罗马作家普林尼则不但提及"赛力斯"是"丝国",还道出该国以丝织成绢、锦贩运至罗马。又过数百年,罗马帝国晚期的史学家马塞里努斯,在其著述《历史》这部书里面,提到早年贵族追捧的中国丝绸,已进入平民阶层。

历史深处的南丝路

若时间前移,"赛力斯"这称呼,出自公元前四世纪古希腊书中,意为"丝绸之国",纵观世界栽桑养蚕历史,显然指的是中国。年代相近,印度孔雀王朝时期的两部重要著作,治国法典的《政事论》和婆罗门教经典的《摩奴法论》,均记有"支那"(中国)与"支那帕塔"(中国成捆的丝)。

再往前推,三千年前的古埃及,已用上来自东方的丝绸。早年间,奥地利考古学家研究一具女性木乃伊时,头发中发现异物,电子显微镜分析结果为蚕丝纤维。

中国物产众多,对外交往中丝绸独领风骚,掀开东西方古老文明的对话,欧亚商贸通道,就这么日渐繁荣。然而,这条商贸通道以丝绸之路命名,不过一百多年。一八七七年,德国地理学家李希霍芬的专著

扎根凉山,投身文博事业的刘弘,与学者沈仲常考察南丝路时,途中小憩

《中国》问世，书中首次提出"丝绸之路"这个术语并绘制出地图。随之，这术语被学术界广泛认同，一跃而为世界性研究课题。

弄清丝绸之路来龙去脉，于世界文明进程意义非凡。国内学者不会缺位，砥砺前行，就中国西南地区与域外国家古代交通、文化交流，各抒己见。

梁启超打头，一九二一年发表《中国印度之交通》，初探古代两国间道路状况，列出中印经济文化交流大事件，认为东方文明起源于中国和印度。不出十年，张星烺编注的《中西交通史料汇编》问世，古代中国与印度交通为其中部分。后期，方国瑜的《云南与印度缅甸之古代交通》、郑天挺的《历史上的入滇通道》、姚宝猷的《中国丝绢西传史》、夏光南的《中印缅道交通史》、桑秀云的《蜀布邛竹杖传至大夏路径的蠡测》等陆续发表。

苦于史料和考古发现匮乏，涉及领域有限，相关研究浅尝辄止。

中华人民共和国成立后，徐中舒、蒙文通、方国瑜、任乃强、邓少琴、马曜、缪钺等学者，也从不同角度撰文，探究川、滇、黔文化基本内涵，西南夷道大致走向。

待得改革开放，介入者增多，丝绸之路研究升温。入职文化单位的我，知道学者口径趋于统一，认同丝绸之路有陆路和海路，陆路又分北方丝绸之路、南方丝绸之路，简称北丝路、南丝路。

南丝路形成时间最早，大约战国初期。秦国吞并巴蜀后，着手经营，几度拓展，以后更有汉武帝雄图大展，东汉终成气候。

南丝路得名最晚，已是二十世纪八十年代中期。初始，四川、云南有识之士，眼瞧北丝路研究持续火爆，一台舞剧《丝路花雨》国际国内热捧，使命感油然而生。著名学者童恩正、方国瑜、李绍明、王叔武、林超民、邓廷良等，首先投身南丝路研究，寻觅于古籍和横断山脉之间，

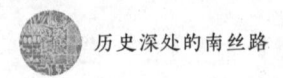
历史深处的南丝路

探索中国大西南同周边国家文明的关系，就此一发不可收拾。后来者接二连三，其中的段渝、刘弘们根植这片沃土，不负韶华，穷其一生不辱使命，学术成果斐然。

我认识段渝较晚，大约二十世纪末，其担任四川省社会科学院历史研究所所长时。因为工作关系，我与学者们时有走动，段渝之外，有四川省文物考古研究院院长高大伦及副院长赵殿增、陈显丹、李昭和，四川大学考古专业教研室主任林向、历史文化学院院长霍巍……

段渝一九五三年生人，小我一岁，就读于四川大学历史系，师从历史学家徐中舒。毕业后笔耕不辍，巴蜀古代文明研究居领先地位，填补多项空白，造诣深影响面宽。

二〇〇九年前后，段渝转任四川师范大学巴蜀文化研究中心主任，巴蜀文化与南丝路研究齐头并进。我俩交流过程中，他那"立足巴蜀、依托西南、面向全国、走向世界"的宏大构想，听得我心潮澎湃。

同为学者，段渝言谈举止儒雅，刘弘则带几分豪爽。

刘弘，成都人，出生地为永兴街，小学、初中成绩名列前茅，毕业赶上"文化大革命"，到西昌乡下当知青。初中那会儿读《古峡迷雾》，崇拜童恩正，对考古充满兴趣。恢复高考第二年，考入武汉大学考古专业，毕业回凉山州博物馆，很快出任副馆长、馆长。

自从踏入文博这一行，一条南丝路令刘弘怦然心动。研究步步深入，遗址、文物陆续发现，学者们多有真知灼见，只是囿于学术圈。各地文博单位少有往来，沉睡多年的库房文物，更不为民众知晓。

刘弘挺犯愁，绞尽脑汁，寻求解决之道。

一九九〇年元旦，同行间聊天受启发，灵光闪现：川滇联合办展览，丝路沿线文物集中展示，让民众了解家乡热爱家乡，为促进经济社会发展做贡献。

第一章　丝路悠远

三十多年过去,寻找"南方丝绸之路文物摄影展"当年照片,实属不易。在今人的眼中,看似简陋不过的展厅,却是南丝路研究的一个转折点,走向人民大众的起点

简陋的形式,轰动的宣传效应,"南方丝绸之路文物摄影展"组织者的思路,就是将各市、州具有代表性的文物通过图片广为宣传

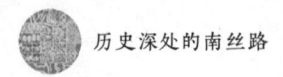

文物走进民众，提高南丝路的知名度与影响力，沿途文博单位责无旁贷。只是跨市州又跨省，各自为政的文博单位实现联动，说起容易做起来难。

当时的文化单位，穷归穷，但流传这么一句口头禅：办法总比困难多！刘弘动用各种关系，联系上云南的大理白族自治州博物馆馆长张楠、四川的攀枝花市文物管理处处长邓耀宗，两人满口支持。受文物安全、审批手续所限，几番商榷，由凉山州博物馆出面，会同云南的大理州博物馆、攀枝花市文管处发出倡议——举办"南方丝绸之路文物摄影展"。

振臂一呼，反响蛮热烈，成都、雅安、乐山、宜宾、昆明、昭通、曲靖、保山等，川、滇两省十四个市州文博单位格外齐心，一改长期形成的相互封锁信息、不相往来的陋习。

苍山下洱海边，一九九〇年大理三月街，一年一度的民族传统盛会，"南方丝绸之路文物摄影展"成看点。破天荒头一遭，几百幅照片配文字说明，川滇两省南丝路名胜古迹、文物精华及民族风情集体亮相。以成都为起点，按道路远近依次展示，虽非实物，依然场面壮观。宣传画主题突出，背景七色丝绸，右下角南丝路走向，饰以高山深谷、筏桥马帮，满满的新鲜感。

序幕拉开高潮迭起，每至一地，参观者络绎不绝，震惊川滇两省。入得展厅，《南方丝绸之路示意图》抢眼，西南三省途经地区、主要城市古今名称无一遗漏，道路、山脉、河流走向一目了然。

从成都出发，南丝路分作零关道、五尺道，穿越横断山脉。

零关道又名"西夷道"，按照《史记·司马相如列传》"通零关道，桥孙水，以通邛都"所记，名称来自西汉越嶲郡辖下的零关县。从邛崃市入雅安地界，经凉山州、攀枝花市一路南下，进入云南大姚县后，调头向西至大理市。也有学者称，这条道叫作"灵关道"，得名于芦山县的重要关隘灵关。

五尺道也称"东夷道",同样出自《史记》记载,因路宽五尺而名之。走岷江水路至宜宾,登岸后陆路通云南昭通市、曲靖市,也可从昭通绕行贵州的毕节、六盘水两市再折返曲靖,而后去往昆明、楚雄、大理等市州。

零关道、五尺道在大理会合,前行翻越博南山,故名博南道。博

意大利戈沃内城堡,建于十八世纪,世界文化遗产。城堡二楼墙壁,饰有来自中国的《耕织图》,表现了清代养蚕、缫丝、织造等丝绸生产场景

南道直通保山市,古代保山为永昌郡,这路就称"永昌道"。永昌道经腾冲、瑞丽等市跨过国境线,到达缅甸的密支那、八莫,转由印度、巴基斯坦入海,拥抱深蓝。

远非两条主干线,岔道纵横交错呈网状,如可达夜郎国的夜郎道、越南北部的安南道,中途连接零关道、五尺道的越嶲道,举不胜举。

巡展雅安,作为东道主,我参与接待,认识不少市州同行,刘弘为其一。

感谢刘弘们,打这开始,川滇两省文博单位联系紧密,同行之间友谊倍增。既然地处丝路古道,私下里互称"道上兄弟",尊刘弘"带头大哥",交往频繁。

展览结束,我的行走继续。

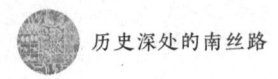历史深处的南丝路

三　路在脚下

　　恰逢南丝路研究热络，我是近水楼台先得月，摊上好事——陪学者们行走古道。从小耳濡目染，特喜欢历史，一个往返二十来天，见到的听到的都让我思绪万千，里边的学问真的大了去。

　　一句古训耳边萦绕：读万卷书，行万里路。

　　就说行万里路，我是勉力而为。逮住机会就去南丝路，少不了游览名胜古迹，观赏文物，求教专家，长见识，开眼界。火塘边无数个不眠之夜，听彝族古老的传说，饮白族的三道茶，看藏族的锅庄舞，品纳西族的美食……无论公务还是自个儿掏腰包，记不清多少个来回。

　　至于读万卷书嘛，心余力绌，只能挑紧要的。从《史记》《汉书》一路下来，直到《明史》《清史稿》，再到滇缅抗战、新中国成立后的发展史料，多年熬更守夜冥思苦想，总算厘清古今变迁大概脉络。

　　读懂南丝路，人生一场艰难跋涉，几十年乐在其中，且读且行且感悟。

　　遍翻传世文献，第一个将西南夷、西南夷道写入书中，从而告知天下的，便是司马迁。

　　先秦至秦汉时期，分布于巴蜀西北、西南和滇、黔一带的少数民族，就一称谓：蛮夷。直到《史记》成书，司马迁以蜀地为中心，按照聚居方位，依次将这些少数民族分作南夷、西夷，合一起称"西南夷"。称呼既然理顺，蜀郡与西南夷那神秘商道，司马迁记作"西南夷道"，即南丝路开头部分。

　　西南夷各民族，关系错综复杂，风俗习惯不一样，所处社会阶段不相同。千山万壑间，重重迷雾，别说时下的学者，就是两千年前的鸿儒

第一章　丝路悠远

旭日东升，横断山脉第一高峰贡嘎山，云雾蒸腾翻江倒海

硕学，也没一个比司马迁说得更透彻。

司马迁口中这西南夷，特指秦汉时期，聚居青藏高原东缘，巴蜀以西、以南及西南方向的古老民族。即今氐羌系统、濮越系统各个族群，分布于横断山脉与云贵高原，以及域外相邻区域。

横断山脉，中国地理第一、第二阶梯的分界线，囊括四川、云南两省西部及西藏自治区东部众多山脉，余脉切入乌蒙山西部。成都飞昆明，我专挑上午航班，选临窗的座位。飞机舷窗外万里晴空，俯瞰横断山脉，气势磅礴，南北走向横断东西，果然名副其实。

父亲有言，横断山脉南北长一千多公里，东西宽八百来公里，由诸多山脉组合而成，准确称呼是"横断山系"。不过，二十世纪初沿用至今，横断山脉已然约定俗成，便是《辞海》也这么道来，不见谁站出来说不对。假若较起真来，横断山脉范围多大，包含多少省区多少山脉，学界众说不一。

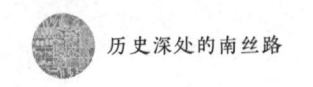

山高谷深倒是共识。邛崃山、大凉山、高黎贡山、碧罗雪山、色隆拉岭等七大山脉高耸云端,雪峰皑皑峡谷深陷。有大山就有大江,水急浪高,舟楫难渡,如岷江、大渡河、雅砻江、金沙江、澜沧江、怒江等,故有"七山六江"之说。

横断山脉得名,有说出自清末江西贡爷黄楙材之口。清光绪四年(一八七八年)夏天,黄楙材奉四川总督丁宝桢之令,由成都"以四品顶戴出境",去往印度考察茶业。不走正道,从雅安进康定到巴塘,想着走捷径,爬青藏高原由西藏入印度。不料,与当地土司沟通遇阻,只得掉头改道滇南。

一行六人,辗转于澜沧江、怒江之间,一座座高山横亘天际,望不到尽头。

震撼之余,黄贡爷惊呼:横断山,横断山!

这一惊呼不打紧,"横断"就此成为山脉之名,形象而霸气。

对于这个说法,父亲持否定态度。家中书柜,摆放光绪年间刊行的《西輶日记》,黄楙材亲笔所书,记录沿途山川地貌。翻遍全书,无一提及横断山,只有"万山罗列于足底,危峰耸入于云霄"之类的描写。

黄楙材选择的这条道,算是别出心裁。他人不同,尽量避开西部极高山区,绕行横断山脉东缘,地势相对平缓。

南丝路的零关道、五尺道,均紧贴横断山脉东缘,两千多年始终不变。沿途座座高山,海拔不同温差明显,植被、土壤呈垂直分布。山脚多河谷地带,河流冲击出一个个坝子。由北往南,坝子虽有温带、亚热带、热带之分,但无不土壤肥沃,出产丰富。

看来,高山大川并非蛮荒之地,岁月深处的横断山脉,人类文明的进化之路若隐若现。

寻找旧石器时代猿人遗址,锁定金沙江中游元谋县的上那蚌村。城郊七公里外，108国道不远处，一座小山与众不同。爬上山腰，平缓处一座巨型牙齿状雕塑高耸，创意独特，灵感源自此地出土的两颗古人类牙齿。不远处竖一碑，上书：全国重点文物保护单位——元谋人遗址。

元谋县城凤凰大道，元谋人博物馆逼真的科技手段，让我穿越时空隧洞，迈入一百七十万年前的横断山脉与云贵高原过渡带的元谋盆地。直立行走的元谋人，迄今为止亚洲已知最早古人类，开始懂得依靠群体的力量，获取较多生活资料，抵御猛兽和其他自然灾害。他们学会用火，猎取动物……

元谋人遗址地层，发现大量的炭屑、烧骨、石器，多有使用火的痕迹，说明元谋人是能制造工具和使用火的原始人类

南丝路上出土的石矛，时间在新石器时代，色泽极其罕见

还能打制骨器、石器，虽然简单粗糙，却也闪现人类智慧的火花。

感知旧石器时代晚期场景，则是在大渡河中游一处高坡，由远及近，扫视数万年前富林文化遗址。脚下一小石片异常，弯腰拾起，果然是一件打制的刮削器。回望当年，原始森林茂密，虎豹豺狼不时出没。富林人围坐一圈制作石器，力道和锤击点恰到好处，雕刻器、砍砸器、刮削器，一件比一件更细腻。几声口哨，有情况，一群野猪窜出密林。富林人分头合围,砍砸器锋利,猎物插翅难逃。当晚,篝火熊熊,野猪肉香味弥漫。

依旧在大渡河中游,相距富林文化遗址十来公里。二〇〇四年,瀑布沟电站动工,考古队来到汉源县大树镇麦坪村,发掘现场收获不小,一个古蜀时期的村落,重新迎来灿烂阳光。

麦坪遗址延续数千年,从新石器时代直至汉代,属于南丝路考古的重要发现。地方上出土如此重要遗址,慰问专家查看现场,我去过几趟。

地底下刨出古村落遗址,我心中那高兴劲儿自不待言。

行走其间,百来户人家聚居,村落布局井然有序,规模让人瞠目。马路的雏形出现,两边房舍相连,家门朝向一致;住宅面积不等,有单居室、两居室、三居室。石器分门别类,石斧、石刀伐木狩猎,石铲、

阳光灿烂的汉源县大树镇,麦坪遗址考古忙。透过一间间单元组织结构的房屋遗址,可知三千多年前,南丝路古老部落的文明程度

石锛翻土播种，石质网坠结绳河中捕鱼，如《易经》所云"接绳而为网罟，以佃以渔"。

陶器以红色为主，也发现青铜器物。

麦坪遗址位于河谷地带，地势平坦土质好，日照充沛水源有保障，农业一跃而为主业，外带喂养家禽，放牧牛羊。陶罐、青铜剑巴蜀文化特征显著，说明麦坪先民借助南丝路，联系外面世界。

路的形成是人类活动的必然产物，先民的生产生活与之息息相关。目光投向远方，广汉三星堆、巫山大溪遗址出土的象牙、海贝、海螺等，告诉我远在四千年前，巴蜀同东南亚、南亚甚至更遥远的地方存在物资交流，南丝路雏形初现。

何人所开？少不了与人类活动关联。条条小径，先民足迹踩踏而成，历经百年千年。

东汉末年，学者刘熙的训诂书《释名》里，说得形象不过：

道，蹈也，路，露也，人所践蹈而露见也。

横断山脉严酷的自然环境，无法阻挡民族迁徙，族人之间交流。初始的往来，生活物资余缺调剂，尤其重要。

高山拔地而起，一山有四季，十里不同天。立体气候下，不同海拔高度，多变的温差，导致物产的差异。

想当初，家中没养畜禽的人琢磨，今年祭祖怎么办？看看左右族人，喂猪养鸡的不少，何不用苞谷交换？果不其然，以物易物彼此满意。

尝到甜头，高山上的人，背起猎获的珍禽异兽，下至河谷换回稻谷。稻谷产于坝区，气温要高，水要充沛，高寒山区无法栽种。河谷地带的人，稻谷不稀罕，倒是獐子、野鸡一类，珍馐美味难得尝一口。

元谋土林，相距元谋人遗址不过二十来公里，百万年前，此地必然是元谋人的活动区

  山上山下，交换意识渐渐形成，人们不断互通有无，满足各自需求。这种早期互惠形式，正应了《诗经·卫风·氓》里那句：氓之蚩蚩，抱布贸丝。

  产品的互补性，促使部落内部、古老族群之间联系密切。攀山爬岩，荒山野岭走动频繁，路的出现成为必然。

  自发修筑自我维护，网状分布的民间通道得以延展，先民沿着脚下的路，越走越远。以物易物之外，各方面信息经由丝路传递，从种庄稼、制作器具到宗教……

  日月如梭，网状的民间通道，跃升为官方主导的南丝路。互惠互利，官道不断向远方延伸，产品在交换过程中转换为商品，商人在活跃的商品交易中产生，日趋精明。

南丝路上，率先从事商贸活动者，首推蜀地商人。嗅出商机，商人携带货物，通过一个个部落，贿赂首领求得保护，深入横断山脉腹地乃至更远。

见到丝绸、青铜器等，还有生活中离不开的盐巴，部落先民一溜小跑，回家翻箱倒柜，取来黄金、麝香。脑子活泛者，受商人言传身教，依样画葫芦，换得货物做转手生意，倒腾至更远。

南丝路上，货物的接力方式，逐渐形成。

公元前二世纪前后，南丝路初具规模，货物互通有无，商人精明强干。

货物交换越流行，不同货物价值量不等这个问题，愈显突出，构成巨大障碍。破解难题，货币应时产生，充当起交易的媒介。就此，第五届诺贝尔经济学奖得主华西里·列昂惕夫，在其《政治经济学》书中写道：

> 只有经过货币的帮助，各个孤立的商品生产者之间的各方面的社会关系，才能实现出来。

作为早期货币，贝币现身南丝路。贝币小巧玲珑，色泽斑斓，属稀缺贝类，多来自印度洋，经南丝路入巴蜀，而后辗转中原。

原始、自发的产品互换，就此升级，商品流通方兴未艾。紧随其后，各方面信息，通过南丝路传递、扩散。

中华文明，开始同沿途国家对话，不同国度间相互影响，碰撞融合到跃升，迈向更高的文明层级。这场持续几千年的对话，密切了汉族同西南夷，以及后期西南各少数民族的关系，促进了边疆地区的开发。

有学者提出南丝路还有一别称：蜀身毒道。想来提议者认为，古道

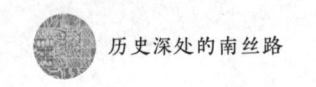

这头蜀地，那头直抵身毒（古印度别称，又名天竺），道路取二者之名，更显准确。

历代史料查遍，不见蜀身毒道出处，《史记·大宛列传》中，仅见"蜀布、身毒"几个词。

原本没啥不妥，丝路起点在成都；仔细推敲，身毒算不得终点。

身毒不过中转站。走进交易市场，南来北往的商人，操不同语言，通过翻译以货易货，丝绸、漆器、青铜器与玻璃、海贝、黄金、象牙相互交换。货物几经转手，还得踏上新的旅途。

无论航海还是徒步，路在脚下，一直往西直达欧洲。城墙坚固、塔楼高耸的城堡，才是目的地。

显然，以蜀身毒道命名，经不起推敲。

唯有南丝路，寓意深概括准，站得高还顺民意，开口叫来，那才一个响亮。无论学者还是普通人，不再纠结，口径高度一致。

丝绸出自哪里？我的目光，再次聚焦中国西南古代文明中心——成都。

第二章 锦绣成都

一　蜀地蚕事

锦绣成都，地处成都平原腹地。

成都平原沃野千里，素有"天府之国"美誉。"天府"之说，出自《华阳国志》，作者东晋史学家常璩，蜀郡江原县（今崇州市）出生并长大。描写脚下这片土地的富饶，纵有千言万语，亦说不完道不尽，满满的自豪感，最终化作一句名言：

水旱从人，不知饥馑，时无荒年，天下谓之"天府"也！

灵感迸发，自然力透纸背，在我眼里，无数描写成都平原的诗句，唯此独绝。物产丰富的成都平原，孕育出具有三千多年历史的成都，富饶而美丽，充满生机和活力。

从古至今，成都是四川政治、经济、文化中心，而今更一飞冲天，跃升中国西部最大都市。

打小我就喜欢成都，那里好吃好玩的特别多。

我们家中的二爸和姑妈，都在成都工作，姑妈住金河街，边上是将军衙门。赵家到我这代，就我一根独苗苗，格外金贵，每年寒暑假都要带往省城。尤其"文化大革命"期间，我成了半个成都人，长期在成都二爸、姑妈家轮流住。

雅安到成都，相隔不过一百五十公里，地理环境两回事。雅安城群

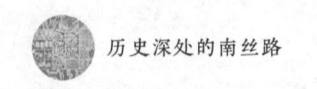

山环绕，去成都多为下坡路，经浅山、丘陵进入坝区。记得清楚不过，早年是泥结碎石路面，全程坑坑洼洼，长头客车颠簸不停，不抛锚也得开六小时。有一年爷爷带我上成都，不巧岷江暴涨，新津县（今成都市新津区）的汽车轮渡停运，旅客通宵睡车里，等到第二天洪水退去，这才继续行程。

山区与平坝，植被和农作物差别大，唯见桑树不绝于道。透过车窗，公路边的田间地头，空当处栽满桑树，不时还冒出成片的桑园，树冠宽阔枝叶繁茂。

四川自然条件优越，养蚕历史悠久，古蜀国先民勤于农桑。四川的简称——蜀，据说就与蚕事关连。

好奇心驱使，手拿甲骨文的"蜀"字瞄一眼，与蚕昂头吐丝，确有几分相似。细细端详，还真像突眼、弯着身子爬行的虫儿，看来象形字一说，并非空穴来风。"蜀"之本义，指蛾蝶一类动物的幼虫，不过有人画蛇添足，加上"虫"字旁，改写"蠋"。

难怪东汉时候，经学家、文字学家许慎根据字形，在《说文解字》里面，认定"蜀"即：

> 葵中蚕也，从虫，上目像蜀头形，中像其身蜎蜎。

"蜎蜎"二字，读来挺有动感，形容弯曲爬行的蚕，再适合不过。《诗经·东山》，野蚕攀爬树枝，动作与姿态，同样用这两个字：蜎蜎者蠋，蒸在桑野。今天的话，即"野蚕卷曲树上爬，田野桑园是它家"。

《说文解字》对后世影响大，众多古文献纷纷附和，认同"蜀"即"葵中蚕也"的说法。

蜀地蚕事始于何时，传奇色彩浓郁，据说与嫘祖或蚕丛氏相关，内容大同小异。

嫘祖其人，据司马迁《史记·黄帝本纪》记载：

> 黄帝居轩辕之丘，而娶于西陵之女，是为嫘祖。嫘祖为黄帝正妃。

西陵地处何方，嫘祖养不养蚕，太史公未提，任凭后人想象。

悬念留下，麻烦大了。当下讲名人效应，湖南、湖北、四川、浙江、山东等势在必得，每个省都说是娘家人，嫘祖很抢手。

不同的地方，供奉的嫘祖像虽有差异，但无不慈眉善目，手持桑叶枝条

蜀人心目中的嫘祖，据传出生四川东北方向，具体到哪个县，各说各话。故里之争，数盐亭县动作不断，建嫘祖公园，设嫘祖文化研究院，塑高耸的嫘祖像，借诗仙李白的老师、韬略家赵蕤说事，以正娘家人之名。

唐朝的赵蕤，乃是今天的盐亭县人，好帝王之学，擅于纵横之术，算是一位经世奇才。代表作《长短经》，博采众家之长，乃难得一见的谋略书。

欣逢开元盛世，家乡人感沐皇恩，青龙场嫘轩宫修葺一新。垂暮之年的赵蕤，架不住亲朋恳请，只好参照前朝碑刻旧事，书就《嫘祖圣地碑》。碑文如是道来：嫘祖首创种桑养蚕之法，抽丝编绢之术，谏诤黄帝，旨定农桑，法制衣裳……是以尊为先蚕。

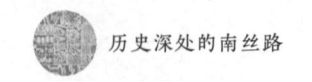

碑文说法，取自民间传说。

嫘祖操持内务，每日晨起，吆喝女人们上山，剥来树皮制作衣服。

春意盎然，茂密的野桑树林中，偶见小虫口吐细丝，缠绕出椭圆形的白色蚕茧，将自个儿裹起来。有点儿意思，嫘祖叫人爬上树，摘下几个。树上的人顺手一扔，茧子抛入陶罐中，里面盛的滚水。捞出一看，哎哟，茧子不见了，化作一根根细而硬的丝，连绵不断闪闪亮。

突发奇想，若能将丝变软织出面料，缝制衣服穿身上，与树皮、兽皮相比，岂不又轻又贴身。即带回尝试，居然心想事成，经过处理，蚕丝质地柔软。黄帝穿上新衣，舒服至极，将这种吐丝的虫叫"蚕"。这一来，野蚕家养吐经纶，衣被天下福万民。嫘祖功劳不小，后人尊之"先蚕娘娘"。

栽桑养蚕，蜀地先民重要的经济来源

另一传说，弃嫘祖于一旁，直接说养蚕与蚕丛相关。

蚕丛所在部落，定居地岷山（即汶山），就在岷江上游连绵起伏的群山里，正好应了古籍那句：蚕丛始居岷山石室中。古代的岷山，即而今的茂县及周边地区，这一带的清代石刻"蚕陵重镇"，以及蚕崖山、蚕崖关等地名，皆离不开一个"蚕"字。至于叠溪镇大山里，近期扯眼球的蚕丛村，显然是生拉硬拽，我不以为然。稍微动动脑子，问一问当地人，就知道刚改的名字。

千年以来，乡下人就这么养蚕宝宝，这样的场景，至今犹在

搞懂蚕丛，还得依托古籍。按照《华阳国志》所记，蚕丛双眼"目纵"，意为眼球前凸，有似螃蟹。当上部落首领，靠的是擅长养蚕，长相异于常人。

茂县城外两公里，岷江河谷营盘山一台地，出奇的平坦，与周边一座座险峻的山峰，形成强烈反差。营盘山遗址名气大，五千多年前，蚕丛部落聚居地之一，就选在台地上。

始于二〇〇〇年，营盘山遗址开始考古发掘，至今先后五次。期间，发现房屋基址、人祭坑等遗迹，出土陶器、玉器等遗物几千件，轰动考

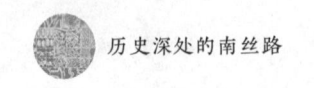

古界，遗址列入国家重点文物保护单位。其中，我特别喜欢的是一件陶塑人头像，造型独特，小巧而精致，表情生动又传神，堪称艺术珍品。由此可见，五千多年前的古蜀先民中，不乏雕塑家。

具备多种生存技能，唯独自然环境恶劣，岷江上游河谷地势狭窄，蚕丛与族人有劲无处使。

树挪死，人挪活。四五千年前，蚕丛率族人辗转四方，寻找理想的栖息地。进入成都坝子，发现这里气候温暖，地形平坦，土壤也肥沃。宜居之地，其他部落早已捷足先登，全凭着人多势众，蚕丛逐个征服。据有这方宝地，蚕丛的技能得以施展，教会各部落栽桑养蚕，蜀地丝织业就此起步。

饮水思源，蚕丛在各部族拥戴之下创建古蜀国，登上了王位。蜀地称王者，据今所知蚕丛第一人，李白《蜀道难》中那句"蚕丛及鱼凫，开国何茫然"，说的就是这回事。

养蚕与丝织，不仅是重要的经济支柱，更被赋予深刻的文化内涵，推动了中华文明进程。影响所及，记载先秦礼制的《礼记》，也少不了提及"蚕事毕，后妃献茧"。紧接着，还记有礼仪结束，收取养蚕人茧税，或交纳部分蚕茧，制作祭祀天地祖宗的礼服……

记载虽翔实，然而"蚕事毕，后妃献茧"，出自哪一个朝代，缺几个关键字。《礼记》编撰者戴圣，西汉时的儒学家，也没讲明白。古人已然如此，后人各抒己见，实属正常。以蜀地何时养蚕为例，《嫘祖圣地碑》《资治通鉴外纪》洋洋洒洒数百字，不过因袭传说再加自由发挥，理不出头绪。

怎么说不打紧，蜀地养蚕蔚然成风，却是不争的事实。

譬如，人尽皆知的诸葛亮坦言：他在成都有桑八百株，薄田十五顷，子弟衣食，自有余饶。丞相家人，尚且栽桑养蚕，普通百姓可想而知。

农耕、养殖并重,成都博物馆的这幅画,为我们勾勒出古蜀国人生活、劳动场景

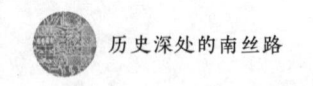

记得我上小学时，同学依然喜欢蚕事，不知是崇尚古风，还是遗传了祖先基因。春风拂面的日子，万物复苏，有同学将小纸揣贴身衣袋，借体温孵化蚕卵。纸上蚕卵密麻麻，比芝麻还小，不时掏出显摆。别的同学瞧着眼热，拿来邮票、玻璃球之类玩意儿，相互交换。

一个班乃至一个学校，每逢这季节，很多同学养蚕，年年如此。

蚕宝宝刚孵化，相当柔弱，准备一根鸡毛，轻轻捵进纸盒里的桑叶上。蚕儿见风长，一天一个样。从小到大，休眠四五次，每次两三天时间，临了蜕下一层皮。

麻烦在桑叶，得去乡下采。沟渠边山坡上，摘一书包回家，湿毛巾覆盖保鲜，几天不会坏。蚕儿娇气爱生病，必须小心倒春寒，千万莫受凉；桑叶擦干净，水气重了拉稀就完蛋……

长大的蚕儿，白白胖胖，一旦身子透亮，抬起头左晃右晃，就要吐丝结茧了。纸盒权当蚕房，折断油菜秆，横七竖八摆放。蚕儿头高昂，左一下右一下，晶莹的丝粘接油菜秆上，先勾连结茧的支架，再形成柔软的茧丝层。透过茧丝层，蚕的忙碌状看得真切，随着结茧的进度，逐渐变模糊。到后来，隐约察觉蚕吐丝不已，直至将自己裹严实。结出的茧子，有球形、纺锤形、长椭圆形不胜枚举，煞是好看。

蚕茧放锅里，待水滚烫之时，用竹签牵引出水面丝头，再放入不同的水温完成一道道工序，临了缠绕框架上形成丝绞，作为生产丝绸的原料。这套工艺流程叫作缫丝，古代称治丝。缫丝的厂子嘛，不用说，都喊"缫丝厂"。

当年同学养蚕，不为往缫丝厂卖茧子，十来个茧子也不值几个钱，就图个乐趣。

不用缫丝的蚕茧等待个把星期，茧里蚕子变蛾子，咬破蚕茧钻出，公蛾、母蛾交配后，将母蛾放纸上产卵。小心收藏，明年又可以孵蚕宝宝，还可以用来与同学交换别的玩意儿。

好些县办有缫丝厂，学校组织去参观，工人师傅边示范边讲解。缫取的丝叫生丝，一根生丝，好几根茧丝并成，抽取蚕丝，看起一点不难。

开初并不这样，蚕茧抽丝，费时费工不说，还容易折断。一旦延误，蚕蛾长成破茧而出，那就前功尽弃。

破解难题靠蚕蛾，蚕丛那位聪明的妃子。

依据传说，没蚕房的岁月，蚕子结茧，直接挂野地树枝上。一天，雷雨交加，来不及收回蚕茧。本以为损失惨重，没想到淋湿的蚕茧，反倒抽丝不易断。

难道是蚕茧湿透的原因？蚕蛾烧热一锅水，丢入蚕茧。煮一阵，水面浮起一层丝，用竹片一挽，抽丝轻而易举。接下来，竹筐、木筒派上用场，蚕蛾将抽出的丝缠绕其上，效率倍增。

治丝工艺改进，出自谁手，无从求证，不过借蚕丛王妃之名，将故事流传至今。如同发明养蚕之人，姓甚名谁，史书没记载，后世无从考证。

技术不断进步，手工换成了机器，直至而今微机自控缫丝，唯独用水浸泡蚕茧，始终不可替代。

也曾查阅儒家经典《尚书》，这部古老的历史文献中，不见黄帝与嫘祖些许痕迹。至于《竹书纪年》——中国最早的编年体史书，黄帝功德大讲特讲，可惜不说谁发明人工养蚕，找不出嫘祖只言片语，蚕丛、蚕蛾也未提及。

不言自明，嫘祖、蚕丛一类传说，后人添加而已。

《竹书纪年》之类，只记载先秦时期天子、诸侯的事，普通百姓发明养蚕，无论多么重要，绝对只字不提。反过来，蜀地百姓养蚕，只求增加收益，日子过得轻松点，能否载入史册扬名千古，丝毫不在意。

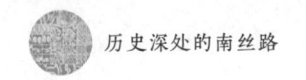

传说到可信,借助战国铜壶说话。

二十多年前,四川省文物考古研究所会议室里面,专家围一圈。椭圆形桌子中央,摆放战国铜壶一把,大家你一言我一语,议论纷纷。主持者告诉我,铜壶出土时间一九五六年,地点成都百花潭,壶面镌刻的《少女采桑图》,道出蜀地蚕事兴旺。

战国不算啥,三星堆青铜立人像,在我脑海闪现。身上衣衫,带着那个年代的标记,铸刻起伏状纹饰,模仿丝绸绣品之飘逸。莫小看这青铜立人像,它可是商周时代的文物。这些年更了不起,发掘不止的三星堆遗址,查到丝绸朽化的黑色残留物,又通过酶联免疫检测技术,提取出蚕丝蛋白。

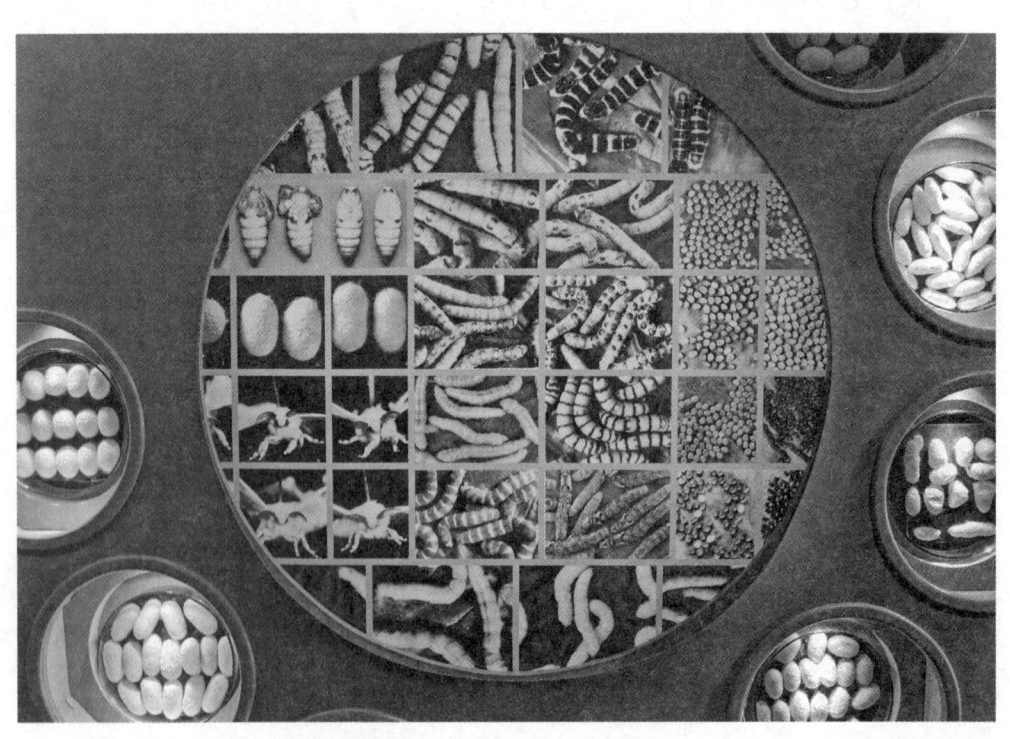

中国丝绸博物馆,就靠一幅图,再现养蚕全过程

考古成果，印证了远古传说。蚕丛及后来的柏灌、鱼凫时期，丝织技艺起步，尊贵者，第一个享用。

相比难以辨识的丝绸朽化残留物，电子显微镜下的蚕丝蛋白，铜壶上的《少女采桑图》不玩高深，带人穿越时空去到战国，重温当年桑园场景：两株桑树枝繁叶茂，树干竹篮悬挂，十来位长裙妙龄女子，神情动作各异：攀爬上树采摘的，来回忙碌接应的，击掌助兴歌之舞之的……

人物线条简洁，造型流畅，举止优美呼之欲出，讲述一段远去的故事。

浓郁的生活气息，一扫商周青铜器的诡异，一改主打精灵、纹饰的格调。艺术源至生活，活灵活现的蜀地蚕事告诉人们，七雄争霸的战国亦无例外。

二　好一座锦官城

成都得名，正是这个阶段。

蜀地开明王朝，立国者鳖灵，号开明一世，传至杜尚九世，王城在今成都市郫都区。往东迁王城，杜尚的决定没问题：东部地势略高，可避免水淹；靠河流，船运方便。

王城完工，取个什么名，杜尚提出"一年成邑，二年成都"。底下人心领神会，遂以"成都"为名。

这话查无出处，不过后人臆造，套用西周建都经过，引用宋代《太平寰宇记》："一年成聚，二年成邑，三年成都。"以资依据。

《太平寰宇记》所记，无法求证，倒是《史记·五帝本纪》中，与之

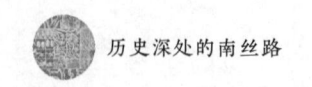

相近有"一年而所居成聚，二年成邑，三年成都"。只是其中"成都"，翻译过来即"变成大都市"，并非地名。

另有学者认为，成都名称来自古蜀人语言。古蜀人源于氐羌，古蜀语言中，"成"与"蜀"相通，"都"即"地方"之意。"成都"二字，乃秦国吞并巴蜀后，受中原文化影响，用汉字音译的古蜀语言。

上述说法，缺乏史料支撑。好在，成都名称，有文物为证。

南丝路上的荥经县，城郊有个同心村，一九五八年开挖道路，刨出战国墓葬群。历时两年，先后四次发掘，出土陶器、青铜器一千多件。

巴蜀大地，同时期同类型的器物，多到无法计算，同心村这次发掘，原本忽略不计。能够引起轰动，全靠其中一件青铜矛，凿刻铭文——成都。

如今，青铜矛静躺雅安博物馆展柜，离我家几步之遥。时不时，带上孙女瞧一瞧，灯光映照，青铜矛双耳间骹部，浅浮雕虎纹清晰可见。老虎躯体硕长，后腿匍匐尾伸直，虎首凶相毕露，血盆大口，双目圆瞪两耳直竖。看似饿虎扑食状，偏生无猎物，只有铭文"成都"，念过书的都认识，那座数千年繁华的大都市，仿佛就在眼前。

看起来，生产这件兵器的作坊，对产品质量信心满满。出货前，监工验讫，工匠凿刻作坊地址，出问题包来回。凿刻不比铸刻，字迹随意，铭文的韵律感和装饰趣味，用不着刻意追求，清晰即可。

打广告，好认好记是前提，这家作坊做宣传，走的是大众化。

区区两个字，结束了旷日持久的争论，之前引经据典、咬文嚼字的文章，显得苍白无力。

尘埃落定：成都得名，最迟战国中晚期。

与之呼应，二〇一七年春节前夕，雅安近邻蒲江县，发掘船棺墓葬群，一枚青铜矛上，铭文"成都"再次出现。

阴刻铭文"成都"二字,至今清晰可辨

"成都"铭文青铜矛,出土于南丝路上的荥经县

何止这两件文物,荥经出土的春秋战国漆器,烙印戳记"成造"两字,是否"成都制造"的简写;"成草"字样的,又是否为成都名称之演变,提供了查证线索。

几百年之后,这座城的名字,第一次亮相史书。挥洒自如,落下"成都"二字的那个人,依然是司马迁,不过这时是作为城名。随手翻开《史记》:穿二江成都之中;司马相如者,蜀郡成都人也……

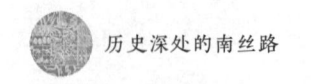

历史上的巴蜀,密不可分。但说到自然环境,巴郡以山区为主,平坝稀缺。蜀郡不然,成都平原一望无边,岷江、沱江分别流过,夏无酷暑冬无严寒,不仅是西南地区最大平原,也是中国古代发达的农业区之一,两汉时期的蜀郡,稻谷金黄桑园青翠欲滴。

农桑为衣食之本,汉代画像砖,不乏此类题材。

春之桑园,房前屋后的桑树,发新枝吐新芽,生机勃勃。画像砖制作者,心潮澎湃,刻下的线条简练而流畅,多种多样的表现形式,让春天的气息充盈画面。少女采摘桑叶的动作,高浮雕的手法,立体感强烈,情景逼真。远方的山水,那就得朦朦胧胧,衬托桑园的广袤。

农耕经济发展,纺车出现,治丝速度加快,染色技术提高,丝织业上了一个台阶。

此时蜀地,蚕丝织造、丝绸贸易集中成都,全国排名第二,仅次于齐鲁大地的临淄。怎生一个景象,西晋文学家左思《蜀都赋》,说得来绘声绘色:

圜阓之里,伎巧之家;百室离房,机杼相和;贝锦斐成,濯色江波。

左思并未夸大其词,查《汉书·地理志》可知,两千年前的成都,属于全国第二大城市。就以人口比较,成都居民七万六千户,都城长安也就八万户,肯定一副大都市和商业中心派头。

成都丝绸量大质优,工匠众多,其中不乏高手。

《史记·西南夷列传》中,司马迁记下这么一笔:

夜郎旁小邑皆贪汉缯帛。

这里所说"缯帛",即古人对丝绸的统称,包括锦、绫、罗、绸、缎、绮、纨、缟、缯等品种。蜀道难,汉武帝馈赠夜郎王,包括西南夷部落首领的丝绸,不可能取之于山东,舍近求远。

丝绸中工艺复杂、精致而华贵的,莫过于"织彩为文"的锦。因其价高,东汉学者刘熙在《释名》中,正经八百阐释一通:

> 锦,金也,作之用功重,其价如金,故其制字从帛与金也。

成都别名——锦官城,其中这"锦"字,亦源自蜀地独特的蜀锦,一种彩色蚕丝织造的高档提花织物。

蜀地丝绸中,织锦和丝绣最具特色,分别以蜀锦、蜀绣命名,地域文化符号浓郁,美誉"蜀中姊妹花"。

虽系"姊妹花",二者差异大:蜀锦由彩色丝线织造,生产过程中将图案或文字织入,锦与缎融为一体,因以多重彩经或彩纬起花,又分经锦、纬锦;蜀绣则在纯色软缎、棉布、麻布等面料上,用彩色丝线一针一针绣出。

蜀锦与蜀绣,经过两千年左右传承发展,形成了独特的织造技艺、织物风格,代表中国丝织技术至高境界。古往今来,蜀锦、蜀绣受欢迎,殷实人家嫁女娶媳妇,少不了用来撑门面。

一九七九年婚假,我偕新媳妇走亲戚,成都拜望老辈子——我的二爸和姑妈。心情愉悦,全程沥青路面,横跨岷江的新津大桥早就通车,国产客车质量提升跑得快,四个小时一准到。游罢武侯祠、杜甫草堂、望江楼,接下来逛百货大楼。丝绸专柜,姑妈瞧上一床蜀锦被面,买下当贺礼。七彩图案工艺细腻,龙凤呈祥添喜庆,用手一摸舒服极了。虽说出自电动铁织机,标价依旧不菲,瞟一眼,抵我两个月薪水。

花重锦官城

　　以后钟情大熊猫，专程锦官城，买回双面蜀绣"中华国宝图"，陋室生辉。

　　当代中国，蜀锦与云锦、宋锦、壮锦并列，称之"四大名锦"；蜀绣同苏绣、湘绣、粤绣齐名，呼之"四大名绣"。

　　蜀锦、蜀绣光耀千年，锦绣成都当之无愧！

　　成都天府广场，二〇一〇年出土东汉《裴君碑》，记述蜀郡太守裴君（姓名不详）履历，颂扬其功业。碑文价值，在其赞成都"列备五都"，同洛阳、邯郸、临淄、宛都（南阳）齐名，为当时的政治、经济、文化中心之一。

　　蜀郡怎生富饶，凭什么位列"五都"？碑文撰写人底气十足，说官府大小库房，堆满奇珍异宝，尤其金丝、银丝纹绣的蜀锦，见者"骇目动欲"。

　　赏心悦目档次高，流光溢彩供不应求，汉王朝列入贡品名单，有钱人跟着追捧。朝廷很开心，强化织造业管理，成都增设锦官，集中工匠、作坊于一隅，贡品和税收两不误。

手工作坊，规模大数量多，为安全计，作坊区单独筑城设防，城门专人守护，定时开关。管理蜀锦的官员，公干之处，老百姓称"锦官城"。又因作坊区主产蜀锦、蜀绣，也称"锦里"或"锦城"。

待到蜀汉立国，地域狭小人口少，且征战频繁，入不敷出。面对国库空虚，百姓困苦，诸葛亮绞尽脑汁，开源节流。特有的蜀锦，使得诸葛亮愁眉顿开，感叹："今民贫国虚，决敌之资，惟仰锦耳。"

这番话，出自类书《太平御览》，此书乃北宋学者李昉等奉敕编纂。可以想见，蜀汉经济支柱产业，包括对外贸易的拳头产品，一切仰仗蜀锦。

早年成都春熙路，铺子里的丝绸，花色品种繁多

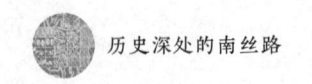

为增加税收，成都夷里桥边上，复建锦官城，内设锦官衙门。

当年锦官城，具体位置何在？先是《华阳国志》记载：

> （蜀）郡更于夷里桥南岸道东边起文学，有女墙。其道西城，故锦官也。

常璩去世一百多年后，同为有影响的古代巴蜀地方志，出自南朝梁时蜀人李膺笔下的《益州记》也记有：

> 锦城在笮桥东，流江南岸，昔蜀时故锦官也，其处号锦里，城墉犹在。

上述文献中，无论锦官、锦城还是锦里，称呼不同，其实一码事。历经乱世，城墙依然高耸，李膺说得尤其明白。

据常璩、李膺二位所言，锦官城大致方位，就在百花潭公园周边，隐藏于某个角落。

说来不可思议，时光跨越两千年，百花潭公园百米开外，居然冒出厂房一座，门前吊牌白底黑字：成都蜀锦厂。半个世纪前，我同爷爷、姑妈游完百花潭，再逛杜甫草堂时，抄近道就得路过蜀锦厂，隔墙犹闻织机声。

蹊跷在厂房位置。一九五一年，成都市筹建丝织业工人临时自救工场（成都蜀锦厂前身），不知是鬼使神差，还是巧合，看上了百花潭公园西边的温祖庙。这么多年过去，我始终坚信，冥冥之中自有定数。否则，偌大一个成都，蜀锦厂，什么地方不好建，偏就相中当年锦官城这一片！

即便今朝，蜀锦厂更名搬迁，为给后人留一个念想，原址建起成都蜀锦织绣博物馆。

早期这锦官城，主要见诸方志，文学作品少有涉足。待到唐代，中国诗歌至巅峰，高手辈出精品如林，成都走来诗圣杜甫。恰在这个时期，蜀锦发展，迎来又一高峰。

成都景色无限，歌之咏之的诗人不少，唐初有卢照邻的"锦里开芳宴，兰缸艳早年"，晚唐有李商隐的"他年锦里经祠堂，梁父吟成恨有余"，崔钰的"锦里芬芳少佩兰，风流全占似君难"……不知何故，未能广为流传。

杜甫少了不怦然心动，写下不少传世之作。

就说一个锦官城，据当今杜甫的粉丝统计，大约六首诗提及。如《赠蜀僧闾邱师兄》中的"我住锦官城，兄居祇树园"，《送窦九归成都》的"读书云阁观，问绢锦官城"，《蜀相》的"丞相祠堂何处寻，锦官城外柏森森"……

尤其《春夜喜雨》结尾那句"晓看红湿处，花重锦官城"。见惯不惊的春日夜雨，经诗圣点化，灵性十足，泽润万物生机勃勃。晨曦中春花带雨，红艳艳沉甸甸，好一座，赏心悦目锦官城。

诗圣妙句，让人拍案叫绝，争相传诵。锦官城得名于蜀锦，因杜甫华章，声名鹊起。钦佩诗圣观察之细微，即便今朝，漫步锦官城大街小巷，依然满目锦绣，诗情画意扑面而至。

锦绣成都，蜀锦成为主色调，绚丽蜀锦，古人如何织造？

首先，染料必须好。染料色素，取自植物根、茎、叶、花、果实等，红、蓝、紫、黄、黑多种颜色，天然无污染。红色久负盛名，誉之"蜀红锦"，色彩艳丽耐久。这套特殊染色工艺，沿用至今，时下推崇生态与环保，开发价值可期。

成都蜀锦织绣博物馆，位于草堂东路，与杜甫草堂、四川博物院相去不远

其次，织染蜀锦，需大量用水。成都得天独厚，都江堰的郫江、检江（一说流江），水流滔滔不绝，两江汇流处，唐时建起合江亭。

再次，两江水质好。其中流江，紧贴城南流淌，锦官衙门设于此，江水濯锦色泽鲜明，以致得个雅号"濯锦江"，简称锦江。濯锦之江，典雅艳丽寓意不凡，闻之怦然心动，以至后世，锦江取代郫江、检江。

果然，《华阳国志·蜀志》如此记载：

> 锦江，织锦濯其中，则鲜明，濯他江，则不好。

谯周的《益州志》也讲，蜀锦织好，放至锦江漂洗后，纹理清晰，色泽光鲜夺目，远超刚织出的品相。一旦改用别处的水，效果相差远矣。

何以"濯他江则不好"？古人条件所限，无法解释。

今天的人越俎代庖，说锦江水来自岷江，岷江源头雪山，雪水中多种金属离子的氧化物和有机物富集。天然色素染色，再浸入江水，二者产生化学反应，故颜色鲜艳，经久不褪。

这话悬了，当年的锦江水无法取样，是否属于化学反应难以求证，此说姑妄听之。

我只知道，五颜六色的蜀锦浸泡江中，两岸织女衣袖高挽，清澈江水俄顷色彩斑斓。锦江，一个美妙名字，就此响彻千年。如此美景，历代多有诗词歌赋赞誉，其中佼佼者，当数唐代诗人刘禹锡《杂曲歌辞·浪淘沙》中的第五首。

锦官城归来的友人，提起织女巧手锦江旖旎，讲来天花乱坠，听得刘禹锡两眼放光。从未踏入蜀地半步的诗人，仿佛身临其境。江中蜀锦，灿若天边晚霞，文思如潮，佳句喷涌而出，有名句云：

今天的锦江之夜，五彩缤纷，宛若蜀锦织就

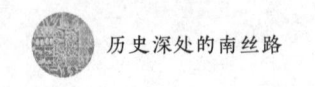

濯锦江边两岸花，春风吹浪正淘沙。

女郎剪下鸳鸯锦，将向中流匹晚霞。

由此可知，风光秀丽的锦江——成都人的母亲河，这"锦"字由来，照样与蜀锦关联。

追思往事，我多次徘徊于锦江两岸，杨柳依依晚霞如锦，可惜不见濯锦的织女。流年似水，昔日盛况的见证者，唯有波澜不兴的锦江。

传承历史文化，围绕一个"锦"字，成都人大做文章。与之相关的名称，不在少数。

新中国成立之初，修建锦江大桥连通锦江两岸，继而锦江宾馆拔地而起高耸江畔，几步之遥矗立锦江大礼堂，接下来又建锦江剧场。待得改革开放行政区划调整，一以贯之设立锦江区，命名锦江大道，建起中国蜀锦博物馆、四川省锦城艺术宫……

三　蜀锦的魅力

感受蜀锦魅力，草堂东路的成都蜀锦织绣博物馆，非去不可。

大门一侧，高挂"国家级非物质文化遗产"等牌匾，只是位置偏僻，顾客并不多。展厅里，历代蜀锦纹样（复制品）赏心悦目，地方特色浓郁立体感强，于中国工艺美术发展进程，影响广泛。

西周后期，锦开始出现，早期纹样简单，几何形为主。待得秦汉，简洁的纹样变得鲜活，蜀锦面目一新，山水云气之间，穿插龙、虎、麒麟、辟邪、仙鹤等祥禽瑞兽，有的还镶嵌"长乐明光""登高明望四海"

等文字。后世，纹样讲究华贵亮丽，题材愈加多样，从历史故事、神话传说、山水人物直到花鸟禽兽，用其形择其义取其音，包含某种寓意、象征或追求。

遗憾时间久远，时代特征鲜明的纹样，传世的找不着。至于墓葬发掘，汉代仅见一块赤、黄、绿、白四色的织锦护臂，纹样间隙处，织有隶书吉祥语：五星出东方利中国；唐代的则是一方连珠龙纹锦，虽为残片，但背面的墨笔行书"双流县"三个字，揭示出处……

为数不多的出土蜀锦，让人亢奋，可惜发现地不在南丝路，而是在北丝路的新疆、甘肃。究其缘由，盖因蜀地土壤带酸性，外加多雨潮湿，丝织品陪葬极易腐烂。

至于宋元明清的蜀锦，存世量极少，多为博物馆珍藏，难得一见。

好在，二〇〇六年国务院公布第一批国家级非物质文化遗产名录，蜀锦织造技艺榜上有名，让后人不至于断了念想。

手工织造源远流长，蜀锦制作，涉及诸多独门技艺。缫丝完成，有练丝、染色诸多工序，直到制出合格的经纬线，前期准备方才结束。接下来，除设计纹式、点绘颜色、提花装造、织机安装等，还得确定起花方式：采用经线还是纬线？

博物馆里，今天的能工巧匠，用蜀锦复制的汉代"五星出东方利中国"（局部）

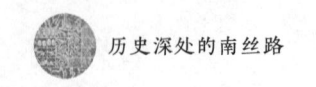

待一切就绪织工上机，随着织机"咔嚓、咔嚓"的声响，满目锦绣徐徐展现。

如此看来，蜀锦织造奥秘在织机。

前人使用的蜀锦织机，流传至今仅两台，年代不过清朝嘉庆、道光间，分别陈列中国国家博物馆、四川博物院。再早的其实也有，那是成都蜀锦厂起步阶段，织工们从资方借来十多台手工木机，多是康熙年间的老古董。只可惜当时的人，毫无文物这个概念，不把宝贝疙瘩当回事，二十世纪六十年代设备更新，干透的竹木正好当柴火。

至于唐朝乃至汉代织机，何等模样具备哪些功能，查不到史料，更无实物佐证。

还好，蜀地考古，总带给人惊喜。

一九七五年，成都西郊土桥村，发现两座东汉墓葬。一块大型画像石中央，刻有织造蜀锦的斜织机，画面尚属清晰。斜织机同原始织机相比，产量有所提高，能织简单的斜纹、平纹。操作者坐下织造，用脚一踩，提综板上下摆动，双手引纬和打纬，便于观察经线张力均匀与否……

画像石斜织机再逼真，也难同实物相提并论，考古人员心有不甘，继续努力。

转眼三十多年过去，巧了，还真心想事成。成都北门外天回镇的老官山，地铁三号线隧道施工，无意间触及古墓，棺木碎片、随葬品顺水一涌而出，漂浮工地。咄咄怪事，施工宣告暂停，待成都市考古人员抽干积水，露出四座西汉早期土坑木椁墓。

四座墓穴，其中三座相邻，大概率属同一家族。一号墓，出土铭文漆器残片，披露墓主为"景氏"。二号墓，发现四台完整的提花织机模型，周边散布十五位彩绘木俑，织工装束，或坐或站各司其职。

成都地下水丰富，水位时高时低，导致古墓干湿不定，随葬品极易腐烂。既然如此，两千年前的提花织机模型、彩绘织工，包括残留的少许丝线及染料，何以保存至今？

亏得景氏一族，家道殷实，儿孙孝道，迎合厚葬风尚。巧的是景氏营生同蜀锦织造关联，以提花织机模型、木俑织工随葬，身份吻合。椁室奢华，棺木清一色楠木卯榫镶嵌，厚达五十厘米，土漆上了一遍又一遍；棺材放置其中，棕垫满铺，青膏泥包裹严实；竖穴土坑木椁墓埋得深，封土黏性较好……

一道道防线，密不透风，墓葬处于饱水状态，随葬品浸泡淤泥和水中，得以保存完好，颜色几乎没有变化。

无史料记载没关系，保存完好的织机模型、彩绘木俑，让专家们得窥汉代蜀锦工场。这一考古发现填补空白，于中国科技史和世界纺织史意义非凡，学界一致看好，入选二〇一三年"中国十大考古新发现"。

西汉提花织机模型来之不易，自然小心呵护。采用最新科技手段，清洗干净，然后脱水定型，预防产生干缩变形、开裂起翘，还少不了防止霉变……处理完毕的四台模型，高度、长度都在五十厘米上下，竹木质地，木材又分楠木、杨木和麻栎；做工精巧，感觉按实物比例缩小，结构复杂超乎想象，不同于东汉画像石的家用斜织机，早些年成都周边农户使用的丁桥织机。以选综的操作为例，模型靠的是带锯齿的横梁，织工用手每推一格，一片综随之升降转换，而非专家原来的揣测——脚踩踏板。

啧啧称赞的专家们，仿佛听到织机的声响，继而突发奇思妙想：何不以模型为基础，将"汉代提花技术复原研究与展示"作为一个专项，列入国家文物局"指南针计划"。就这么，不同学科专家汇聚一堂，群策群力——还原汉代提花织机。

汉代滑框型一勾多综提花织机模型，原件模型出土于成都市老官山

汉代提花织机大小，谁也没见过。以什么为参照系数，专家们自有见地：既然知道提花织机模型长度、高度，那就测量木俑织工长度，对应棺木内完整的人体骨架，再按二者比例，放大提花织机模型，岂不就成了！

两年心血，专家和工匠相互配合，借助高科技手段，攻克一个个难关，取得成功。复原后的提花织机，高三米长四米，占地二十来平方米，资格的"高大上"。机型分两种：滑框型一勾多综提花织机、连杆型一勾多综提花织机。机械部分设计合理，踏板、连杆等的操作轻便省力，除了正常使用没问题，四到五个综框的结构具有完善的提花功能，见者竖拇指叫绝。

唯独名字拗口不好记，还是提花织机省事。

都夸今人脑瓜灵光，我倒认为古人手巧。试想，仅凭木工一双手，外加斧、锔、凿、锉、铲一类简单工具，居然能将庞然大物的提花织机，按比例微缩成五十厘米上下的模型，功夫了得。

学习借鉴，成都蜀锦织绣博物馆大手笔，一口气复制好几台。安装调试成功，摆放地下一层蜀锦织造工场，既能展示又能现场操作。参观者近身，可见织工忙而不乱，先脚踏提综开口，后投梭打纬，将两千年前手工织锦技艺重现。倘若一时兴起，还可坐上织机，在织工指导下体验一把。

复制的提花织机，代表西汉蜀锦织造最高水平，只要提供样本，时间再久远纹饰再复杂的蜀锦，照织不误。以"五星出东方利中国"织锦护臂为例，复制品质地厚实、纹样瑰丽流畅，与原件鸟兽、辟邪图案及红白圆形纹相差无几，一般人难以分辨。

仿真度如此高，身怀绝技的织工必不可少。缺了这个前提条件，织机功能再完备，也不过摆设而已。

想当初，成都蜀锦厂开张，业内高手聚齐，会织各式纹样的织工多了去。然而，随着时代变迁，手工木织机被电动铁织机淘汰，电动铁织机又被纹版织机取代，如今干脆直接数码印刷合成，业内称之"数码锦"。

古代蜀锦"寸锦寸金"，即便今朝采用传统手工技艺织造，一米总得上万元。就是一小块纹样，裱好装框，标价动辄几百元。高端产品价格高，销路受限，一身手艺挣不到钱，从业者心寒。倒是采用数码印刷合成的数码锦，人工成本忽略不计，质量虽然差一大截，但价格低廉，适合大众消费。也有走中间路线，将手工和数码印刷技术结合，采用人工控制质量，织造速度快了数十倍，性价比高。

再者，手工织造工序繁复，苦学六年仅算入门，不过掌握挽花、投梭的基本要领。织机前坐八小时，动作单调，腰酸背痛，这份苦，没几人吃得消。

国家织锦工艺大师、"非遗"传承人贺斌,全神贯注一丝不苟,致力于蜀锦的创新与发展

屈指算,一九八三年成都蜀锦厂最后一批学徒,大多改行,后继乏人那是必然。

也有少数例外,年近六旬的贺斌是其一。

今天的贺斌,头衔多了去,诸如中国织锦工艺大师、国家级"非遗"传承人等。但凡提及蜀锦,掌握全套传统技艺的贺大师无可替代,媒体关注度高,镁光灯下露脸是常事。

每一次与之交流,总在蜀锦织造工场。

一根根的彩丝,如何经过经线起花、彩条起彩或添花,织出错综复杂的纹样?我充满好奇,看得眼花缭乱。

提花织机以人为动力,两位织工上下配合,称之"投梭工""挽花工"。端坐投梭工位置,贺斌两只手左右开弓,四把银光闪闪的梭子,彩丝之间来回穿梭;脚下控制综框起伏的顺脚杆,节奏踩来恰到好处。

第二章 锦绣成都

锦上添花，吉庆有"鱼"

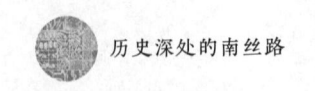

一行织完,高台之上的挽花工,抬起木杆推一次横梁,再用脚踩一次踏板……

丝丝入扣,梭过花现,精美纹样渐显。

就这么一组动作,两人循环往复,一个工作日十来个小时,织出的蜀锦不过八厘米。

蜀锦手工织造技艺,工序一百二十多道。纹制工艺中,最具代表性的有点意匠、挑花结本、装造等,难度大要求高,心灵手巧不说,还得全身心投入。什么是工匠精神,根植传统精益求精,来不得半点儿马虎,贺斌如是道来。

仅一个点意匠,按照织机的技术参数和技术条件,每织一片蜀锦,织工事先得设计纹样,包括图案样式、花色搭配等。一切就绪,动手织造时,尚需随机应变,不断修改织锦针数、经纬密度、纹样类型,包括大小、花色。而这一切,全靠织工的实践经验、临场处置能力。

创新必不可少,增加花色和品种,织造更大尺寸的单幅纹样,引入数码技术提高效率……

还有一个心愿,传统技艺后继有人。

陈列、展示之外,销售大厅丝织品分门别类,衣料、饰品、摆件一应俱全。继承传统,也要顺应时代,面向不同消费群体,推出高中低档产品。就蜀锦来说,不论采用哪一种制作方式,图案凸显蜀地特色:太阳神鸟展翅欲飞,大熊猫憨态可掬,九寨沟、都江堰、青城山、峨眉山气象万千……

魅力岂止蜀锦,三星堆遗址青铜器,同样影响广泛。

第三章 青铜岁月

一　源头三星堆

大约六千年前，人类骤然开窍，红铜里面，添加相应比例锡与铅，熔点低、硬度强的青铜器，现身古巴比伦的两河流域。这一带生活的苏美尔人，不仅创造了至今所知的人类最早的楔形文字，还掌握了冶金技术，率先迈入青铜时代。苏美尔人创造的两河流域文明中，早期青铜器的代表之作，乃雕刻狮子形象的大型铜刀。

紧接着，华夏祖先掌握这门技艺，色泽光亮的青铜器问世。新生事物引领潮流，彰显王侯身份的礼器，将士战场厮杀的兵器，百姓生活中的炊器、食器、劳动工具……青铜注定唱主角。

人类文明的步伐，就此跨越石器时代，迎来闪光的青铜岁月。

这一历史阶段，川、滇、黔青铜技艺，先后成熟并走向巅峰，在中国青铜文化发展过程中，大书特书属于自己的篇章。

三星堆、金沙、石寨山、李家山、老龙头、可乐……众多遗址或古墓群，出土青铜器数量惊人，其中不少器物南丝路独有，折射的文化现象让我怦然心动。

相距成都不远的广汉市，近年名声大噪，境内外媒体记者纷至沓来，就冲三星堆遗址考古全面重启，一次次引发轰动。二〇一九年至今，三星堆精英荟萃，由增挂"三星堆研究院"牌子的四川省文物考古研究院承头，联合国内三十多家科研单位和院校，运用现代科技手段，多学科、多机构同心合力，发现祭祀坑六个，出土文物一万五千多件。

整个发掘进程，中央广播电视总台几次现场直播，通过专家访谈、往事追忆等形式，多角度全方位深度推介，新发现的青铜器频频亮相。从国内到国外，从普通民众到考古学家，个个大饱眼福，惊叹不已。

诸多文物，属于首次发现，青铜器一类，便有铜龙、铜神坛、铜巨型神兽、顶尊蛇身铜人像、羽翼镂空的铜鸟、戴象牙耳坠的铜立人像……每次直播，我绝不错过。分秒不差，准时坐电视机前，泡一杯香茗，享受难得的文化盛宴。

三星堆第一次发掘的老照片，见于成都博物馆陈列的老照片

鸭子河、马牧河、燕家院子、三星堆博物馆……眼前景物再熟悉不过，不知不觉，已经过去三十多年。

思绪纷飞，往事历历在目。犹忆一九八七年，四川省文化厅组织我们参观，一小时车程进入广汉地界，去往一个叫"三星堆"的地方，怪怪的地名后面，还缀上"遗址"二字。全省文化部门，早传得沸沸扬扬，说那里有重大发现，其中青铜神树、人像和面具等古蜀国遗物，前所未见，我是向往已久。

一位长者负责讲解，个子不高蛮精神，说来头头是道。我还以为是哪里的专家，一问是当地人敖天照，从事文物工作十余年，聊起三星堆

第三章 青铜岁月

门儿清。那些陈年旧事,我也略有耳闻,却不似这位前辈知根知底。

一九二九年的阳春三月,一如既往,成都平原农事繁忙。广汉县(今广汉市)太平场那个月亮湾,位于鸭子河与其支流马牧河之间,土地平坦灌溉方便。

乡下人勤劳,月亮湾村民燕道诚,一大早叫上儿子燕青保,到自家庄稼地,疏通沟渠引水灌田。清淤途中,沟底露出个窟窿,再挖是个深坑,里头一堆奇形怪状的东西。

青铜器吗?燕道诚掏出几块,重量不对,应属石头一类。对着阳光察看,石头黄中带绿,却是半透明的玉石器。

燕道诚老道,四顾无人,对燕青保努努嘴,父子俩匆忙将洞口掩盖。

如此沉稳的燕道诚,非同一般农夫,据说在衙门里当过差,见过世面,本地人尊之"燕师爷"。在我看,起码念过几年书,拥有自家田地房舍,虽不似陶渊明那般"种菊东篱下,悠然见南山"的高士,却也衣食不愁,自由散淡。

且看老照片:花白胡须着意修饰,岁月的沧桑深藏眼底;衣着整洁讲究,便是鞋和袜,一点不马虎。

喝过墨水有见地,遇见宝贝,财不露白莫声张,夜阑人静动手不迟。燕道诚老谋深算,一觉睡到下半夜,摇醒儿子,深坑中小心取出宝贝。往返几趟,用背篼背家中,数一数,居然有四百多件。躺在床上,止不住心惊肉跳,一骨碌爬起来,满屋子东张西望。感觉老宅地基下面保险,偷偷分几处埋妥,心头踏实,倒上床就鼾声如雷。

几个月过去,风平浪静,怀揣几件玉石器,燕道诚独自上成都,找古董商谈价格。古董商两眼放光,双方一拍即合。来钱快,越卖胆子越大,又在深坑附近开挖,屡有收获。

形状各异的玉石器,成为抢手货,广汉人手中收购,干脆称"广汉

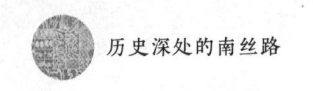

玉"。后经鉴定，包括圭、璧、琮等。

消息传开，古董商接踵而至，华西大学博物馆馆长、美国人葛维汉听到了风声，赶紧来广汉找燕道诚。作为考古学、人类学家，葛维汉一见玉石器，就知月亮湾地下有文章。

争取经费不易，疏通地方当局费劲，拖到一九三四年三月，葛维汉终于得到批准，组建考古队。破天荒第一次，月亮湾考古发掘，地点挨近燕家院子。十多天下来，出土陶器、玉石器六百余件，葛维汉全部捐献华西博物馆。唯一留在身边的，仅有三星堆遗址考古发掘第一份简报，提出了"广汉文化"这一概念。简报特别强调，若继续发掘，相信会有器物不断出土。

多事之秋，烽火硝烟民不聊生，何谈发掘与保护，当地村民捡到的玉石器，均去向不明。直到新中国成立之初，冯汉骥等考古学家现场勘察，确认月亮湾周边存在古文化遗址，需高度关注。

至于燕青保，带头响应国家号召，家中所剩文物悉数上交。

闻到古蜀国气息的冯汉骥，利用自己的影响力，到处呼吁。一九六三年九月，争取到二千四百元经费后，出面找到四川省博物馆，商定联合组建考古队。燕家院子东边，考古队按冯先生圈下的三个点，在一百五十平方米内开掘探方、探沟，发现三组屋基、六座墓葬、三万余陶片，另有几百件骨器、陶器、玉石器。

发掘期间，冯先生率先垂范，下至探方近距离观察。文化遗存不断发现，冯先生欣喜不已，他指出月亮湾一带遗址密集，极可能是"古代蜀国的一个中心都邑"，而发现玉石器的地点，应为手工作坊所在地。接着又说，出土的东西有特点，如陶高柄豆这类器物，之前从未遇见。

结束之际，站上月亮湾台地，面对所有发掘者，冯先生再次强调：这里大大小小的遗址，看似零散，其实是一个整体，估计为古代都城！

多方因素制约，发掘未能持续进行，机会丧失，一个惊天秘密与冯汉骥擦身而过。其后多年，证实这里确属古蜀国王城所在，冯先生预言成真。

耳闻不如目睹，午间休息，我徒步绕行三星堆遗址。田埂狭窄，秧苗像绿色的地毯，一眼望不到头。小半圈下来，我大汗淋漓，怪只怪遗址实在宽，足足十二平方公里。

一九八〇年以来，随着遗址发掘不断深入，古蜀国历史前推至新石器时代晚期，神秘的古蜀文明逐渐揭开面纱。三星堆遗址的主人，生活在距今约五千年至三千年之间，与中原夏商王朝同一时期。古城面积三平方公里，居住人数众多，濒临鸭子河，用水方便。

城墙坚固，墙基有四十多米，顶部超过二十米，抵御外敌兼防洪。大城套小城，城郭内房屋密集，集王都、军事防御、大型礼仪建筑于一体。这时的古蜀国，无论社会生活还是政治结构，已超越部落联盟，进入早期国家形态。

东、南、西三面台地，早年间凸起三堆黄土，遥相呼应，让人心生好奇。三堆黄土，普通人看来不起眼，专家却说了不得，应该是不晚于商代早期的城墙遗迹。

高耸的城墙，挡不住岁月侵蚀，三堆黄土如三颗金星，散落田野。地方文人爱炒作，归之玉皇大帝恩赐，金星跌落斯地，取个雅号"三星堆"。三星堆呈一条弧形，恰与月亮湾遥遥相对，美其名曰"三星伴月"。

三堆黄土，熬过千载风吹雨打，七年前还剩多半，直到当地砖厂发现窍门：这里黄土不错，烧出砖瓦质量高，于是埋头挖"堆"不止。

人为损毁，三堆黄土难以抵挡，只剩下孤零零一个，还是残缺不全。

重新启动，三星堆考古发掘，源于赵殿增等神使鬼差，一时兴起。

赵殿增此人，北京城长大，家在天安门广场西边，一个不起眼的小

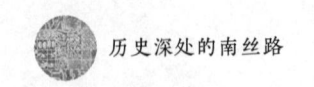

胡同。一九六二年，考入中国顶尖学府——北京大学，学的考古专业，老师苏秉琦、吕遵锷、严文明、邹衡、俞伟超等，皆考古名家。成绩优异，专业水平也高，奈何毕业碰上"文化大革命"那个年代，被分至凉山州会东县搞宣传工作，少数民族地区不说，还在云贵高原西北边缘。考古专业的高才生，从皇城根儿一下子跌落金沙江畔，失落感可想而知。

幸亏考古工作缺人，全国一个样。国家文物局局长王冶秋，焦头烂额，忙请宿白、邹衡、俞伟超等先生理出名单，尽快让骨干归队。

有这个大背景，一九七三年初，赵殿增奉调四川省博物馆，安排在古代史部。四川没有考古队，全省的考古调查和发掘工作，一概古代史部承担，人少事杂。赵殿增多半时间跑野外，同遗址、荒冢打交道，年富力强又是业务骨干，两年后提拔为副主任。

赵殿增记得分外清楚，一九八〇年四月十三日，自己与另一副主任和两位同事，乘坐北京大吉普去彭县（今彭州市），拉回刚出土的西周窖藏青铜器。事情办妥，大家突然心血来潮，说绕道月亮湾逛一圈。到了地头，乡村道路弯来拐去，找不着方向。停车问老乡，老乡说啥子事？回答去月亮湾，找地下挖出的碎瓦片。老乡笑一笑说："走错了，这里是三星堆，与月亮湾隔一条马牧河，虽然就在前面，没桥过不去。"忙着调头，老乡好心补一句："碎瓦片这里就有，往前走一点，挖泥巴的坑里，到处都有。"

外地人不清楚，三星堆在马牧河南岸，月亮湾在北岸，同属中兴乡。只不过后来三星堆名声在外，不仅月亮湾少有人提及，便是中兴乡也被取而代之，更名三星堆镇。

来都来了，不妨瞧瞧去。几步之外，赵殿增一看乐开了花，砖瓦厂取土挖出上百米的断面，内含一米多厚的黑色文化层，其中就夹杂着大量器物碎片。

第三章 青铜岁月

一九八一年，航测三星堆后合影。左起第五人即赵殿增

何曾相似！赵殿增想起一九六五年那次实习，老师带队去河南省汤阴县，考查"文王被拘而演《周易》"的文王庙时，发现土台周边断崖上两三米厚的文化层，以及白灰面的房屋遗迹、新石器与商周时代遗物……

这些器物碎片，砖瓦厂工人眼中毫无用处，拣出来扔空地，好大一堆。

四人如获至宝，一拥而上，挑出三百多件大体完整的器物，有石斧、高柄豆、小平底罐等。收获不小，一辆车塞得满满当当，都说考古这些年，跑遍四川，这么好的早期人类遗址，从没遇见过。

好归好，赵殿增清楚，三星堆不同于月亮湾，不仅默默无闻，还不属于文物保护单位，连个县级都没捞着。必须管到底，任由砖瓦厂挖下去，损失无法弥补。

第二天一早，听完汇报，看罢拣回的文物，领导意识到重要性。立刻召开馆长会形成决定：迅速派人发掘，并形成发掘方案，由三方联合开展：四川省文物管理委员会、四川省博物馆与广汉县（今广汉市）文教局。省文管会权力大，名义上与省博物馆合署办公，却单设文管会办公室，掌控全省文物保护和考古经费。后来文管会撤销，成立四川省文物考古研究所取而代之，即今四川省文物考古研究院。

赵殿增及同行几位，忙于二滩电站文物调查，脱不了身。领导思考再三，其他工地召回王有鹏，主持三星堆发掘。选择王有鹏，考虑他熟悉情况，参加过一九六三年的月亮湾发掘。协调地方文化部门，派出敖天照，一九七三年长江流域考古培训班归来他就盯住月亮湾一带不放。

春夏之交，三星堆试掘，地点选在三星堆的第三个黄土堆边上，发掘面积不足百米，但收获颇丰。全面铺开前，省上成立发掘队，指定王有鹏负责。

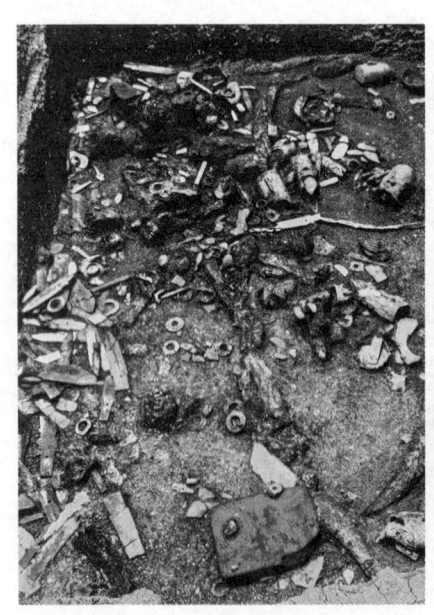

三星堆祭祀坑出土器物，让人叹为观止

第三章 青铜岁月

一个个重见天日的祭祀坑，考古人员见到的是众多青铜器残件，也不知几千年前的古蜀国人，砸烂器物目的何在

刚刚出土的青铜人头像，仰面躺于祭祀坑内，期待着考古工作者有朝一日解开自己的秘密

出土现场，两具青铜人头像的额头紧紧地挨在一起，不知是在窃窃私语，还是古蜀国人留给今人的一个见面礼

071

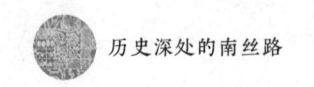

秋凉时节，三星堆考古发掘启动，让人意想不到的是，这一干就四十多年。从王有鹏、莫洪贵、陈德安、陈显丹到雷雨、冉宏林等，探寻古蜀文明的漫漫征途中，三代考古人竭尽全力，根植三星堆。一九八〇年到一九八五年，三星堆经过五次发掘，找到了城墙，获得大量石器、陶器、玉器，确定了遗址的年代、分期和文化特征，正式命名"三星堆文化"，遗址范围大体摸清……

其间，青铜器有所发现，只是量不大，具体用途待考。

奇迹往往最后发生。一九八六年第六次发掘中，出土文物尤其青铜器震惊世界，三星堆遗址在中华文明和世界文明史上的地位，从此得到公认。

日历显示，那天是七月十八日。砖瓦厂工人需要取土，事先征得考古队同意，去到文化层较薄的地方，动手开干。不知多少年，十多家砖瓦厂围着三星堆挖个不停，周边村民过日子，全指望一座座冒烟的砖瓦窑。考古队要发掘文物，村民要取土烧砖瓦，一转眼过去半年，经济补偿未落实到位，砖瓦窑当然不熄火。

保护文物重要，农民吃饭也是大问题，双方达成默契：取土先报考古队。

无巧不成书，下挖两米，露出大洞一个，隐约可见玉器等。常见考古人员发掘，砖瓦厂工人意识到遇上了宝贝，直接奔考古队驻地。不大工夫，陈德安带人赶到，除了象牙、玉器，青铜器终于露出冰山一角。

这大洞，位于以后命名的一号祭祀坑东侧，距离考古队发掘点，也就两米多。任谁也意想不到，这么重要的发现，居然与发掘点就在咫尺之间。须知，这几个月时间，考古人员天天挖坑不止，可就差那么一点儿。

几位工人，算是鸿运当头。

报国家文物局批准，以此为突破口，调动一切力量，挑灯夜战。接下来一个月，欢呼声不断：商周时代的一号祭祀坑、二号祭祀坑露面，出土文物两千多件，其中不乏国宝级文物，如金杖、青铜神树、青铜大立人等。

王权需要象征物，古蜀国最高领袖，看上的是金杖，犹如夏商周以鼎为尊。

金杖精美，木棍早碳化，外层金箔薄如蝉翼。图案几组，挺讲究：金杖端头，前后的人头戴五齿高冠，挂三角形耳坠，王者气度；鸟儿两只鱼两条，上天入水，寓意国王神通广大，政治和宗教权力至高无上。

两个大坑，初始无祭祀坑一说。赵殿增讲得明白：定名"祭祀坑"，功劳归陈德安、陈显丹二位领队。现场商讨，他俩首先提出，多数专家说好，恰当又显宽泛，包容性强。

三星堆一号祭祀坑金杖，人面像和动物图案精美，在已出土的中国同时期金器中体量最大。金杖的性质说法多样，学术界普遍认为此乃古蜀国政教合一体制下的"王者之器"，象征王权与神权

073

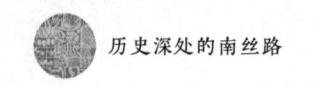

直到今天，八个祭祀坑几乎找不出青铜兵器，主要是宗教祭祀礼器。至于说完整件极为罕见，是否标志着祭祀终结，参与者有意捣毁？紧接着的深坑掩埋，表明灾变带来的恐慌，引发对偶像极度绝望，借这一方式送礼器升天，祈求神灵谅解。

赵殿增补充道：祭祀坑提法，至今难以撼动。

两个祭祀坑产生轰动效应，经济赔偿不再是拦路虎，砖瓦厂停产拆迁，三星堆遗址受到全面保护。当时不少人不理解，嘴上不说心头不服，认为小题大做。而今回头看，三星堆遗址作为古蜀文明的杰出代表，其别具魅力的中国文化元素，带给广汉乃至四川无穷尽的发展动能，最大受益者肯定是本地村民！

一九八八年，三星堆遗址列为国家重点文物保护单位，设立起考古工作站，隶属四川省文物考古研究所……来之不易呀，亲历者的赵殿增，感慨万千。

当年商谈经济补偿，赵殿增参与其中，身份为四川省文物考古研究所副所长。从省考古队队长、省文管会办公室主任岗位一路走来，那些年始终情系三星堆，仅一九八六年就跑了三十多趟。除协调各方面关系，做好相关组织、宣传工作，出于学者的敏锐，赵殿增从学术角度展开宏观研究，就此一发而不可收。

一九九二年，率先发表《三星堆考古发现与巴蜀古史研究》，其后系统研究成效显著，文章源源不断，观点得到广泛认同。如今，年过八旬的赵殿增依然潜精研思，梳理历年发掘成果，归纳总结三星堆文明特征与成因，自己的认识过程及主要理由，完成了《三星堆祭祀活动的基本架构：神坛、神庙、祭祀坑》一文，就这个神权古国的文明特质，提出个见：

"神权国家"是三星堆文化神奇面貌的主要内因,"过度消耗"是三星堆文化快速衰亡并形成大型祭祀坑的根本原由,"早期丝路"是三星堆文化丰富多彩的外部原因,"多元一体"是三星堆文明在中华文明中的历史定位。

就我看,文章思路清晰论据充分,四个方面的概括不落窠臼,自成一家。

神权国家,古蜀国王兼大祭师、众巫之长,集王权与神权于一体,号令地方首领。扩大统治范围,控制资源和财富,称霸一方。

最大障碍,无法撼动的力量,就是商王朝,人口、疆域到军事实力,天壤之别。防患于未然,妙招一个:借助神权凝聚人心,巩固统治。

三星堆王城,主政者第三代蜀王鱼凫,教授族人捕鱼的功绩,流传甚广。第二代蜀王柏灌,与鸟有关,其余不为人知。不知道的事,不等于不存在,《蜀王本纪》一视同仁,逐个道来:

蜀王之先名蚕丛,后代曰柏灌,后者名鱼凫。此三代各数百岁,皆神化不死……

神化了的鱼凫,几百年不死,建起上千平方米的神庙,借助神权掌控国家,维系社会稳定。通过祭祀活动,大肆渲染原始宗教,作礼器的青铜器,造型一个比一个怪异。

记起一九九七年金秋之际,我参加三星堆博物馆落成典礼。基本陈列两个,其一"综合馆",其二"青铜馆",规模不算大。

博物馆造型极富创意,具有颠覆性。陪同者说,设计者冥思苦想,认为三星堆魂兮所在,理当在那"堆"字。于是乎,灵感突如其来,博

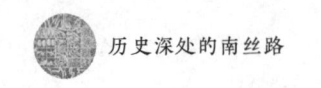

物馆造型采用覆土屋顶，突出"堆"，强调与遗址的呼应，与城市的关系……说了那么多，一时间也记不全，倒是那座别致的建筑，我看了又看，舍不得离去。

今非昔比，大规模发掘告一段落之后，二〇二三年七月，投入十四亿元的三星堆博物馆新馆落成，规模扩大好几倍。设计期间，参与者公认老馆风格根植三星堆文化，于今历久弥新，既然是无法超越，不如发扬光大。

果然，矗立广汉城西鸭子河畔的新馆，让所有游客印象深刻。

远望，新馆与旧馆相互呼应，追求风格的统一，相互有机融合。细看，新馆大模样，犹如三个沿中轴排列的覆土堆体组成。给我的感觉，同样是追根溯源，借此寓意出处：三星堆。

一楼展厅，按主题分类，有"古城古国""古蜀文明交流""考古发掘历程"等。再上一层，观赏完圆形剧场的情景短剧，再去往"艺术、神话与祭祀""文物重器专题""新考古成果"展厅。智慧型博物馆，通过虚拟现实技术等手段，让内容多元而丰富，展示更加生动形象。最直观的感受，便是藏品一下子"活"起来，突破时空限制，互动性大增。

三星堆青铜器，依然是我的最爱。充实文物，完善陈列，看得人眼花缭乱。步入青铜世界，荡魂摄魄，如同专家所言：沉睡数千年，一醒天下惊！

原始宗教，推崇万物有灵，仰仗"三个崇拜"：自然崇拜，祖先崇拜，图腾崇拜。

自然崇拜中，首推太阳崇拜。玄妙数青铜神树，高约四米，还不算缺失的树梢。神树主干笔挺朝天，一侧神龙攀附，三千年前名号"扶桑"，作为沟通天地神祇之灵物，法力无穷。神树分三层，每层枝条三根，每根枝条各一鸟，昂首翘尾，立于枝条花蕾上。据古蜀先民"十日

传说",神鸟共十只,缺失那段树梢,理应栖息另一只。这一传说,《山海经》有记:

> 汤谷上有扶桑,十日所浴,居水中。九日居下枝,一日居上枝。

十只鸟儿,古蜀先民奉若神明,尊之"太阳神鸟",按《山海经》说法,便是十个太阳。每日破晓,轮值的神鸟,从扶桑神树展翅腾空,凡间人便见太阳冉冉升空。

祖先崇拜方面,当数青铜纵目面具,又号"纵目神"。古蜀人思维天马行空,这件浪漫主义杰作,变形与夸张手法并用,两眼眼球筒柱状前凸,一双招风耳硕大无比。不由得想起,古代神话传说的千里眼、顺风耳,不知是否由此而来?

这位纵目神,蚕丛化身。眼球极度突出,意在强化神的特质,令人望而生畏。作为古

三星堆博物馆镇馆之宝——青铜神树,修复后高度近四米,以"中国迄今为止体型最大的一件单体青铜器"闻名于世

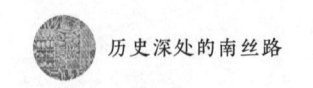

蜀图腾之一，表现眼睛崇拜的青铜器，理当供奉于神庙，何以落得掩埋于祭祀坑，个中原委，够得后人揣摩。当然，看得远，听力好，纵目神千里眼、顺风耳之称号，受之无愧。

说到图腾崇拜，偶像有青铜鱼鹰。神化自己的祖先，真实目的是神化自己，借助神权驾驭部属。多种造型的鸟儿中，双目如炬的青铜鱼鹰，即为鱼凫化身。鱼凫者，捕鱼的水鸟，今名鱼鹰、鱼老鸹是也。

鱼凫氏时期，鸭子河清澈见底，水中鱼儿成群结队。古蜀人眼馋，跳入水中抓一条，煮熟尝，汤鲜肉嫩。驯服鱼鹰入水捕捉，渔猎成食物来源。推而广之，国人皆大欢喜。只是这发明，谁敢贸然认领，只能归于国王鱼凫。

至于原住民人间蒸发，是水患、瘟疫、迁徙，还是外敌入侵？早期揣测无凭无据。倒是八个祭祀坑，极尽奢华的青铜器等器物，对应古蜀国生产力，一个新的思路产生：毫无节制的祭祀活动，耗尽民脂民膏，导致部落联盟分崩离析，古蜀国消亡。

早期丝路，即南丝路雏形——民间商贸通道，连接川、滇、黔直至域外。

通道繁忙，超乎我们想象。南亚方向，海贝、象牙等特产，长途跋涉辗转北上，抵达古蜀国王都。高高在上的权贵，偏爱奢侈品，当作财富象征，大量收集。逢盛大祭祀，慷慨解囊，敬献天地神灵。

南去北来的交流，典型莫过青铜器。

青铜金面罩人头像，三星堆仅出土四件，保存较完好的仅一件。三星堆出土的这些金面罩人头像，与古希腊、古埃及发现的金面罩相比，形态各异，用途不同。

黄金，古蜀国时象征权力。佩戴金面罩的青铜人头像，地位高，手握生杀大权，拥有同神交流的特异功能。面部表情无法目击，感觉双目

第三章 青铜岁月

三星堆青铜金面罩人头像，迄今仅出土四件，普天之下，绝无仅有

照片中的这一件青铜纵目面具借助极度夸张的双目与耳朵，在三星堆众多青铜面具中脱颖而出，让游客一眼难忘，沉浸于古蜀国人的精神世界

这件青铜戴冠纵目面具，除去面具造型独特，其冠部饰物设计尤显夸张，不仅博人眼球，似乎还意味着具有超人的神通，反映出古蜀国人宗教的神秘与艺术的取向

079

众多造型各异、大小不一的青铜面具,集中陈列于三星堆博物馆,让游客逐一感受到来自历史深处的青铜之美

凝视芸芸众生,透射王者威仪。

青铜人像、面具上百件,数量国内第一。

二十九件青铜立人像,貌似祭祀的巫师,姿态多样手势各异,忙于施展法术。人像大小、形象、装束各有不同,置放神庙、神树、广场等特定环境,体现不同等级。

至尊者青铜大立人,被认为是国王兼众巫之长造像,身材细长,真人等高。同时代青铜人物雕像,数其体量大。众巫之长法衣三层,亮色在内衣,两摆下垂呈燕尾状,古蜀先民的审美意识,领先燕尾服发明者三千多年;图案花样,搭配鸟纹、虫纹、目纹,突出一组组龙纹,也不知能否视作中国第一件龙袍。

冠冕图案神秘:额头太阳形,两侧各一眼形。

梯形神坛,高八十厘米,周边四龙拱卫。众巫之长高居神坛,俯视一切,指挥众巫师,沟通天地呼唤神灵。

与之对应，几件青铜神坛，通过神山、神兽、巫师、力士、跪祭者、突目神人图案或雕像，彰显神庙地位，渲染盛大而神圣的祭祀活动，营造天、地、人三界组成的完整宇宙形态。

古蜀人的原始宗教，完美呈现。

也有大惑不解的，那便是人物雕像与面具，除了方颐形的脸外，有高鼻梁双目深陷的，有长刀眉鹰钩鼻的，有咬牙啮齿大张口的，有嘴巴扁平笑盈盈的，有眼睛杏叶状的，有耳朵穿孔、颈部倒三角形的……

稀奇古怪的面孔，来自哪里？高超的青铜冶铸技术，出自何方？

三星堆大立人像，其冠，其面罩，其手势及站姿，包括脚下的祭坛，皆出自古蜀国工匠的奇思妙想

说天外来客，显然无稽之谈，不值一驳。

说面孔酷似西南夷，出处不言自明。问题在于，西南夷先民何等长相，古籍无处可证，唯有天知晓。

说中原、长江中上游地区，特点各有不同，唯独头饰、发型接近。

视线投向更遥远的地方，三星堆人物面部神态的雷同、表情的庄严肃穆等，又似乎与西亚等地区雕像的风格、表现手法近似，二者之间，莫非存在某种联系？

的确，西亚青铜冶铸发达，青铜权杖、青铜人物雕像等皆有出土，通过文化交流相互融合，勉强说得过去。但西南夷呢？可以断言，西南夷青铜冶炼和铸造，时间晚于古蜀国。笮人族群、古滇国青铜文化的起步，是在三星堆消失数百年，方才先后承接蜀地青铜艺术精髓，吸收与传承。

各方交流通道，南丝路最具可能。

看来，还得将目光收回，重新审视脚下这片土地。

作为青铜文化的源头之一，极富创造精神的古蜀国人，立足三星堆，吸收消化包括中原、西亚等多方文化特点，自成一格，显现了中华文明的多元一体。

例如一个龙纹，新石器时代伊始，即为华夏古文化的明显特征，与

三星堆博物馆

西亚毫无关联；青铜雕像的制作，三星堆采用的是范铸法，西亚地区则为失蜡法、锻铸法，二者截然不同。

凡此种种，中国的青铜铸造史，因三星堆而改写。

何止于此，三星堆文物器形多与中原近似，青铜尊又与长江中游地区相同，龙纹更是特色鲜明，包含黄河流域、长江流域文化元素。以三星堆遗址为代表的古蜀文明，对中华文明起源的"多元说"，即苏秉琦先生的"满天星斗说"，提供了有力支撑。

黄河文明之外，长江文明同是中华文明起源之一，得以验证。

只是，一个如此规模的古蜀王国，拥有灿烂的文明，坚固的王城，延续两千多年的统治，却找不出任何史料记载，来无影去无踪。

至于不计其数的文物，没留文字不说，就连青铜器亦无铭文，岂不怪哉！偶见陶片符号，有学者解读为"巴蜀图语"，视作古蜀文字。更多人不予认同，说是表象意义的符号。这明显不合常理。不管夏商周，还是春秋战国，青铜器盛行铸刻铭文，反映社会政治、经济、军事、法治、礼仪等，借以歌功颂德，记录国家或宗族大事……

唯有大西南，三星堆青铜器带头，找不出铭文的蛛丝马迹。

二　接力者石寨山

虽然没找到铭文，好在三星堆青铜人像来路曙光乍现，去路相对清晰。

当今成都市区，二环路与三环路之间，年代稍晚的金沙遗址，出土一件青铜立人像，同三星堆青铜立人像趋于一致。也有遗憾，金沙遗址四百多件青铜器，人像仅此一件，身高只有三星堆的十分之一。

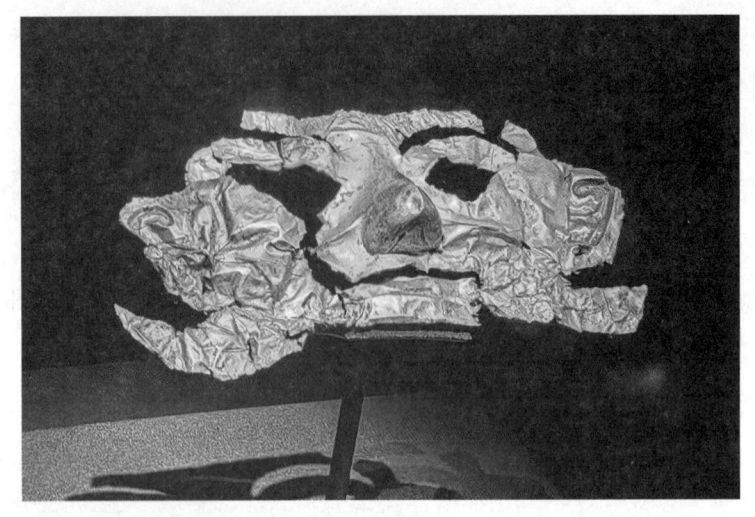

几十年间,三星堆遗址先后出土多件金面罩,无不制作精美,工艺考究,照片中的这件金面罩为其中之一

有失望也有欣喜,另一个奇迹——太阳神鸟现身。太阳神鸟呈圆形环状,金箔纹饰分内外两层,图案镂空,工艺超三星堆金杖、青铜金面罩。

太阳神鸟人见人爱,入选中国文化遗产标志。

至于青铜人像足迹,南丝路那头古滇国觅得,接力者石寨山。

战国后期至秦汉,古滇国据有滇池周边区域,东临夜郎,西有昆明,北为邛都。这些部族君长,独霸一方,都不是善茬。

每次到昆明,必去云南省博物馆,石寨山、李家山出土青铜器,我是情有独钟。

其中石寨山,紧挨滇池,隶属昆明市晋宁区上蒜镇,相距城区十来公里。一九九一年春末夏初,我由昆明市文管会主任周荣华陪同,车停滇池边上,沿沙石路步入石寨村。农家房屋土木结构,分布石寨山下,瞟一眼便知有些年头。

所谓石寨山,其实是高出地平面三十来米的小土丘。却因为沾云贵

第三章 青铜岁月

高原的光,一说海拔就上两千米。屋后山道,爬几步即古滇国贵族墓葬群,缓坡那些不规则的土坑,历年发掘遗留。当年墓葬群,属于云南省文物保护单位,划定了保护范围,周边红砖砌墙,只是进出随意。

满地荒草,稀稀落落几棵小树,风水好在哪里?古滇国贵族墓葬何以选择这里,又是如何发现……

一路问不停,周主任头都大了,调侃说回昆明请个厉害角色,好堵我的嘴。当晚餐桌上,还真就多出一位长者,满头银发面容清癯,地道云南口音。

我毕恭毕敬面对长者,听周主任介绍说:"这位孙太初先生,云南数得着的考古学家,一辈子耗在省博物馆。有什么尽管问,石寨山那些事全在他肚子里。"

孙先生考古界名人,潜心研习滇文化几十载,说起石寨山,果然滔滔不绝。

远眺石寨山,与滇池周边小山包没什么两样,毫不起眼

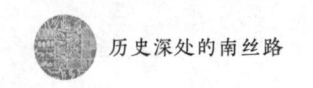

云南省博物馆筹建初期，收集文物是头等大事，筹备处安排专人，有事无事往甬道街跑，孙太初成常客。清代的甬道街，云贵总督衙门通道，平民不得擅入。待到推翻帝制，形成一条商业街，从事古玩、花鸟、翡翠珠宝交易。

一九五二年七月，为培养考古骨干力量，由文化部社会文化事业管理局、中科院考古研究所和北京大学联合，举办全国第一期考古训练班。作为云南省唯一学员，年方二十七岁的孙太初参加培训，同出席开学典礼的郭沫若合影留念。三个月时间，理论学习加野外调查，得梁思永、夏鼐、裴文中、曾昭燏、郭宝钧、苏秉琦等大家真传，学员眼界大开，专业知识迅速提升。

学成归来，孙太初摩拳擦掌，就想大干一番。上班第一天，同事美滋滋地告诉他：筹备处收购了一些青铜器，多来自甬道街古玩市场。凭直觉，他感到这些青铜器非同寻常。器型怪异，纹饰精美，动物图案生动，并且地域特色浓郁，同中原夏商周三朝的青铜器不同，估计出自云南古老民族。孙太初叮嘱同事：需重点关注。

第二年盛夏，古董商汪发科找上门，打算出让几件青铜兵器，孙太初接待。汪发科的资格老，圈内名气大。他解开口袋，亮出青铜兵器，孙太初怔了一下——正好与甬道街的相似！

谈妥价格收购毕，拐弯抹角，打听古董来源，说是不清楚。

三番两次出现，筹备处先后购得二十七件，依然查不到源头，古董商个个守口如瓶。孙太初牵肠挂肚，逢人就打听，依旧毫无收获。直到有一天请几位前辈喝茶，天南地北聊一通，提到这些青铜器。在座的方树梅先生，道出一段旧闻，说是抗日战争初期，晋宁小梁王山那个方向，有农民上山开荒，时不时挖出青铜器。当地有钱人闻到风声，器形完好者，赏几个钱拿走。碎的没人要，丢弃地头，收荒匠来了论斤卖。几经倒卖，不是识货的行家收藏，就是落入古董商手中，出现在甬道街。还有流向海外的，大英博物馆就有。

方树梅先生晋宁人，又是云南文献学家，这话可信。

孙太初来了精神，迅即汇报，建议去晋宁核实情况。筹备处秘书长李家瑞，学者出身，一九二八年北京大学毕业，认同这个建议，亲自带队。

李家瑞、孙太初一行刚到晋宁，还没去小梁王山，相距小梁王山三公里的石寨山传来意外之喜：挖出几件青铜器。赶赴现场，几件青铜器与收购的相同，看来石寨山才是源头。

发现青铜器的村民，自告奋勇，带路去往石寨山东面。那一带，地势稍缓，半山腰有一道不规则的土城埂。岩石密布，荆棘丛生，土城埂内外布满新坟。

土城埂边上那个浅坑，就是青铜器出处，当事人比手画脚，如此这般复述。李家瑞等认定：石寨山下有古墓，埋得浅，规模不小。

组建考古队，制定方案逐级报批，一九五五年三月初，石寨山考古迈出第一步。

石寨山二号墓发掘令人失望，早期遭破坏，毫无价值。一号墓收获大，出土百余件青铜器，包括兵器、礼器、贮贝器之类。借用孙先生原话："出土随葬品极为丰富！"

出土文物多，但是缺了文字，年代、墓主身份不明，让李家瑞、孙太初一头雾水。恰在此时，中国科学院院长郭沫若途经昆明，前往印度出席国际会议。

郭沫若算少有的通才，诸多领域皆有建树，于历史学、考古学、金石学无一不晓。郭老嗜古，听说石寨山有新动向，迫不及待，吩咐云南省博物馆走一趟。

李家瑞等介绍完毕，郭沫若满脸惊讶，仔细端详一桌子的青铜器，

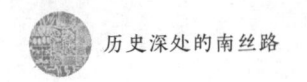

似乎想看透其中奥秘。落座沙发，郭老若有所思，滇地奴隶社会面貌，慢慢浮现眼前。沉思半晌，突然冒一句：会不会是古滇国的东西！

我正听得入迷，服务员端上一个大盘，菜名报的"爆炒螺蛳"。孙先生话题一转，讲起这道特色菜的工序：头天将螺蛳放入盆中，注满水再倒少许麻油，使其慢慢吐净泥沙。第二天冲洗干净，斜口钳去掉螺蛳壳尾部。好处嘛，一是容易入味，二是食用时螺蛳肉容易吸出。

诸事齐备，微火加上清油多，锅中放葱、姜、蒜、海椒、花椒等，炒出香味转大火。倒进螺蛳翻炒片刻，再放盐、糖、鸡精、料酒一类，最后加水没过螺蛳。盖上锅盖，待汤汁收浓，便可装盘上桌。

爆炒螺蛳，肉质肥美味道佳，需得趁热吃，古滇国的故事接下来讲。孙先生卖个关子，弄得大家心欠欠的。晚餐后一个不少，茶楼雅间听下文，一杯普洱回味无穷，孙先生开始"抖包袱"。

一九五五年，石寨山古滇国贵族墓葬出土的青铜器，可谓琳琅满目

郭沫若离开数月,文化部副部长兼国家文物局局长郑振铎,从北京飞抵昆明,显然从郭老处得知消息。参观完毕,表态也大气:补贴文物经费五千元,划拨西德进口经纬仪一台。

在当时大米几分钱一斤,这笔钱不是小数。与之同步,云南省拨出专款,抽调公安等部门人员,配合考古队入住晋宁。

一九五六年十一月,石寨山第二次发掘,时长两个月。墓室一个个打开,文物不断出土,扫尾阶段还发现滇王金印。

侥幸呀,亏得石寨山貌不惊人,常人眼里黄土丘一座,这才躲过摸金校尉,孙先生不停念叨。

诚如所言,眼下"黄土丘一座"的石寨山,谁承想当年古木参天,溪流潺潺,滇池就在山脚边。否则,村里人怎会眉飞色舞,说远望状若巨鲸,嬉戏碧波,故又名"鲸鱼山"。鲸鱼喻作"水中神灵",栖身之处,当然风水绝佳。语气笃定。

有道理,滇王墓地选址,肯定假手女巫卜问,福荫子孙。

风水之外,石寨山交通便捷,距离古滇国都邑的上蒜镇河泊所遗址,不过千米。至于李家山古滇国墓葬群,靠近星云湖,与河泊所遗址同样相去无几。

石寨山古墓群时间跨度长,从战国末到西汉晚期,前后三百来年,一直是历代滇王及族人、臣属最后的归宿。古人讲求厚葬,显贵们相互攀比,一代代下来,地下宝藏无数,以至于后来升级为全国重点文物保护单位,入选中国"百年百大考古发现"名单。

为抢救这些宝藏,石寨山先后进行了五次发掘,清理墓葬八十来座,出土精美器物近五千件,多数收藏云南省博物馆。

古滇国寻踪之旅,除去石寨山、李家山之外,少不了云南省博物馆。早年间的博物馆,位于五一路、东风西路交叉口。20世纪50年代落成,

历史深处的南丝路

主楼连底七层,欧式造型极其罕见。

繁华路段,参观者众多。只是面积窄小,陈列有限,无数文物沉睡库房。数十年过去,没多大改变,每次都抱憾离去。后来一次,当我发出感叹时,博物馆朋友的回答底气十足:今天的昆明,需要新的文化地标。新的博物馆开始修建,地点广福路那边。

几年后造访,如其所言,气势宏大的新馆

云南省博物馆前,学生们以班级为单位,有序进入,感受南丝路悠久而厚重的历史文化

落成。远远望去,主体建筑"回"字形,庄重沉稳;墙面红铜色,阳光下绚丽夺目,夕阳映衬更是金碧辉煌,红土高原上的"有色金属王国"让人浮想联翩。既称"有色金属王国",当然铜、锡资源富集,昆明市东川区的东川铜矿,三千多年前开始采掘。有专家放言:三星堆、殷墟、古滇国冶铸青铜器的原料,全都来自这座铜矿。

云南出手阔绰,新馆展厅面积一万六千平方米,比老馆多出五倍。从石寨山到李家山,古滇国墓葬群青铜器,精品一一展示。

是以,无论老馆新馆,透过青铜器这个闪光点,古滇国历史和滇人生活再现,形象而生动,多姿又多彩。

舞俑铜杖头，有如三星堆的杖，昭示最高权力；铜鼓镌刻的人、鸟、鱼图像，类似三星堆图案；青铜戈上的太阳纹，可在三星堆找到答案……至于青铜人像，挽髻、辫发、穿耳等，显系三星堆真传。

时隔千年，接力三星堆，不同于三星堆，古滇国工匠思维独特，善于创新。

青铜器采用合范和失蜡法铸造，偏好立体造型，圆雕、浮雕、透雕、线刻、复合材料粘接变化多端，镶嵌、雕刻、鎏金、锡合金手法娴熟，追求制作的精美和艺术的生动，无疑南丝路青铜文化又一高峰。

亮点在青铜贮贝器，作为古滇国统治者的特供物品，代表其社会地位与财富，出现时间在春秋末期，用于存放中国最早的货币——贝币。根据用途，考古学家直呼"贮贝器"，俗称"存钱罐"。

古滇国贵族，大量囤积贝币，交换奴隶、牲畜、珠宝、金属。贝币多了，放什么地方？贵族发话，铸造者绞尽脑汁，设计出贮贝器，珍藏主人所爱。

即便死后，另一世界也不差钱，随葬贮贝器，塞满贝币。充作贝币的这类海贝，学名叫作"环纹货贝"，既小巧玲珑又色泽斑斓，属稀缺贝类，多来自印度洋。古滇国与东南亚、中亚大陆，商道可通，贸易交往互通有无。作为商品交换一般等价物，贝币畅行无阻，经南丝路入巴蜀，而后辗转中原。

石寨山上，出土贮贝器三十六件，贝币十五万枚。

博物馆陈列的贮贝器，铜绿斑斓，柔和的灯光下，铸造者构思之奇巧，尽在眼底。

三星堆青铜人像非神即巫，不食人间烟火，看不明白摸不透。贮贝器盖两回事，上面铸有古滇国方方面面，将祭祀、征战、会盟、农业、渔猎、歌舞、纺织等逐一呈现，时代特征鲜明，生活气息浓郁。

三星堆人像体量大，等同或超过真人，抽象夸张带搞笑，纵目面具更不可思议。石寨山不然，贮贝器盖所铸的人物几厘米到十多厘米，类似小人国矮人。矮小归矮小，不变形不夸张，追求生活的真实，再现古滇人形象。

三星堆青铜器不见铭文，石寨山照样。好在，贮贝器盖侧重叙事性，采用现实主义手法，蕴含极大信息量，为后人复原了古滇国历史，弥补了史料的不足。

直径二十厘米左右的贮贝器盖，权当戏台，不同的独幕戏，定格不同的场景，取舍恰在精彩一刻。从个体到群体，青铜焊铸的各色人等纷纷登场，竞相以生动形象的表现方式，从面部表情到肢体语言一丝不苟，将自己扮演的角色发挥得恰到好处。

一个个贮贝器盖，依次看去，一幕幕往事，跃然眼前：滇王无上的权威，奴隶主的颐指气使，奴隶的任人宰割，征战的惨烈，丰收的喜庆……

战争场面，重在鼓舞士气。周边冲突不断，险境中求生存，刀光剑影寻常事。前方，古滇国将领一马当先，椎髻的古滇国士兵勇不可当，辫发的昆明人丢盔弃甲。右侧，古滇国骑兵来回冲杀，处于劣势的敌方步兵拼命抵抗，有倒地痛苦挣扎者，有身首异处一命呜呼者，有放下武器跪地求饶者。

祭祀场面，残暴又血腥。中央铜柱一根，两条蛇盘绕其上，底座鲨鱼凶猛，顶端老虎咆哮，皆滇人敬畏的图腾。一女奴隶主主祭，端坐肩舆，前后侍从簇拥，参与祭祀的妇女，早早落座静候。祭祀的牺牲除牛羊，少不了奴隶，三人全身赤裸，双臂反绑或枷锁套牢。刽子手紧握斧柄，只待号令，砍下脑袋祭祀天神。

显贵场面，气势非同一般。鎏金骑士不怒而威，高高在上，通体金黄佩短剑，胯下骏马昂首嘶鸣。公牛四头环绕周边，牛角弯且长，肌肉

第三章　青铜岁月

部族间的杀戮，残酷至极

杀人祭柱青铜贮贝器，目睹众生相，如同身临其境

青铜贮贝器盖上，鎏金贵族趾高气扬，稳坐马背居高临下

历史深处的南丝路

冲锋陷阵你死我活，场面够惨烈，充满动感的瞬间，被古滇国工匠拿捏得恰如其分

发达强健，牛气冲天。服饰华贵，外加象征财富的牛，百兽之王的虎，鎏金骑士身份不寻常。

纳贡场面，七组人物纷至沓来。一个古滇国，部族众多，谁敢不敬滇王。领头者盛装佩剑，发型、服饰各异的随从，赶牛牵马背特产，争先恐后纷纷来朝。

狩猎场面，讲究画面的运动感。狩猎的古滇国武士，两人骑马一人徒步，奋力追击野兽。两条猎犬，迂回包抄围堵；鹿和狐，东躲西藏忙逃窜。

……

贮贝器盖这戏台，不同故事不同场景，解密陈年旧事，独树一帜。

戏台小天地，浓缩云南人文历史和自然生态，相较古蜀国的神秘莫测，古滇国豁然清晰。

三　过渡期的老龙头

三星堆到古滇国，中间有个过渡期，老龙头为代表的盐源青铜文化，介乎二者之间，自成一体。过渡期间，三星堆青铜器骤然变身，神界跌落凡尘，多兵器、食器、酒器、水器、工具一类，神秘与诡异罕见。

那年头，盐源这一带，笮人族群实力强，《史记·西南夷列传》称：

自嶲以东北，君长以什数，徙、筰都最大。

其中筰都，属西南夷一支，即筰都夷，也称"筰人"或"笮人"。盐源青铜文明的创造者，必是笮人无疑。

笮人踪迹，古代文献屡屡提及，首先《史记》，其后《汉书》《后汉书》《华阳国志》等，无不有所补充。先秦至西汉期间，笮人族群由岷江上游逐步南移，落脚青衣江、大渡河，最终迁徙盐源盆地。人多势众，占据雅砻江中下游，夺得滇西北高原。以盐源盆地为中心，这片广阔的土地，出产铜、金、铁、盐和丹砂等，均属重要资源。

说起盐源盆地，刘弘对这个山间断陷盆地的描述，简略而准确。不妨录于后：

从成都南行五百公里，经过四季如春的西昌，再折而西行，翻

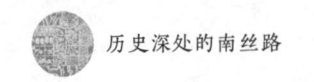

越海拔两千多米的磨盘山，横渡奔腾的雅砻江，再翻越一座海拔三千多米的小高山，就进入了镶嵌于川西南崇山峻岭之间的盐源盆地。盐源盆地海拔高度为二千三百至二千七百米，面积超过一千平方公里，盆地内密布着雅砻江的若干小支流。

初识盐源盆地，时在刘弘接任凉山州博物馆馆长不久，屈指一算，已然四十年。从西昌到盐源，翻越一座座高山后，刘弘眼前豁然开朗：好大的坝子，一眼望不到头，笮人真会选地方！

我的盐源之行，比刘弘晚好些年，了解笮人往事，首先去凉山州博物馆。件件文物无奇不有，尤其盐源青铜器，异彩纷呈，独树一帜。

止步于蛇蛙铜俎，造型奇特引人注目，诡异中蕴含精美，堪称笮人青铜器代表作之一。斩断魔爪，阻止这件国宝流失，莫大之功，属于凉山州公安干警。

盐源盆地，曾经的笮人家园，而今一眼望去，依然蓝天白云风光秀美

第三章 青铜岁月

一九九四年的一天，公安人员根据线报，设卡检查毒品，拦下一辆大巴车。登车盘查，一人形迹可疑，座位下方麻布口袋，鼓鼓囊囊不知啥玩意儿。解开口袋检查，除一件双耳陶罐外，其余青铜器破破烂烂，形状难以分辨。

没有毒品，但是凭经验，这些东西像文物，连人带物暂且扣下。是否文物，价值几何，立案需专家鉴定，作为法律依据。刘弘应邀前往，瞟一眼就知错不了，铜杖、铜剑、铜刀等，年代再晚也是汉代。

罪犯心知肚明，这回犯的事小不了，一口咬定收购而来，几经倒手，出土地点、盗墓贼是谁不知道。案件审结，罪犯锒铛入狱，收缴的文物移交博物馆。

盗墓贼只图下手快，青铜器遭了殃，找不出完整件。修复阶段，铜杖、铜剑、铜刀平日里见得多，分门别类下来，很快对上号。剩一堆青铜片，一只只蹲蛙，两条半截蛇头，属同一物件。

请来高手，成功修复后，却是形制怪异的铜案。数一数案面边缘，一圈立体蹲蛙，三十二只头尾相连，形态逼真；案面两端，各一探出前半身的蛇，鳞片清晰，蛇头高高昂起，口衔一鱼。

想起典故画龙点睛，青铜的蛇眼又当如何？我将视线转向蛇的双目。果不其然，青铜铸造与国画一个道理，远早于"画家四祖"之一的张僧繇，优秀的筰地工匠认识到——关键在眼睛。

凸起的眼球，真就格外灵动；静态的蛇，陡然平添活力。

这件青铜礼器，定为蛇蛙铜俎，又称蛇蛙铜案，年代在西汉之前。俎者，古代举行祭祀活动时，盛放祭品的器物。青蛙与蛇，当作案面饰物，涉及筰人宗教信仰。

神秘的铜俎，承载着筰人的神秘。从人类学、民俗学角度解读，青蛙崇拜出自农耕文化，与原始巫祭有关，求风调雨顺，保五谷丰登；若

蛇蛙铜案，笮人祭祀重器

从生殖崇拜解读，蛙强大的繁殖能力，寓意族群人丁兴旺，繁荣昌盛。

蛇的崇拜，出自当地毒蛇数量多，古老民族由惧怕而产生敬畏，视若神灵。

脱离墓室落单的铜俎，出处难以求证，好在铜杖、铜剑、铜刀的器形与纹饰，刘弘似曾相识。沉思片刻，让人打开文物库房，取出几件青铜器，大同小异。

库房内青铜器，来自盐源县老龙头，时间八年前。哈哈，这下拨云见日，青铜器被盗地点，跑不出盐源县。

一九八七年，刘弘铭刻于心。这一年，于凉山州文物考古意义非凡，盐源老龙头，南丝路上，一个多元文化交融的神秘青铜王国初露端倪。

事情由来，得从苹果讲起。

气候土壤使然，盐源苹果色泽艳丽，咬一口，皮薄肉嫩脆生生，供不应求。二十世纪八十年代，全县农民当作摇钱树，忙于扩大种植面积。

临近岁末，盐源县双河乡（今润盐镇）毛家坝，一个离县城七公里的地方。有位农民，一说姓梁，另一说姓刘，时隔多年理不清。反正是大清早上山，在苹果园边挖粪坑发酵人畜粪便，方便施肥。几锄头下去，磕到石板，露出一座土坑墓，散落的青铜器，让人目瞪口呆。

这农民挺可敬，特意跑一趟乡上，说明情况。县上知道后，拨通电话，直接向刘弘报告：毛家坝发现青铜器！

刘弘知道有好事。前推两年，第二次全国文物普查期间，盐源指导田野调查，确定以盆地中部的双河、干海等乡为重点，沿雅砻江的小支流——梅雨河走访，了解到十余处古墓群。

双河乡海马塘这地方，发现有石盖墓。当地一农民，墓地边缘掏出青铜戈一件，跑到县文管所要奖励。居然是战国青铜戈，刘弘验看无误，给他五元辛苦费。半天工夫，这人再次跑来，怀抱一件双耳陶罐，又得了五元钱。

好事接二连三，海马塘一位老太太手中，居然征集到战国青铜钺，刘弘高兴来不得了。

再前推一年，盐源县信用社的人，找到凉山州博物馆办公室，说一农民还不上贷款，拿件青铜戈抵债。价值几何，够不够还贷款，希望刘弘帮忙鉴定。这事儿够荒唐，刘弘耐住性子，看罢来人的东西，还真是秦汉时期青铜戈。

结局一个：宣传一通《中华人民共和国文物保护法》（简称《文物保护法》），没收了事。

惊喜来袭，依然是农民发现。回头想想，重要文物的发现，几乎都与农民关联，前面提到的三星堆、石寨山，包括秦始皇兵马俑，发现过程大同小异。

兴高采烈，刘弘坐一天的班车，又见盐源盆地。首先看青铜器，判

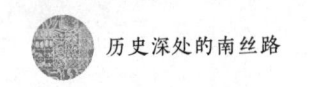

断年代西汉之前，接着去现场，土坑墓不止一座，地下有古墓群。

毛家坝方圆几十公里，而这片古墓，仅分布老龙头山脊。老龙头又名"庙庙山"，领路的村民讲，早年这里竖立两块大石头，形状如龙角，当地称"老龙头"。

老龙头山脊平坦，两侧坡度缓，笮人瞧上这儿风水，作为先人长眠地。刘弘斟酌一番，认为毛家坝过于宽泛，提出以老龙头命名，获得认同。

老龙头墓葬埋地底，土层完好，依照《文物保护法》相关条款，不允许发掘。刘弘离开前，叮咛县上加强保护，随时巡查，不可掉以轻心。

一个县文化馆，也就一位文物专干，挂上县文管所的牌子，就要负责八千多平方公里的文物保护，可以说无能为力。况且，盗墓贼采用游击战术，忽东忽西，同文物专干捉迷藏。一段时间下来，盗墓贼相互切磋，手段日渐厉害，只需打一狭小盗洞，就能钻入古墓，将青铜器洗劫一空。陶器一类，卖不了几个钱，砸烂扔一地，损失无法挽回。

盗墓屡禁不止，老龙头数十步一个的盗洞，惹得刘弘仰天长叹。无数次同公安部门沟通，向分管领导汇报，一再解释盐源青铜器的重要。领导有指示，公安干警多次出动，追缴被盗文物；县文管所配合，年年宣传文物保护……

怎奈财迷心窍，一九九九年的一个夜晚，老龙头墓葬又一次被盗，挖得横七竖八，古墓裸露。

刻不容缓，紧急呈报四川省文物局，抢救性发掘。没有经费，刘弘毅然决定，从博物馆创收的钱里面，提取四万元，以解燃眉之急。

精打细算，抽调四位骨干，刘弘有考古发掘领队执照，亲自带队；雇民工十来个，挖坑背泥巴，承担力气活。乡上无法解决住宿，每天早出晚归，十多个小时连轴转，累得衣服都懒得洗。

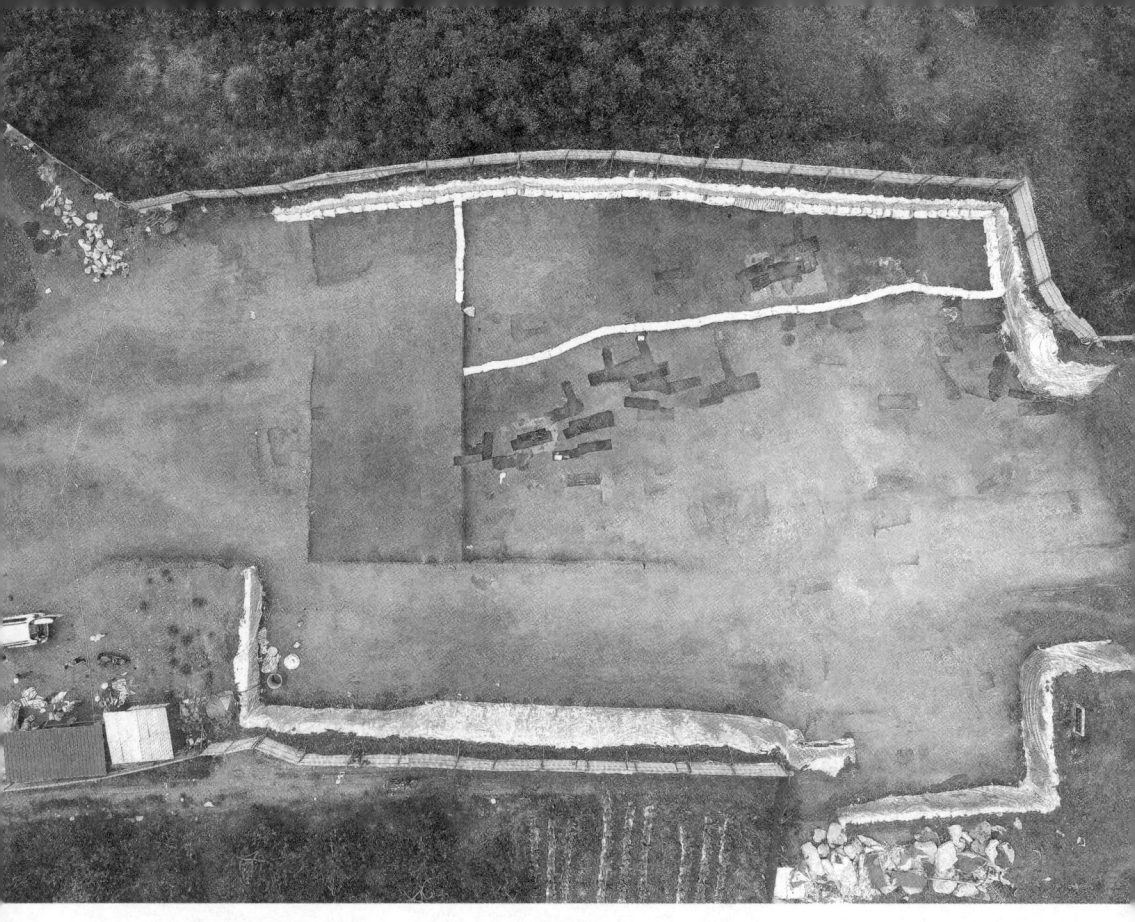

老龙头发掘现场一瞥

　　刘弘酷爱写诗，文博战线所见所闻，化作激情四溢的文字，充满浪漫主义情怀。选录其一，诗中云：

　　　　遍寻残冢步芄野，细掘遗址傍荒城。
　　　　晨露如珠鞋尽湿，午耐骄阳汗沾襟。
　　　　晚得草食权果腹，茅屋夜谈听雨声。
　　　　登山最喜危崖峻，涉水犹歌湍流浑。
　　　　……

　　辛苦归辛苦，老龙头发掘成果显著。总结上报省文物局，凉山州小

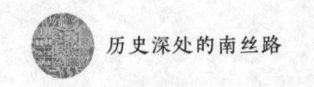

钱办大事,不等不靠的精神,领导为之动容,列入项目拨款十万。

接着干,刘弘精神抖擞。

这一次,业务骨干去了六位,依然住县城招待所,租一辆中巴车每天往返。早餐每人一碗粉,中午饭不变,还是请附近那位大婶做。所谓的午饭,异常简单——咸菜就稀饭,天天如此。大家就盼晚上一顿,能够吃上荤菜,偶尔还喝口小酒。

路不远也平坦,意料不到,一个傍晚收工回城,突然有一个小孩跑路中间。情急之下,司机急刹车猛打方向,车一头倾倒水沟边,刘弘惊出一身冷汗。挨个检查,轻微擦伤都没有,算是万幸。

前后两次,差不多一个月时间,清理墓葬十一座,出土文物两百多件(套)。老龙头墓葬群面积,有了大概数据:超过两万平方米。再结合早期文物部门征集,以及公安部门移交的文物,盐源土坑墓年代也有了结论:始于战国,下限西汉末期。

盐源土坑墓,老龙头最具代表性。排列有序,墓向基本一致,很少存在打破和叠压关系,意味着经过精心规划。长年水土流失,现存墓口距地表较浅,极易被发现,导致盗墓贼频频光顾。

墓葬分大、中、小三种类型,大、中型墓葬有棺椁,小型的有棺无椁。此外,不同类型的墓葬形制不同,随葬器物多寡不均,尊卑有序,显示某种社会的分层。

四号墓室规模大,墓主系部落酋长。虽被严重侵扰,但遗物多,等级高。

墓室北面,平躺尸骨一具,长达一百七十厘米,身边青铜戈、马头骨,右小臂套铜甲片,人殉是也。人殉者,活人陪葬制度,残忍而野蛮。奴隶主即便归天,亦不忘带上魁梧侍卫,守护虚无缥缈的灵魂。

发现编钟,功在唐翔,会理县文管所所长。每一次大规模发掘,刘弘从西昌、会理等文管所抽调骨干。这唐翔运气好，有他参与，总能找到特殊物件，得了个绰号：福将。

这回不例外，钻入四号墓室，马上取出编钟，可惜就一件。

我乃搞音乐出身，对编钟略知一二。作为大型打击乐器，兴于周朝，盛于春秋战国。编钟青铜铸就，椭圆形，大小不等，按音调高低排列，悬挂于巨大的钟架。天子、诸侯祭祀或宴享时，乐人用钟锤敲击助兴。

编钟何以落单？想起石寨山那头，发现"滇王之印"的六号墓，出土编钟六件，与之近似。老龙头这件，是笮人的战利品，还是从云南交换而来，说不清。

铜鼓古拙，鼓面太阳纹，早于石寨山铜鼓。铜鼓功用类似鼎，西南地区民族之重器，谁掌握手中，就有号令部族之权力。

出土最多，种类最丰富，当属青铜兵器，多为国家三级文物。

周边危机重重，邛人、滇人、昆明人等，凶猛善战，不是省油的灯。笮人丰富的资源，对手垂涎欲滴，武装族人常备不懈。既为战斗民族，剑、戈、矛、刀、钺等，当年厮杀利器，应有尽有。其中，流线型三棱箭镞，锋利异常，可射穿头骨。

兵器之外，装饰物不少，除去青铜手镯、带钩、带饰、挂饰、盒形器等，还有海贝、骨珠、玛瑙珠、绿松石珠……爱美之心，古今一个样，西南一隅的笮人，赶时髦不落伍。

各种材质，多种样式，既有汉地风格，又蕴含区域特色、民族风情。笮人于美的追求，不容小觑，一组八枚圆形青铜带饰，镂空纹饰之精美，够得我品味。

谁人冶铸？刘弘说笮人工匠，地点盐源盆地。

尚无定论，刘弘已过花甲，退休后定居成都。第二故乡难以忘怀，少不了年年回西昌，探望故人，为年轻人讲一课。老龙头大有文章，文

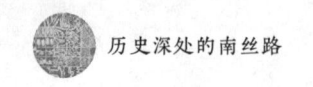

博事业亟待后来人，刘弘殷切寄语："君不见，蜀山邛野松竹老，峰峦长绿待后昆！"

后生可畏，二〇二〇年以来，凉山州博物馆联合成都市考古研究院等单位，再次挥师老龙头。几年下来，文博人员不负重托，出土文物五千余件（套），青铜器不在少数。

其中，国内最早的青铜三轮马车模型，种类繁多的青铜枝形器，还有用于纺织的青铜腰机……累累硕果，无不应了刘弘早年诗句：定笮铜器天下珍。

幸甚至哉，随着发掘推进，一座青铜铸匠的墓坑，浮出水面，证实刘弘判断。

随葬品中，陶浇包、陶鼓风管等工具，青铜冶铸必备。作模具的石范分十组，浇铸的铃、刀、钺、凿等，对得上老龙头青铜器，与盐源盆地器形相差无几。

工匠手艺代代相传，经历几百年兼容并蓄，吸收蜀文化、滇文化及域外文化元素，结合笮人审美情趣，地域特色浓厚。

铜杖分"干"形、圆棍形，杖首饰鸡头、弯角羊头、弯曲的蛇尾等；单个出土的铜杖首，样式更是多样，如三鸟形、三虎形、双马形、双圆圈形等。其中，我最是喜欢三女背水铜杖首，千年前的笮域风情，跨时空再现：三个温馨小女孩，相对而立，戴尖帽穿筒裙，背水罐的皮带系额头，状若窃窃私语。

三星堆、金沙遗址至老龙头，再至云南，又至中亚、西亚、古埃及，杖首功用不变，一律象征权力。老龙头杖首，既同三星堆、金沙遗址遥相呼应，也与中亚、西亚相似，传递出某种微妙信息。

便是兵器，依然取百家之长：双圆柄首铜剑，显现北方草原青铜器风格；近身搏斗的"山"字形剑，与蜀地、滇地相邻区域工艺接近；青

第三章 青铜岁月

铜戈多为三角援戈，源头来自古蜀国，只是更细长更锐利；双柄铜刀属首创，发明权归笮人。

铜鼓鼓面，四只翔鹭环绕太阳纹，太阳崇拜让人遐想：三星堆青铜神树的鸟儿，金沙遗址的太阳神鸟，西南夷铜鼓的众多飞禽……

还有蛇蛙铜俎，案面那蹲蛙、蛇头，也都出于石寨山。

上述种种可证：盐源盆地青铜器，承前启后自成一体。富有创造力的笮人，留下的岂止青铜文明，发明笮桥，驯化笮马，两大贡献载入史册，在时光中永恒。

西汉之后，笮人淡出，去向不可知。

笮域考古最大遗憾，一如三星堆、石寨山与李家山，青铜器不见文字符号，更说不上铭文。据我所知，南丝路青铜器文字符号，仅见诸巴蜀印章。三星堆那些神秘符号与图案，或许就是透过巴蜀印章，演变为巴蜀图语。

刘弘有心，向我提及20世纪末，盐源发现巴蜀图语的铜带钩。仔细辨

一人双马枝形器，青铜铸就，是笮人对马的崇拜使然，还是另有说法，够得今人思量

三女背水铜手杖

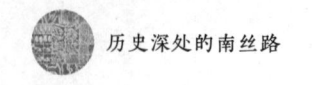

识，相较于巴蜀印章，抽象许多。

好在，一九七九年三月，越西县城北华阳村西汉土坑墓，出土巴蜀印章一枚，印面纹饰古拙，两侧各一"王"字，分外醒目。

四　印章的巴蜀图语

四川盆地周边，包括南丝路沿线，巴蜀印章偶有发现，清一色青铜铸造。相比大多数青铜器，巴蜀印章堪称小不点儿：大似铜钱，小如纽扣，轻的一两克，重者十来克。

体量小，不起眼，印面的巴蜀图语，却又深奥无穷，琢磨不透。

巴蜀印章进入我的视野，时在一九九三年，第一次去严道古城遗址博物馆。

高墙深深，木楼斑驳，博物馆简陋至极。破烂的条桌，铺一方洁白的绒布，数十枚青铜印章，横七竖八随意躺卧。不敢相信，眼前就是巴蜀印章，专家们为之绞尽脑汁，依然难于解读。

我轻轻地，微颤的手托起印章，一股神奇的力量由掌心泛起，无数尘封的秘密，流淌进我的心田。

巴蜀印章存世量极少，不过两百枚上下，风行于世的时间，大约春秋至西汉初期，其后遽然消失，踪影渺茫。直到二十世纪六七十年代，开田改土，伴随一次次的偶然，沉睡中的巴蜀印章，逐一唤醒。

多数印章，出自战国船棺墓，墓主身份较高。钟爱之物，需得随身呵护，紧贴腰间触手可及，似乎沉睡中醒来，又带其踏上新的旅程。细细盘点，巴蜀印章显现处，皆南丝路重镇关隘，如严道、青衣羌国等。

当年严道，辖区远超今天的荥经县，为蜀地南端屏障，南丝路商贸集散地，也是铜矿产地、冶炼地。

手中的印章变得沉甸甸，举轻若重，透出历史的深邃。

巴蜀印章器形精巧，圆形居多，也有方形、矩形、半圆形、山月形、曲尺形等。丰富的形态，表达了古人思维的奇巧，展现了独具的美学观念。就说印纽，生动又别致，有鸟首纽、兽形纽、桥形纽等。鸟首纽如鸟儿啼春，兽形纽威风凛凛……不同造型，透露出不同信息，让你的思绪信马由缰。

巴蜀印章符号或图案，神秘诡谲，含义至今未解。印面符号，有章可循，又似乎无规律可言，观其符号，神韵独具；究其内涵，多少考古大家犯难。具象化的印面，鸟儿、蝉儿还有星星、月亮，一幅幅谜样的生灵天象画卷；抽象化的印面，曲尺形、几何形线条分明，图案的对称与平衡，传递出古人讲求的和谐统一。也有蓄意打破平衡的，其中一枚，"王"字与星辰图案上下呼应，又隐喻着何许远古信息？

一九七九年三月，越西县城北华阳村西汉土坑墓出土的巴蜀印章，清晰可见两侧各一"王"字

南丝路那头，西亚古代文明、古埃及文明、古印度文明，也发现类似印章。是否印证，通过南丝路，不同的文明之间，除了铜器人物雕像，印章亦存在某些联系与借鉴！

遥远的岁月里，铸刻这些印章何用？谜样的符号或图案，意义何在？多数专家认为是巴蜀图语，即巴蜀古文字。

语言的产生，成为猿与人的分水岭。文字的出现，惊天动地，书写符号保存文化，异时异地的人，交流无障碍。秦始皇统一中国前，九州大地文字各异，巴蜀印章上，拥有自成体系的古文字，毫不奇怪。

拂去尘土，方寸之间，文字奇形怪状。符号或图案，并非任意拼凑，而是具有一定之规，解释为巴蜀图语。不同的印章，巴蜀图语反复出现，无论象形还是会意，看来尚属排列有序，具有早期文字基本要素。

那"王"字的印章，佩戴部落首领腰间，象征权力地位；军旗模样

不同造型、不同符号的巴蜀印章

的，军事官长之兵符，供调兵遣将；兽形、兽皮图案的，负责农牧的官长专用。至于蚕、日、月等，统统作为象形文字，部落之间，传递各种信息。

除此以外，也存在其他说法。

有说印章符号或图案，不过为巴蜀、西南夷部落之图腾。

月圆之夜，篝火熊熊燃烧，鼓点咚咚，盛大的祭祀开始。白发苍苍的首领，双手高举至高无上的图腾，一件硕大的圆形青铜器，镌刻一只翱翔的鸟儿。部族的鸟儿是神，是部落人心中的偶像，崇拜的图腾。黑压压的人群匍匐图腾脚下，诚惶诚恐，悄无声息。巫师念念有词，手舞足蹈，鼓点中行进。突然，前排跪的人，腰间掏出一件小不点儿，高高举过头顶：一色的巴蜀印章，印面是一只只的鸟。

巴蜀先民图腾多样，不同的部落，不同的崇拜偶像：以鸟为图腾，

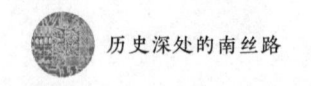

期盼像鸟儿一样生出双翅，飞越千山万水；以谷物为图腾，说明农耕部落的兴盛；以日月星辰为图腾，是对天象的恐惧与敬畏；以虎为图腾，表示族人勇猛善战……印章上的鸟兽日月，随着图腾崇拜，浇铸于印章之上，铭刻在先民的心灵里。

心灵的图腾，随肉体消融升入天国，印章上的图腾，跨越时空走来，带给我们神秘的往事。

有说印章是商贸通道上通行的信物，符号或图案，身份证明而已。

印章作为通关信物出现，标志着巴蜀经济发展到一定阶段，商贸相对发达。无数商人腰系印章，行走南丝路，巴蜀的盐、丝绸、青铜器，换回宝马、明珠和香料。出入关隘重镇，验证放行，凭据必不可少。于是，官方制作印章，饰以符号或图案，授予商人作通行标志。严道、青衣背靠天府之国，雄踞千山纵横的南方丝绸之路，自是气象万千，商人云集。

芦山、荥经两地，发现印章多，盖因如此。

有说印章不过腰间饰物，纯粹点缀而已，后人腰间悬挂香袋、玉坠之类，也就风从此俗。

有说印章什么都不是，不过古老人类的一个随意。好一个随意，留下南丝路那悠悠岁月，高超的青铜冶炼技艺，还有种种待解之谜。

不由想起，那些为了巴蜀印章，专程荥经县的学者们。

二〇〇二年初夏，又有日本客人不远万里，造访严道古城遗址博物馆。实在记不清，这是我陪同的第几批外国客人了。

日本学者，肃立玻璃展柜前，虔诚至极。巴蜀印章，历经千年而不易形，包浆锈色层次丰富，斑斓可人。沉默许久，日本学者回过神，想起此行目的。毕恭毕敬，掏出白手套戴好，一个个俯下身子，手持放大镜，绕展柜转圈。日本篆刻家松村德一，请求取出近观，得到特许后连连鞠躬，敬若神明。

仁者见仁，智者见智，多少学者浸淫其间，凭自己的学识和机敏，去解读小不点儿的玄机。非常遗憾，时至今日，无人读懂那些符号或图案的含义，说得出巴蜀印章的功用。

这么些年，中国人、外国人都在不懈探寻，力图破解三星堆人物雕像、古滇国贮贝器盖、巴蜀印章奥秘所在，不在乎成功，只在乎追寻。于是乎，一个个文化苦旅者，化作小道上的一块块坐标，一直延伸到几千年前的青铜岁月。

南丝路青铜文明，别具一格灿烂辉煌，什么样的高手创造？

答案毋庸置疑——早期的奴隶，后期的平民百姓，凡夫俗子中的工匠们。

距今三千年前后的西周时期，官府养有"百工"。"百工"虚数，言其多而已，泛指具有各种技艺的工匠。其中青铜铸造，作为手工业龙头老大，当然排第一。

无论古蜀国、古滇国、夜郎国，笮人还是邛人，南丝路沿线，排开一座座的铸铜工场。

不同民族的工匠，赤裸胸膛，通红的炉火，烤得周身油亮。热浪灼人，坩埚内铜汁翻滚，凭着经验，适量掺入锡和铅，有如魔法，铜汁一下锃亮，上下沸腾如金龙起舞。把握时机，合力抬起坩埚，小心又小心，铜汁缓缓注入模具，一件又一件的青铜器，随之诞生。

青铜器制作，需要多道工序，包括塑模、翻范、烘烤、合范、浇筑等。黏土制出模与范，模的表面需要雕刻纹饰，难度大，手法多样。器型复杂的，部件需分别浇铸，分段完成再组合。

遇有特殊要求，工艺流程更烦琐，分铸法外加锡焊、铜焊一起上。

如浇铸青铜神树，树干超长，得采用分铸法；工艺复杂，还得上套

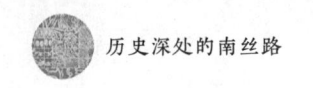

铸、铆铸、铸接、锯挫、打磨等。后世普遍认为，三星堆青铜神树，集当年青铜铸造工艺之大成。

贮贝器盖铸像，除去复杂的工艺，难在整体构思。首先确定展现的内容，再考虑铸造人物多少，每个人摆放的位置。不同的人物，按照贵贱尊卑，服饰差异大，神态动作不同。还得考虑情节需要，注意主次配合相互呼应，追求整体效果。铸造一个贮贝器盖，等同编排一场独幕剧。

古老的王国，悠远神秘的文化，注入工匠的灵魂与创意，化作一件件艺术奇葩，让今天的艺术家如痴如醉，感慨万千。

古蜀国青铜铸造技艺，通过何种方式，从三星堆流入笮人部族、古滇国、夜郎国，进而影响巴蜀印章？

答案显而易见：道路与商人。

话锋陡转，一切回归原点。民间商贸通道上，步履蹒跚的商人们，无非两个心愿：道路通畅，安全有保障。

盼星星盼月亮，千百年转瞬即逝，终于盼来当政者的重视，接手民间商贸通道。

第四章 风兮起于秦

一　一石三鸟

南丝路治道之风，缘起秦惠王嬴驷。

一九九〇年八月，我赴巴中县（今巴中市）参加四川省文物工作会。返程，途经川北门户广元市，当地文管所派人陪同，拜过武则天祀庙皇泽寺，径直去到昭化古镇。

古镇三面环山，一面临水，坐落于嘉陵江、白龙江、清江河交汇处，易守难攻。那年月的古镇，尚无"打造"一说，原汁原味。街巷狭窄，建筑多雕花镂空，三座明代城门完好如初，城墙旧址尚存。镇外五公里有汉墓，墓主鲍三娘，传说三国将领关索之妻。

苴国都邑葭萌，即今昭化古镇，位于嘉陵江与白龙江汇合处

再前推，这里是苴国都邑葭萌，风头最盛，可惜没留下遗址，也无文物佐证。苴国灭亡，全凭秦惠王霹雳手段，玩的是一石三鸟。

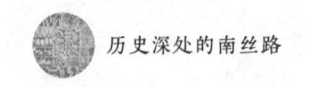

商鞅变法，顺应时代变革，秦国实力大增，开疆拓土，各国望而生畏。王都咸阳宫内，秦惠王嬴驷大权在握，犀利的目光，不断扫视四方。

北边和西部，荒漠一片人烟少，地盘虽显辽阔，没用。

东面阻力重重，魏、赵、韩、楚等国，以合纵名义，结为利益共同体。秦军勇猛，但双拳难敌四手，多次争斗，双方互有胜负。

唯独西南方向，透过高入云端的秦岭，广袤的巴蜀地区，尤其成都平原，秦惠王垂涎欲滴，眼前赫然一亮。

当其时，古蜀国那个开明王朝，号为"戎狄之长"，建立伊始就野心勃勃，称雄西南不容小觑。秦与古蜀国交恶，双方势如水火，围绕战略要地南郑（今陕西省汉中市）你争我夺几十年，秦国屡屡处于下风。巴国（今重庆市一带）也不好惹，地处秦、楚、古蜀等国之间，夹缝中求生存，全靠将士不畏生死。

开明王朝的没落，起因是继位的几个王，一个比一个窝囊，因循守旧，无意变法图强。虽然日渐式微，多亏有天险秦岭，足以对抗强秦。秦岭如何险，李白《蜀道难》中摘录这么几句：

  黄鹤之飞尚不得过，猿猱欲度愁攀援；连峰去天不盈尺，枯松倒挂倚绝壁；剑阁峥嵘而崔嵬，一夫当关，万夫莫开。

蜀道难，难于上青天。谁来开通？汉代文学家扬雄，挺有创意，《蜀王本纪》中，道出两个离奇古怪、却又发人深省的传说。

一个讲好色。说古蜀国有五位大力士，能移山，举万钧，人称五丁力士。秦王诡计多端，利用蜀王好色，挑选五位美女相赠。带话蜀王：借五丁神力，打通蜀道。蜀王垂涎女色，果然中计，派五丁力士边界迎接，一路上逢山开道，遇水搭桥，道路遂成。

第四章　风分起于秦

一个讲贪财。秦惠王一心伐蜀，苦于道路不通，指派人交界处刻五头石牛，将金子置牛屁股后。蜀人少见多怪，疯传秦岭山中有金牛，拉出的粪便是金子。蜀王信以为真，一心想据为己有，安排五丁力士带士卒千人，拖回金牛。金牛道，因拖牛而成。

传说不可信，却警示后来者：心莫贪，财色可亡国，也可败家。

开辟秦岭通道，其实是蜀王经营南郑必须。道路通畅，蜀王的军队与秦国争夺南郑，方能进退自如。不过，蜀王狡黠，奇险处开栈道，木头支撑连接两端。倘若战局失利，秦军胆敢入蜀，那就一把火烧毁栈道，断其后路，来个关门打狗。

险峻如斯，还是挡不住秦惠王的决心

机敏著称的秦惠王，看透蜀王心思，思考再三想不出办法，只能摇头作罢。

谁承想，机会说来就来。巴蜀方向风云突变，三国间相互争斗，秦惠王摊上好事。

内斗起于苴国。

苴国的苴侯与蜀王，同属一个祖先。古蜀国开明王朝，杜尚在位时实力强大，灭掉这一带的两个部落，置藩属苴国。散枝开花，封其弟杜葭萌为苴侯，都邑以葭萌为名，管辖的土地够大，包括今广元市及陕西

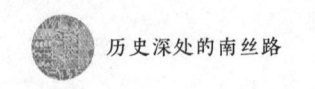

汉中市的南郑、宁强等县。

这一经过，《华阳国志·蜀志》有记：

> 蜀王别封弟葭萌于汉中，号苴侯，命其邑曰葭萌焉。

二〇一四年六月，昭化土基坝发现古遗址，还有两段残存夯土墙，印证这段旧事。

既然同根生，苴侯奉古蜀国为宗主国，一直走得近，联手对付巴国。

记得一句俗语：一代亲，二代表，三代四代认不到。几代人过后，双方还真就疏远起来，再加上苴国坐大，继位的苴侯同蜀王杜芦闹僵。双方矛盾升级，苴侯不顾手足情深，倒戈同巴国结盟。巴国、古蜀国此时乃生死冤家，只不过势均力敌，没办法根除对手。

而今，苴国也搅和进来，巴国一下底气倍增，联手夹击杜芦。

公元前三一六年，战端再起。久经沙场，杜芦采取各个击破之法，先集中兵力，击退巴国军队，接下来掉头北上，铆足劲儿要灭了苴国，以解心头之恨。

病急乱投医。惊慌失措的苴侯，匆忙派遣使者，携奇珍异宝赴秦国，恳求秦惠王出兵。同时抵达咸阳者，还有古蜀国使者，带上杜芦亲笔信和礼物，示好嬴驷，希望秦国不偏不倚。

恰逢其时，秦惠王也有麻烦，韩国陈兵边境，虎视眈眈。

分别接见使者，听完诉求，秦惠王瞻前顾后，举棋不定。商议应对之策，召臣下至咸阳宫，开宗明义："出兵蜀地，目前最佳时机，怕只怕韩国趁机偷袭，回援不及。若先攻打韩国，缓一步入蜀，又恐内乱平息，错失良机。"

说完两手一摊，让众卿各抒己见。保持中立，还是东进伐韩，抑或乘机南下取巴蜀？三个选项，关乎秦国战略走向，兹事体大。朝堂上，卿大夫争辩激烈，张仪、司马错各执一词。

秦相张仪，以连横之术游说六国，深得秦惠王赏识，一人之下万人之上。张仪能言善辩，第一个站出来，阐明立场。说古蜀国偏远，像戎狄一样落后，夺其地不足以扬名天下，捞不到多少好处。理当置身事外，先兴兵伐韩，离间各国关系，继之声讨周王罪恶，再下来攻占楚、魏土地。

终极目标：据九鼎之宝，挟天子以令天下，成就帝王伟绩。

张仪口若悬河，一番话振振有词。灭六国一统天下，张仪描绘的鸿图大业，确实诱人。还别说，后期历史车轮，基本上沿着这道轨迹运行。

卿大夫都说好，赞声不绝。唯独大将司马错挺身而出，就三个字：不认同！

司马错秦国名将，行伍出身，说话从不拐弯抹角。且听他声若洪钟，一如战场上挥舞长枪，直来直去，据理反驳。

一上来，首先分析秦国之不足：土地狭小，百姓贫困。

继而，阐述臣服巴蜀三大好处：国土迅速扩大，又不会刺激韩、齐、楚等六国；久闻蜀地富饶，取蜀可富国广民；巴蜀地处江河上游，又位于楚国侧面，日后伐楚，岂不占尽地利，牢牢掌握主动权。所以："拔一国而天下不以为暴，利尽西海而天下不以为贪，是我一举而名符其实也，而又有禁暴止乱之名。"

攻城略地的大将军，这一通高论，语惊四座。如何决断，秦惠王陷入沉思。权衡利弊得失，司马错铿锵有力，深入分析。言简意赅。翻译为现代汉语，冗长不说，我怕词不达意，诚惶诚恐之下，稳妥的办法，将《史记·张仪列传》原话，照抄如下：

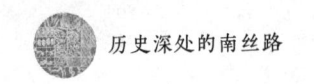

今攻韩，劫天子，恶名也，而未必利也，又有不义之名，而攻天下所不欲，危矣。臣请谒其故：周，天下之宗室也；齐、韩之与国也。周自知失九鼎，韩自知亡三川，将二国并力合谋，以因乎齐、赵而求解乎楚、魏，以鼎与楚，以地与魏，王弗能止也。此臣之所谓危也，不如伐蜀之完。

伐蜀名利双收，何乐而不为！说得斩钉截铁，掷地有声。

谋大事，须先易后难，巴蜀鹬蚌相争，何不来个黄雀在后。况且，得巴蜀则得楚，楚亡天下定，现在不下手，更待何时？司马错老辣，想的是一石三鸟，荡平蜀、巴、苴三国，威胁楚地。

机不可失。秦惠王疾步上前，拍拍司马错双肩，一锤定音："说得好，就按您说的办！"

迅疾，令司马错、张仪统兵十万，打起声援苴国幌子，从陕西南部勉县越七盘岭，经朝天驿上金牛道，一路畅通无阻。开进苴国都邑葭萌，苴侯亲自劳军，奉上粮草，派人协同秦军作战。

司马错善用兵，蜀王压根儿不是对手，一触即溃。秦军乘胜追击，过剑阁兵临成都，如秋风扫落叶。武阳城（今眉山市彭山区武阳镇）下俘获杜芦，果断掉头东去，以迅雷不及掩耳之势，荡平巴国。大军凯旋途经葭萌，又来个顺手牵羊，自以为是的苴侯，束手就擒。

苴国地盘改葭萌县，历代多次更名，直到宋太祖赐名昭化县，取"昭示皇恩，以化万民"之意，即今广元市昭化区。

秦并巴蜀，建立统一的国家，这是重要一环。融入统一国家进程，秦惠王手段高，为了稳定巴蜀，过渡期采用羁縻政策，来个以夷制夷。

实行双轨制，分封与郡县并存。蜀王降格为蜀侯，原有贵族只要归顺，待遇照旧。设蜀郡，郡治成都，郡守安排大将张若担任，集军令政

第四章 风兮起于秦

秦军虎狼之师,势如破竹,一举吞并巴蜀,威逼楚国

令于一身。数十年过渡,蜀侯几易其人,依然不放心,索性诛杀根除隐患,双轨制成为历史。

巴国与楚毗邻,属边防要地,归秦两年后置巴郡,郡治江州(今重庆市江北区)。同时,委任巴王"为蛮夷君长",给个名分,安抚族人情绪。

设郡县驻军队,秦惠王仍然不放心,考虑再三,决定将秦国百姓迁徙蜀地。迁徙多少人,常璩《华阳国志·蜀志》的表述是:乃移秦民万家实之。以每户三口计,这次移民三万人以上,为巴蜀长治久安,真下了血本。

吞并巴蜀如虎添翼,秦国声威大震,奠定统一天下的基础。一篇《过秦论》,贾谊言辞激烈,曝光秦王朝无数不是,只是秦惠王攻占巴蜀,文中就"西举巴蜀"几个字,不谈对错。的确,就战略层面看,众多的人口,富饶的成都平原,地域辽阔的巴山蜀水,为秦国今后的扩张,提

121

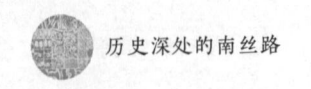

供了强有力的支撑。

实力倍增的秦国，不再将关东六国放在眼里，以至于司马迁喟叹：

蜀既属秦，秦以益强，富厚，轻诸侯。

二　李冰与都江堰

果真夺得蜀地，秦国就可以"轻诸侯"吗？且慢高兴，恐怕没有那么简单。

接手蜀地，高兴劲一过，秦惠王喜忧参半。成都平原沃野千里，适宜农作物生长，这个毋庸置疑，问题出在岷江。

作为长江八大支流之一的岷江，发源于青藏高原东部，沿途高山峡谷，水流湍急，夹带大量泥石。抵达今都江堰城外玉垒山，地势骤然开阔，岷江流速一下子减缓。泥石沉积淤塞之外，玉垒山跟着添乱，山脚关键位置，陡然延伸出数百米的山冈，挡住江水东流，去不了成都平原。河道被迫右拐，岷江贴近成都平原西南，流经当下成都市的温江区、崇州市、新津区，绕行眉山市地界后，去往乐山市。

关键是一旦暴雨连连，岷江洪峰势不可当，冲出河道径直东去，成都平原沦为泽国，汪洋一片。无怪乎，李白在《蜀道难》中哀叹：人或成鱼鳖。若是旱魔肆虐，成都平原则赤地千里，河水断流，土地颗粒无收。

如此看来，成都平原靠天吃饭，碰上好年景，方能为秦国屯粮积粟。公元前二八〇年秋，司马错调遣大军，攻占楚国腹地黔中郡，整个后勤保障，就是借助蜀郡的人力物力。

倘若旱涝保收，不仅粮食有着落，还不用筹粮赈灾，秦国可实现利益最大化。公元前二七〇年前后，咸阳宫中的秦昭王，又做出一个决定：任命一位名"冰"的人，出任蜀郡郡守。

这在秦国，属于正常人事调整，还是此人有真才实学，冀望于他解决问题，不得而知。但于蜀地，无疑福星天降。

查阅史料，"冰"来无影去无踪，相关记载少得可

出任蜀郡郡守的李冰，后期被神化，一身帝王打扮，变得不食人间烟火

怜：出生地不详，生卒年月不详，早期立下什么功绩不详，出任蜀郡郡守时间不详……何止这些，《史记·河渠书》中，此人够尴尬，称之"蜀守冰"，落得个有名无姓。直到东汉，班固的《汉书·沟洫志》中，方才给出一个姓，记作：蜀守李冰。

回望历史，几代秦王励精图治，最大的政治抱负：一统天下。

目标宏大，作为执掌蜀郡的最高官员，李冰绝对服从，为秦王的政治抱负效力。排忧解难，为征战六国提供源源不断的粮食，考验着李冰的政治才能。

主政一方，上不负秦昭王重托，下泽惠黎民百姓，肩上担子沉甸甸。仔细梳理，洪涝灾害乃症结所在。对症下药，蜀郡第一要务，不外乎治水！

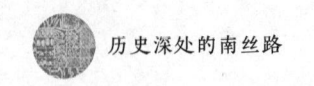

蜀地治水有先例。夏朝开国君王大禹，曾带人疏通岷江。保河道畅通。事实证明，这不过权宜之计，洪峰期间的岷江，泥石含量多，堰塞解除又会淤积，一劳永逸做不到。商周以来，古蜀国几代蜀王为躲避洪灾，从广汉、新都、双流到郫都等县（区）迁徙一圈后，最终落脚地势略高的成都。

防不胜防，有据可依。王都之一的金沙遗址，古河道沙砾层里，洪水损毁的陶片、树干时有出土，足以说明问题。

总结得失，李冰治水见解独到，讲的是一举多得：充分利用岷江资源，通航之外，暴雨天泄洪，干旱时灌溉土地，成都平原摆脱靠天吃饭。这样的抱负，环绕都江堰水利工程一圈，我是肃然起敬。伏龙观汉代石像前，仰望李冰睿智的眼神，我愈加坚信，这位郡守对《管子·度地》，必定琢磨透彻。管仲这篇文章，非常有意思，通过回答齐桓公提问，阐明自己的治国理念。

善治国者，务必先除"五害"，具体到"五害"顺序，管仲如此排列：

水，一害也；旱，一害也……五害之属，水最为大。五害已除，人乃可治。

治国先治水，治蜀亦然！

抓住关键，还得吸取教训。李冰沿岷江勘察走访，掌握山形地貌和水情后，因地制宜，集蜀地百姓智慧，耗时十余载，建成集灌溉、防洪、航运于一体的水利工程。浩大工程，无详尽史料可查，个中艰辛不为人知，称谓也多变。

北宋之前，各个时期的名称不相同，有湔堰、都安堰、金堤、楗尾堰、侍郎堰等，含意也不同：湔堰中的"湔"来自湔山（今玉垒山），都安堰因蜀汉在此置都安县得名，楗尾堰出自唐代筑堤用竹笼装石称"楗尾"……直到宋代，方才有都江堰一说。

这名称最早见诸史册，并非发生惊天动地的大事，而是《宋史·赵不忧传》中一个偶然。赵不忧皇室后裔，南宋绍兴二十七年科考名列前茅，殿试赐进士及第，死后追封崇国公。

写人物传记，总要找些事褒扬。此公出任成都路转运判官时，惩处小吏侵吞水利工程款，算是德政，于是书中留下这么一段话：

永康军岁治都江堰，笼石蛇绝江过水，以灌数郡田。

永康军这"军"，为宋代行政区域名称，辖区大概在今天的都江堰市。设"军"之处，均为军事要地，行政长官有权调动驻军。文中提及的都江堰，出处无考。

毫无铺垫与渲染，就这么突如其来的一笔，都江堰正式亮相。作为这一水利工程名称，都江堰被后世典籍频频使用，最终约定俗成，为大家接受。

文物古迹遍布，无坝分水、引水技术独特，世界上存续年代最久远，时至今日依然灌溉千万亩良田，都江堰水利工程了不起。一九八八年，国务院公布为全国重点文物保护单位；十余年后同青城山一起，被联合国教科文组织列入世界文化遗产；时隔不久，又列入世界灌溉工程遗产名录……

每日里，游客云集，二王庙香火鼎盛。

与众多一日游者相比，我虔诚得多，数一数，去此地不下二十趟。偌大一个都江堰，要想看明白，还得从源头开始。渠首三大工程：鱼嘴、飞沙堰、宝瓶口，各自的功用务必要清楚。

置身鱼嘴，前方群山巍巍，身后一马平川，地势绝妙。何须拦河坝，利用江心天然滩脊，采用鱼嘴分水，投入少效果佳。竹笼装卵石，边垒砌，边朝江底延伸，前端扁平状若鱼头，故以鱼嘴命名。玉垒山二王庙前，岷江被逼无奈，一分为二，隔为内江和外江，这外江又名金马河。平常天，外江作为岷江正流，分走多余江水，暴雨天又可排洪。

看罢鱼嘴，沿内江而下经凤栖窝，前方横卧挡道的山冈，即是玉垒山的延伸部分。想当年，李冰看出关键所在，带人将山冈拦腰凿断，形成一个缺口。分离开的那座小山，得名"离碓"，又称"离堆"。缺口俗称"灌口"，又因形似瓶口，文人美其名曰"宝瓶口"。宝瓶口宽窄适中，有如内江的节制闸，控制流入成都平原的进水量。

都江堰最前端的分水坝，与鱼嘴有几分相像

宝瓶口，节制内江水流之外，还是都江堰一道靓丽的风景

离堆上游，另筑飞沙堰，泄洪排沙。雨季来临，过量的水由此分离，回流外江，避免内江泛滥成灾；枯水时节，一滴水也不外泄，确保成都平原用水。既名飞沙堰，还真具备飞沙功能，江水挟带的大量沙石，随同多余之水排入外江，减少内江淤积。

内江水系共九条支流，诸如走马河、蒲阳河、江安河、柏条河、沙河等，再加上沟渠纵横交织，呈扇形分布，流域面积六千多平方公里，最远可达成都东面龙泉山。自流灌溉成都平原田地之外，内江还具有航运、漂木、城市供水等功能，在中国乃至世界文明史上，视作水资源综合开发利用之范例。

《史记·河渠书》中，司马迁留下的史料，弥足珍贵：

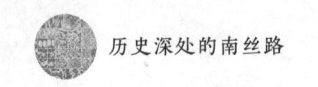

> 蜀守冰凿离碓，辟沫水之害，穿二江成都之中。此渠皆可行舟，有余则用溉浸，百姓飨其利。至于所过，往往引其水益用溉田畴之渠，以万亿计，然莫足数也。

司马迁提及的"二江"，乃李冰开凿的内江分流形成。秦汉时期，二江得名"郫江""检江"，后世文人骚客鼓噪，总是以"锦江"替代。一九九二年，成都整治河道，主事人犯糊涂，将锦江府河段、南河段合称"府南河"，作为正式名称使用。十多年后，传承文脉，从成都市金牛区洞子口至眉山市彭山区江口镇，这段百来公里的"二江"，统一更名"锦江"。

因为都江堰，成都平原不惧旱涝，解决温饱的百姓，在秦灭六国征战中，提供了源源不断的军粮。

蜀郡郡守李冰，没留下为官箴言；水利专家李冰，治水心得千古流传。

岁修六字诀"深淘滩，低作堰"，强调每年内江冬季岁修，清除淤积沙石要深，让更多的水流入成都平原；垒砌飞沙堰，高度要恰到好处，让夏季涌入的洪水，通过飞沙堰排入外江，避免洪涝灾害。

治水八字格言"逢正抽心，遇湾截角"，提醒河道直与弯方法不同：直时，需深淘河心集中水流；弯时，得切角减缓水势。

先人智慧结晶，句句精辟，后人镌刻于二王庙岩石，奉为圭臬。

跨越两千多年岁月，都江堰作用不减，清澈的河水欢快流淌，不仅千万亩良田旱涝保收，还为成都等城市提供饮用水，世界奇迹当之无愧！

后世百姓感恩，南北朝建崇德祠，塑李冰像；唐时，宝瓶口修伏龙观，封李冰为赤城王；宋代，鱼嘴对面起二王庙，李冰和凭空冒出的儿子李二郎，满是神的光芒……

第四章　风兮起于秦

　　李冰斗犀牛、战孽龙，李冰与李二郎擒水怪……故事不断加工，内容愈加精彩，李冰、李二郎跃升仙班。

　　神化李冰，那是在一六八年，东汉蜀郡管理水利的官员，着手筹建李公祠。祠成，地处江畔，安放石像三尊，四时祭拜。

　　石像这创意，其实出自李冰，安放的位置不在庙宇，而是立于江中当水则。战国时期的水则，用今天的说法，就是测量水位高低的标尺。

　　《华阳国志》中，常璩笃定说李冰治水，江中安放石人三尊，用来观察水位。这么解释，听来有道理，但接下来就离谱了，说李冰与江神相约：江水枯竭，水流不可低于石人脚，确保内江水量；洪水季节，不可高过石人肩，多余的水排外江。

　　成都平原旱涝保收，一下子充满神话色彩，李冰的创意，鱼嘴、飞沙堰、宝瓶口的功劳，归之于神灵。

　　至于三尊石人，从未有人见过；常璩说法，长期存在争议。

　　一九七八年，春潮涌动，许多传统剧目解禁，剧团日子红火。我平生头一回参加巡回演出，入住灌县（今都江堰市）城。

　　大清早就有人排队买戏票，剧团的人跩得很。当地文化单位，从文化馆、电影院到灌县川剧团的人，都跑来拉关系，帮亲朋好友买戏票外，还想着蹭戏。一来二去，大家成了朋友，得空相互请吃饭。

　　有一天，酒足饭饱，灌县几位朋友带起逛街。街道狭窄，也就幸福路像回事，剧院、照相馆、新华书店、百货公司集中于此。赶场天人多，不背背篼就挑担子，挤来一塌糊涂，大家伙没精打采。有朋友回过神，提议离堆公园看水，说《西游记》那位二郎神，知道吗？我回答晓得，住灌江口那位。朋友满脸得意，说县城这一片就是灌口镇，北魏时取下这名号。二郎神即李二郎，灌口紧挨离堆……文化单位的人，讲起古来没完没了。

山中长大，水没啥稀奇，可打小喜欢古董、古迹，还爱听老龙门阵，不由自主跟随朋友，幸福路左拐进南街，百步开外，廊式古桥——南桥横跨内江两岸。破旧归破旧，古意犹存，沧桑感油然而生。

未及靠近，地面不停颤动，内江水震耳欲聋。待到桥头，水流急湍甚箭，猛浪若奔。

好厉害的水，气势逼人，我平生从未见过！

一九七八年灌县演出，宝瓶口一侧，朋友按下快门，留住我青春的身影

心惊肉跳过南桥，右侧离堆公园，那时很冷清，也没门票一说。公园尽头是离堆，伏龙观建离堆悬崖绝壁之上。登高望远，鱼嘴历历在目，脚下灌口处内江汹涌，对岸岩石刻"宝瓶口"三个大字。

第一次游都江堰，印象深刻，其后许多年，偶读清人宋树森一首《伏龙观观涨》：

　　我闻蜀守凿离堆，两崖劈破势崔巍；
　　岷江至此画南北，宝瓶倒泻数如雷。

宋树森小人物一个，名不见经传，但这首诗感觉不一般，灵感来自都江堰。写景状物，真个酣畅淋漓，咏诵间气势博大，一如我当年所见。姑隐其名，说是名家手笔，谁个不信！

伏龙观大殿，安放石雕立像两尊，居中者李冰，高近三米。

自小喜好老物件，围住李冰上下打量：汉代圆雕工艺，大气而线条简洁，头戴冠冕，神态自如微露笑意，拱手垂袖而立，倍感亲切。

三行隶书尚算清晰，逐字逐句读来，刨根问底，舍不得离开。灌县哥们乐了，说算是有缘，早几年你们见不着。我们这儿的人，解释"水落石出"，另有新意，说的是外江水落下去，水底露出石人来。

你们看那边茶园，行家钟天康临江而坐，他就在灌县文管所工作，年近四十，戏迷一个。灌县朋友一边说，一边将我们往茶园带。一听是剧团的，钟天康如遇故人，扯起嗓子喊：泡几碗花茶！

伴随江水的轰鸣，石像背后的故事，侃侃而谈。

有无石人，原本是个谜，长期争论不休。一九七三年底，鱼嘴修建外江节制闸，都江堰管理处派出人，欲拆除安澜桥。安澜桥古名珠浦桥，南宋有记载，其后多次重建，最近一次是一八〇三年，由灌县秀才何先德和妻子倡建。

江上拉竹索，桥面铺木板，两旁绳索当扶栏，岷江狂澜，挡不住行人安然而过，故名"安澜桥"。

清代的索桥，岂是说拆就拆，文物部门咬死不答应，工程暂停。几经协商，双方各退一步：安澜桥迁建，往下游移百来米，正对二王庙山门。都江堰管理处负责施工，派人担任指挥长；索桥外貌及桥头堡风格，灌县文管所把关。

一九七四年三月三日，开工头一天，河床挖出一截石头，人头模样。石头超大，埋多深不清楚，移动困难，准备动用炸药。

中午时分，钟天康听闻此事，感觉不对头，情况必须搞清楚。一

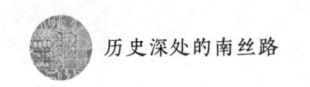

路小跑到现场，粗略看：乖乖不得了，的确石人头部，雕刻的冠冕秦代独有。

急忙吩咐停工，现场不能动，迅即抓起电话，打往省文管会办公室。

指挥长赶到，知道非同小可，会同钟天康等人，指挥民工去除周边卵石，扩大开挖范围。忙到下午五点多，掏出石人一个，面部朝下不露真容。

掏出间隙，粗大铁链绑牢实，履带吊车轻启，几顿重的石像吊出深坑，缓缓移至河床平坦处。几桶水泼下去，胸前露出"李冰"二字，依稀可见朱砂……

发现李冰石像，消息一阵风传遍灌县城，人们成群结队赶来看稀奇。太阳落山，工地的探照灯打亮，正对石像，满足大家好奇心，直至深夜人散尽。

一张石像照片，钟天康怀中掏出，角上印"灌县东方红相馆"。原因是单位没照相机，劳烦相馆师傅出现场，拍照冲洗存档。

第二天，省文管会办公室的赵殿增赶到，了解情况勘查现场，仔细测量做鉴定。两天后，石像运往离堆公园草坪，安放伏龙观前殿，供游人瞻仰。

哈哈，千呼万唤始出来！如此看，汉代李公祠位置，应在安澜桥上方，面对河堤。赵殿增乐不可支，归后文思如泉，一气呵成《都江堰出土东汉李冰石像》，当年七月发表于国家级核心期刊《文物》，拉开李冰石像研究序幕。

曾听赵殿增追忆往事，也读过这篇文章，与钟天康所讲相符。

石像三行题记，字体浅刻隶书。胸前镌刻"故蜀郡李府君讳冰"，身份交代明白，佐证《汉书·沟洫志》相关记载。左右两袖铭文，左袖"建宁元年闰月戊申朔二十五日都水掾"，右袖"尹龙长陈壹造三神石人珍水万世焉"。

建宁元年即一六八年，汉灵帝刘宏的第一个年号。"都水"属东汉郡太守府中管理水利的机构，"都水掾""都水长"均其长官称谓。雕刻李冰等三神石人，系都水掾尹龙和都水长陈壹主持，石匠按要求施工。

这些都好理解，唯独"珍水万世"讲不通，其中"珍"字难煞人。有说误将"镇"刻成"珍"，"镇水万世"讲得过去，但刻错字可能吗？显然不会。还有说此处"珍"通"镇"，立三个石人镇水，查一查古汉语，通假字真就没这一说。

汉代工匠镌刻的李冰，显得雍容大度，亲近感油然而生

更有人说原本就是"珍水万世"，错不了的，那是汉代蜀人对李冰治水核心文化精神的解读，即"水是文明之母，文明伴水而生，水应受万代珍重"。偏生史料不来气，古代中国，无论何处的河道或岸边，安放石人、石兽，意在借助神灵镇住水怪、抑制水患，找不出水应该"万代珍重"的寓意。

看来这个"珍"字，值得继续琢磨。

好事成双，一年不到，钟天康又遇惊喜。修建防护堤，距李冰石像

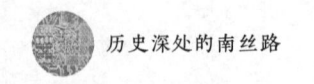

出土地点几十步之外，又挖出石像一尊，只是身材相对矮小，头肩残缺。同样石质，相同雕刻手法，显系同一批石匠所为。虽然手握掘土的工具锸，依然宽衣垂袖，凭这身穿着，李冰手下堰官无疑。既然如此，那还是送往伏龙观，安放李冰石像右侧，继续听候差遣。

李冰石像铭文中的"三神石人"，一下子发现两个，常璩真没骗人。第三个在哪里，钟天康端起茶碗抿一口，对着江水自言自语："希望能接二连三现身，我是翘首以盼。"

这一盼，二十多年过去，第三个石像踪影渺无。

二〇〇五年春天，都江堰岁修，加固安澜桥桥墩，挖掘机挖开周边砂石。依旧李冰石像出土不远处，刨出一大石头，没在意，随砂石倒旁边。接下来，又刨到一通汉碑，"建安四年"几个字，引起文物部门警觉。赶紧发话：刚才掩埋的大石头，务必找到。

喜讯上传，文物专家到场，退休的钟天康也赶了去。

如此巧合，还是三月三日，砂石堆里翻出第三个石人，依然身材矮小，头肩缺失。

了却夙愿，相隔上千年，伏龙观大殿，三神石人再聚首。谁知时隔两天，搜寻残肢过程中，又找出相同石人一个。

三神石人，而今多出一个，讨要说法，专家们头大了。

至于那通汉碑，铭文四百有多，详记堰官郭择、赵汜，奉命岁修都江堰，不惧严寒恪尽职守。天不假年，完工刚一个多月，突然先后辞世，是劳累还是疾病，碑文没提及。倒是其中"庶民以谷事为本"，与《史记·郦生陆贾列传》的"民以食为天"大同小异，让我对两位小吏肃然起敬。看来：百姓吃饭问题是根本。

心系苍生，让百姓填饱肚子，统一六国粮食有出处，就是最大政绩。

一个都江堰，一座巍巍丰碑，李冰杰出的政治才能，千古传颂。

三　治道与筑城

李冰治水，都江堰举世闻名，整治南丝路水陆交通，知之者寥寥。

作为郡守，以最高一级地方行政长官名义，选择靠近蜀郡的民间商贸通道，首开官方治道之风。上书咸阳宫，获秦昭王首肯，认为治道事关政令畅通、军事部署，符合秦国整体发展思路，予以采纳。

以都江堰水利工程为依托，构建岷江水系航道，李冰的思路超前。成都为起点的岷江航道，可顺流而下，抵达宜宾。在水陆交通枢纽宜宾，弃舟登岸后，即可踏上五尺道。

成都受益匪浅。外江、内江，分头流经成都平原，待到眉山市彭山区江口镇合流，江水滚滚向东。水网纵横，外江、内江"皆可行舟"，水运一片繁忙，李冰功劳大了去。从秦汉到明清，大木船一年四季来回跑，客运速度快，货运载重量大，成本远低于陆路。

就说成都，虽然地处内陆，可历朝历代，称得上水城一座。河道四通八达，锦江的码头有几十个，如万里桥码头、九眼桥码头、安顺桥码头等。成都及周边地区，物资交流主要依靠水运，上万人以水上运输为生，可直航湖北省的宜昌市。新中国成立初期，特设水上航运公司，配备起载重量几十吨的船，通航能力提高。

直到一九六二年，站在南门大桥、九眼桥，依然可见货船、客船穿梭于锦江。

李冰巧布局，零关道上，同样利用天然河流，开辟水上通道，与岷江连通。这么一来，零关道的南河在今成都市新津区，青衣江、大渡河在乐山大佛脚下，分别注入岷江。

古代陆路崎岖难行，长距离徒步体力不支，骑马、坐车经不起颠簸，

历史深处的南丝路

一条都江堰，成都拥有几分江南水乡味道。成都博物馆这幅老照片，一如我幼时所见，金河从西较场流经人民公园、西御街、青石桥等，于合江亭附近注入锦江

坐轿舒适但耽误时辰。唯有水路快捷，试想那句"两岸猿声啼不住，轻舟已过万重山"，何等酣畅淋漓。虽然李白写的是长江三峡，但从锦江码头登船，依然一路白帆两岸青山。轻舟似箭，下眉山去乐山直奔宜宾，方才弃舟上岸，翻山越岭闯云南。

宜宾位置尤为重要，岷江、金沙江在此汇流，始称"长江"。若再乘船沿江而下，即可穿越三峡，通江达海。

前人的那种感觉，后人只能从诗词文章中领略。随着铁路、公路运输的发展，水运大受冲击，逐渐凋零。二十世纪七十年代，锦江首先停航，搬运工改行，码头盛况不再。紧接着，岷江水道客运萎缩，乐山至宜宾段成了赔本买卖，指不定哪天就停航。南丝路陆路经常走，水路乘风破浪啥光景，李冰疏浚的航道啥模样，我得体验一把，以免抱憾终生。

事不宜迟，我匆匆赶往乐山市。在乐山市老城区有一条东大街，两边木头房子，走到尽头即岷江。江边，"乐山港"几个大字醒目。只可惜，售票窗外空无一人，船票多的是。

第二天早班客轮，船舱安放座椅上百，长途对号入座，短途只售站票。虽有座位，但我多数时间待甲板上，一路风急浪高，船行如飞。不时靠近船舷，听波涛轰鸣，观察激流险滩，揣度李冰当年行状。

挺遗憾，《华阳国志·蜀志》书中，常璩语焉不详，哪里是李冰发卒疏通水道的湔崖，何处是留有火烧水激痕迹的赤岩山，犹如大海捞针。

天擦黑，入住宜宾招待所。经常坐汽车往返乐山、宜宾，两相比较，时间相差无几。难怪没见过汽车的古人，出四川水路成首选，李白、杜甫不约而同，江边码头去坐船。

挑灯夜读清代《宜宾县志》，内有"赤岩山，治西北二十里，崖岸辟立，俯瞰大江，色若绮霞"的记载。又称"苏坡溪，治西北二十里，源出赤崖山……"赤岩山、赤崖山，不同称呼而已，位于岷江北岸苏坡溪，

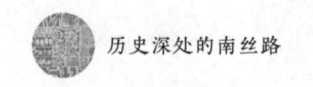

这点毫无疑问。

晨起，继续行程，从苏坡溪寻找赤岩山。溪流尽头瀑布一道，千尺悬崖色泽斑斓，果然色若彩霞。只是，此地距岷江有段距离，对不上号，仅为一个传说。

水路到此终结，李冰接下来整治陆路，在宜宾一带开山凿崖，欲开启滇东北通道。这段五尺道，有土著民族僰人，《华阳国志》记为"僰道"。

"道"之含义，说法有二："道"就是路，推进不同区域的物流和人际交往；"道"相当于县级行政区，秦时设置边疆少数民族集聚地。

公元前二五〇年，秦昭王设僰道，所辖区域，大致就在宜宾这一片，交由蜀郡统管。汉代沿用旧称，但后面缀个"县"字，除了僰道县之外，零关道的严道县与之相似。

设"道"的地方，都是边远地区，山高岩石硬，铁器无能为力。即使到西汉，淬火技术提高了铁器硬度，依然啃不动。聪明不过李冰，琢磨出"火焚水激"的方法，简便易行。但凡大块硬岩，上面堆积柴火点燃，待熊熊烈火熄灭，立刻向烧得通红的硬岩浇冷水。如此反复多次，骤然间热胀冷缩，岩石酥脆四分五裂，开道轻松许多。

这似为传说，古人总是将集体的智慧，归结于某个偶像。

僰道修至川滇交界的横江镇，当今宜宾市叙州区地界，高山深涧难逾越，李冰知难而退，治道打住。

无论治水还是治道，工程浩大，靠的是经济支撑，人心稳定。李冰能开风气之先，莫忘首任郡守张若，奠定良好基础。

为了有效控制蜀地，公元前三一一年，秦惠王决定参照咸阳格局，重筑成都城池。张若不敢懈怠，除成都之外，接着开建郫城（今成都市郫都区郫筒街道）、临邛城（今邛崃市临邛街道），一鼓作气，成都平原

通航后的岷江，两千多年来，一直是五尺道起点的组成部分

出现三座城池。

若按《华阳国志·蜀志》记载，张若大手笔，成都采用夯土城垣，高度十七米，上面设置城楼、射箭场等。城区由大城、少城两部分组成，绕城一周，长达五千米。

遥想当年景象，煞是壮观。

成都城市格局、街道走向就此确立，其后两千多年，主城区核心地位岿然不动。历朝历代，但凡涉及城市发展，无论重建还是延伸，总是在原有的基础上做文章。

十多年前建成的天府广场及周边一带，属于大城，不仅有郡守等地方官员衙署，同时军队驻扎，突出的是政治功能。少城在大城以西，商业区及居民住宅为主，手工业随之发展，位置在当今成都的老西门。

清朝时期，康熙皇帝平定"三藩之乱"后，加快早年毁于战火的成都城墙与街道的修复。其间，特意在老西门新筑一城，安置清朝八旗官兵及其家眷。这一城中之城，呼之"满城"，又因位于张若当年修建的少城遗址上，故而又称"少城"。

我十来岁时，就已知道少城。辛亥革命前夕，成都占用少城土地，建成有史以来第一家公园，取名"少城公园"。童年时，最开心的就是去少城公园，花草亭台、假山荷塘，还可以划船。以后，虽说改名人民公园，可不论爷爷还是父亲，开口闭口依然叫少城公园，听着听着就牢记心头。另外，姑妈单位分配的宿舍，也是我在成都的落脚处之一，就在公园斜对面的金河街，紧挨当今最火爆、外地游客争相打卡的宽窄巷子。

大城印象深刻，那是近些年的事，起因李冰镇水石犀现身。

二〇一〇年，在天府广场南侧东御街，东汉碑刻率先出土，碑刻一大一小，碑文可证，这一大片地段，即为东汉蜀郡最高长官衙门所在。两年后，百米外一钟楼拆除，改为四川大剧院建设用地。建于一九七三年的钟楼，开挖基础时，曾经发现一具石兽，体型大于牛。"文化大革命"如火如荼，汉代石兽算个啥！既然挪不动，图省事，干脆原地深埋。

成都天府广场附近，当年的郡守衙门所在地，刨出汉代石犀一只

这段往事，考古人员牢记心头。二〇一三年纳入重点，使劲朝下挖，还真就在深坑中，刨出石犀一只。出土地砖纹饰精美，一部分瓦当涂朱文，显示其官府专用建筑构件身份。专家据此认为，这里与东御街那片地一样，同属郡守治所。

石犀重八吨多，红砂岩雕就，躯体丰腴圆润，五官清晰，四肢矫健，工匠手法精到。至于来历，用来干什么，《蜀王本纪》和《华阳国志·蜀志》均有记。《蜀王本纪》略显详尽，兹节录于后：

> 江水为害，蜀守李冰作石犀五枚，二枚在府中，一枚在市桥下，二枚在水中，以厌（压）水精。

既然古籍说"二枚在府中"，作为其中之一，出土石犀从另一角度，印证郡守衙门所在。从张若、李冰直到蜀汉时的法正，一个个蜀郡郡守，无不在此处理公务，五百年没挪窝。

咏诗怀古，杜甫也来凑热闹：君不见秦时蜀太守，刻石立作三犀牛。如此看，诗圣早为后人点明：犀牛出自李冰。

第五章

滇王庄蹻身世之谜

一 楚国将军庄蹻

几乎同一时间段,云贵高原的滇池一带,遽然冒出个古滇国,登王位者庄蹻。王者产生,原始部落解体,阶级出现,私有制形成,滇地进入奴隶制社会。

楚国贵族庄蹻王滇,滇地文明进程大事一件。古滇国,司马迁首先记入史册,其后《汉书》《后汉书》纷纷记上一笔,原本毫无悬念。只是一些典籍,如《荀子》《吕氏春秋》等,对庄蹻身世另有说法,让人莫衷一是。两千多年前的事,别说我辈,即便当今大师巨匠,也无法参照史料,分出子丑寅卯。

捋一捋,总共三位庄蹻,三种不同人生轨迹。

其一,楚国将军庄蹻,春秋五霸之一的楚庄王后人,出身高贵。司马迁在《史记·西南夷列传》中,直截道出来头:

> 庄蹻者,故楚庄王苗裔也。

战国七雄,数百年你争我夺,打到后期,仰仗土地辽阔人口多,敢同秦国叫板者,唯有楚国也。环视天下,还真只有秦、楚两个超级大国,以致《史记·苏秦列传》中,太史公落下"楚,天下之强国也"的评判。

秦国夺取巴蜀后,得寸进尺,侧面攻击巫郡、黔中郡,配合正面作战。楚国两面受敌,左支右绌,军队屡战屡败,臣子们忧心忡忡。摆脱

云南省博物馆内，雕塑家想象中的古滇人形象

困境，楚将庄蹻针锋相对，提出采用迂回战术，派兵深入西南夷开疆拓土，对巴、蜀二郡来个反包抄。

以其人之道，还治其人之身，庄蹻这招有创意。

瘦死的骆驼比马大，亡羊补牢尚且不晚。公元前二七九年，楚顷襄王熊横拍板，就按庄蹻的谋划，由他统领数万精锐西征，实现战略意图。

孤军长途征战，岂不犯兵家大忌？

事实并非如此。庄蹻骁勇善战，率军沿长江逆流而上，先是夺回枳县（今重庆市涪陵区），摆出一副全力攻打巴蜀的架势。虚晃一枪后，稍事修整，兵峰一路西去，插入西南夷聚居区。走呀走，走到哪里是个头，谁也不清楚，包括庄蹻在内。途经且兰（今贵州福泉市）部族控制区，过境夜郎国，借道无果，只能兵戎相见，且战且行。这段经历，常璩在《华阳国志·南中志》记为：

　　楚顷襄王派将军庄𫏋溯沅水，出且兰，以伐夜郎王。

　　自然条件恶劣，贫瘠荒凉，这样的地方楚国看不上。路过而已，庄𫏋率上万人长距离行军，不会为一个夜郎国，常璩判断有误。路况不熟，坝区与大山间，绕来绕去兜圈子，旷日持久。花开花落又一年，进入云贵高原腹地，彩云之南好大一片坝子，今朝昆明市所在。

　　云南多坝子，昆明坝子排名第二，面积七百六十三平方公里，坝子中镶嵌着高原明珠——滇池。

　　云贵高原淡水湖，滇池首屈一指，面积三百三十平方公里，水源补给充沛，盘龙江等八条江水滔滔不绝。江河湖泊，人类文明孕育理想之地，滇池自无例外，何况日照充沛，环湖皆膏腴之地，自然条件得天独厚。

　　几万年前，滇池附近龙潭山的天然洞穴，已有古人类活动痕迹，出土了人颅骨、打制石器、哺乳动物化石等。文化层中，更有大量的炭屑、烧骨和灰烬，以及较完好的火塘。新石器时代，更多的人向滇池靠拢，在这片宜居之地繁衍生息，逐步形成早期的古滇人部落。

　　湖畔远眺，滇池烟波浩渺，昆明坝子地势平坦，周边山峦蜿蜒起伏。这方土地草木茂盛，司马迁极为看好，《史记·西南夷列传》中这般描写：

　　𫏋至滇池，方三百里，旁平地，肥饶数千里……

　　第一次看滇池与昆明坝子，我心情舒坦，心胸豁然开朗，掉头寻思那庄𫏋，应该是萌生出归属感。

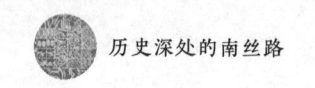

似曾相识，庄蹻紧绷的神经，骤然放松。疲惫一扫而光，将士们欢呼雀跃，草丛中，惊起群群飞禽。

恍若回归云梦泽，家的感觉真好。魂牵梦绕的云梦泽，地处楚国都城郢（今湖北省江陵城郊）东南，坐落江汉平原，鱼米之乡，滋养出博大精深的楚文化。

眼前的滇池，水质清澈见底。滇池的周遭，可见草滩、牧场、田地，还有农舍散布。

滇池有主，世居土著民族中，最大的部落是滇人，湖泊得名于此。

当然也有其他说法，如《华阳国志·南中志》所言：

> 滇池县，郡治，故滇国也；有泽，水周围二百里，所出深广，下流浅狭，如倒流，故曰滇池。

另有人认为，滇池在云贵高原，"滇"即"颠"也，言最高之顶。"颠"这么解释错不了，恰好读过陶渊明一首诗，其中就有"狗吠深巷中，鸡鸣桑树颠"。

不管怎么说，滇池记入正史，告知天下，司马迁第一人。

若说古滇人情况，史籍记述简略，周边部落十来个，其中古滇部落人多势众。不讲伦理道德，也没有禁忌与规矩，只为利益相互攻击。大欺小，强凌弱，打败仗的部落认栽，拥戴滇人首领承头，组建部落联盟，携手开启滇文化。

战国中期之前，这些部落处于原始社会末期，虽然时有文物出土，但许多情况不甚明了。直到冒出个古城村，地下不计其数的螺蛳壳，披露秘密，让人一窥早期滇池周边面目。

滇池东南岸这个古城村，属于昆明市晋宁区的昆阳街道管辖，听其

第五章　滇王庄蹻身世之谜

昆明市晋宁区一带的农家，依然在滇池边牧羊，不知楚国将军庄蹻抵达时，见到的羊群是不是这般模样

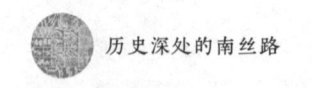

名，便知大有玄机。进到村子，小巷悠深少喧嚣，古韵犹存岁月长，似乎一抬脚，顷刻就踏入古滇部落一处定居点。

早年默默无闻，而今引人注目，原因在发现多处商代至战国早中期的文化堆积，如房址、壕沟、土坑墓、瓮棺葬等遗迹，陶器、玉器、木器、青铜器等文物，以致列为国家重点文物保护单位，得名"古城村遗址"。尤其值得一提：这是一个罕见的、建于螺蛳壳上的古村落！

近几年，配合当地开发建设，文物部门两度考古发掘，开工后惊讶地发现，地下竟然埋藏螺蛳壳，越挖越多没个完。测量结果，面积十万平方米不说，大型湖滨贝丘遗址，在滇地考古发现中说得上年代最久远，保存也最完整。多见厚度超六米的文化层，螺蛳壳与灰土相互替换，一层接一层堆叠而成。穿行其中，仿佛行走在一座座小山间。

数量多、堆积厚之外，另有蹊跷，每个螺蛳壳的尾部，都有一个不规则的洞孔，显然是硬物敲击导致。遗址出土文物可证，滇池水产品丰富，盛产鱼、虾、螺蛳等，古滇人就近捕捞，作为食物。螺蛳肉嫩味道鲜，石臼敲开螺蛳壳尾部，铜锥、骨锥掏出肉，古滇人偏好这一口。时下昆明人，依然保留吃螺蛳的习惯，除去爆炒，又增添了烧与煮。只是介绍烹饪过程，不如孙太初先生说来头头是道，绘声绘色。

古滇人食毕，螺蛳壳集中丢弃一旁，一代接一代，千年时间堆积如山。

今天的古城村遗址，一层层堆积而成的贝丘，有如无言的史书，记录下早期滇人的生生不息。逐一编号的文化层，采用碳十四测年断代：最底层商代，往上一层西周，再往上春秋至战国中期。

随时间推移，由大变小的螺蛳壳，清晰地传递出一个信息：商代的滇池生态最好，螺蛳特别大，待到战国中期，个头小了不少。

就在这个时间节点，强敌入侵，庄蹻率楚军杀来。部落联盟首领亲自压阵，一队队滇人身穿对襟无领长衫，打赤脚结髻于头顶，手持青铜兵器，呐喊着蜂拥而上。楚军训练有素，队形散开，身披犀甲，操戈提剑握强弓。滇人不堪一击，四散逃命去也。

不服不行，部落联盟首领归顺，楚国添一块飞地，庄蹻立大功。

站稳脚跟，第一时间亲自带队，兴冲冲，折返楚国报捷。

又谁知，西征期间局势陡转，公元前二七八年，鄢郢之战爆发。秦军主帅白起，战国著名军事家，久经沙场善用兵，一生战功卓著。生死存亡之秋，楚国倾全力应对。

是役也，白起审时度势，攻势凌厉。区区七万秦军，汉水出征，一路攻城拔地，奔袭鄢城（今湖北宜城），来个中心开花。决一死战，数十万楚军依托城墙，构筑牢固防线，寸步不让。久攻不下，白起利用鄢水（今蛮河）落差，高处筑堰蓄水，挖长渠通鄢城。待水位升至最高点，一声令下决堰放水，鄢城汪洋一片，溺亡者十之八九。

乘胜追击，秦军千帆竞发，沿长江东下，攻占郢都，设南郡。国都失陷，宗庙、王陵被焚毁，楚顷襄王仓皇东逃，迁都于陈（今河南淮阳）。

隔年，蜀郡太守张若拿下巫郡、黔中郡。巫郡，辖今重庆市巫山县及周边区域，扼长江三峡天险；黔中郡，则在今湖南西部、贵州东部，拱卫楚国西南。两郡皆失，门户被踹开，国运日薄西山。

秦灭六国，统一中国的序幕，徐徐拉开。

归途中，庄蹻察觉不妙，楚国地盘变换旗帜，驻扎秦国军队。噩耗不断，犹如晴天霹雳。共赴国难，去路堵严实，绕不开；强行闯关，敌众我寡，等同飞蛾扑火。

遥望故国，肝肠寸断，将士们一步三回头，折返滇池。

好在，手里有军队，谁敢不听招呼。大约在公元前二七六年，庄蹻废除部落联盟，建古滇国登王位，即史书谓：以其众王滇。

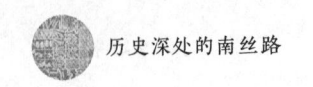

常言道，强龙难压地头蛇。虽然实力远超滇人，但总归流落他乡，武力不能解决一切，融入土著民族，和睦相处为上策。庄蹻入乡随俗，遵从部族风俗习惯，改穿对襟无领长衫，椎髻于头顶，同土著民族别无二致。打亲情牌，相互联姻，笼络部族首领，信任度骤增。

古滇国以滇池为中心，据有云南中部及东部，包括今曲靖市，往南直抵红河北岸，往西可达今楚雄彝族自治州。这一带四季如春，土地肥沃，水源充足，适宜农作物种植。古滇国建立，生产力持续发展，滇池一带，终成滇文化核心区。

对于这片沃土，《后汉书·南蛮西南夷列传》在《史记》基础上，有所补充，这么赞道：

河土平敞，多出孔雀、鹦鹉，有盐池田渔之饶，金银畜产之富。

石寨山古滇国贵族墓葬，就曾出土铜鼓一面，浮雕直接以滇池入画。烟水杳霭，船儿悠悠，一人吹芦笙，三人婆娑起舞，另有王者端坐其中，饮酒作乐。

庄蹻变服从俗，带去楚国先进的技术和文化，推进滇地文明进程，意义不凡。

傍滇池，一方风水宝地，庄蹻相中，召集人手建王都。年代久远，具体位置不明，有晋宁区晋城街道、呈贡区斗南街道之说，好在都没出昆明市范围。晋城街道新修大道一条，直接取名庄蹻路，务求正名定分。

究其原因，古滇国偏处一隅，王都位置无史料佐证；众多出土文物，楚文化痕迹稀缺，《史记》权威遭遇挑战。

庄蹻西征事，宛若流星划过夜空，转瞬即逝。直到明朝，从官修地理志书《寰宇通志》中，方才查出些许补充。

说的是古滇国初立,庄𫏋派部将小卜出征滇西,降服周边部落。阻力重重,今天的姚安县境内,当地部落顽强抵抗,小卜兵败被杀,就地掩埋。唐朝时,也不知是南诏的哪位统治者途经此地,眼见荒草孤冢,心生怜悯,建庙供后世祭祀。

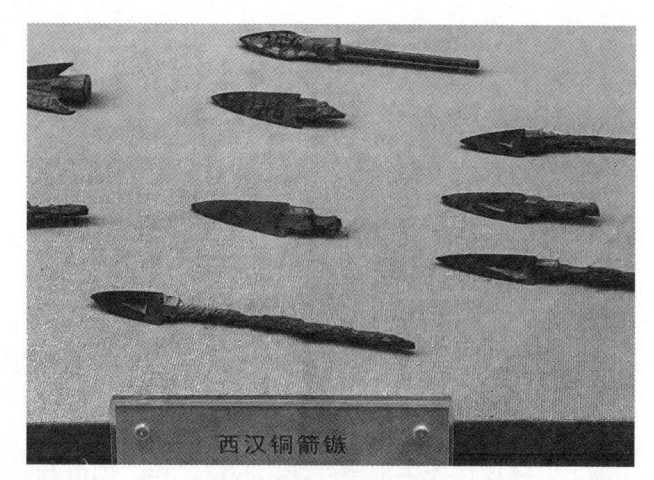

云南出土的汉代铜箭簇

传说这庙挺灵,有求必应,路经姚安,我乘兴前往龙岗镇拜谒。庙早毁,墓冢新近垒砌,唯独清光绪年间墓碑,阴刻"周小卜将军墓",算是前朝遗物。

碑上的"周"字,表示朝代还是姓氏,留下悬案一个,不明不白。

年深日久,小卜传闻无从考证,听一听即可。

二 岷山庄王庄𫏋

另一位庄𫏋,大号岷山庄王,同样为楚庄王后裔,王邦所在地庄道。这一观点,出自徐中舒。

徐中舒师从梁启超、王国维,终其一生,主攻先秦史和古文字学研究。早年,读徐先生所写《试论岷山庄王和滇王庄𫏋的关系》,文中语出惊人:

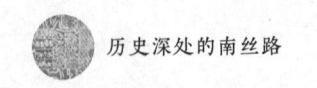

岷山庄王和滇王庄蹻皆以庄为氏，庄蹻就应是岷山庄王的后裔；秦灭巴蜀，庄蹻乃南迁于滇池之上。这一段历史，都是前史所不载的珍闻。

我家中书柜显眼位置，摆放《论巴蜀文化》一部，作者徐中舒，《试论岷山庄王和滇王庄蹻的关系》一文，收入其中。得知《论巴蜀文化》出版，父亲提前新华书店预定，购得后逐句逐段细读

知子莫若父。晓得儿子一门心思琢磨南丝路，赠予我《论巴蜀文化》，叮嘱说徐先生治学严谨，心血之作，须得好好研读。这些年来，书本翻了无数遍，白色的纸张早已泛黄，留有不少斑点。

父亲亲口道来，始于一九三七年，徐先生受聘四川大学历史系教授，巴蜀文化研究见地独到。大学四年，父亲多次聆听教诲，受益终生。

岷山庄王故事，见于西晋年间出土的《竹书纪年》，讲后桀伐岷山王国，岷山庄王献上美女两位。这部史书写于竹简，深埋魏襄王陵墓，侥幸避过秦始皇焚书坑儒那场灾难。《竹书纪年》年代久远，原本战国时期编撰的一部编年体通史，出自魏国史官之手，所记内容取自当时第一手资料，可信度较高。

不过，纳贡美女的岷山庄王，与徐先生认定的岷山庄王，二人年代相差千年之多，显然不是同一位。

岷山庄王定居地，得名"庄道"。庄道在哪里，说法不一，这位岷山庄王，无史料可证。按徐先生所言，庄道辖当今荥经县及周边广阔区域，曾为徙、笮等部族据有。春秋中期，楚国迅速扩张，攻城略地，云南楚雄、四川荥经，包括盛产黄金的丽水，均纳入势力范围。

那个年代，丽水产黄金，并号称三大主产区之一。除水里的沙金之外，还有山中埋藏的岩金，不仅产量高，块头还不小。大体方位，有说

金沙江上游，有说雅砻江、安宁河一带，两处地方离庄道都不远。

唯一确定，丽水属高寒山区，适合旄牛生长，故有牦牛部族聚居地之说。

战国末期，大名鼎鼎的思想家韩非，撰《韩非子·内储说上七术》中，告诫君主驭下之技巧时，不经意留下这么一笔：

荆南之地，丽水之中生金，人多窃采金。

稀有加耐用，黄金进入贵族阶层视线，饰品之外，逐渐成为交易媒介。楚王喜出望外，移民前往，控制开采权势在必行。只是难度大，楚国与丽水，毕竟相隔数千里，鞭长莫及。

尤其丽水最高长官，统揽一方权力大，开采金矿，发光的金子晃眼，容易让人丧失理智。一旦用人不当，尾大不掉，局面无法收拾。派谁主持大局，难题一个。权衡比较，唯有托付宗室中人，血脉相通相连，方为长久计。

左挑右选，相中楚庄王一位后裔，赐封岷山庄王，作为附庸国，打理丽水方面事务。

王赐封王，乍一听不合礼法。其实不用怀疑，纵观中国古代历史，只有秦灭六国后，方才制定了严格的名号规定，不允许僭越。春秋战国，乱着呢，没那么多讲究。

肩负重任，带上族人和军队，选定落脚点，竖起岷山王国旗号。几百年间，历代岷山庄王坐镇一方，忠心耿耿，掌管丽水黄金开采和运输。

选择庄道作王邦，主要相中其地理位置：既可就近指挥黄金开采和东运，管理邛、筰、徙等部族，又能抵御古蜀国及牦牛部族侵扰。

楚国王族这一支系，从此以"庄"为"氏"。先秦时期，"姓"与

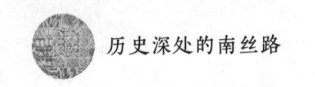

"氏"分开用,"姓"管总,"氏"只是分支。一个家族,后代繁衍多了,往往分为若干支系,散居各地。分支的后代们,除保留祖宗的"姓"之外,还要另取一个称号,这就是"氏"。

岷山庄王雷厉风行,设置机构,委派官员,着手黄金开采及转运。首先颁布法令,告知土著部族,严禁私自开采黄金,违者处以酷刑——五马分尸。

从此以后,源源不断的丽水黄金,集中于庄道走水路。武装护航,由青衣江入岷江,再从岷江进长江,经三峡抵达楚国都城郢。一路上,还有效忠楚国的巴国等,派兵协助。

拥有黄金多,国家强盛,各国诸侯眼馋。黄金熔铸货币,楚国率先,形状有龟版、圆饼、瓦形等,流通时可任意切割。金币钤印,利用浇铸成形尚未冷却的瞬间,铸工手持青铜印模,小锤迅速击打而成。印文有"郢爰""陈爰"等,"郢"为楚国都城名称,"爰"则货币之重量单位。

一块整版"郢爰",重量楚制一镒,大约二百五十克黄金。高超的提炼技术,令人惊讶,动用今天的仪器检测,黄金纯度达百分之九十以上。确保计量单位精准,天平及大小不等的砝码,随之出现。

流通之外,贵族及官员炫富,黄金器皿和饰品盛行。

楚国黄金之多,除了史料有记载,近几十年间,楚国故地出土的窖藏金币数量惊人,印证使用的广泛性。以安徽寿县为例,先后发现"郢爰"一百四十八块、"陈爰"两块……总重量近两万克!

崇尚黄金,直接影响丧葬习俗。楚人的冥币,采用铜、铅、泥等,先制成金币模样,再以金箔包裹。湖南长沙市左家公山,就曾出土模仿金饼的泥质冥币。

满足需求,岷山庄王劳苦功高。反观,楚国移民西来,携手邛、筰等族群,相互融合。

庄道古城，昔日王邦所在，荥经人称之"古城坪"，大可一观。

古城由主城和子城组成，坐落高高的台地之上，与今天的荥经县城遥遥相对。地势平坦开阔，属荥河第三台地，土壤肥沃，气候温暖，加上雨量充沛，适宜农作物生长；背靠中峻山，三面陡峭直立，高出荥河百米，据险筑城，扼守要津。

自给自足，粮食有保障，利用天然屏障构筑城堡，易守难攻。古人的防御措施，显然无懈可击。

时不时开上车，我又去古城坪一趟。主城呈正方形，东西长四百米，南北宽三百多米。城垣采用版筑夯土墙造就，以木板作模，就地取材，内填周边特有的黏土，层层用杵夯实，夯层厚二三十厘米。

子城位于主城西北方向，东西长三百米，南北宽二百米。子城的南墙同主城重合，相互依

严道古城遗址

严道古城遗址这段夯土城墙，年代在秦汉时期，应与岷山庄王有关

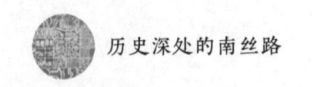

存，互为犄角；东墙、西墙、北墙全部延伸至台地边缘，以利防守。

二十年前，古城坪与县城相隔一两公里，清一色的菜地。如今，城区不断扩展，道路和房屋修至台地下方，二者几乎连接成片。

王邦原貌，厚厚泥土覆盖。地表下，不知有几多庭院，几多街巷，几多先人遗存；地面上，唯见田园与农舍，错落有致散布古城坪。

仔细搜寻，功夫不负有心人。靠近荥河，农舍与田园间，一堵低矮的土墙，若隐若现。忙碌一阵，找出几段三米高、八米厚的土墙。不听专家讲解，误以为农家院墙，不过厚得有点离谱。这些两千多年前的城墙，经岁月侵蚀，高大宽阔化作低矮狭窄，丝毫不起眼。

岁月凋零，年代久远，生活在这里的人们，早已淡忘祖辈曾经的荣耀。从二十世纪七十年代以来，楚文化、巴蜀文化特征的文物相继亮相，让徐中舒心潮澎湃，写出惊世震俗的文章，就庄道事条分缕析。

古城坪周边，古墓葬密集分布，时间从春秋晚期直至秦汉。战国土坑木椁墓值得关注，墓室形制与埋葬方式，近似湖北江陵、云梦一带的楚墓，先用白膏泥密封椁室，再以五花土填埋。随葬品中，主要是漆器，陶器次之，竹木器又次之，青铜器最少。无论漆器，还是竹木器，楚文化特色浓郁，可见墓主与楚国，二者大有渊源。

战国年间的漆器，不论大小，制作费工耗时，动辄髹百遍以上。是以，漆器价值十倍于青铜器，归入奢侈品一类，贵族专享，收藏贵重物品及存放食物。眼前出土漆器，漆质光亮，纹饰流畅优美，堪称战国漆器代表作。

其中，十件带有文字的漆器，我是格外看重。

一件木胎圆形盒，由盖盒与底盒组成，最大直径约二十厘米，通高十七厘米，内壁髹红漆，外壁则为黑漆。黑漆表面，再以红漆绘上卷云纹、原点纹、几何纹、变形凤鸟等图案。

另外九件木胎耳杯，整块木头挖制而成，长超过十六厘米，宽十一厘米，高五厘米，内外壁通体黑漆。

黑漆上面，"王邦"二字依稀可辨，一概朱砂书写。战国年间的"王邦"，特指封国，陪葬漆器出现这样的文字，显示墓主地位尊贵，应是岷山庄王中的某一位。

楚文化的代表漆器，出现在古城坪，这对岷山庄王来自楚国一说，提供了合理的解释，又与徐中舒观点遥相呼应。

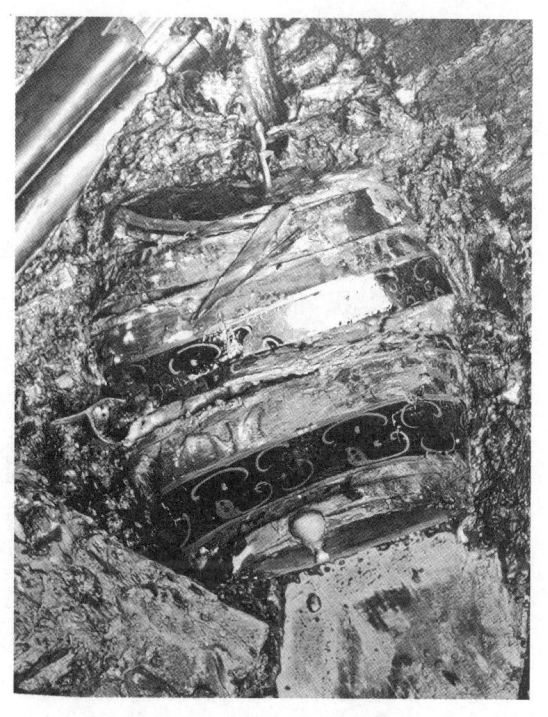

经反复论证，此地定名"荥经严道古城遗址"，一九八四年设博物馆予以保护，而今已是全国重点文物保护单位。

战国土坑木椁墓里面，完好的漆盒出土那一刻，惊呆了考古人员

不是庄道吗，严道从何而来？说法有二。

一说秦灭巴蜀，拿下庄道，驱除岷山庄王。有福同享，秦惠王想到了樗里疾，这个同父异母的弟弟，足智多谋又忠心耿耿，实属难得该奖赏。手一指，零关道方向，将庄道赐给樗里疾。樗里疾号"严君"，这片封地，随之更名"严道"。

另有一说，汉明帝刘庄登基后，出于避讳，凡带"庄"字的，无论人名、地名、物名或书名，一律改动。更名结果，"庄"改称"严"的多了去，如庄子改严子，庄周作严周，楚庄王变楚严王，庄道县也就成严

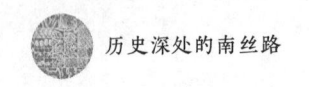

道县。

称王滇地的庄蹻,据徐中舒考证,应当是最后一代岷山庄王。秦国大军压境,庄蹻如惊弓之鸟,携部下远遁,跑到滇池边上称王。

岷山庄王当滇王,原本徐先生一家之言,没有多少人回应,这些年更是无人提及。即便古城坪一带,发现具有楚文化特色的墓葬,出土了漆器等文物,依然未能产生轰动,引发学者们的联想。

三 强盗庄蹻

最后剩下的那位,则是强盗庄蹻,说出来吓你一跳。

强盗当滇王,令人不可思议,听起来相当别扭。莫要犯嘀咕,真不是危言耸听,披露这个秘密的是马曜,终身致力于云南历史学、民族学研究。捋一捋,头衔一大串:云南大学教授、云南民族学院院长、《思想战线》总编、西南民族研究学会会长……

时光倒流,回归一九七五年。云南大学主办的刊物《思想战线》,年初第一期刊登《庄蹻起义和开滇的历史功绩》,《史记·西南夷列传》相关记载弃之一旁,断然否定有关楚将庄蹻王滇之说。文章作者,正是马曜先生。

标题开门见山,内文洋洋洒洒上万字,思绪天马行空,只为阐明一个观点:庄蹻是楚国农民起义领袖,万里征战至滇池边,一手建立古滇国。

确立这个论断,马先生煞费苦心,埋头于古籍。最终,搜出荀况、慎子等先贤的只言片语,以证农民起义领袖庄蹻的存在。可惜翻来覆去,

内容大同小异，无非：唐蔑死，庄
跻起，楚分而为三四。

这话过于单薄，形不成证据链，
农民起义领袖的头衔，似是而非。

幸好有韩非，先秦诸子中的寓
言高手，娓娓道出成语自知之明时，
无意间添加了相关的内容。追根溯
源，这成语出自老子那句：知人者
智，自知者明。只是这话抽象而深
奥，一般人不知所云。

韩非套路不同。无论讽刺还是
劝诫，玩的是讲寓言打比方，借用
假托的故事或自然物，采用拟人手
法，使得听者明事理知进退。《韩非
子·喻老》中，楚王与臣下的问答，
一经渲染加工，意味深长。

云南省博物馆展示的古滇国人尊崇的女巫

典故中的楚庄王，欲攻打越国，
臣下杜子问为什么？楚庄王回答越国政乱兵弱。杜子说："愚臣很担心这
事。智慧好比眼睛，能看见百步以外的东西，却不能看见自己的眼睫毛。
大王的军队被秦、晋打败，丧失数百里土地，这是兵弱；庄跻在境内造
反，官员无法予以制止，这是政乱。大王兵弱政乱，并不亚于越国，反
而想打别人，这就是智慧如同眼睛，见远不见近啊。"楚庄王一下子明白
过来，了解事物的困难，不在于看清别人，而在看清自己。

自己能够看清自己，则为自知之明，这个比喻浅显易懂。

楚庄王、庄跻同时代否不重要，韩非不过是信手拈来，借题发挥但

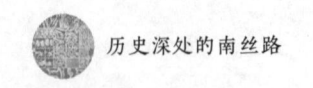

说无妨。于我而言，除去寓意深刻，惹眼的是文中宣称：

庄蹻（跻）为盗于境内，而吏不能禁，此政之乱也。

透过这句话，马先生精神抖擞，为文章找到一个支撑点。司马迁也够意思，在《史记·游侠列传》中，也留有这么一句：

跖、跻暴戾，其徒诵义无穷。

跖，先秦古籍中的"盗跖"或"桀跖"，传为春秋时期大盗，统率盗匪数千。至于庄跻，身份来个大挪移，从将军变强盗。归入游侠不说，文字也怪怪的，前言后语费思量。刚说盗跖和庄跻是大盗，残暴凶狠；又说老百姓拥护这些人，称赞他们道义无穷。

无论怎样，一条好汉的轮廓，逐渐清晰。当然，司马迁自有见地，强盗庄跻王滇一事，只字未提。由此看来，太史公知道两个庄跻，同名同姓，身世截然不同。

既然声名狼藉，后世学者口诛笔伐。东汉思想家王充，就在《论衡》中叱责盗跖、庄跻"横行天下，聚党数千，攻夺人物，断斩人身，无道甚矣"。

抹黑二人，一代接一代，编故事的人不遗余力。

既然要丑化，那就来个彻底，从名字入手。这些人不知何处刨出本字典，说"跻"的意思是"瘸"，取名庄跻的大盗，瘸子一个。可想而知，走路一瘸一拐，形象糟透了。

其实，古代汉语中，"跻"虽有多层含义，但绝无瘸子一说。倒有一个意思与脚沾边，那便是草履，也就是当下的草鞋。即便草履，并非下等人专用。先秦时期，不分男女不论尊卑，都喜欢穿草鞋，不过做工和质地差别大。

况且这"跻"，还形容勇武多力，身手敏捷。《诗经·周颂·酌》中那句"跻跻王之造"，用今天的话说，便是"朝中兵将骁勇善战，力量无穷"。楚庄王后裔庄跻，取"跻"的本意，估计就出自这里。

另有说胆小如鼠、偷鸡摸狗、半夜行窃门枢涂抹饴糖……一句话——贼娃子路数，毫无英雄气度。说来轰轰烈烈，当数《吕氏春秋》的"庄跻之暴郢"五个字，顿感此人胆大包天，一改跛子加小偷的猥琐状。

公元前三〇一年，齐、韩、魏三国联合攻楚，秦国中途介入。联军偷袭得逞，楚军溃逃，大将唐昧殉国。战局失利，诱发国内矛盾升级，最终酿成大规模的暴乱。大祸将至，《商君书》如此表述：

唐蔑死于垂沙，庄跻发于内，楚分为五。

乱世出英雄，好汉庄跻，聚众窃富济贫。统治者畏惧，手段凶残，宣布庄跻为强盗，参与暴乱者格杀勿论。庄跻作战勇猛，队伍特别能战斗，驰骋楚地无敌手，得意之作便是趁乱攻下楚国都城郢，天下诸侯为之侧目。

这场暴乱，马先生称其农民起义，挑头者庄稼汉庄跻。楚军反复围剿，收效甚微，原因是对手会玩失踪，与正规军捉迷藏。这支队伍，时而几千之众，攻城略地所向披靡；时而销声匿迹，不知藏身何处。

拿起锄头种地，提起剑戟造反，从这个角度去理解，还蛮像农民起义。

经过多年清剿，"暴乱"以失败告终，庄跻下落，未见诸任何史料。

"暴乱"动作大，几本古籍有提及，可惜都是寥寥数语。记录者从荀况、韩非到吕不韦，与强盗庄蹻年代相差无几。这几位身份不一般，要么满腹经纶，要么权倾一时，似不属胡编乱造的主。如此看来，"庄蹻起，楚分而为三四"，那是宁可信其有，不可信其无。

马曜文章一经发表，反响强烈。围绕庄蹻是楚国将军还是农民领袖，是否滇地称王，不少学者参与其中，各执一词。反对的一方，包括被誉为滇史泰斗的方国瑜，阵容不容小视。第一时间，方先生在《思想战线》发表《从秦楚争霸到庄蹻王滇》，旗帜鲜明表示：开滇的庄蹻是楚将，不是农民领袖！

晋城街头的庄蹻雕像，一副王者气派

那个特殊时期，提及"大盗"肯定犯讳，哪怕出自古籍记载，故而马先生尊之农民领袖，并为其寻找到一个圆满结局——称王滇地。

没有任何史料的情况下，马先生自有说辞：冲破楚军重重包围，农民领袖庄蹻杀开一条血路，带领队伍顺沅水进入贵州境内。继而，踏上南丝路，奔滇池地区融合各少数民族，开创一片新天地。

直到二〇〇九年，《云南简史》第三版出版，身为主编的马曜依然故我，"绪论"中态度鲜明，这么写道：

约在公元前二八六年，庄蹻率领数千楚国农民起义军到达滇池地区，同当地居民融合，控制了滇东地区。

古人云：失之毫厘，谬以千里。滇王之桂冠，非要戴上大盗庄蹻头上，破绽不少，我不敢苟同。虽也见过马先生，但作为晚辈不便多言。其实，若换位思考，自我审视一番，大有裨益。

梳理半天，滇地称王的庄蹻究竟是谁？楚国将军，岷山庄王，还是大盗，多年争论无果，况乎今人。

英雄不问出处，晋宁老百姓，显然不管那么多。只要庄蹻王滇是不争的事实，只要晋城街道曾经作为滇国都邑，他们就将其视为先祖，看作这片土地的拓荒者。晋城古滇文化广场，晋宁人塑起庄蹻雕像，高大威武，一代王者器宇轩昂。

也曾叩问雕像，王者什么来头？冰凉的雕像无语，倒是司马迁挺身而出，在《史记·西南夷列传》结尾，表明态度：

楚之先岂有天禄哉？在周为文王师，封楚。及周之衰，地称五千里。秦灭诸侯，唯楚苗裔尚有滇王。

看来，司马迁坚持自己观点：王滇的那位——楚庄王后裔！

太史公声声慨叹，中原大地风云变幻，秦始皇一统天下，汉高祖斩蛇起义……

皇帝虽是轮流做，但无论秦汉，南丝路始终纳入最高统治者视线，迎来前所未有的发展。

第六章 拓边西南

一　五尺道与夜郎

一条南丝路，纳入中原王朝总体战略，如此胆识者，唯有秦始皇。

一切始于公元前二二一年，秦王嬴政并吞六国，诸侯割据局面，宣告终结。

三公九卿颂扬声中，俯视天下三十六郡，踌躇满志的秦王，突然想着换个玩法，取个与众不同的称呼。丞相王绾、御史大夫冯劫、廷尉李斯安敢草率，会齐熟知史事及典章的博士们，郑重其事议半天。

第二天上殿，引经据典毕恭毕敬，异口同声："臣等昧死上尊号，王当尊之'泰皇'。"

《绣像东周列国志》中的秦始皇，少了霸气，多了慈眉善目，让人有点不适应

这名号不响亮，不够味儿，朝堂之上的嬴政，很不开心。既然横扫六合，德兼三皇，功盖五帝，索性金口玉言："去掉'泰'字，留下一个'皇'，再取上古'帝'的位号，合称'皇帝'。"飘飘然中，面对俯首帖耳的文武百官，趾高气扬声若洪钟，勾勒出一个气势恢宏的帝国：朕就叫始皇帝，后代称二世、三世直到万世，子孙相传，千秋万代永不灭！

头戴流冕、身着皇袍、腰佩利剑的秦始皇，看起来神态庄重，目光炯炯有神，满是雄霸之气

组成多民族国家，实现中国真正意义的统一，建立君主专制中央集权的封建王朝——秦朝，嬴政可谓千古一帝。称帝后暴虐无道，历代多贬斥，但一统天下这件大事，从古至今，无人说不对！

为了攻占更多地方，秦始皇指挥军队，不断推进。北击匈奴、南平百越之前，犀利的目光，已经投向西南夷地区。那片疆域被邛、笮等部族，还有古滇、夜郎一类小国据有，土地辽阔物产丰富，潜力巨大。

秦始皇继承秦惠王、秦昭王遗愿，采取两项措施，推进西南夷与内地融合。

措施之一，按照"治驰道于天下"的决策，下诏常頞打通南丝路。实现有效统治，尤其偏远而复杂的西南夷，道路是保障，秦始皇拿捏得准。

驰道者，以都城咸阳为中心，修筑四通八达的道路，宽敞平整，类似当今之国道。驰道通，皇帝出巡畅通无阻，军队调动方便，百姓往来受益。

强势介入，南丝路列入驰道范围，秦始皇诏令，体现国家意志。之前，派遣李冰治道的秦昭王，终是一方诸侯，上有战国七雄名义上的共主——周天子。况且，仅靠蜀郡、巴郡，势单力薄。

南丝路主道状况，常頞派人分头打探。两相比较，零关道已入邛、笮部族聚居区，僰道遇阻云贵高原乌蒙山，李冰止步于此，半途而废。

常頞何许人,史料匮乏,统兵的将军,还是蜀郡郡守,后世史家各说各话。既能掌管军队,又可调动蜀郡、巴郡的人力物力,直觉告诉我,朝廷将领的可能性偏大。

奉旨入巴蜀,大权在握,落实秦始皇意图,解决道路问题。李冰未竟之志,常頞接着干。指挥军队,还有无偿征调的百姓,以僰道作起点,将五尺道向黔西、滇东北延伸。

打通五尺道,谈何容易,拦路虎还是乌蒙山。

提及乌蒙山,学过高中地理的人都知晓。乌蒙山地处云贵高原,延绵两百多公里,跨贵州省毕节、六盘水及云南省曲靖、昭通等市,为南盘江、北盘江发源地,珠江源头所在。

这些常识,秦朝将军常頞不可能知道,只觉得这山气势磅礴,沟谷幽深,气候多变,环境恶劣。

山势险峻,那就依托民间通道,线路避难趋易,尽可能走河谷地带。滇东北方向,沿南广河、关河、朱堤江一路推进。修路的劳力,在精不在多,后勤保障路线长,需要投入大量人力。施工技术原始,拼的是体力,靠

乌蒙山腹地,这段五尺道颇具规模,显然经后人改建

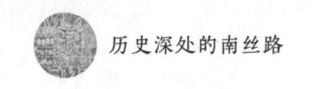

的是凿、砌、铺等老一套；山石坚硬，李冰的"火烧水激"好使，继续采用。

路况好的加宽，陡峭的略为平整，垮塌的设法修复，悬崖绝壁的改道绕行……

几年过去，克服千难万险，四川入滇的又一条官道，勉强通到云南省昭通一带，深入南夷聚居区。

也有说不止于此，从昭通再出发，道路经乌蒙山拐入黔西，绕一圈又折返曲靖。四川泸州市的合江县，另有五尺道一条支线，直插黔西。

一路开山凿崖，施工困难，路面宽度五尺，相当于一米左右。多数路段不通马车，仅供人与牲口行走，同驰道差距明显，但已来之不易。

以路面宽度作名称，最早见《史记·西南夷列传》：

秦时常頞略通五尺道，诸此国颇置吏焉。

字不多，信息量大，措辞也考究。

仔细推敲，常頞修通的五尺道，顶多算毛路。一个"略"字，含有粗略、大略之意，表达够明晰。随着秦朝灭亡，官道倒退回民间通道，许多路段通行困难。

秦五尺道年代久远，毁坏殆尽，具体走向不明。追寻五尺道，乌蒙山地区跑过几趟。绕行山间，抬头悬崖，低头河谷，荆棘丛中，若有若无的古道，不知能否通向乌蒙山的沧桑岁月。

五尺道经过的乌蒙山，聚居着西南夷的南夷部族，大大小小几十个。不能任由这些小邦坐大，威胁秦王朝安全。常頞另一使命，招降沿途部族首领，设立行政机构，任命官吏管理地方，排除干扰保路通。

实力强大数夜郎，战国期间就独占一方，建起少数民族君长国，开西南夷各部族先例。当然，另一说并非开国立邦，不过是部族联盟。

从领头的人下手，常頞首先拜会夜郎王，晓以利害。秦始皇霸气，南夷部族早有耳闻；凶悍的秦军，枕戈待发。鸡蛋不能碰石头，夜郎王认怂，同意设县，与中原王朝保持一致。

夜郎尚且如此，其他部族焉敢不从。

零关道那头，邛、笮等部族首领随声附和，表示归顺秦王朝。《史记·司马相如列传》中，记下这么一笔：

> 邛、筰、冉、駹者近蜀，道亦易通，秦时尝通为郡县，至汉兴而罢。

夜郎国无文字，好在发生的这些事，《史记》有所涉及。偏偏夜郎人来历，太史公守口如瓶，吊足胃口，让后人满脸好奇。

几百年过去，先有常璩在《华阳国志·南中志》中，为夜郎人的起源，给出一种充满神性的阐释。又过几十年，南朝宋时著名史学家范晔略加取舍，载入《后汉书·南蛮西南夷列传》。接下来《水经注》及后世史料，照录常璩、范晔夜郎故事，满足人们的好奇心。

透过史料，一旦将碎片化的历史拼接，便可窥远古时期，竹王统领下的部族，兴起于豚水一带。

豚水古水名，发源于云南宣威市，流经贵州西境，汉代至南朝称豚水。豚水在哪里？大多研究者说是北盘江，发源于云南省宣威市的板桥镇，属珠江干流西江的一级支流，流经滇、黔部分地区。

回望竹王来历，典型的夜郎图腾故事，抒情意味浓厚。

夜郎部族一少女，北盘江边清洗衣物，一根三节大竹，顺江水流至脚下，推出又漂回。隐隐约约，粗大的竹筒内，传出婴儿啼哭声。少女

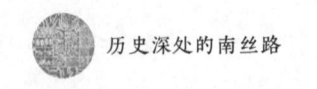

好奇，捞起竹筒抱家中，用刀缓缓剖开，里面竟然一个男婴。

一分两半的竹筒，直立野外泥土中，长得风快，转眼成了茂密的竹林。族人惊讶，视其为神灵，傍竹林修竹王庙。男婴长大，来自上天的馈赠，当然拥有超自然的力量，深得族人拥戴。几番恶斗，周边部族降服，建立夜郎国，自封夜郎王。

不忘根本，夜郎王以竹为姓。上行下效，竹成夜郎部族图腾，视作神物。

听的人都知道是一个美丽的传说。

我想那《华阳国志》，方志之鼻祖，中国现存最早地方史志专著，从远古到东晋永和三年巴蜀及西南地区史事，包括地理、物产和人物，一并囊括。历代史家，从事古代西南地区研究者，案头必备。

《后汉书》作为"前四史"之一，编撰技巧高超，弥补前辈史家之不足。东汉一代史事，详略得当，文采斐然令人称绝。大浪淘沙，东汉一朝诸家史书转瞬即逝，唯独《后汉书》硕果仅存。

常璩、范晔二位，学识渊博，才华横溢，何以将传说载入史书？

神话、传说进入史书，非常璩、范晔首创，早已有之。司马迁笔下，不乏此类记载：帝喾次妃简狄吞食玄鸟蛋生契，正妃姜原野外踩巨人脚印怀后稷……

看得出，《史记》夹杂的神话与传闻，影响后世史家。

莫怪司马迁，时代局限，人从哪里来，那年头谁也搞不懂。古代史书，无论中国还是外国，涉及人类繁衍、民族起源，无不夹杂神话或传说。太史公信以为真，自然毫不犹豫写进书中。

这些稀奇古怪的事，小时候听过不少，爷爷讲来通俗易懂，我竖起耳朵听得来津津有味，竟然还当真。几十年过去，我当上了爷爷。孙女像我小时候，老缠着要听故事，讲去讲来，早年故事脱口而出。时代不同了,十来岁的孙女不相信,童言无忌张口便说:"爷爷骗我,吃蛋、踩巨人脚印生宝宝,剖开竹筒取婴儿,不可能。学校课堂上,老师不是这么讲的。"

我连忙解释,传说而已莫认真。

传说归传说,夜郎国最初见诸文字,就被太史公视作南夷的领头羊。《史记·西南夷列传》开篇,即见:

> 西南夷君长以什数,夜郎最大。

当然啰,前面这个"西"字,后世学者认为多余,应为衍文,因古人缮写或刻版的失误造成。

夜郎国疆域多大,都邑何在,归附后的夜郎县治所何在,《史记》《汉书》到《后汉书》,包括《华阳国志》《水经注》,统统未留只言片语。加上从南朝到北宋,皇帝们总爱设个夜郎县,时而贵州时而湖南,完全随心所欲。

这些夜郎县,与夜郎国八竿子打不着,但水搅得更浑。哪里才是夜郎古国,研究者自说自话,让人信服的依据,谁也拿不出。

说到依据,不外乎史料与遗址、文物,无奈史料散乱,多出自后人。

根据推论,夜郎国疆域大致位置,应在贵州西部及云南东北部,面积不算小。当然,若按唐宋时期的《元和郡县志》《太平寰宇记》记载,夜郎国不仅囊括贵州全省,还包括川南、滇东乃至湖南、广西部分地区。中国南部,陡然冒出这么一个大国,拥有如此广阔的疆域,感觉不靠谱。

至于都邑、西汉县治所在,实在抱歉,根本没答案。

史料靠不住,遗址及文物同样不给力。

一个乍暖还寒的季节,曾设夜郎县以及自认夜郎故地的地方,我是

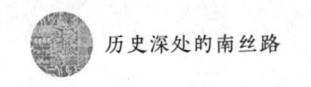

逐一走访。

湖南省的新晃侗族自治县，紧挨着贵州省，唐朝贞观年间，在这里设了一个夜郎县。后人以此为凭，说是夜郎国都邑所在。但我这趟走下来，感觉史料欠缺，也无拿得出手的文物佐证。

左思右想，史料欠缺，也没拿得出手的文物，斥巨资重建夜郎古国，搞不好鸡飞蛋打。

无论君长国还是部落联盟，夜郎国中心应在夜郎族聚居区，这才符合常理，看来得掉头返回贵州西部。

遵义市辖下的桐梓县，虽然地理位置偏北，仍然不甘人后，仗着有唐代夜郎县城遗址，当下全国唯一用"夜郎"命名的行政区划——夜郎镇，也想打"夜郎"牌，走一条与众不同的路子。

清初出任贵州巡抚的田雯，写有《黔书》两卷，其中记载："且兰即今之遵义，夜郎即今之桐梓。"这一说，学界不认可，亦无文物支撑，尚需努力证明。

答案大概率在黔西，这片我多次涉足的土地。赫章、普安、兴仁、兴义、贞丰、安龙等县市，划这么一圈寻找夜郎国，学界认同度高。

兴仁市辖区，东汉墓葬多文物丰富。其中雨樟镇的交乐村，有全国重点文物保护单位交乐汉墓群，面积约九平方公里，散布于交乐河两岸台地，分作土室墓、砖室墓、石室墓三类。出土文物中，青铜车马、连枝灯、抚琴俑、巴郡守丞印等，分外引人注目。

雨樟镇西面，紧邻兴义市的万屯镇，这一片地势较开阔，低矮山丘连绵不断，属田野考古调查重点区域。当地新桥村发现的万屯汉墓群，同样全国重点文物保护单位，同样出土大量东汉文物。其中八号汉墓那辆青铜车马，经能工巧匠修复，造型生动形象：且看马儿，昂首扬尾行走状，后面拉着带篷盖的车……

第六章 拓边西南

探访夜郎故地，春风伴我行，一路上风轻云淡，生机无限

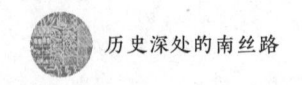

这些文物，标志着东汉时期，南夷各部族文化与汉文化高度融合，青铜冶炼、铸造工艺突飞猛进，但与夜郎不是一回事。

好在黔地西北方向，毕节市赫章县的可乐遗址，让我重新燃起希望。

乌蒙山腹地赫章县城，去往可乐彝族苗族乡，翻山越岭两小时车程，方才抵达可乐坝子。坝子狭长，可乐河清澈见底，两岸的小山一色黄土，这样的地貌乌蒙山区多了去，如果不是因为坡地上的可乐遗址，可能会忽略不计。

六十多年前，云南出土汉代"滇王之印"，贵州这边为之振奋，盼着奇迹发生，找到那枚金质夜郎王印。两年过去，金印没出现，倒是赫章县可乐坝子的村民，水利施工挖出青铜器一件，饰车船、牛马、飞鸟等图案，形制貌似石寨山铜鼓。

贵州抓住这条线索，几代考古人锲而不舍，探明古遗址三个、古墓群十五个，出土文物三千多件。

因为可乐遗址，南夷考古取得突破，博物馆参观加实地踏看，此行收获满满。

可乐河南岸，看点在一处汉代城址，面积几个足球场大，早年尚存夯筑的土城墙一段。出土文物，除了青铜戈、矛一类，另有钱币、瓦当、花纹砖等。

隔河相望有古墓葬，距离约一公里。这墓葬与众不同，汉夷文化并存；延续时间久，从战国至东汉六百年。

细分两类，其一汉式墓葬，其二土著民族墓葬。便于区别，考古人员用"甲类墓"代表汉式墓葬，"乙类墓"代表土著民族墓葬。

甲类墓数量少，分砖室墓、土坑墓，墓葬形式类似四川的成都、大邑等地汉墓。随葬器物有青铜刀、剑、带钩以及陶壶、陶罐等，明显带有中原、巴蜀、滇地特征，唯独楚文化缺席。

墓主人身份可想而知：驻守的军士或迁徙的巴蜀移民。

大量五铢钱可证，甲类墓时间从西汉到东汉，出土铜镜，也多为西汉中晚期。其中八号墓，出土一个盥洗用具澡槃，口沿刻"元始四年（公元四年）十月造"。而这"元始"属西汉末期汉平帝刘衎年号。

耐人寻味的是乙类墓，数量多分布集中，墓葬形式、葬俗基本一致，估计为南夷某一部族公共墓地。墓坑小于甲类墓，呈不规则长方形，无封土无墓道多无棺木，与汉式墓俗大不相同。墓穴特点在于造型别致，随葬品少者一两件，多者十余件，也有空无一物者。

一九八六年，贵州省文物考古研究所发表的《赫章可乐发掘报告》，对随葬品中长条形铜锄、无胡两穿铜戈、铜柄铁剑、巴蜀铁剑、铜发叉、铜手镯等，有这么一段定论：

> 它们的形制、花纹都具有浓厚的地方特色。因此，乙类墓应系当地青铜时期文化。由于这里系古代南夷地区，所以，我们又称乙类墓为"南夷墓"。

根据出土器物比对、地层关系及碳十四年代测定数据，乙类墓上限战国晚期，下限西汉末年，年代远早于甲类墓。

乙类墓地域特色鲜明，尤其土著民族独特的葬俗——套头葬，国内外从未得见，不少学者认为与夜郎国关联。

什么是套头葬，一言以蔽之，就是死者下葬之时，头顶套铜釜、铜鼓、铁釜等，足部套铜釜或铁釜。套头葬意义何在，是土著民族原始崇拜，还是墓主人特殊地位，或是与财富多少有关，典籍无记载，疑团难解。

后期，随着发掘的深入，发现套头葬三十余座，约占乙类墓八分之

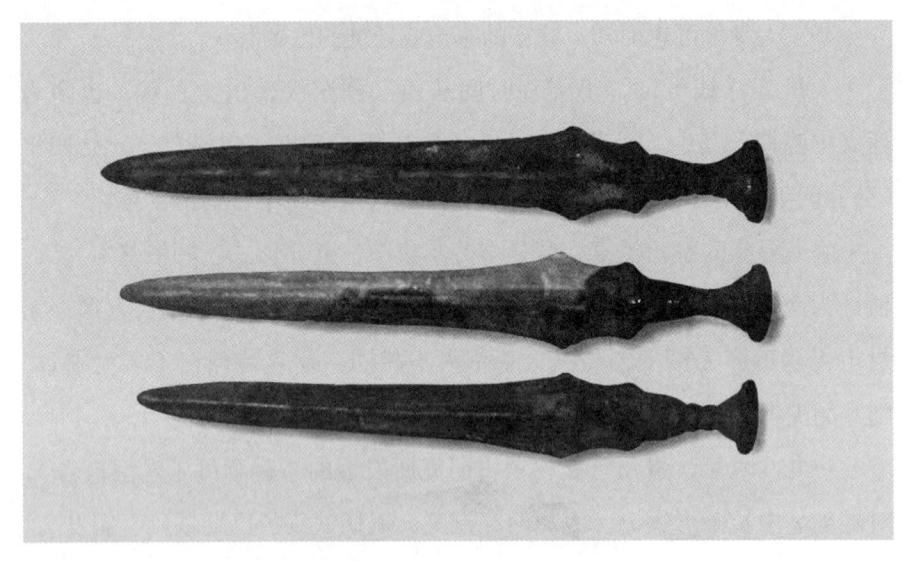

夜郎故地出土的汉代山字格青铜剑

一。花样不断翻新，形式愈加多样化：铜洗垫脚，右臂垫铜釜，左臂侧立铜釜，双臂放置铜釜，面部覆盖铜釜，后脑下面垫铜釜……

无论怎么变，套头葬所用铜釜，不外乎鼓形铜釜与辫索纹耳铜釜，器形近似滇地铜鼓。

南夷及五尺道研究，可乐遗址举足轻重，列入全国重点文物保护单位，跻身二〇〇一年"中国十大考古新发现"。其中套头葬，作为土著民族标志性的文化现象，考古界、史学界长期关注，影响力不言而喻。

当然，套头葬是夜郎典型文化特征，夜郎国故地就在赫章县及周边，下这个定论为时尚早。

一锤定音，需要真凭实据，比如夜郎王印一类。夜郎王归附，《史记》说得明白，西南夷数以百计的君长中，唯独夜郎国与滇国，被汉武帝赐予王印。

拨开夜郎国重重迷雾，贵州再次发力。二〇二二年春节过后，几十位考古人员进驻可乐坝子，山乡的宁静又一次被打破。

贵州有史以来，规模最大的考古勘探作业开始：几十位考古人员排列成行，几十把洛阳铲齐崭崭戳入地底，接连不断提取土样，分析判断有没有遗存。传统方法之外，无人机航拍、卫星定位测量、全站型电子测距仪一起上，借助高科技手段，上百处遗迹浮出水面。

一如既往，乙类墓多半出土兵器，墓主人将戈、剑、刀置于腰间，魂魄游走天外，也不忘有备无患。看得出，小心应对中原王朝，提防部落间弱肉强食，南夷人挺有危机意识。

求生存，何止五尺道那头的夜郎王，包括零关道的部族首领滑头至极，擅长见风使舵。中原王朝强大，争先恐后，一个个表态内附；一旦群雄并起，逐鹿中原纷争不断，立刻闭关断道，各霸一方。

大秦王朝后期风雨飘摇，西汉立国之初力有不逮，只求保得蜀郡、巴郡安宁，无暇顾及其他。西南夷地区被迫放弃，当年资料佚失，秦王朝所设机构及名称，几乎不为人知。《史记·西南夷列传》里面，太史公撂下两句话：

十余岁，秦灭。及汉兴，皆弃此国而开蜀故徼。

秦始皇勾勒的宏图，常頞的努力，宣告夭折。

二　卓氏的生意经

秦始皇另一措施，将六国旧贵族和富豪驱离原籍，迁往咸阳、南阳、

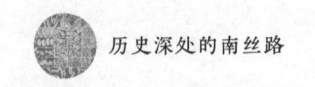

巴蜀一带。这一招老辣，离开世居之地，失去盘根错节的关系网，再狂再横的人也兴不起风浪。

初看，强迁这两类人，似乎同南丝路并无关系。旧贵族入蜀，严加管控监视居住，昔日的威风荡然无存。富豪不同，这些富有的人，多为工商世家，在蜀地如鱼得水，找到了适合自身的发展道路。

事实证明，移居蜀地的富豪抓住机遇，将南丝路经贸交流推向更广领域、更高水平。

这个结果，显然有违秦始皇初衷。

蜀地商人早已有之，可惜不成气候。直到秦惠王吞并巴蜀，大兴农桑，农业呈现崭新的面貌。物产的富庶，带来无限商机，巴郡建江州城，蜀郡先后筑就成都城、郫城和临邛城，人口聚集催生了工商业的兴起。

以成都为例，各种手艺的工匠，主要居住少城。少城之南，划作商业区，方便买卖双方。种类繁多的商品，分门别类摆放，按质论价，公平交易。秦国的规矩多，市场专设亭吏，另有盐官、铁官等，各司其职，重点是收税。

有人说，六国富豪被迫入蜀后，其中多数选择留居成都，涉足织锦、漆器、冶铁、采盐等行当，成为大富翁。我倒不这么看，若果真如此，《史记》何以不载成都富商姓氏，反倒让临邛卓王孙、程郑二位抢了风头。

商人不可或缺，商品流通至关重要，《史记·货殖列传》里面，太史公自有卓见：

　　故待农而食之，虞而出之，工而成之，商而通之。

"商而通之"一语中的。历史学家的司马迁，对商人的独到见解，高明远识，超越时代，振聋发聩！

华夏大地，商人何时登场？

说法不一，认可度高的是王亥，夏朝时期商人部落第七任首领，也是契的后人。据说王亥驯服牛，发明牛车，拉上货物走四方，各部落互通有无，以物易物从事商贸活动。既为商部落的人，又是商贸始祖，故商人、商品、商业的得名，传说与其相关。

春秋战国阶段，商业逐渐繁荣，各诸侯国国都，即是一方商贸中心。

为发展经济，增强实力，诸侯们很是推崇商人。社会地位高，影响力增大，有商人尝试参与国家政务，甚至弃商从政，运气好还能封侯晋爵。典型莫过吕不韦，一路顺风顺水，爬到秦相位子上，让贵族阶层如鲠在喉。

卓氏家族奋斗史，司马迁了解足够多。卓王孙先祖，做生意聪明绝顶，不论干什么，赚得盆满钵满。

赵国都城邯郸，卓王孙祖籍所在，即今天的河北省邯郸市，称谓三千年不变。先祖吃得苦，做的是铁矿冶炼，精打细算集腋成裘，家业兴旺。秦国灭掉赵国后，大肆掠夺富豪财物，不需要任何理由，卓氏在劫难逃。"卓氏"二字，出自《史记·货殖列传》。有点遗憾，卓王孙这位先祖的名字，司马迁没全说出来。

接着是强行外迁，人在屋檐下，焉敢不低头。秦军入邯郸前，卓氏与妻子眼见不妙，防患于未然，值钱的物件转移地窖。如今，收拾细软，推小车背井离乡，随同押送官差翻越秦岭，一步步进入蜀地。

路途遥遥，官差不打就骂，风餐露宿百般凌辱，富豪们苦不堪言。下完秦岭，地势平坦，葭萌县遥遥在望。河流清澈，两岸稻谷飘香，带给人些许慰藉，紧绷的神经骤然松弛。

富豪们，不惜送钱送物，竞相巴结官差们，只求早点安顿下来，少

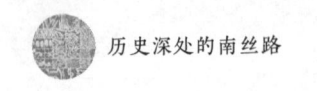

受些折磨。

卓氏识时务，未雨绸缪，一路上出手大方，早就讨得管事的欢心。同行者多想留下，卓氏却提出去往汶山（岷山）脚下，说那里有肥沃的田野，出产的芋头大，不会饿肚子，生意也好做。

这番话，可信度不高。那时的汶山，依然处于部族势力范围，停滞在原始社会末期，与蚕丛带族人离去时好不了多少。估摸着，卓氏也是道听途说，不过找个托词朝前走，成都那边看看情况。

成都虽好，但铁矿石运距远成本高，不适合办冶炼场。

八方打探，遇见商人一位，常年在蜀地与邛、笮等部族间行走，沿途物产了如指掌。指点卓氏，南行临邛县，兼得山区、平坝优势，境内及周边物产丰富，早有人捷足先登，开采铁矿。

铁鞋踏破无觅处，得来全不费功夫！卓氏怦然心动，披星戴月，匆忙赶往临邛城。

临邛县秦惠王设置，蜀郡管辖，城池建于公元前三一一年。两千多年历史的临邛古城，为当今邛崃市城区雏形，地处成都和雅安之间，为南来北往货物主要集散地之一。

战国以来，铁器制作工艺日趋成熟，到了秦汉时期，逐步取代青铜器，满足人们生产、生活需求。秦始皇虽然抑商，却对边地商人网开一面，只要能为朝廷提供钱粮，就格外关照，包括盐铁业都允许干。

施展拳脚做生意，临邛的确好地方。卓氏笑得合不拢嘴，无论蜀地还是滇地，铁器需求量大，冶铁创业胜算大。手握祖传秘诀，开铁矿办冶炼场，铁器质地稳超巴蜀同行。几年下来，销售渠道拓展，产品供不应求，南丝路上有口皆碑。

以商人特有的精明，卓氏肥水不流外人田，开矿冶炼以及加工销售一条龙，垄断式经营，大把赚钱。一代接一代，财富几何数增长。临到卓王孙这一辈，什么生意都做，家中钱币堆积如山，一跃而为蜀地首富，南丝路无人比肩。

另有一个程郑，先辈来自太行山以东，也选择定居临邛，经营冶铸业。程郑同样精于商道，继承祖业打制铁器，卖往西南夷各部落，钱财不输于卓王孙。

从暴富到炫富，富豪们本性难改。大肆挥霍钱财，穷奢极侈，卓氏成功后的显摆，很是令司马迁喟叹。环视海内，居然无人可及，只好抬出至高无上的君王，两相比较。《史记·货殖列传》得出的结论，意味深长：

>（卓氏）即铁山鼓铸，运筹策，倾滇蜀之民，富至僮千人。田池射猎之乐，拟于人君。

卓氏暴富，量多质优采集方便的铁矿石，必不可少。司马迁文中"铁山"，并未点出具体位置，好在《华阳国志·蜀志》补充如下：

>（临邛县）有古石山，有石矿，大如蒜子，火烧合之，成流支铁，甚刚，因置铁官，有铁祖庙祠。

按照常璩所说，临邛县冶铁时间，可前推至战国末期。文中提及的古石山，位于今蒲江县西来镇。秦汉那些年，没有蒲江县一说，这片地盘归临邛县。

古人开采技术低下，临邛的铁矿，要么埋藏不深，要么直接裸露地表。历代方志之外，一九九二年版的《蒲江县志》有记，当地铁矿类型有菱铁矿、赤铁矿等，其中菱铁矿"结核最大直径四十厘米，一般有鸡

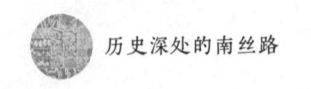

蛋大小，可供小高炉炼钢"。

这就对了，县志中的菱铁矿，不就同常璩说的"大如蒜子"相吻合！

历代冶铁遗址，这些年陆续有发现，蒲江全县达七十多处。

二十世纪八十年代初，古石山冶铁遗址现身，出土有铁砂墩等物件，还发现厚度五十厘米、面积三十平方米的铁矿渣。后期，发掘工作不断推进，共清理古代冶铁遗址三处，炼铁炉废墟一座，面积七千平方米。

其后发现的宋代冶铁遗址，位于鹤山镇铁溪村，规模空前：设施完善，包括冶铁炉、炒钢炉、燃料窑、灰坑诸多设备；冶炼技术提高，以赤铁矿铁石作主要原料，燃料采用青冈树烧制木炭，懂得使用石英岩作耐火石或造渣材料；出土文物丰富，计有数量众多的铁渣、炉壁、耐火砖、铁矿石、积铁块、木炭等；功能齐全，遗址分烧炭区、冶炼区、生活区。

直到今天，蜀地发掘的冶铁遗址，铁溪村规模排名第一。

唯独邛崃难堪，汉代鼎鼎大名的铁城，由于行政区划的改变，如今走遍全市，无一具有开采价值的铁矿。幸好，铁花巷的冶铁遗址，撑起了门面。

我所熟悉的铁花巷，近年媒体持续热炒，邛崃借机做文章。巷口两端，绘制彩色壁画，融入冶铁和南丝路文化，讲述秦汉旧事：从采集矿石、粉碎运输再到鼓风炼铁，眼前炉火熊熊、铁水奔流、铁花四溅……

信步其间，游人个个激动，说长见识了，古法炼铁原来这么回事。

不可不信，亦不可全信。冶铁遗址不假，只是当年哪来铁花巷，邛崃友人胡立嘉据实以告。七十多岁的胡立嘉，资深文化人，调入邛崃文管所之前，曾在凉山州会理等县文化馆工作，主要从事文物管理。

长期担任文管所长，古临邛历史沿革、山川地貌，说来头头是道。铁花巷得名，不过就这三四十年，老地名铁屎坝，祖祖辈辈都这么叫。

临邛冶铁遗址考古发现，激发了美术家的创作灵感，铁花巷墙壁绘制《汉代冶铁场景图》

中年时的胡立嘉，晚饭后散步，总爱贴着城墙根儿溜达。古城墙时断时续，步出西门再往前，西南方向就是铁屎坝，一大片庄稼地，十来户农家。

铁屎坝适合种蔬菜，尤其胡豆、豌豆，又白又大，煮熟后又嫩又香。沾了铁屎的光，当地人这么说来着。

铁屎何物？古人冶铁，废弃的铁渣。年年耕种，往下挖深一点，就会翻出这玩意儿。铁渣分布广，质地坚硬，形状一坨一坨，俗称"铁屎"。从事文物工作，铁屎坝的由来，从胡立嘉口中道出，有理有据。

只是名字不雅，上不得台盘，文人鼓噪，冠以"铁花"美称，将这一片取名铁花村。近些年，城市化步伐加快，庄稼地改头换面成了街道。农民没地可种，摇身一变城里人，铁花村名不副实，更名铁花社区。

历史深处的南丝路

邛崃城内，铁花巷的标志

遍地房屋，两边留一巷子，随手拈来，取个名儿铁花巷。邛崃人依托冶铁遗址，借卓氏说事，做足文章。虽说人造景点，却也展现清代民居韵味，餐饮一家挨一家，节假日逛铁花巷，还就人挤人。

当然啰，地下铁屎假不了，若心有灵犀，也算不虚此行。

敬畏市场，以卓氏为代表，以临邛为主产地的蜀郡铁器，从采矿到冶炼再到生产、销售铁器，一条龙服务。垄断经营，有利于不断总结经验，提高冶铁乃至炼钢技术，既降成本又确保质量，西南夷各部族爱不释手。

风行南丝路，蜀郡铁器靠的是品质，绝非臆想，一切有赖文物说话。发掘出不少铁器的刘弘，话匣子打开就止不住，将我的思绪带至当年。

凉山地大物博，零关道横贯全境，邛人、笮人等受益不浅。境内一条安宁河，自古以来称呼多变，汉代叫"孙水"，北周时名"白沙河"，唐朝谓之"西泸水""长河"……直到一九四九年，这才统一名称——安宁河。

依然说秦汉，安宁河谷农业发展迅猛，铜镰等劳动工具已然落伍。靠近蜀郡，临邛铁器质优价廉，贾贩西南夷，除了是必经之地，同时也

第六章 拓边西南

广受欢迎。

工欲善其事，必先利其器。邛人、筰人识货，农事逐渐用上铁器，铁锸、铁镰、铁弯刀等轮番上阵，精耕细作，农作物产量递增。尤数铁锸作用大，翻土或兴修水利，格外好使。

作为必备农具的凹字形铁锸，汉墓里经常见，西昌、德昌、布拖等市县都有出土。生前离不了，终老之时念念不忘。叮嘱后辈，陪葬品莫忘放农具，升天后照样种庄稼，地里刨食稳当。

两千年前的铁锸，刘弘或亲手古墓掏出，或百姓手中征集，一件文物一个故事，各有看点。

刚到凉山州博物馆那会儿，赶上第二次全国文物普查，全州抽出上千人，就连乡镇文化专干也发动起来。改革开放初期的凉山州，县一级未设文管所，文物保护这一块，只能依托县文化馆。虽然兼职，大家还是一头扎下去，深入边远山区发动群众，调查和征集文物，成效显著。

以汉代铁锸为例，一九八二年布拖县征集到一件，两年后普格县又征集到一件，几年后西昌市东坪遗址出土一件……刘弘惊讶地发现，这些铁锸有个共同特点：两端均铸"蜀郡"二字，非常醒目。

至于铸"成都"字样的，发现于德昌县，时间在一九八五年。可惜，这件西汉铁锸不完整，一侧残缺，另一侧有类似文字的符号。送州文管所鉴定，刘弘一看，上面篆字为"成都"。这玩意儿第一次露面，就连省上专家接到电话，也说从未见过。

找回缺失部分，那就圆满了。怀揣希望，刘弘赶往发现地。108国道下车，公路一边紧贴山崖，另一边为安宁河东岸。那是一片狭长的台地，收获完庄稼村民翻土，刨出一扁平铁块，形状怪异，晓得是老物件，主动上交。

现场地形，惹刘弘怦然心动。古人喜临水而居，一般选择河流两岸

历史深处的南丝路

南丝路上的凉山州等地，先后发现的"成都""蜀郡"铭文铁锸，标志着西汉时期铁制农具在西南地区广泛使用

台地，土质好取水方便，又不担心洪水袭来。既然发现铁锸，又属台地，估计有文化层。

我认同刘弘观点，安宁河流经冕宁、西昌、德昌、米易等市县，沿途堆积出厚达数十米的松散沉积层，形成七百平方公里的安宁河谷平原，面积仅次于成都平原。虽然坝区狭长，但气候温和，土壤肥沃，生产、生活用水不愁，战国时期，已是横断山脉具有代表性的农耕区。

秦汉时期经略南丝路，安宁河谷地势平坦，治道之人是行家，零关道贴着河岸走，省时省力捡个大便宜。

新中国成立之初，修通108国道这一段时，走向沿袭零关道；一九七〇年七月一日，具有特殊意义的成昆铁路建成通车，铁轨同样这么往前延伸。

时间上，西昌到成都，国道三天时间，铁路只要十来个小时。

按说推断有根有据，可刘弘一行忙活半天，将地里的泥土倒腾几遍，没有寻到缺失的一端，也未发现古人类活动痕迹。事有蹊跷，多找几位村民打听，才知为了增强肥力，曾从附近取来泥土。

刘弘估计，应该是搬运泥土时，铁锸夹裹其中，捎带着倾倒地里。

好梦难圆，刘弘失望而归。

一转眼二十年，第三次全国文物普查期间，一小块铁锸残件，送往德昌县文管所。看不出名堂，经办者认为价值不大，没当回事。

一个偶然，刘弘见到这残件，锸口缺损的形状似曾相识。愣了一下，取来"成都"铁锸，合二为一，居然严丝合缝。踏破铁鞋无觅处，得来全不费功夫，刘弘难以置信，天底下有这么巧的事。

以往征集的铁锸，锸面两侧均铸"蜀郡"，标明产地。失而复得的"成都"铁锸左侧，篆字改为"银利"还是"钯利"，由于磨损严重，无法看明白。

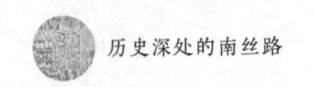

五尺道那头，也有"蜀郡"铭文铁锸。除去贵州可乐遗址，早在一九三六年，云南昭通的石门坎，村民在汉墓中同样有发现。新中国成立后，昭通这一带出土的铁锸，也见类似铭文。

"蜀郡"铁锸与"成都"铁锸，二者也有共同点。凹字形锸面下方，铸"千万"二字的合文，字形稀奇古怪，其意费解。一说吉祥符号，另一说特殊标志，以防假冒，犹如后世产品商标。

铁锸铭文，传递的信息清晰而肯定：秦汉时期南丝路，蜀郡同西南夷地区商贸活动频繁。

刘弘晚年定居成都，除照顾多病的夫人，空余时伏案著述，书写南丝路文物古迹。日有所想，夜有所思，梦回一九九六年，西昌市马道镇汉代墓葬群发掘现场……

发现的五座墓葬，唯独一号墓完好，其他四座早被摸金校尉洗劫一空。清理一号墓地，取出一件件陶器、青铜器，还有"蜀郡"铁锸……灵感突如其来，刘弘披衣而起，以《"蜀郡"铁锸》为题，咏物抒怀：

> 铁锸本是破土器，斑斑锈迹埋黄沙。
> 识铭方知蜀郡造，临邛冶铸有卓氏。
> 商人博利不畏远，贾贩滇越走天涯。
> 零关博南皆通衢，岂独大漠踏霜花。
> 农耕得此作利器，西夷南夷富堪夸。
> 锸不能言锸能语，勘破白首读经法。

很是认同"锸不能言锸能语，勘破白首读经法"。

铁锸不会说话，但通过文字、造型、图案、工艺等告知后人，西南夷如何春耕夏作。作为南丝路研究学者，刘弘执着耕耘，读解出汉代铁锸的含义，吃透其历史、艺术、科技等信息。

安宁河一带出土铁器，有助于解决一个重大课题——南夷部族何时由铜制农具进入铁制农具。发掘现场资料与古籍结合，刘弘确认蜀郡铁器及铸造技术沿南丝路传播，输往西南夷的铁器品种多数量大。铁锸之外，铁犁、铁锄、铁斧、铁锛等，形制与蜀地汉墓出土相同。

结论：三国蜀汉以前，这一带的人，已掌握开采铁矿、加工铁器技能。

关乎铁器，南丝路研究学术讲座上，童恩正屡屡发声：云南、贵州等省，包括越南北部清化、广平两省汉墓中，蜀郡生产的铁器为常见之物。这些铁器的冶铸地，可能就在临邛，由蜀郡商人"贾椎髻之民"。

"贾椎髻之民"出自《史记·货殖列传》，椎髻亦作椎结。椎髻或椎结同义，唐朝学者颜师古有注：一撮之髻，其形如椎。

何以不见秦代铁器？秦始皇暴政天怒人怨，鼎盛到衰亡，也就短短十五年，拓边措施无暇推广，成果来不及巩固。

秦朝灭亡后，楚汉相争，打个你死我活。待汉高祖刘邦坐上龙椅，南丝路已无官道可通，官吏集体逃亡，西南夷各部落独霸一方，又开始与中原王朝分庭抗礼。

匆匆谢幕的秦始皇，抑商的同时，讲求利益至上，对盐铁业及边塞商人网开一面。只要能为朝廷提供钱粮，那就格外关照，南丝路商贸交流影响不大。待到汉朝初期，各方利益交织，谁也离不开谁，民间商贸往来照常。

采用何种结算手段？又得称赞秦始皇，宣布废止六国旧币，将秦半两钱强行推广，统一了中国货币。秦半两铜铸，外圆内方，形制沿用两千余年，历代有五铢钱、通宝、圆宝等不同称呼。

家中古玩柜，摆放几枚五铢钱，系先祖云南经商途中，地摊上偶遇。

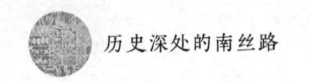

小巧古拙惹人爱，于是随手带回家，一代一代往下传。

南丝路沿线，五铢钱不断发现，证明其具有国家结算功能，为西南夷各民族认同。五铢钱强制推行，功在汉武帝，之前币制混乱，民间、郡国铸币之风盛行。

此时的南丝路，流行一种铜币：邓通钱。

第七章 非常之君

一　邓通钱

提及邓通钱，荥经人眉飞色舞。毫不奇怪，太史公《史记》，提及汉文帝宠臣邓通旧闻，特别点到严道，值得当地人炫耀。

翻开《史记·佞幸列传》，里边多半内容，讲的是邓通。白纸黑字，汉文帝对其宠爱有加，一个小小黄头郎，接连拔擢，直到晋封上大夫。皇恩浩荡，额外"赐通严道铜山，得自铸钱"，以致"邓氏钱，布天下"。

三百多字的传记，让人感叹当年，邓通钱源源不断走出严道，成为大汉王朝流通货币之一。因了邓通，中国钱币发展史上，严道这一笔，不可省略。

邓通铸钱地古严道县出土的汉代钱币

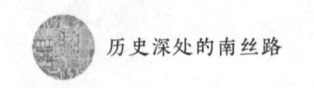

秦汉时期的严道，包括周边区域，上得《史记》之人，少之又少。

偏偏一个邓通，先是备受宠幸青云直上，后来一下跌入阿鼻地狱，这般大起大落，让人喟叹世事无常。司马迁敏锐，这类特殊人物，断不会遗漏，直接网罗进《史记》，尽管归入小人之列的《佞幸列传》。

佞幸，由谄媚而得宠；佞者，花言巧语谄媚人。《辞海》这番解释，套用于邓通身上，总感觉不怎么妥帖。

邓通不算小人，只是一个小人物，宫中划龙舟的黄头郎，相当于江河湖泊的艄翁。古代盛行五行学说，认为天下万物，不外乎五类元素组成，即金、木、水、火、土。五行之间，相生相克，黄色代表土，土克水。御用船夫，必须得讲究，帽子染色土黄，呼之"黄头郎"。

何以见得并非小人？发迹后的邓通，谨小慎微，不喜好交往，即便给予"洗沐"的恩赐，也从不休假。这些举动，深讨汉文帝欢心，时常临幸其家，饮酒作乐寻开心。只苦了邓通，任何技能不会，也推荐不出本领非凡之人，一门心思，小心翼翼服侍皇帝。

显然，邓通仅仅邀宠而已，得志而不猖狂，伤天害理的事，《史记》中未见痕迹。

邓通发迹，缘于汉文帝午休，昏昏然间，做了一个奇怪的梦。梦中情形，司马迁写来，如同亲眼所见：

> 孝文帝梦欲上天，不能，有一黄头郎从后推之上天，顾见其衣裻带后穿。

飞升天界当神仙，寓意长生不老。汉文帝这般梦境，不过常听方士胡咧咧，平日里想多了。梦醒，若有所思，盼着美梦成真。兴致勃勃，吩咐摆驾未央宫，去到苍池，游渐台找感觉。这渐台，沧池一小岛，遍植古松怪柏。

龙舟待发，划桨者黄头郎。汉文帝格外留意，按梦中所见，暗中查找。

左顾右盼，一黄头郎与众不同，衣带在身后打了个结，同助己飞升者一模一样。回想梦中，飘飘然凌空御风而行，周围祥云袅绕。前面就是南天门，仅一步之遥，可偏偏差一把劲……不就是这人，力大无比，身后猛推一把，方能够如愿以偿！

问其姓名，吓得张口结舌，跪地磕头如捣。管事太监趋步上前，躬身回话：此人姓邓名通，蜀郡南安县人，生性憨厚，少时读过些书。

这南安县，位于蜀郡最南端，取"南方安定"之意。秦代属蜀郡，汉武帝时划归犍为郡，辖今乐山市及周边地区，包括洪雅、夹江、青神这一片。

邓通老家，大致在洪雅、夹江方向，属青衣江流域。做学问，脑袋瓜不够用，划船却一把好手，乘风破浪又快又稳。黄头郎空缺，考核过关，近些日子刚入宫。

"邓"与"登"同音，而"通"含畅通之意。汉文帝龙颜大悦，眨眼工夫，找到梦中贵人，看来登天大有希望。

如此贵人，自然不可亏待。以节俭称名后世的汉文帝，对助己登天之人，出手阔绰：官拜太中大夫，赏钱巨万。

一介船夫，陡然皇恩浩荡，个中缘由，汉文帝讳莫如深。这事来得突然，大臣们非常吃惊，议论纷纷，认为有失公允。特别是丞相申屠嘉，愤愤不平，终日耿耿于怀。

怒火中烧，不敢冲着皇上，只能拿邓通撒气。

申屠嘉追随刘邦之初，以力大著称，担任拉强弩的特种兵。作战勇猛立下军功，好不容易当上低级武官——队率，统领一队兵卒。其后顺风顺水，慢慢往上爬，到汉文帝这会儿，官拜丞相，算是祖坟冒青烟。

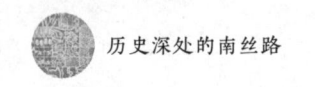

此人平庸，业绩乏善可陈，司马迁搜肠刮肚，仅留"为人廉直，门不受私谒"的考语。

看来，吃个资格老，外加没适当人选，与前任丞相灌婴、张苍相比，差了好几个档次。

一人之下，万人之上，未免倚老卖老。有一次，申屠嘉入宫面圣，《史记·张丞相列传》这么写道：

> 而通居上傍，有怠慢之礼。怎么怠慢，司马迁没展开说。申屠嘉奏事完毕，不依不饶，咬死邓通不懂礼数，乱了朝廷规矩，恳请皇上按律严惩。

丞相言之有理，汉文帝只能劝解，说下来会训诫邓通。

回归府邸，申屠嘉气不打一处来，以丞相名义颁一道手谕，传见邓通，如抗命斩首示众。连滚带爬，邓通入宫求救，汉文帝宽慰但去无妨，算是吃了定心丸。战战兢兢入相府，摘掉帽子脱下鞋，跪地请罪。申屠嘉先痛斥一番，接着厉声大喝："通小臣，戏殿上，大不敬，当斩，吏今行斩之！"

邓通磕头不已，鲜血长流……生死关头，汉文帝使者持节而至，下达诏令：此吾弄臣，君释之。

逃过一劫，邓通心有余悸，哭着向汉文帝倾诉："丞相几杀臣。"好言宽慰，其后愈加宠爱，赏钱不断，据司马迁说"巨万以十数"。

若问严道铜山事，起因是相士一通瞎话。

一天，汉文帝心血来潮，命相士替邓通看面相。这相士初来乍到，保荐大臣说手段了得，一看一个准。左瞧右看，沉默好一阵，语惊四座：当贫饿死！

贵人成了饿殍，登天之事，岂不就泡汤？这下汉文帝不高兴了，说邓通富贵贫贱、生杀予夺，全在寡人掌握之中。小小相士，何以口吐狂言！

与相士较上劲，汉文帝金口玉言：赐邓通严道铜山，特许铸钱。

私人铸造钱币，不可思议，但放在西汉初期，法律允许。地方政府，有钱的商人，分封各地的刘姓诸王，都可仿造国家的货币。不过，仿出的钱币，规格、质量存在问题，造成经济混乱，后果严重。

汉文帝确信，有了这道旨意，邓通的钱多如牛毛，相士的话兑不了现。

公元前一七九年，邓通不远万里，从京城长安抵达严道，奉皇命开铜矿铸钱，求天下财富。冶铸要技术，还讲求经营之道，自己擀面杖吹火，一窍不通，需要内行做合伙人。

《华阳国志》中，记下这位特权人物，如何与卓王孙强强联合，大发其财：

> 汉文帝时，以铁、铜赐侍郎邓通。通假民卓王孙，岁取千匹。故王孙货累巨万亿，邓通钱亦尽天下。

卓王孙塑像，矗立于邛崃市学道街瓮亭公园，大富豪的派头十足。据说，这里为卓王孙宅院，明代荷池清淤，挖出装满五铢钱的大瓮两口。后人"因建亭藏之，名瓮亭"，名称沿用至今

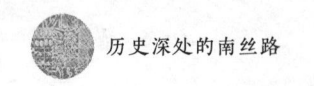

三十郎当的卓王孙，卓氏之后人，青出于蓝而胜于蓝，无论冶炼、管理还是经商，绝顶高手。双方一拍即合，严道铁、铜事，邓通全权委托卓王孙，自己当甩手掌柜。

坐拥金山，一准财源滚滚，就连《史记·平准书》里面，司马迁也这么记来：

邓通，大夫也，以铸钱财过王者。

严道在哪里？据徐中舒先生考证，严道即庄道。这一推论，与《管子·山权数》所记"汤以庄山之金铸币"，正好对上号。这个"金"，即后世的铜；庄道之山，可笼统称之"庄山"。

庄山何在？古籍无明确记载，有人臆断为瓦屋山。这格局未免小了，严道县辖区辽阔，大渡河、青衣江流域山多铜矿多，何止一座瓦屋山。

铸造钱币，须得寻找矿源。严道古城遗址博物馆的李炳中，荥经县人氏，终身从事南丝路研究，年轻时我们两个人就打起交道。提及此事，李炳中手指宝峰乡境内宝子山：那里有当年铜山一座，山下的邓通城可证。

宝子山距严道古城十多公里，山势陡峭，周边产铜，矿洞密如蜂巢。遗址两处：一处在鸡心嘴，六个矿洞清晰可辨，疑为明代采矿遗存；另一处，西汉冶铜遗址，残留矿渣多，应是邓通当年工场。

至于宝子山下的邓通城，南宋王象之编纂《舆地纪胜》时，专门记有一笔：

（邓通城）在荥经县东三十里。文帝赏赐通严道铜山铸钱……李石诗曰：多少金钱满天下，不知更有邓通城。

第七章　非常之君

正对宝子山，远眺荥经河，山腰间的邓通城，已然踪迹渺茫，我多次寻访不得

　　李石宋代诗人，出生于四川资阳，长期在蜀地的成都、黎州（今汉源县）、眉州（今眉山市）等地为官。往来成都、黎州，邓通城必经之地，诗中怀古幽思，感叹邓通之富有。到了当下，不少文章提及这首诗，总说出自诗仙李白，显系张冠李戴。

　　临河山冈一座，山顶开阔处，即是邓通城遗址，呈长方形。城垣早年湮灭，隐约可见，墙基天然岩石和卵石垒砌，墙体部分残留。老一辈人讲，每逢春耕夏作，修房铺路，汉代陶器及邓通钱，不时刨出。

　　城外汉墓，偶有发现，南丝路盘绕而过。古城凋零，终成废墟；草木葱郁，山野一派生机。谁也不承想，这儿掩埋一座古城，一条古道，一段传奇。

　　早在春秋战国，严道一带开始采矿冶炼，一直延续至邓通。而这宝子山，不过严道无数铜山之一，前方大渡河两岸，铜矿不在少数。

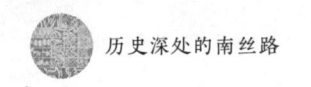

司马迁笔下的"邓氏钱",何等模样,荥经人说来有鼻子有眼。他们的想象中,此钱币外圆内方,铸"邓通"或"邓氏"二字。

文博人员前赴后继,邓通钱研究从未间断。

旷日持久,无论地下出土,还是民间搜集,铸上这么两个字的铜钱,踪迹渺无。民间传说不可信,文博人员另有定论:邓通严道铸币,确有其事。但若添加"邓通"或"邓氏"字体,有违朝廷规制,绝对不允许。

我取来同时期钱币,分析比对,所谓"邓氏钱",不过是邓通铸造的四铢钱。

四铢钱来头大:公元前一七五年,汉文帝亲自策划,针对存在的弊端,下令全国统一改铸"四铢半两",简称"四铢钱",又称"汉半两"。铢为汉代重量单位,一枚四铢钱,重不到三克。

相比钱文的"四铢"面额,民间私铸的钱币,重量往往大打折扣。

近些年,荥经、汉源等县不断出土四铢钱,数量上千枚,今人一概视作邓通钱。依邓通性格,向来循规蹈矩,严道奉旨铸币,大小轻重,不会逾越朝廷规制。

话虽如此,邓通钱也有差异:钱形外圆内方,内外郭均无光背;钱体较薄,前面或背面,颗粒状略为凸起,特征明显;有的裙边留痕迹和铸口茬,也有"两"字缺左竖笔画,以钱的裙边替代。

严道铜山:矿脉裸露埋藏浅,矿洞顺山掘进;满山参天大树,何愁冶炼缺了木炭;飞禽走兽不时出没,猎杀捕捉,化作美味佳肴。

遥对北方,邓通叩谢天恩。礼毕,命令部属安营扎寨,寻找露头的铜矿,甩开膀子大干。卓王孙精明,铸造钱币不掺假,保质保量,"邓氏钱"很快被市场认可,风行全国。

钱通天下,自然富甲天下,鬼使神差,邓通登上财富的巅峰。

福兮祸之所伏。邓通的富贵,来得突然,去得也快。还是君王金口玉言，一夜间，邓通一贫如洗。

要说祸从天降，莫如说祸从口出，邓通说话不慎，一不留神开罪了太子。

汉文帝生毒疮，久治不愈，伤口感染化脓，肿胀发烫是又痛又痒。邓通通宵达旦服侍，不时俯下身子，用嘴使劲吸出脓血，缓解痛痒。

邓通所为，不过知恩图报。想起成语吮痈舐痔，来自《庄子·列御寇》。说的是秦惠王有疾，召来医者，嘴吸背痈脓血，每次赏车一辆；舌舔肛门止痒，每次赏车五辆……

庄子思绪天马行空，典故另含深意，治不治病另说。其后几十年，《韩非子·备内》里边，记有"医善吮人之伤，含人之血"，可见病人身上的脓血，需医者用嘴吸取。殊不知，当今外科医生治疗毒疮，手法近似，不过多了消毒程序，手术刀切开引流排脓。

脓既出，病情舒缓的汉文帝，依然闷闷不乐，倏然抬头问："天下谁最爱我？"邓通不解何意，据实回应："应该没有比得上太子的！"

谁知这句话，惹下滔天大祸。太子刘启入宫探视，适逢汉文帝奇痒难耐，吩咐儿子上前吸吮脓血。刘启焉敢不从，俯身替父皇吮痈，面露难色不情不愿，口舌的力道明显不到位，敷衍了事。

事后，刘启听御医说，邓通常替父皇吸吮，又有如此这般应对，芥蒂顿生，由怨而生恨。

尊贵如天子，照样难逃生死轮回。公元前一五七年，汉文帝驾崩，刘启继位，是为汉景帝。上位就找茬，上大夫立马当不成，邓通赋闲在家。

不久，有人举报邓通跑出边界，偷铸钱币。汉景帝借题发挥，交有司查办。拍马屁大有人在，揣摩上意，审理结果证据确凿。雷厉风行，严道铜山收回，抄没全部家产充公不说，还倒欠朝廷好几亿钱。

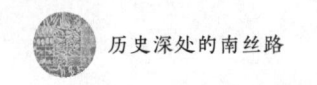

这账怎么算法，邓通哪敢吭一声，落个净身出户，腰无分文。长公主刘嫖，汉景帝的嫡亲姐姐，瞧着于心不忍，不时资助。官吏知道后，派人死盯，但有钱物即没收顶债，一只簪子也不留下。长公主无奈，交代手下，仅以衣食接济。

日子一长，手下人难免疏忽。邓通断炊，几日粒米未进，饿死家中。清代诗人屈复，有《邓通钱》一诗传世。内中"日中有钱人所羡，日夕饿死人谁怜"，道出世态炎凉，人情冷暖。

倒是严道人厚道，心怀悲悯，说邓通四处乞讨，最终落脚邓通城。查《舆地纪胜》，也说邓通死于严道宝子山，故山下"有饿死坑，亦通饿死之地也"。

升天后的邓通，倍感憋屈，百思不得其解，跪拜天庭大呼冤枉。玉帝查其一生，未见劣行，敕封财神爷，天下供奉。虽系传说，但严道和南安范围，邓通墓、邓通庙一类遗存，历代方志有记。

嫉恨归嫉恨，剥夺邓通铸钱特权，岂是恩怨所致。刨根究底，深层次的原因，事关中央王朝、藩国、富豪之间的角力。

高祖刘邦初定天下，论功行赏，战功赫赫的韩信、英布等，分封为王镇守一方。而后，范蠡说过的"飞鸟尽，良弓藏；狡兔死，走狗烹"，再度上演，异性诸王先后落马。

讨伐淮南王英布，刘邦侄子刘濞追随左右，彪悍勇猛冲锋陷阵。高祖看在眼里，叛乱平息，封刘濞为吴王，以广陵为王都，镇守会稽、豫章、丹阳三郡。平定一个异姓王，立马封个同姓王，刘邦觉得子侄靠得住，忘了尾大不掉。

刘濞封地辽阔，加上有豫章郡（今江西省范围）铜山铸钱，东南（今浙江省一带）的海水煮盐，富得流油。时间一久，刘姓诸王变得骄纵，加上财大气粗，开始对朝廷阳奉阴违。

奉行黄老之道的汉文帝，实行"无为而治"，起初并没有过多计较。

事态愈演愈烈，藩国坐大，威胁到中央政权的统一。著名政论家、文学家贾谊洞察时弊，深度剖析，针对诸王分裂局面、匈奴入侵、富商大贾奢靡之风，写出辅政雄文《治安策》，提出应对的办法。

文中，就中央同诸侯国的关系，贾谊好有一比：就像一个人患上肿胀病，腿肿来和腰一样粗，一个脚趾肿得和腿一般粗。如不抓紧治疗，任其发展，即使是扁鹊那样的神医，也无能为力。

安定天下，不如多分封诸侯，从而削弱每个诸侯王的实力。

汉文帝采纳这个建议，将齐国一分为六，淮南国一分为三。齐王和淮南王的儿子们，个个登上王位，喜气洋洋，叩谢朝廷恩典。

这招虽妙，但未解决根本问题，临到汉景帝，矛盾愈加尖锐。削夺诸王封地，御史大夫晁错认为迫在眉睫，斗胆呈递《削藩策》，坦言：

> 今削之亦反，不削亦反。削之，其反亟，祸小；不削之，其反迟，祸大。

言之有理，汉景帝先后下诏，由易到难，削去楚王刘戊的东海郡，赵王刘遂的常山郡，胶西王刘卬的六个县。这些诸侯王，地盘骤减，恨到咬牙切齿。

紧接着，搜罗刘濞罪过，谋划削夺吴国的会稽、豫章两郡。

铜山收归朝廷，财源枯竭；三郡失去两郡，基础动摇。刘濞几十年称霸一方，兵强马壮，焉能坐以待毙。得到密报的刘濞，打起"清君侧，诛晁错"的旗号，纠集楚、赵等六个诸侯王，出兵同汉景帝争天下。

七国之乱，虽以刘濞兵败被杀，朝廷获胜告终，但代价惨重。吸取教训，汉景帝强化中央集权，划小诸侯国，诸侯王不管地方事务，王国

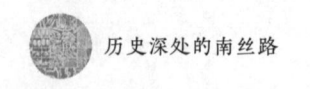

官吏由中央委派，听命于朝廷。这么一改，虽然还是郡国并行制，但诸侯王实力大为衰减。

公元前一四四年，汉景帝颁布律法，收回铸币权，禁止民间私铸，不允许私造或伪造黄金。胆敢以身试法者，砍掉脑袋，陈尸闹市示众。

力度虽大，依然留有尾巴：诸侯国尚有一定势力，郡国铸币不在此列。

"割尾巴"的差事儿，景帝留给了自己的儿子——汉武帝刘彻。

二　经略西南夷

公元前一四〇年，汉武帝刘彻继承大统，年号建元。经过文帝、景帝的励精图治，西汉国力稳步提升，迎来后世盛赞的"文景之治"。初登大位的刘彻，接手了一个富庶的国家。

富庶到何等程度，颂扬多了去，《史记·平准书》中，司马迁的描述最是形象：

> 汉兴七十余年间，国家无事……京师之钱累巨万，贯朽而不可校；太仓之粟，陈陈相因，充溢露积于外，至腐败不可食……

换作今天的话来说，那就是京城的钱多得数不清，粮仓内到处堆满粮食，田野里骡马成群，小米多来任其腐烂……

这样的日子确实好，但烦心事也不少。除了"割尾巴"的事儿，北方地区匈奴虎视眈眈，骑兵战斗力强，机动性高，军事实力不可小觑。

当年,单于(匈奴部落联盟首领的专称)冒顿犯边,汉高祖气不打一处来,率常胜之师御驾亲征,手下三十多万将士,自认为一战定乾坤。初战告捷,刘邦轻敌冒进,被冒顿重兵困于白登山(今山西大同市马铺山),险些当俘虏。

天下初定,西汉国力衰弱,财源枯竭,老百姓家无余粮,无力支撑大规模作战。抗击匈奴,骑兵作为主要兵种,克敌制胜的关键。中原地区长期战乱,马匹稀缺,大臣们甚至坐牛车。

未央宫遗址,汉武帝塑像屹立高台之上,大有一统江山、胸怀万里的豪迈气概

为保边境安宁,求得喘息的机会,发展经济巩固政权,汉高祖不得不委曲求全。白登山归来,采纳和亲建议,将公主嫁与匈奴单于,双方约为兄弟。其后,继位的皇帝,沿袭这一羁縻政策,下嫁公主之外,不歇气地献上粮食、丝绸,甚至一次送黄金千斤。

如今,千钧重担,落在十六岁的刘彻肩上。

几十年的休养生息,换来"文景之治"富庶局面。富庶为强盛奠定基础,但富庶并不等同于强盛!

假如,继位的君王不作为,继续屈辱和亲,无休止地输送钱物,总有一天会玩完。汉武帝不会玩完,因为他不是亡国之君,而是非常之君。读班固《汉书·武帝纪》,偶见刘彻发自内心的一句感慨:

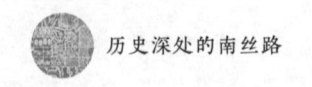

盖有非常之功，必待非常之人！

　　这句话，出自一道求贤诏书，区区十二字，显现汉武帝的政治抱负，以及求贤若渴的心情。

　　天下英才闻之，热血沸腾，纷纷聚其麾下。朝堂一时人才济济，武有卫青、霍去病、李广、李陵、李广利等，文有桑弘羊、汲黯、窦婴、公孙弘、主父偃、董仲舒、司马迁、司马相如们，个个卓尔不群，无一不是非常之人。

　　镇住这些非常之人的，唯有非常之君了。掌控天下的能力，娴熟的政治手腕，高超的政治谋略，驾驭臣子的技巧……帝王之术，汉武帝得心应手。

　　加强中央集权制度，整军备战应对匈奴，非常之君自有非常之计。

　　针对诸侯国这个麻烦，汉武帝采纳主父偃"推恩散势"的高招，于公元前一二七年颁布推恩令。规定诸侯王去世，除了嫡长子继承王位，其他子弟可分割王国土地为列侯，归郡统辖。随着时间的推移，王国越封越小，实力大减，无力叫板朝廷。

　　同一年，淮南王刘安和衡山王刘赐谋反，败露后自我了断。人死事未了，受到牵连的列侯、大小官员、宾客等无一漏网，几万人头咔嚓落地，两个诸侯国烟消云散。杀鸡给猴看，各诸侯国引以为戒，循规蹈矩。

　　改革币制，汉武帝大刀阔斧，动真格，为的是增加西汉政府财政收入。

　　初始，铸行钱文与实重统一的三铢钱，很快废止。直到公元前一一九年，汉武帝再次通行三铢钱，次年改铸五铢钱，重量与钱文一致。

　　这次改革不同过往，掌握经济财政大权的桑弘羊等大臣，奏请汉武帝批准，出台一系列措施：盗铸诸金钱罪皆死，禁止郡国或民间铸钱，铸币权交予上林三官……

这上林三官,即上林均输、钟官、辨铜令,官署设于苑内,均系主管上林苑的水衡都尉属官。公元前一一五年,汉武帝设置水衡都尉,负责打理皇室财务,成为与大司农、少府并行的三大财政机构。

郡国所铸钱币,一律化作铜锭,运京师交水衡都尉衙署。上林三官,承担起国家造币厂的功能,负责铸造五铢钱,面向全国强制推出。

"五铢"铜钱
Bronze Coin with Inscription of *Wuzhu*

汉代的五铢钱,今天看来,依然美观而又大气

三官铸钱,工艺水平高,信誉度好,获得广泛认同,杜绝了民间盗铸之风。有《史记·平准书》所记为证:

> 于是悉禁郡国无铸钱,专令上林三官铸。钱既多,而令天下非三官钱不得行,诸郡国所前铸钱皆废销之,输其铜三官。而民之铸钱益少,计其费不能相当,唯真工大奸乃盗为之。

国家信誉担保,五铢钱流通范围广,南丝路沿线同样好使。更有甚者,五铢钱历朝效仿,盛行近千年,影响力可见一斑。

北方,面对匈奴铁骑大举入侵,公元前一三三年开始,汉武帝一改羁縻政策,采取强硬手段应对。进攻是最好的防御,刘彻深谙此道,组建强大的骑兵队伍。破格提拔卫青、霍去病等,采取长途奔袭、机动灵

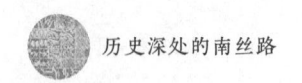

活的战法,主动出击深入敌后,一举扭转被动挨打的局面。

公元前一二八年至公元前一一九年,双方爆发三次大战:河南之战、河西之战、漠北之战。卫青、霍去病不负重托,三战三捷,收复河套地区,夺得河西走廊,将汉朝北疆从长城沿线推至漠北,弭除了历年的边患。

战功赫赫,封狼居胥,班固有感而发,在《汉书》中这么评价:匈奴远遁,而漠南无王庭。

南面策略迥异,对西南夷软硬兼施,以抚为主重在治道。那些骁勇善战的将领,南边征伐从未动用,可见汉武帝用心良苦。

按照《史记》和《汉书》记载,此时的南越王为赵胡,祖父赵佗去世后继承王位,依然是西汉藩属国。

广州市中心城区,南越王赵眜墓,与越秀山一街之隔

南越王雄踞岭南,王都番禺(今广州市),辖南海、桂林、交趾、九真四郡。

历代史家对赵胡第二代南越王的身份,深信无疑。转眼到了一九八三年,广州市越秀公园西侧的象岗山,大兴土木,削平山丘盖公寓。往下挖,突现王陵一座,出土文物多达万余件。其中一枚龙钮金印,印面四字篆书"文帝行玺",泄露墓主身份,与《史记·南越列传》中"胡薨,谥为文王"吻合。文帝与文王,一字之差,概念迥然不同。称霸一方习惯了,对外宣称取消"黄屋左纛",不再玩皇帝派头,但自家地界依然我行我素,僭号称帝。

这枚金印,既是我国最大的西汉金印,也是唯一的汉代龙钮帝玺。

出乎所有人预料,墓主身旁另有一枚玉印,阴刻篆书"赵眜"二字,而非赵胡。

原有的规划,永远止步图纸,南越王博物馆拔地而起,公寓被取而代之。

我曾赴广州考察,点多时间紧,景区大多一晃而过。唯独南越王博物馆,饶有兴致,听介绍刨根问底,逗留半天。

凝神静气,聚焦覆斗钮玉印,"赵眜"二字够神秘。赵胡与赵眜,谁才是第二代南越王?早年间,考古界的一场激烈争论,犹在耳畔。

司马迁所据档案资料不实,致误;司马迁无误,班固传抄笔误,后人又据班固误抄改订《史记》正字,遂致一误再误;非《史记》之误,赵胡、赵眜是两个人,赵眜可能是赵胡的父亲,也可能是赵胡的兄长,赵胡死后携赵眜印入葬,以示缅怀;赵眜、赵胡,或出自传抄致误,或出自一人两名(一为越名,一为汉名),或出自名、字、号的歧义,或出于音义通假……

凡此种种,不一而足,谁都有道理,谁都不服谁。

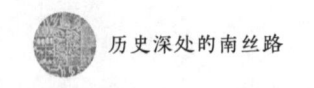

既然如此，何妨依太史公所言。

赵胡公元前一三七年继位，刚过两年，相邻的闽越王郢逞强，派遣将士侵入南越国境。闽越国大体位置，除今天的福建省，另有浙江的温州、台州，广东的潮汕、梅州。同为西汉藩属国，闽越的举动乱了规矩，南越不敢擅自发兵，火急上报朝廷。汉武帝动怒，命大行令王恢、大农令韩安国两路夹击，讨伐闽越。

汉朝大军还在半途，闽越国高层惶惶不可终日。矛盾激化，导致内讧爆发，郢被其弟余善诱杀，砍下头颅献与王恢，以表忠心。

兵不血刃，搞定大事一件。班师回朝前夕，扬大汉军威，晓谕边地藩属国循规蹈矩，王恢认为有必要。吩咐番阳县（今江西鄱阳县）县令唐蒙，专程南越国，给主政者提个醒：汉武帝才是正宗的主子，莫要乱了章法。

上国使者，高规格接待，赵胡亲自办招待。席间，侍者端上枸酱一盘，酸中带甜，吃起来口味大开。唐蒙啧啧称赞，打听产地，南越人告知，来自西北方向的牂柯。这牂柯属且兰部族，大致位于黔西南一带，紧靠夜郎国，因牂柯江而得名。

王都城头，唐蒙极目远望，江水滔滔甚是壮观。司马迁《史记》，描述牂柯江时，这般用词：牂柯江广数里，出番禺城下。

返长安复命完毕，这道美食，唐蒙念念不忘，四处打听。终于，有蜀地商人告之，枸酱原产地蜀郡，商贩偷运至夜郎国，销路甚好。夜郎临牂柯江，江面狭窄，司马迁口气亦变，改称：江广百余步，足以行船。

水路便捷，枸酱装船顺流而下，贩卖到南越国。

从夜郎国到番禺城，《史记》中两处描述的牂柯江，江面宽度截然不同，差距悬殊。究竟说的哪条河流，早期史料语焉不详，明清以来的记载众口不一，事到而今愁煞人。

多数学者认为,狭义的牂柯江,指夜郎国那条"江广百余步"的河流,今名北盘江。安顺城南六公里的宁谷镇,即是汉代牂柯郡治所。广义的牂柯江,则是北盘江、南盘江合流后的红水河,汇入西江后一路东去,作为珠江水系组成部分,直达番禺城下。

汉代时期的珠江,广州这一段江面宽度,可达两千米左右。按当年的度量衡换算,珠江宽度接近五里,与"江广数里"吻合。

再说枸酱,司马迁点到为止。

直到东汉时,许慎在《说文解字》中,方才补充说明:枸,木也,可为酱。从木,句声。又过几十年,儒家学者郑玄门人刘德,在注释《汉书》时,总算交代明白:枸树如桑,其椹长二三寸,味酢。取其实以为酱,美。蜀人以为珍味。

话虽如此,历代依然争辩激烈,不少人说枸酱又名蒟酱,是一种用胡椒科植物果实做的酱,味辛而香。可是,"味酢"指味酸,"味辛"表

今日之珠江,已是面目一新,哪有丝毫牂柯江的影子

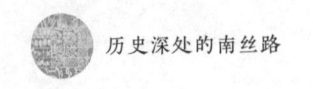

示辛辣，口感完全两回事。

这边还没厘清，那边更有添乱者，枸酱后面加个"酒"字，硬生生与茅台酒扯到一起。一个偶然，读到奇文一篇，说是根据《史记》记载，汉代的茅台镇一带便有枸酱酒，是为酱香酒前身。又说唐蒙将枸酱酒献与汉武帝，饮后赞不绝口，定为贡品。一不小心，两千年之后，枸酱酒摇身一变成了茅台酒。

不相信？搬出清代的《遵义府志》为证：枸酱，酒之始也。依然不相信，只能理解为添油加醋，历代文人陋习，难以革除。

《史记》言之凿凿，枸酱产自蜀郡。而蜀郡的管辖区域，从未抵达今天遵义市赤水河畔的茅台镇，何来"枸酱，酒之始也"？

夜郎自立门户近百年，同周边十来个部族结成联盟，自个儿挑头当老大，依附南越国。看来，唐蒙忠君爱国，忘不了的并非枸酱，而是寻找通往南越的捷径。作为番阳县令，唐蒙心头明白，经长沙和豫章两郡用兵南越，水路多半阻绝，先机尽失。

稳定边地，唐蒙上书汉武帝，提出建议：南越王私下乘坐黄屋之车，车上插左纛之旗，土地辽阔势力大，名义上是外臣，实际上什么都自己说了算。而这夜郎，拥有十万精兵，若招降成功，等于去掉南越国的羽翼。届时，兵船顺牂柯江而下，搞突然袭击，大可出奇制胜。以汉朝的强大，巴蜀的富饶，打通夜郎道路，在当地设置郡县，安排官吏治理地方，并非难事。

南越国反复无常，影响力西面达到同师（今云南省保山市龙陵县），时有不臣之心。汉武帝一忍再忍，早就想拿下，只是苦于路途遥远，许多问题不好办。

忧君王之忧，打听枸酱来路的唐蒙，并非美食家。唐蒙建议别出心裁，可激动万分的汉武帝，还有更宏大的战略构想：包抄南越国，降服

第七章 非常之君

造型别致的南越王陵外景

西南夷，来个一箭双雕。

汉武帝说干就干，任命唐蒙为郎中将，按《史记·司马相如列传》所说"率巴蜀士民各五百人，以奉币帛"，浩浩荡荡，经巴符关（今四川省泸州市合江县）入夜郎古道，落实怀柔政策。

穿行于莽莽群山，方知预判错误，夜郎不过部落酋长国，地盘虽大但封闭落后，人烟稀少城郭破旧。精兵十万，显然夸大其词，能凑合万余乌合之众，已属万幸。

汉武帝面前打了包票，这趟出不得半点差池。招降为主，军事威慑为辅，与夜郎王多同谈判中，唐蒙晓以利害，一个劲强调汉朝的强盛，同时奉上带来的钱币和丝绸。至于权力，指天誓日许大愿，一旦归顺，肥水不流外人田，县令一职由多同的儿子出任。抵抗国灭族亡，归附保住权力又得钱财，两相权衡，多同选择后者。

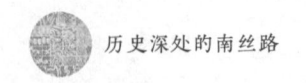

聪明的多同，却有个糊涂的后裔，一手毁掉夜郎国。

西汉末年，自以为是的夜郎王兴，多次兴兵，攻击周边的钩町王禹、漏卧侯俞。汉成帝派使者持节劝和，兴非但不听，还将木桩刻成汉使模样，立于道旁作箭靶，叛逆之心昭然若揭。朝廷为控制局面，调整陈立为牂柯郡太守。

陈立蜀郡临邛县人，智勇双全，到任后好言规劝，兴依然我行我素。自作孽不可活，陈立带随从数十人，入夜郎境内，谴责兴背信弃义。兴反唇相讥，陈立怒不可遏，一刀断其头，数千夜郎将士被震慑，跪地降服。

蛇无头而不行，几仗打下来，夜郎国不复存在。

太史公诙谐，唐蒙这件事写来妙趣横生，历史人物呼之欲出。

唐蒙事情办得漂亮，汉武帝大为满意，经略西南夷，成功地迈出第一步。夜郎地盘不小，只是人口少，考虑再三，划拨部分汉朝相邻地区，

夜郎故地，虽有平坝、溪流，但多见莽莽群山

合一块儿置犍为郡，治所在今天的宜宾市西南。兑现诺言，多同的儿子当县令，这也从旁证明，回归汉朝的夜郎国，仅为犍为郡管辖的一个县。

至于多同，西南夷中率先归附，封王赐金印，一来表示格外的恩宠，二来吊周边部族胃口。果然，且兰等部族首领，贪图赏赐的丝绸、布帛，认为山高路远，汉朝不能占有自己的土地，权且接受唐蒙条件。

汉武帝旗开得胜，

峭壁深谷，夜郎古道迂回其间，唐蒙带领手下，每一步都是小心翼翼

雷厉风行，摆开架势，启动西南夷道开发。赓即下旨唐蒙，调遣巴、蜀两郡兵士修筑道路，恢复并扩建秦时五尺道，从僰道直通牂柯江边。

消息扩散，灵关道邛族、笮族首领得知，再度请求内附，一切参照南夷部族格式。汉武帝当然高兴，一概照准，设立十几个县，蜀郡代管。并为此设都尉一个，管理具体事务，为以后设郡打基础。

好事刚开头，麻烦随之而来。

归顺的地方，既然任命了官吏，就得发俸禄。将士驻防，粮饷转运不可少，有路的地方保畅通，垮塌的地段需要整治。蜀郡、巴郡首当其冲，百姓叫苦连天，士卒水土不服，病死者不在少数。西南夷又生性多

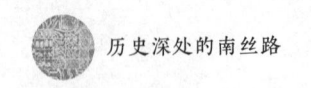

变，动乱时有发生，调兵遣将兴师动众，费钱费力不说，效果不佳。

这个节骨眼上，朝廷忙于三面出击，南边开通西南夷，东边设立沧海郡，北边开建朔方郡城，人力、财力全都捉襟见肘。朝堂之上，众大臣各有主张，进退行止，唯待圣裁。御史大夫公孙弘，更是屡屡劝谏，认为这样做耗费巨大，蛮荒之地不值得劳神费力，恳请就此打住。

汉武帝感觉有压力，指派中大夫朱买臣等人出面，朝堂之上公开辩论，折服公孙弘。朱买臣卖弄才学，口若悬河，列出修建朔方城十条好处，条条理由充分。公孙弘听来头晕眼花，无法反驳。

被难住的公孙弘，退而求其次，提出停止打通西南夷，暂缓置沧海郡，先集中力量建朔方城。

汉朝强大，匈奴也不弱，与其三面出击疲于应付，莫如先集中力量，去除北方心腹之患。公孙弘的建议，汉武帝部分采纳。

统筹考虑，西南方向，仅保留犍为郡辖下两个县，一个夜郎县，另一个失考。两个县地理位置重要，朝廷专门设一个都尉统领，权当插入西南夷的楔子。

汉武帝留有余地，一旦缓过气，该干的事还得继续。

三　奠定大西南疆域

元朔三年，即公元前一二六年，经略西南夷，又一次纳入汉武帝议事日程，只不过策略有变。怀柔之外，强调主动出击，不听招呼敢于抗衡者，付诸武力强势推进。

汉武帝再次激动，源于张骞一席话。

第七章 非常之君

张骞鼎鼎大名，后世誉之外交家、探险家，出使西域不辱使命，名垂青史。

公元前一三八年，汉武帝继位不久，张骞以郎官身份出使大月国，联合西域各方力量，夹击匈奴。半途，张骞被匈奴抓获，十三载身处异邦。张骞有心人，虽处境凶险，但忠君爱国矢志不移，细致入微观察一切。恰遇单于死，引发权力纷争，这才趁机逃出樊笼，返长安城复命。

有心人必有所得，归来面圣，奏报内容涵盖各个方面，提出的建议具有可行性。西南夷方向，亦披露一个惊天秘密：蜀郡有近道通身毒国！

惊讶之余，整个推论过程，汉武帝凝神静听。

君王面前，岂敢胡言乱语，张骞这样一个结论，虽凭推测，却也依据充分。《史记·大宛列传》中，这一部分写来有问有答，思路清晰。通过市场偶见，围绕如何避开匈奴寻找盟友，层层递进分析透彻，尽显张骞见多识广，不可不读：

> 臣在大夏时，见邛竹杖、蜀布。问曰："安得此？"大夏国人曰："吾贾人往市之身毒。身毒在大夏东南可数千里。其俗土著，大与大夏同，而卑湿暑热云。其人民乘象以战。其国临大水焉。"以骞度之，大夏去汉万二千里，居汉西南。今身毒国又居大夏东南数千里，有蜀物，此其去蜀不远矣。今使大夏，从羌中，险，羌人恶之；少北，则为匈奴所得；从蜀宜径，又无寇。

印度河流域古国身毒，又名天竺，见诸《后汉书·西域传》。张骞对身毒国方位的推断，八百多年以后，被身入其境的唐代高僧玄奘证实，还真是那么回事。

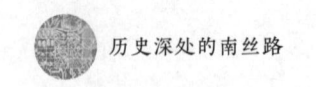

唐太宗贞观年间，为探究佛教之真谛，纠正国内各派对佛经各种不准确的解读，玄奘出玉门关西行天竺，遍学当时大小乘各种学说。异域十七载，学成归来，弘扬大法之外，将亲眼所见的一百多个国家及听说的二十多个国家，从山川城郭到物产习俗合在一起，写就历史地理著作——《大唐西域记》。

书中，印度这一称呼，取代身毒、天竺，首次出现在国人眼中，并为后世所沿用。翻开《大唐西域记·印度总述》一书，由于认为身毒、天竺同标准语音有误差，玄奘大胆求证，为其正名：

  详夫天竺之称，异议纠纷，旧云身毒，或曰贤豆，今从正音，宜云印度。

玄奘此说正确与否，专家各有见地。唯独西行路线图，足以证明唐时的印度，秦汉时期的身毒国，一如同张骞所言：其去蜀不远矣。

这个信息诱惑人。联络西域各国，前后夹击消灭匈奴，汉武帝夙愿。可惜，西行之路，匈奴牢牢掌控，派出的使者插翅难飞。假如另辟通道，绕行身毒联系大夏等国，不就胜利在望。

落实既定方针，让不同风俗的人归顺，大汉天子声威和恩德传遍四海，那是必须的。汉武帝激动之余，授张骞太中大夫，协调此事。

张骞遵命，蜀郡、犍为郡中，挑选熟悉路况之人，组成秘密使团。按照汉武帝旨意，自己和王然于、柏始昌、吕越人各率一队，从駹（今四川茂县）、冉（今四川松潘县）、徙（今四川天全县）、邛都（今四川西昌市）四条道路，同时潜出。

无论哪一路使团，结果都不理想，行进数千里后，分别被氐、筰、巂等部落拦截。最远者，走到洱海边的昆明，依旧遇阻。

第七章　非常之君

洱海碧绿，周边土壤肥沃，昆明人曾经的家园，而今依然风景如画

这个昆明，乃昆明夷、昆明人的简称，没有君长，据洱海一带。常杀汉朝使者，获取财物。汉使前行遇阻，但也有收获，打听出昆明西去千余里，有个以象为坐骑的国家，名曰"滇越"。蜀郡商人，偷运货物出境，那里就是目的地。

目标滇越，依旧不顺利。汉使途经古滇国，总被扣留，幸得滇王尝羌心存忌惮，以礼相待。收下汉使财物，尝羌多次派属下西行，帮助寻找身毒国道路。一年多过去，派出的人踏入洱海，便被昆明人强行拦下。

汉武帝不死心，屡次派人规劝，希望昆明人通融，允许汉使借道。鞭长莫及，这帮人根本不买账，一言不合就杀人越货，应了《史记·西南夷列传》所说：

昆明之属无君长，善寇盗，辄杀汉使。

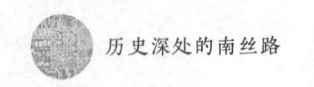

使者们没有找到身毒国，但也不虚此行，起码增加了对滇、昆明等的了解。归来报告汉武帝，古滇国的尝羌实力强，又得劳浸、靡莫等部落拥戴，对汉朝颇有好感，理当多多释放善意，争取早日归附。

十多年过去，西南夷部族有的反复无常，有的软硬不吃，打通战略通道，动用武力成为唯一选项。

今非昔比，此时汉武帝，可谓底气十足。北方战场，卫青、霍去病节节胜利，打掉匈奴嚣张气焰，迫使其远遁沙漠以北。

不动则已，一旦兵戎相见，汉武帝讲究一招制胜。

公元前一一二年，南越国反叛，发兵一举荡平，并趁机诛杀反复无常的且兰、邛、筰等部族首领。杀鸡儆猴，这一招特别好使，西南夷其他部落首领胆战心惊，争先恐后纳贡称臣，请求在自己的土地上设置郡、县，委派官吏。

经略西南夷见成效，汉武帝着手筹建郡、县两级政权，加强统治。公元前一一一年开始，设牂柯郡、越巂郡、沈犁郡……

至于古滇国，汉武帝一直记挂着。只是尝羌去世后，继位者滇王离难，对汉朝心存戒备，加强了防范。即便如此，汉武帝挺耐心，依然先礼而后兵。司马迁之后，又派熟知情况的王然于，好言规劝。

仗着数万军队，边上还有劳浸、靡莫部族的同姓首领，互为依托，离难将好意置之脑后。劳浸、靡莫首领，更是气焰嚣张，动辄杀戮汉朝使者。

忍无可忍，公元前一〇九年汉武帝颁旨一道，下令将军郭昌带兵出征。

郭昌武功高强，能征善战，在大将军卫青麾下，多次冲锋陷阵抗击匈奴，凭军功一路高升，坐上将军位置。这次会同中郎将卫广，指挥蜀郡、巴郡军队，首先灭掉劳浸、靡莫武装力量，断滇王左膀右臂。

第七章 非常之君

大兵压境，离难迷途知返，急忙竖白旗，宣布举国降服。赶紧的，自个儿收拾行囊，提心吊胆赴长安请罪。

出乎意料，这一趟收获不小。古滇国故地改置益州郡后，汉武帝善待离难，夸他识时务懂规矩，予以册封，赏蛇钮金印一枚，名正言顺成为滇王。原有部属百姓，继续掌管，只是手中无军队，一切听命于益州郡郡守。

一个西南夷，裂土分疆的小邦首领数以百计，唯有古滇国、夜郎国的头号人物，汉武帝格外垂爱，赐予黄金铸造的王印。《史记·西南夷列传》中，司马迁记有一笔：

经略西南夷，奠定中国大西南疆域，汉武帝刘彻功莫大焉

赐滇王王印，复长其民。

司马迁不打诳语，几十年前的石寨山，还真就出土了滇王金印。依然在昆明茶楼雅间，孙太初先生的回忆，印证太史公修史的真实和严谨。

那是一九五六年底，石寨山古墓群第二次发掘，考古队成天忙于出现场。转眼就元旦，处于收尾阶段的六号墓，爆出令人震惊的消息，找

225

历史深处的南丝路

"滇王之印"复制品,拍摄于云南省博物馆

云南省博物馆展示的,记有滇王之印的照片

到国之重器"滇王之印"!

此印金质蛇钮,指头般大小,重不到九十克,含金量达百分之九十五。"滇王之印"在手,墓主身份,一代滇王无疑。

国宝亮相,发现者是谁,滇地乃至中国考古史,少不了记一笔。遗憾之至,发掘报告无记载,后期说法多样,除了李家瑞、孙太初之外,还冒出北京大学实习生小于。

面对敏感话题,发掘报告撰稿者孙太初,坦言这"滇王之印",还真不是考古人员首先找到,而是雇来干体力活的杨姓村民,家就住在石寨山下。

那是一个下午,临近收工的时候,杨姓村民清理六号墓的棺材底板时,掏出一堆土疙瘩。按照流程,先是统统放入筛子,逐一筛选。操作过程中,感觉其中一块透着古怪,色泽带点儿黄亮。

一旁盯着的孙太初,接过手去,如同鸭蛋大小。慢慢剥去泥土,提水冲洗干净以后,一枚金印赫然在目。

孙先生这么形容:金印熠熠生辉,印面采用阴文篆书,"滇王之印"四个字清楚不过;印钮蟠蛇一条,昂首挺胸鳞纹隐现,颇有几分动感。按照规制,王印世代相传,不允许入葬。显然,这印系古滇国工匠仿制,作为某一代滇王的随葬品。

云南省博物馆展出的金印,也是今人复制。石寨山出土那枚,作为存世最早的金质王印,当时就征调北京,收藏中国国家博物馆。

"滇王之印"问世意义非凡,坐实古滇国的存在,推而广之,证明了司马迁《史记》中关于西南夷、西南夷道记载的真实可靠。纵观中国百年考古的历程,出土金印与历史文献相一致,这样的情况极为罕见。

汉武帝赏赐,正史有记载,"滇王之印"国之瑰宝!记得当年在茶楼上,孙先生不停地念叨,至今音容宛在,恍若昨天。

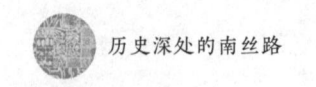

何止于此，考古人员代代接力，西南夷故地不断有新发现。二〇二〇年初，相隔石寨山古墓群七百来米的上蒜镇河泊所村，考古人员发掘一处遗址时，找到古滇国众多遗迹。其中，一枚"滇国相印"封泥，再次以实物佐证古滇国的存在。

夜郎王多同、滇王离难，分别接过汉武帝赐予的王印那一刻，西南夷两大王国，包括属下部落，开始步入统一多民族国家的历史进程。

话说回来，汉武帝不会白忙活。据《华阳国志》所记，筹建益州郡之时，捎带"得牛马羊属三十万"，显然大有收获。至于最大获益，则是随着郡县制的推行，越嶲、沈犁、益州等正式纳入大汉王朝版图。蜀地及中原百姓，分期分批，迁往南丝路沿线，维护稳定，保道路畅通。

这些初设郡、县之地，汉武帝及后来者，统治的办法类似"双轨制"：既向这些地方派出官员，任命太守、县令、长吏，又封当地土著酋豪为王、侯、邑长。明眼人一看便知，这是特殊情况下，中原王朝采取的过渡性制度。这一制度，后人称"故俗制"，也是羁縻制度的前身。

灵活的处置方式，体现经营西南夷，汉武帝煞费苦心：既要建立地方郡、县机构，确立中央政权权威，又要承认各部族统治者原有地位，分享部分权力，以防这些人从中作梗。

最让汉武帝揪心的，还数昆明人。这个麻烦制造者，仗着山高皇帝远，总与自己过不去，偏生去往身毒国，其为必经之地。

昆明人以游牧为主，散居洱海周边，实力较强，弱小部落皆听其号令。这洱海方圆三百里，湖面宽阔，古代名称繁多，有叶榆泽、昆泖川、西洱河等。

如鲠在喉，解决这个麻烦制造者，箭在弦上。怒火中烧的汉武帝，亲自决策遥控指挥，接下来三战昆明，耗时六载。

第一次在古滇国归顺后，汉武帝令郭昌一鼓作气，挥师洱海。虽然偶有斩获，但昆明人利用地形，湖泊、沼泽中东躲西藏，战机难以捕捉。时间长了，汉朝将士身心疲惫，只能草草收场。

第二次出击昆明，时在公元前一〇七年，声势不小，但依旧找不到着力点，只好悻悻而归。汉武帝气不打一处来，褫夺郭昌拔胡将军印绶，以示惩戒。

两年过去，汉武帝锲而不舍，第三次动用武力。几番考量，还是启用郭昌挂帅，于是发还拔胡将军印绶，以示恩宠。两度无功而返，郭昌这回不敢掉以轻心，吸取教训，采用长途奔袭，打对手一个冷不防。汉朝将士从天而降，潮水般涌来，昆明人猝不及防，四散溃逃。地盘被郭昌夺取，报朝廷取名叶榆县，交益州郡管辖，治所设当下的喜洲古镇，位于大理市西北二十公里。

三战昆明期间，有人向汉武帝报告，这个部族世居洱海边，擅长水战，欲将其制服，须谙熟水上战法。听到这个报告，刹那间，京城外细柳塬与高阳塬之间的昆明池，浮现脑海。

昆明池开凿，汉武帝一手主导。公元前一二〇年，长安城又一次久旱无雨，作为一座体量庞大的内陆城市，旱灾一直困扰统治者。为缓解水患和干旱缺水，汉武帝派出陇西北、上郡一带的戍卒，外加几千犯罪的官吏，耗时三个春秋，在城外西南洼地，挖出周长四十里的人工湖泊，接纳秦岭大峪、小峪、石砭峪等处流出的山水。

丰富的水源，汇聚成中国古代最大人工湖，经三条水渠环绕京城。平日里，保障城内外用水；暴雨天，防洪排涝。池中养鱼，除去供皇陵、宗庙祭祀，多余部分，长安市场出售。

捎带着，碧波荡漾的湖水，构成上林苑的组成部分。汉武帝游乐之余，念念不忘尚未征服的昆明，于是取名"昆明池"。

应对昆明战事，训练一支水师，迫在眉睫。汉武帝下令修造戈船、

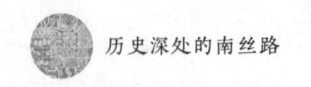

楼船各数百艘，安排熟悉水战的将领带上士兵温暖池中操练，习水上战法。这些楼船，高十余丈，每日里战鼓隆隆号角齐鸣，旌旗蔽日将士勇猛。朝政之余，汉武帝常来观看操练，很是看重。

以后的战事证明，昆明池那些学会水战的将士，在征服昆明的战斗中，并未发挥作用。

话虽如此，这段往事少不了文人追忆，发思古之幽情。以诗歌的巅峰唐代为例，名家有诗圣杜甫，吟出"昆明池水汉时功，武帝旌旗在眼中"，自然大气磅礴；普通诗人有胡曾，留下"欲出昆明万里师，汉皇习战此穿池"，同样豪气不减。

昆明池遗址，地处西安市长安区鱼斗路，我也曾几度寻访。可惜时过境迁，四十年前尚见田园池塘，而今多为高楼大厦，汉武帝的凌云壮志，已是渺无踪影。几年前，遗址边开挖人工湖，完工后融入牛郎织女传说，取名昆明湖七夕公园。湖边广场，塑一巨大战舰，头戴金冠的汉武帝，双手拄剑，屹立战舰之上。虽然气势不凡，只是毫无历史的厚重，岁月的痕迹。

寻找感觉，看来还得南下，去到四季如春的昆明市，因了大观楼一副长联，三战昆明终成典故：汉习楼船。由此可知，今人口中的昆明，指的是一座城市，云南省省会；《史记》记载的昆明，说的是昆明人，洱海边一个游牧民族。昆明作为地名，出现在滇池湖畔，并成为云南的政治、经济、文化中心，始于元代，同汉代的昆明人、昆明池毫无关系。

大观楼系三层方楼，建于清康熙年间，濒临滇池，视野开阔，乃是昆明市标志性建筑。清乾隆年间，昆明寒士孙髯登楼远眺，滇池尽收眼底。把酒临风，触景生情，写就天下闻名的第一长联。其中，"汉习楼船，唐标铁柱，宋挥玉斧"一语中的，道出中原王朝与滇地的紧密关系，后人以为典故，津津乐道。

彩云之南，伫立瑞丽口岸，往事千年，祖国河山犹在，西南边陲更美好

  汉武帝经略西南夷，从公元前一三五年到公元前一○五年，前后三十年整，最后一个打败的是昆明人。至此，南丝路这一段的障碍彻底清除。未央宫里的汉武帝，踌躇满志，西南夷诸多部族，已属囊中物。
  前途，翻越博南山，哀牢国（今云南保山市一带）仅仅一步之遥。
  以叶榆县为依托，汉武帝又有新动作——打通去往身毒国的道路。
  一声令下，汉朝将士翻过博南山，渡过兰沧水，攻打哀牢国。独霸一方的哀牢王，遭遇强大对手，被迫后撤，丢失大片领土。这部分土地，朝廷设巂唐、不韦两县，交益州郡管辖。巂唐县在今云龙县漕涧镇方向，不韦县位于保山城外金鸡村，为西汉的极边之地。

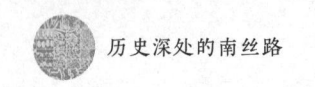

想法归想法，道路改造工程浩大，难以一蹴而就，只有寄望于后来者。

抗击匈奴、夺取南越、经略西南夷，原本大气磅礴的英雄史诗，后世毁誉参半。对于汉武帝，两种评价截然不同：班固说"雄才大略"，司马光说"穷奢极欲"，罗泌说"好大喜功"……更有朱熹，不知出于何种心态，将秦始皇、汉武帝、唐太宗并列，直接斥责为"好大喜功，穷兵黩武"。中国历史进程中，三位皇帝的闪光点，这些大名人避而不谈，攻其一点不及其余。

对三位皇帝的种种责难，我不敢苟同。设身处地替汉武帝想想，这位非常之君没有多余选项：不是王师直捣龙庭，就是匈奴骑兵踏破长安！想那刘彻，若为守成之君，继续嫁公主献上黄金、丝绸等，不进取不图强不发展，不知司马光们是褒还是贬？

战争苦了百姓，无可否认，史料逐一列举。汉武帝开边置郡得与失，直到明末清初，思想家王夫之方在《读通鉴论》中，做出令人信服的评价，辩证而客观：

> 以一时之厉害言之，则病天下；通古今而计之，则大利而圣道以弘。

评判者高度不同，取舍不同，观点自然分歧大。王夫之挺身而出，一扫历代肤浅的"仁义"论史，改以历史大势观史，继而客观评判得失，可谓振聋发聩。

我亦认为，好大喜功对错与否，关键大功告成以后，乃至数千年之后，回头看，于国家、民族是利还是弊。毋庸讳言，汉武帝经略西南夷，主观上为扩张地盘，打通与身毒、大夏诸国的联系，达到夹击匈奴战略目的，实现王朝野心。但客观上，顺应了巴蜀和西南夷地区经济文化发展的要求，结束了各部族之间的割据局面，消除了政治上长期的隔离状态，为百姓带来了福祉。

至关重要还在，汉朝伊始，西南夷地区正式纳入中国政治版图，西南各古老民族走向融合，成为统一的多民族国家的组成部分。中国西南边界，就此奠定，再无大的变更。

汉武帝君临天下五十四年，一多半时间烽火狼烟，运筹帷幄处乱不惊，接手一个富庶但懦弱的国家，交出一个空前繁荣的强大帝国。回溯中国历史，这样强势而英明的君王，屈指可数！

非常之君汉武帝，立下的是非常之功。追随非常之君，两位复姓司马的人，同样功垂竹帛！

第八章

三个知音

一　情挑卓文君

第一位司马相如（字长卿），生于公元前一七九年，"蜀郡成都人也"这句话，出自《史记》，代表司马迁观点。

也有质疑，譬如距成都老远的蓬安县，翻出一大堆史料，宣传词惹眼：四川蓬安，司马相如故里。

根源在司马迁故去五百多年，有《周地图记》问世，作者不详。书中曰："相如县有相如坪，相如故宅，因以名县。"查文献始知，南朝梁武帝萧衍，于天监六年置相如县，治所在今天的蓬安县锦屏镇。

可见，有关相如坪和相如故宅说法，出自后人，且未注明来源。其后，包括宋代《太平御览》等，基本袭用这一记述。

待到清代，先后在四川几个地方担任知县的王培荀，撰写《听雨楼随笔》时，竟然认定：人皆以相如为成都人，实今之蓬州人。后迁成都，又居临邛。

苦于司马迁影响大，《史记》记载推不翻，无奈之下各退一步，搞个折中：司马相如蓬安出生，成都长大。

说得天花乱坠，我依然认同《史记》所载。今天的学者再胆大，也不敢放言与司马迁相比，自己更了解司马相如。

大家印象中，这个成都人，一介风流才子。原因不说都清楚，汉大赋奠基者，辞赋文章冠绝西汉，历代学者敬称"赋圣""辞宗"。从不阿谀奉承的鲁迅，也在《汉文学史纲要》中，将其同另一位文坛高手相提

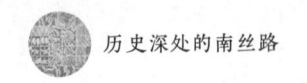

并论,直言不讳:

> 武帝时文人,赋莫若司马相如,文莫若司马迁。

文章西汉两司马,岂是浪得虚名。司马迁一部《史记》,为文学家立传两篇,其中合传《屈原贾生列传》,单独立传的仅《司马相如列传》。高手写高手,司马迁笔下人物传记,唯此为绝。翻开《史记》,情种、赋圣到朝廷命官,司马相如的多样人生,画卷般徐徐展开。

司马相如的父亲,虽然做生意攒了几个钱,但人丁不旺,却是一大憾事。故而,相如这根独苗坠地时,父亲为其取个贱名"犬子"。起贱名这一风俗,蜀地流传已久,为的是避免鬼怪缠身,娃儿好养活。

每逢有川剧演唱,文君井正门一侧,文君川剧团少不了摆上宣传牌,告知广大爱好者

名字虽贱，但天资聪颖，好辞赋习剑术，访名家拜师学艺，文武双全。求学期间，仰慕战国政治家蔺相如，自行更名相如。弱冠之年，盼儿子光宗耀祖，老父亲拿钱财上下打点，谋了个郎官差事，担任汉景帝骑兵侍卫。

给皇帝当保镖，身价倍增，富家子弟趋之若鹜，司马相如却不当回事。偏生这位汉景帝，于辞赋兴致索然，不搭理舞文弄墨之人。满腹文章无人赏识，心头那个郁闷，无以言表。

就在这时，汉景帝的弟弟梁王刘武入京，觐见皇帝哥哥。

梁王喜好文学，为招揽人才，建起风雅场所东苑，位于梁国王都睢阳（今河南省商丘市睢阳区）城内。只因梁王常在此大宴宾朋，后人习惯称"梁园"。此次进京，随行者文学侍从邹阳、枚乘、庄忌等，皆名噪一时的文人，又是能言善辩的游说高手。

邹阳、枚乘前辈高人，道德文章堪称楷模，枚乘的代表作《七发》，开汉大赋之先河。惺惺相惜，志同道合，相如以生病作幌子，辞官去往睢阳。潇洒俊逸的司马相如，很招梁王喜欢，赐予车马，安排入住梁园，与枚乘比邻而居。梁园是个好地方，沿睢水而建，两岸竹林连绵十余里，喂养各种飞禽走兽；房舍金碧辉煌，亭台楼阁雕龙画凤，庭院广植花木。

接下来的那几年，终日与枚乘们诗酒流连，日子过得有滋有味，说得上谈笑有鸿儒，往来无白丁。心情舒畅，司马相如文章突飞猛进，天下人争相传抄的《子虚赋》，就出自这个阶段。

好景不长，公元前一四四年，梁王撒手人寰，抛下一帮文人雅士。失去靠山，门客们各奔前程，应了那句典故——梁园虽好，非久留之地。

情急之下，司马相如坐上马车，折返成都。孰料祸不单行，父亲生意场上翻了船，倾家荡产一贫如洗。

穷困潦倒之际，收到临邛县令书信。临邛县相距成都，也就两天路

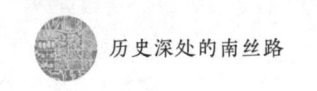

程，这时的县令姓王名吉，二人相交有年。信中关怀备至，言辞恳切：不顺心有难处，就到我这里来吧！

临邛之行，司马相如时来运转，遇到第一个知音。我不说，大家也能猜到，那就是卓文君。

追寻司马相如踪迹，我出得成都南门。一路走来突然发现，气势如虹的南丝路，途经邛崃城时，竟然满是婉约缠绵，放下身段放慢脚步柔情似水。不得不如此，因了这里，便是文君故里、丝路古城临邛。

斯地江山如画，天府南来第一城；斯城风月无边，千古一曲凤求凰。司马相如与卓文君，一对才子佳人的爱情故事，老百姓喜欢，无论看戏听书还是观赏电视剧。

我知道这对情侣的故事时，正在上小学。

周末放学早，斜挎书包，我偷偷溜进小人书铺子。依稀记得，这本连环画名字就叫《卓文君》，二十世纪五十年代出版，人物画得漂亮极了。印象中封面带彩，司马相如屋内操琴，门外卓文君侧耳偷听，喜形于色。

男女间的事，小娃儿看着懵懵懂懂，只记得"知音"二字。

长大成人，参加工作进剧团，涉足戏剧史，始知两人近乎传奇的结合，于中国文化影响深远。仅宋元明清四个朝代，以此为题材写的不同剧本，竟然达三十多种。再看近百年，从传统的京剧、川剧、秦腔到时髦的话剧、歌剧，都少不了这出戏。

记忆深刻，"文化大革命"结束，古装戏开禁，邛崃川剧团的《卓文君》好评如潮，应邀上北京。载誉归来，雅安方面组织观摩，我连看三场，感受最深的还是那两个字：知音。

时至今日，川剧高腔《卓文君》照样受欢迎，街头巨幅彩色喷绘可见，由成都市川剧院献演。

古意盎然的文君井

　　作为历史文化名人，处处留痕：抚琴街、文君巷、文君井、文君酒、文君绿茶、司马大道……还有当街牌坊大书四字——文君故里。可惜牌坊新建，街巷面目全非，好在文君井依然。

　　文君当垆卖酒，汲水酿酒的那眼井，后世景仰，唐代辟为蜀中名胜，称之"旧井"。宋代始称"文君井"，并在周边增添水榭亭台，凭吊先贤风流韵事。明代史料可见，文君井在"县南二里"，清朝文君井所在得名里仁街。新中国成立，文君井一度更名文君井公园，改革开放初期，列入第一批四川省文物保护单位。

　　大门中式风格，上方"文君井"牌匾高挂，一侧张贴启事：文君川剧社午后义演全本《卓文君》。

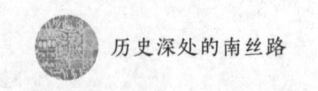

正值春日融融，园林中玉兰含苞待放，海棠花开灿若锦缎。

庭院小巧玲珑，格调高雅。回廊曲池茂林修竹间，琴台、文君井、听雨轩、当垆亭几处景观，以证当年；文君酒肆、凤求凰陈列馆一类展示，情景再现。

园林历代维护，建筑物新旧更替。唯有文君井，从汉代一路走来，泉清洌，水甘醇，原汁原味。《邛崃县志》中，特意记下这么一笔：

> 甃砌异常，井口不过二尺，井腹渐宽，如瓶胆然。至井底，径几及丈，真古井也。

井古拙，周遭石栏环护。井内无砖块、条石，井壁周围黑黏土，土中夹杂陶片，形制、规格与西汉古井吻合。

井畔照壁，楷书"文君井"三个大字，笔力遒劲沉稳，系邑人清代翰林院学士曾先曦得意之作，怎么看怎么舒服。背面，刻郭沫若手书《题文君井》诗及跋，不外颂扬赞美。

逛累了，落座茶园，泡碗文君绿茶，静候川剧锣鼓打响。

戏台因陋就简，围坐十来桌茶客，多数叼叶子烟杆，听口音当地人。攀谈开来，皆资深戏迷，问及邛崃川剧团，茶客们唉声叹气：早没了，掐指算来，解体三十多年。散伙归散伙，今个儿要过戏瘾，还离不得这批老演员。个个年迈体衰，说到唱戏就精神抖擞，承头组建文君川剧社，常年为戏迷义演。

今天为啥唱《卓文君》？还不是成都市川剧院巡演，弄得老演员们心痒难耐，非得来上这么一出，找回青春的影子。

台上锣鼓铿锵，丝弦悠扬，客居临邛的司马相如，登台亮相。唱腔忧伤哀怨，闻者心寒：尘海飘零，独抱琴剑少知音……

好友光临，王吉岂能怠慢，安排入住上好谒舍，公事之余陪着到处玩，弄得人尽皆知。听话听音，优哉游哉的司马相如，感叹的不是缺吃少穿，而是知音难求。

县令大人同相如要好，当地富豪瞧在眼里，备酒设宴，想方设法套近乎。

若说临邛富豪，首推卓王孙。要知怎么个富，就得翻开《史记·司马相如列传》，借用太史公四字：家僮八百！这气势，谁敢不服，请贵客，当然卓王孙打头。

帖子早早下了，几十位宾客提前到了，县令的车马到了，时辰也到了，唯独相如不到。一再派人恳请，推病不就，直到县令亲自前往，这个面子必须给。卓王孙正门恭迎，请入前堂。好一个玉树临风美男子，众宾客窃窃私语，争竖大拇指。

这情景，需再借太史公四字：一座尽倾。

何止仪态品貌，相如自幼操琴弄弦，琴音绝世。县令知根知底，酒至半酣起身恭请："久闻长卿弟琴韵悠远，何不来一曲助兴。"

操琴就操琴，卓王孙不该过于巴结，说是去往女儿房间，取一把好琴。取琴就取琴，不该卓文君一问，操琴之人脱口而出。名字如雷贯耳，女儿家怦然心动，《子虚赋》倒背如流，当今第一才子倾慕已久。

脚跟脚，移步客堂，有人抚琴而歌。情切切，意绵绵，一曲《凤求凰》舒缓悠扬，其中一段表白撩人心扉：

凤兮凤兮归故乡，遨游四海求其凰。时未遇兮无所将，何悟今兮升斯堂！有艳淑女在闺房，室迩人遐毒我肠。何缘交颈为鸳鸯，胡颉颃兮共翱翔……

往事悠悠，一曲《凤求凰》，萦绕于寻幽访古之人耳畔

板壁外卓文君，闻琴音而知其意，踮起脚尖，透过门缝偷眼望。居中操琴者，太史公这般道来：雍容娴雅甚都。

好一个如意郎君，文君整个人都酥了，心旌摇曳不能自拔。太史公挺凑趣，直接捅破窗户纸，补上一句"心悦而好之"，袒露女儿家心境。

文君聪慧过人，精通音律，卓王孙视若掌上明珠。

怎生一个姣好，哪怕只言片语，太史公也没透露。数百年后，有人以"眉色如望远山，脸际常若芙蓉，肌肤柔滑如脂"形容文君，记录在笔记体小说《西京杂记》。

明知杜撰，但这一连串比喻，却也让人神驰，遥想文君的美艳。

有钱人家谈婚论嫁，讲究门当户对。卓王孙不能免俗，与另一富豪打亲家，女儿刚出生，就已定下娃娃亲。自古红颜多薄命，赶巧，这话应在卓文君身上。夫婿病秧子一个，这边新娘刚迈入喜堂，那边屋内传出声声哀号，新郎一命呜呼，长啥样都没捞着见。

婆家说娶了个扫帚星，从早到晚指桑骂槐，待不下去，满怀委屈回娘家。

文君打心里喜欢相如，又担心自己寡居之人，般配与否？

相如知道文君吗，太史公含糊其词，我只能反复揣摩。既然说"以琴心挑之"，足见是心知肚明，只不过揣着明白装糊涂。否则，奈何先以琴音示好文君，后以重金贿赂其贴身侍女，帮着自己"通殷勤"。

至于戏台之上，少不了艺术加工，编排的细节合情合理。比如戏中王吉，面对不知内情的相如，有板有眼唱道：

卓文君，工诗词，琴音绝妙；长卿弟，人俊雅，一代文豪。待愚兄，与贤弟，红绳系了。到卓家，去赴宴，秦晋相交。

抓住机会，还得投其所好，文君既然能琴会诗，不妨借琴音寄情。

弹什么唱什么，太史公没提及，戏中说是《凤求凰》，相如即兴吟出：凤兮凤兮归故乡，遨游四海求其凰……显露才华，情感又炙热，这曲目最是适合。

邛崃人有创意，与文君井遥遥相对，山石间琴台高耸，下置一石，镌刻《凤求凰》全文。其实，《凤求凰》首度亮相，是在几百年后的南朝，刊载于诗歌集《玉台新咏》。出自相如否，则为悬念，谁也说不清。

文君钟情相如，风流跌宕才高八斗；相如痴迷文君，风情万种绝代佳人。就在丝路古道，就在临邛古城，相如花钱买通文君丫鬟，暗中牵线搭桥。两个人儿，爱得轰轰烈烈惊天动地，相见恨晚。

既为知音，就随郎君去吧。顾不得世俗偏见，连夜私奔成都，做恩爱夫妻去也。

绝非杜撰，《史记·司马相如列传》明白记载：

文君夜亡奔相如。

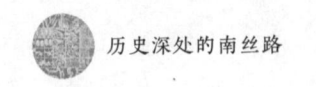

这私奔非同寻常，胆大而张狂，开男女情爱之先例。

后世的唐宋传奇、宋元话本、明清小说戏曲，冒出不少才子佳人故事，平添国人无尽的想象，无穷的乐趣。无一例外，男主角穷酸书生才华出众，女主角富贵人家美貌小姐，后花园私订终身，金榜题名奉旨完婚，才子佳人可谓皆大欢喜。时至当下，言情小说影视剧，多也沿用这一模式，人物雷同，故事情节相似，朝代不同而已。

愿天下有情人终成眷属。两千多年前，临邛上演的这出私奔，自由恋爱的一场千古风流韵事，被司马迁抖个底朝天。

卓文君到成都方知，除去车马撑门面，相如家中一贫如洗，吃了上顿没下顿。临邛那边，老丈人卓王孙正在气头上，发誓赌咒分文不给，打死不认这个穷酸女婿。

衣食无着，烦恼中文君灵机一动：已经到了这一步，索性撕破脸，看看谁怕谁！

招呼起相如，去至临邛，当街卖掉车马，盘酒肆一间。铺子开张，小两口抛头露面：文君梳妆打扮，亲自站柜台卖酒；相如系一条围裙，跑堂打杂。

卓家千金当垆卖酒，满城轰动，人人争看稀奇。屋后井水也凑趣，文君汲来酿酒，绝好。文君当垆卖酒并非传说，文君井不远处，今天依然开酒厂，产品即名"文君酒"。不信闻一闻，空气中，散发着淡淡酒香。

舆论哗然，丢人又现眼，这下轮到卓王孙烦恼。闭门家中，拍桌子打板凳，气得团团转。情景再现，巴适还数川剧。且看戏台上，气急败坏的卓王孙，跳起双脚干号："咄——死女子，安心臊我的皮哟！"

随即，一个高难度动作"倒硬人"，只听"啪"的一声脆响，身子直挺挺往后倒地上。

亲朋好友见状，轮番劝说："木已成舟，此事无法挽回。相如虽贫穷，

第八章 三个知音

今人想象中的卓文君临邛酒舍场景

卓文君临邛
当垆卖酒

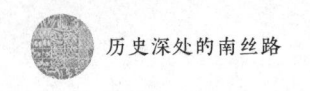

好歹算个人才,何况又是县令的贵客,何必这般羞辱他!"

栽女儿手中,卓王孙自认倒霉,分给文君奴仆一百人,钱上百万。

莫怪卓王孙怄气,一辈子生意场上稳赚不赔,唯独这次栽了跟斗,找个穷女婿倒贴钱财。

二 治国干才

文君计谋得逞,小两口一路笑眯眯,折返成都。腰包里有的是钱,郊外置田地,城内买宅院,日子过得比蜜甜。名士风流,宅院一旁起高台,取名"琴台"。

世远年陈,宅院及琴台,消失在历史的烟尘中。回眸过往,这些年成都新修琴台路,路口牌楼古色古香,上书四个鎏金大字:琴台故径。道路两旁,房屋雕梁画栋,《凤求凰》等雕塑构思新颖,百年历史的梨园飘出川腔雅韵,百花潭、青羊宫、文化公园散布周边。

宅院与琴台,两汉史料查无出处。直到六百年后,方有蜀人李膺的《益州记》,提及相如旧宅。

李膺有才智而长于言词,官至南朝梁太仆卿,任益州别驾期间,写下《益州记》三卷,记录蜀中名胜古迹、山川地貌等。《益州记》亡佚,幸好唐宋文人有心,在《艺文类聚》《初学记》《太平寰宇记》等书中,摘录了部分内容。这些内容可见,即便李膺那个年代,相如旧宅已严重损毁。

梳理下来,涉及相如旧宅,上述古籍所记方位大体相同,如:《艺文类聚》记载:城西二百步,得相如旧宅,今海安寺有琴台故墟;《初学记》记载:相如宅在州西笮桥北百许步,有琴台在焉;《太平寰宇记》记载:

第八章 三个知音

成都市琴台路，司马相如奉诏赴长安前的居住地，今有"凤求凰"主题雕塑，被誉为"成都最浪漫的古街"

琴台院，以相如琴台得名，在城外浣花溪之海安寺南……

参照这些记载，相如旧宅大致位于百花潭、青羊宫、文化公园这一带。其中笮桥，乃成都最早一座索桥，建于李冰出任蜀郡守之前，连接城南的流江。相如宅院，相距这笮桥，也就百步之遥。

大隐隐于市，与世无争独善其身，闲逸潇洒一晃几年。直到有一天，敲门声急促，喜从天降。蜀郡太守登门，传话：天子下诏，着司马相如即刻进京，询问汉大赋事。

当今天子，乃是汉武帝刘彻，相如的第二个知音。

继承大统的刘彻不同于父皇，除了是雄才伟略的政治家，还钟情于文学，倡导辞赋。留下的诗不多，仅八首，但绝非泛泛之作。代表作《秋风辞》，语言清丽明快，意境优美，照录如下：

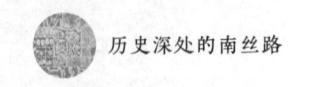

> 秋风起兮白云飞，草木黄落兮雁南归。
> 兰有秀兮菊有芳，怀佳人兮不能忘。
> 泛楼船兮济汾河，横中流兮扬素波。
> 箫鼓鸣兮发棹歌，欢乐极兮哀情多。
> 少壮几时兮奈老何！

一首诗，让读者难以忘怀，让文人深受启发，让诗论家击节称赏，汉武帝做到了。刘彻文学造诣几何，我说了不算，文学大师鲁迅在《汉文学史纲要》中，评价公允：

> 缠绵流丽，虽词人不能过也！

鲁迅发话，再无人说长道短。

除了写诗，汉武帝也作赋，喜欢读名篇佳作。知道司马相如，就因为一篇奇文——《子虚赋》。不同过往，这赋构思奇巧，子虚、乌有、无是公三人的问与答，引得汉武帝浮想联翩。

文中道，楚王派子虚为使节，前去齐国。齐王显摆齐国地大物博，调遣众多士卒和车马，邀约上使者，浩浩荡荡去打猎。

狩猎毕，子虚前往拜访乌有，恰巧无是公也在场。相互问答间，子虚说齐王接连发问：楚国也有供游玩打猎的平原广泽吗？楚王游猎与我相比，谁更壮观？

不甘示弱的子虚，开始夸耀楚国云梦泽的广大，楚王田猎场面的壮观，怕是齐国比不上。乌有实在听不下去，批评子虚，不称赞楚王的德行，反倒是宣扬奢靡享乐，这么做不应当……

汉武帝爱不释手，称赞《子虚赋》大手笔，文采华茂场景恢宏。话音未落，摇头长叹："此人才华卓著，朕深感遗憾，不能与之同一时代！"

恰好狗监杨得意，躬身一旁服侍，汉武帝这番感叹，随风飘过。杨得意成都人，少时与相如比邻而居，穿开裆裤那会儿，两人就是玩伴。十来岁移居长安城，长大后喜欢结交官场中人，在这些人的提携下，一步步往上爬，刚升官当上狗监，负责管理皇帝的猎犬。见此机会，上前跪倒在地，回道："臣听同乡司马相如说，这赋出自他的笔下。"

汉武帝十分惊讶，国家出了旷世奇才，自己浑然不觉。吩咐下去，着杨得意安排，即刻宣司马相如入京。一篇文章，改变一个人的命运，根据正史记载，司马相如算是第一人。

厌倦官场，逍遥自在的司马相如，再度亢奋起来，收拾行囊，施展抱负进京面圣。

成都北门，一条驿道通长安。十里外的升仙水，而今之沙河，架有木结构的升仙桥，一旁是送客观。送客观前，依依不舍别过文君，相如转身过桥。哭泣声隐约，回首望，那厢泪飞如雨。折返娇妻身旁，当着送行亲友的面，相如握笔在手，桥柱留下豪言壮语：不乘高车驷马，不过汝桥！

古代马车有讲究，两马并驾一车是"骈"，驾三马称"骖"，驾四马方称"驷"，供显贵者乘坐。司马相如志向，由此可知。

题毕，昂首扬长而去。

这一过程，太史公没写入《史记》，倒是唐代诗人岑参路过升仙桥，追思先贤，留下诗云：长桥题柱去，犹是未达时。

司马相如入京，汉武帝召至上林苑，论及辞赋，平日的威严无影无踪。君王礼贤下士，氛围轻松。向来口吃的相如，居然应答流畅，坦言《子虚赋》亲手书就。继而奏道："这赋只写诸侯之事，不值一看。倘若允许，我即刻续写天子游猎盛况，完后进献陛下。"

明代画家仇英笔下的《上林图卷》局部

现场作赋,这话说大了吧?将信将疑的汉武帝,命令尚书备下笔和木简,且看相如是真才实学,还是信口开河。

彰显才华,相如沉心静气,接着《子虚赋》往下写,内容相互衔接。

听罢子虚和乌有对话,无是公微笑着说,你们都错了,要讲场面的浩大壮丽,非天子的上林苑莫属。紧接着文笔一转,如行云流水,大肆铺陈上林苑的宏伟,天子射猎的盛举……果然气势磅礴,世所罕见。齐、楚诸侯之事,与之相比,根本不值一提。

道尽奢华阔绰,结尾来了个讽谏,主旨一下子归结到节俭,规劝君王戒奢以俭,民富国强,以图千秋大业。

至于赋名,既然渲染上林苑,索性落下三个字:《上林赋》。

结构宏大,场面雄伟壮观,辞藻尤其华美,大汉王朝风貌跃然纸上。汉武帝笑逐颜开,啧啧称赞,一口一个奇才。掉头交代,司马相如封郎,赐府邸一座。

欢天喜地,成都接来卓文君,再聚首,夫君已名动京华。

当然啰,这回不再充当侍卫,而是随侍左右,负责审核和润色重要文书。汉武帝没看走眼，相如的确奇才一个。四百年间，汉赋独领风骚，领军人物司马相如，作品登峰造极。后人作赋，多模拟其风格和手法，无出其右者。

西汉末期，同是成都人的辞赋大家扬雄，做出如此评价：长卿赋不似从人间来，其神化所至邪！诗坛巨星李白，也毫不掩饰对司马相如的崇拜，《秋于敬亭送从侄耑游庐山序》中，起笔便追忆"余小时，大人令诵《子虚赋》，私心慕之"。

窃以为，虽然文章如日中天，但辅佐汉武帝，妥善处理巴蜀、西南夷各种矛盾，同样值得引以为豪。

朝中为官数载，巴蜀那头出了问题，告急文书雪片般飞来。

起因在唐蒙，整治五尺道急于求成，调动蜀郡、巴郡上千官兵出征，上万百姓沿途转运粮草。不听招呼、懈怠公务的官员，动辄采取极端手段，按战时法处决。僰道县令，就因为调度无方，修路不卖力，被唐蒙处以极刑。临刑前，县令哀号："为官蜀地，没见过成都啥模样。"唐蒙开恩，押解成都砍头，了其愿。

"思都邮，斩令头"民谣，即出于此。

官员和百姓惊恐万状，怨声载道，巴蜀动荡不安，骚乱出现。

汉武帝震怒，派谁前去安抚？俯视朝堂，文武百官里面，非司马相如莫属。既是成都人，熟悉地方情况；又是蜀地首富女婿，容易进入角色，协调各方面利益。

临走有交代，一要训斥唐蒙，二要宽慰巴蜀百姓，让所有人明了，一切绝非皇上本意。惹出这么大的麻烦，没派级别高于唐蒙的官员，仅安排一介文人前往，可见汉武帝知人善任，洞悉相如深藏不露的治国才干。

真个人如其名，司马相如一扫文士风雅，展现出蔺相如般的果敢，调解矛盾的技巧。肩负重任，星夜兼程，第一时间赶赴巴蜀，查明情况，

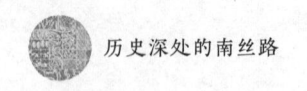

迅速处置。

首先,招齐地方官员和耆宿,代表皇帝痛责唐蒙。赓即,发挥特长,书就《谕巴蜀檄》,摆事实讲道理,恩威并施。

檄文晓喻蜀中父老,唐蒙只负责出使西南夷地区,招抚各部族归顺,没有动武的权力。动用战时法令杀人,调遣数万人转运粮草,纯属唐蒙滥用职权,并非皇上本意。接下来义正词严,指出被征招的人有的逃跑,有的自相残杀,没有遵守臣下应有的操守,如今被判刑被砍头,也纯属罪有应得。结尾,相如用忠君爱国、立功受奖、封妻荫子等慰勉的话语,鼓励巴蜀官员和百姓,全力履行作为臣下的责任。

皇帝肯定不会错,决策英明正确。错在唐蒙,当然还有巴蜀官员和百姓,理解上意有偏颇。一篇檄文,各打五十大板,化解矛盾平息事端。

檄文快马加鞭,急传至各县各道,巴蜀百姓奔走相告,无不赞颂汉武帝爱民如子。

事情办得漂亮,汉武帝非常满意。恰在此时,零关道方向的邛、筰部族首领,派使者进京,恳请归顺汉朝,希望能像夜郎那样委以官职,获得丰厚赏赐。

汉武帝召见相如,询问高见。相如回禀,相比夜郎等南夷部族,西夷的邛、筰、冉、駹距蜀地近得多,道路容易打通。何况开发较早,秦朝设置郡县,与蜀地交往频繁,可惜汉朝初年国力薄弱,被迫废弃。如今,收复边地的机会到了,理当重开道路,建立郡县。

说得在理!公元前一三〇年,汉武帝拜相如为中郎将,手持符节,招抚邛、筰、冉、駹等部族。朝廷拿不出钱,一切开销,包括馈赠各部族的财物,摊派巴蜀方面。

奉旨南下,第一站蜀郡成都。天子使节,侍卫簇拥,旌旗招展,驷马高车中,端坐司马相如。家乡人如此露脸,蜀郡百姓引以为傲。大小

第八章 三个知音

官员,升仙桥边恭候,围观者云集。那排场非比寻常,《史记·司马相如列传》如此言道:

至蜀,蜀太守以下郊迎,县令负弩矢先驱,蜀人以为宠。

再过升仙桥,天遂人愿,果然衣锦还乡,如同岑参诗中所写:及乘驷马车,却从桥上归!

宋朝,升仙桥毁于洪水。好在,成都知府京镗募集资金,重建石桥并取司马相如长桥题柱韵事,更名驷马桥。其后,屡毁屡建,木桥变石桥,再变钢筋混凝土大桥。唯有驷马桥名称不变,究其缘由:历史文化内涵丰厚。

一路行来,已是临邛地界。世事难料,卓王孙瞧不上眼的穷酸书生,居然成了皇帝的近臣。好个卓王孙,毫不尴尬,昔日事只当没发生。操的是脸皮厚,紧贴县令身边,一个劲吹嘘自己有眼力,早看出是个乘龙快婿。

南丝路道旁,汉阙镌刻高车驷马,伍伯前导,后有骑卒紧跟,司马相如奉命巴蜀、西南夷,必是这等气派

临邛古城濒临南河，司马相如由此渡河出使西南夷

这边前呼后拥进县衙，那边卓王孙牵牛担酒找上门，说是传舍去不得，自家女婿不回自个儿家，会让外人笑掉大牙！

招架不住，温文儒雅的相如，只好向一众官员说抱歉，出城拐进老丈人的私家园林。偌大一个卓府，张灯结彩大摆酒宴，临邛有头有脸的人物悉数到场，为相如接风洗尘。

酒至半酣，卓王孙巴结女婿心切，高举酒杯当众宣布：再给文君一份丰厚的财物，使其同儿子所分均等。

一笑置之，司马相如踏上零关道，去完成天子托付。顶风冒雪，各部族首领逐一拜会，转达大汉天子仁爱之心，接受内附请求，赐予丝绸等礼品。

以诚相待，不费一兵一卒，各部族口服心服，《史记·司马相如列传》为此再书一笔：

第八章 三个知音

邛、筰、冉、駹、斯榆之君皆请为内臣。除边关，关益斥，西至沫、若水，南至牂柯为徼，通零关道，桥孙水以通邛都。

孙水上架桥，因地制宜，必然藤桥无疑。这孙水，便是前面几次提及的安宁河。

奔腾不息的安宁河，发源于牦牛山脉的小相岭，属雅砻江的一级支流，由北向南穿行于大凉山、牦牛山之间，流经冕宁、西昌、德昌、米易等县市。奔腾不息的安宁河，冲击出一个个坝区，最大的西昌平原，面积数百平方公里。这些坝区，气候好雨量充沛，土地肥沃物产丰富，几千年来都是民族迁徙的走廊，南丝路的必经之地。有一首歌谣，曾听刘弘这么唱来：

安宁河水暖洋洋，高山峡谷好风光。麦苗青青菜花黄，五谷丰登稻米香。

末尾一句，我深有体会。想起少年时，遇上三年自然灾害，每月凭票供应的大米，全靠县粮食公司从西昌调拨。

规模庞大的使团，沿途筑路、架桥，拆除关隘，开通灵关道，邛、笮、冉、駹、斯榆等部族君长臣服……读着司马相如的一道道奏表，汉武帝那表情，太史公这么表述：天子大说！

高兴归高兴，相如出使期间，不好的苗头显露。蜀地有影响的长者，还是认为开通西南夷没用，朝廷中，也有大臣明里暗里支持。

面对争论，汉武帝陷入沉思。相如亦处于两难之间，不知如何表态。

上一次，处理巴蜀不满情绪回长安，扰民过多与耗资巨大问题，相如曾悄悄奏报。提议采取妥善方式，既能减轻巴蜀百姓负担，又能实现开通西南夷的目标。

吃透汉武帝秉性，相如反复权衡，认为不便直接劝谏。既如此，倒不如变个花样，采取文章的形式，以蜀中父老语气提出问题，自己来反诘非难对方，借此提出忠告。

一篇《难蜀父老》，表现出政治家的高瞻远瞩，提问与应对之间，以理服人循循善诱。

针对蜀中父老"通夜郎之途，三年于兹，百功不竟，士卒劳倦，万民不赡。今又接以西夷，百姓力屈，恐不能卒业"等诸多责难，司马相如指出，如果按照蜀中父老的说法，对待西南夷像拴牛套马那样，采取羁縻政策就行了，用不着劳民伤财去开化他们。那么，过去也称之蛮夷的巴蜀，如果坚持"蜀不变服，巴不易俗"，就不会有当下的发展变化。

至于经略西南夷，事关汉朝威德广布。各部族的民众，盼望大汉皇帝的恩泽，有如枯干的草木渴望天降雨露。如今，开通灵关道，在沫水、若水设关口，以及孙水上架桥，就是开辟将恩德向远方传播的通道，落实汉武帝战略部署。

四海归心，天下太平，这是朝廷要建立的不世奇功！不世奇功怎样完成，司马相如铿锵有力地道出：

横断山脉，司马相如走过的藤桥，远比照片中这桥简陋

盖世必有非常之人，然后有非常之事；有非常之事，然后有非常之功！

这个非常之人，臣子们不敢自诩，当属汉武帝；非常之事，当数开通西南夷；非常之功，当是西南夷道终成利国利民。类似的话，汉武帝也讲过，即前面提到的"盖有非常之功，必待非常之人"。

欣赏相如的直言不讳，毫无书生之见，文辞犀利据理力争，阐明开疆拓土、治理民族地区的真知灼见。

司马相如何等巧妙，应对绵里藏针；汉武帝何等睿智，一点即明。既然天降大任，那就当仁不让，去奠定中华之基业吧！

经略西南夷，汉武帝知人善任，两次派出文人司马相如。

一介文人，表现出高超的政治智慧，居中调停化解矛盾。《谕巴蜀檄》《难蜀父老》两篇文章，兼顾国家大局、百姓利益，摆事实讲道理，消除各方愤怒与不满，其政治影响远超文学价值。

历史证明，处理百姓矛盾和民族问题，司马相如是高手。事关国家大一统格局的西南夷问题上，相较于同时代的政治人物，站得更高，看得更远。

三 子虚乌有的婚变

司马相如人生路，司马迁接着往下写，一点不吝啬笔墨，以致成为《史记》七十篇列传中最长的一篇。

辞赋出类拔萃，巴蜀、西南夷事处置得当，汉武帝面前甚是得宠。

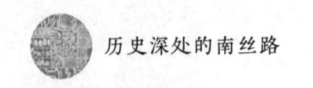

木秀于林，风必摧之。不久，朝中发生蹊跷事，有人上书举报，说相如出使期间收受贿赂。查无实据，却也失掉官职。

这般栽赃，司马迁实在看不下去，《史记·司马相如列传》中有意挑明：

> 与卓氏婚，饶于财。

话不长，够分量。卓王孙疼爱当官的女婿，钱不是问题，遑论相如人品，岂是贪图财物之辈。

问题出在经略西南夷，背后暗流汹涌，以公孙弘为首的一帮大臣，时不时冒出反对声。汉武帝要干的事，谁也无法阻挠，只能拿经办人出气。相如既然挺上心，随便找个由头诋毁一下，出口恶气。

赋闲一年多，真相大白，汉武帝将其召回，官复原职。

只是口吃之外，相如消渴症加重，整天无精打采。加上遭人诬陷，吃了个哑巴亏，厌恶官场的尔虞我诈，没心思同公卿们一起商讨国事。

不想干，借口调养身子，躲到长安郊外的茂陵邑家中，图个清静。

想逃避也难，汉武帝记挂他。是年寒冬，摆驾长杨宫（上林苑离宫之一）狩猎，点名相如陪驾。天子逞强，纵马飞驰追逐野兽，亲自击杀熊和野猪……君子不立危墙之下，何况万乘之尊，相如忍不住上《谏猎疏》直言：

> 夫轻万乘之重不以为安，而乐出于万有一危之途以为娱，臣窃为陛下不取也。

汉武帝点头赞许，夸司马相如所言极是。

第八章 三个知音

返程途中，路过秦离宫之一的宜春宫，竹木茂密景色如画，过小山涉急流，迎面秦二世胡亥墓地。殷鉴不远，相如为警示汉武帝，即兴作《哀二世赋》，议论精辟，振聋发聩。且摘录几句：

持身不谨兮，亡国失势。信谗不寤兮，宗庙灭绝。呜呼哀哉！

其后，觉察相如隐退之意，汉武帝亦不勉强，反倒遂其心愿。一道圣旨，给了个闲差事——孝文园令，负责汉孝文帝陵园管理。除应汉武帝之召，入宫探讨汉赋外，与世无争的日子，过得悠哉游哉。

谈论中，汉武帝总爱赞美子虚之事，相如看出皇上痴迷仙道，乃作《大人赋》。赋中"大人"隐喻天子，扶摇直上遨游天庭，周旋于真人、神仙之间，拜访尧舜和西王母……

读罢，汉武帝那表情绝了：飘飘有凌云之气，似游天地之间意。

以后的日子，相如身体每况愈下，很快卧床不起。公元前一一七年，汉武帝闻知相如病入膏肓，担心他的

文君井内，一座建筑别具风格，悬挂的"琴台"二字，寄托着临邛人对相如、文君的怀念

文君井园林一侧，抬头即见杜甫的《琴台》

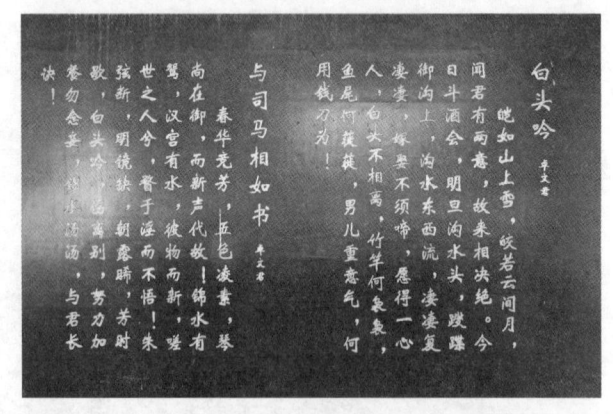

读《白头吟》，可知卓文君对司马相如的一往情深

汤显祖《相如》诗，陈列于文君井庭院

文章散失，赶紧交代宠臣所忠，取来交宫中藏书处保存。

所忠赶至，相如已然仙逝，家中空荡荡。

询问文君方知，长卿写好的东西，别人立马就取走，无有留存。好在，长卿临死，专门书就一篇文章，交代如使者来取，就请其转呈天子。

所忠回朝复命，献上文章。汉武帝很惊异，展开一看，却是《封禅赋》，通篇一个意思，封禅事可行。

几年过后，汉武帝登上泰山之巅，举行封禅仪式。

相如文章，《史记·司马相如列传》结尾，太史公打了个总结：

> 相如虽多虚辞滥说，然其要归引之节俭，此与《诗》之风谏何异！

赋中奥妙，太史公一语道破：继承《诗经》"兴观群怨"，歌功颂德中不忘讽谏，虽仅仅"劝百讽一"，却也难能可贵。

斯人已矣，后世冒出好事者，挖空心思编排，弄得绯闻满天飞。说你有你就有，没有也有，相如、文君难逃流言蜚语。

始作俑者，东晋人葛洪。道家、炼丹家、医学家的葛洪，居然喜好文学，根据西汉末期刘歆遗稿，辑成笔记小说《西京杂记》，专门搜罗西汉奇文异事。西京即长安，当时的人都这么叫。

《西京杂记》所记，可见这么一段：

> 相如将聘茂陵人女为妾，卓文君作《白头吟》以自绝，相如乃止。

学者眼中，《西京杂记》类似小说，不足采信。但编故事的人，以此

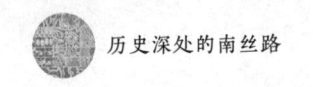

为依据，说得有鼻子有眼，几个版本同时流传。

其中之一，说相如发迹后，身份尊贵又写得一手好文章，身边不乏貌美如花的女粉丝。时间一长，饱暖思淫欲，看中茂陵邑一女子，欲纳为妾。

天底下没不透风的墙。风闻此事的卓文君，抚今忆昔潸然泪下，急就《白头吟》一首，内中两句爱恨交织：闻君有二意，故来相决绝。愿得一人心，白首不相离。

好个卓文君，当年有勇气私奔，今朝敢于"休夫"！

司马相如如铁了心，回复不沾文气，只有一连串数字：一二三四五六七八九十百千万。啥意思？普通人懂不起，文君一看全明白："无亿"者"无忆"也，夫君通过这串数字，暗示对过往的恩爱，已无记忆。

说白了就两字：分手。

文君不会沉默，以《怨郎诗》作答。《怨郎诗》构思奇巧，借用相如信中数字，逐一递增而后递减，真情实感唤醒梦中人。忆当年，相如羞愧难当，绝纳妾之念，夫妻和好如初。

于我看，几首诗古籍无记载，又颇具民国年间诗歌特征，文言文夹杂现代口语，不过是伪作罢了。再说司马迁笔下，卓文君仅"新寡、好音"，诗文如何，绝口不提。

两人的真情实爱，一旁杜甫挺身而出，《琴台》诗中有话说。唐肃宗时期，寓居成都的诗圣，专程琴台遗迹凭吊。天边，暮霭碧云，追怀而又羡慕相如、文君琴心相结，终老不渝；脚下，野花蔓草，空有琴台斯人远逝……顷刻间，恣意飞扬的思绪，化作感怀万千的诗句：

茂陵多病后，尚爱卓文君。

酒肆人间世，琴台日暮云。

> 野花留宝靥，蔓草见罗裙。
> 归凤求凰意，寥寥不复闻。

　　起句即见，相如不负知音，晚年与文君相濡以沫。临邛人，当然认同诗圣高见，镌刻《琴台》词句，镶嵌文君井。

　　相如够幸运，连遇知音。

　　因了琴音寄情，文君成知音，心有灵犀佳偶天成；因了《子虚赋》，汉武帝成知音，君臣际会拓展南丝路。

　　知音之说非我个见，出自明代戏剧大师汤显祖。除了《牡丹亭》《邯郸记》等剧本外，大师留有上千首诗词，其中一首《相如》，如今镶嵌文君井碑林。诗中言道：

> 知音偶一时，千载为欣欣；
> 上有汉武皇，下有卓文君。

　　汤显祖高人一筹，点出司马相如千古留名，幸遇两个知音。其中汉武帝，不仅欣赏相如赋作，更能知人善察，发挥其政治潜能。

　　不过，我怎么琢磨，也感觉目光如炬的汤显祖，似乎看漏一个，那就是司马迁。二十多岁时，司马迁入仕为郎中，过后几年，司马相如方才离世。年代上看，两人相差无几，就算未曾同朝效命，也都居家茂陵，对相如应该知根知底。

　　退一步，即便二人从未谋面，但对相如人品与文章，司马迁能够深刻理解，做到正确评价，实在难能可贵。试想，少了这个知音慧眼识珠，少了《史记》的浓墨重彩，后人知道司马相如多少，确实是个大大的问号！

文君故里蒙蒙细雨，无尽往事，萦绕脑海

相如、文君喜结良缘，当年朝野上下传为美谈，故事跌宕起伏一波三折，颇具传奇却又是真实的存在，必然引起司马迁关注。当然，太史公爱憎分明，疾恶如仇，假设相如喜新厌旧，《史记》少不了记下这一笔。

这一笔不存在，婚变之说，当然也就子虚乌有。

回看中华五千年历史文化，爱情故事数不清道不完，唯有司马相如遇到知音，琴挑文君、星夜私奔、当垆卖酒等风流韵事，就这么堂而皇之载入正史，成为才子佳人戏曲与小说的滥觞。待到元、明戏曲，重要题材来源之一，便是《史记》。

史家绝唱《史记》，从头到尾翻遍，男女情爱完整版，独此一篇。其他晋文公与季隗、姜氏，齐襄王与太史敫的女儿，西楚霸王与虞姬，通通不过寥寥数语。

再查后世历朝正史，获此殊荣者，也仅司马相如、卓文君，算是前无古人后无来者。

凡此种种，无不说明司马迁这个知音，不可或缺，也当之无愧！

第九章

千秋太史公

一　读书与游历

话到这份上,想必大家都清楚,另一位复姓司马者,必是司马迁无疑。

说到司马迁,还得绕回那本连环画——《卓文君》。

忆起小时候的一天,我从小人书铺子出来,司马相如和卓文君故事,始终脑海萦绕,挥之不去。只因年幼无知,难以分辨真假,回家追着父亲问。父亲哈哈一笑,说确有其事,小人书里的那些事,出处就在《史记》。

打开楠木书柜,父亲抱出另一部《史记》,中华书局一九五九年出版。翻开首页,指着编辑部那"出版说明",字正腔圆读来:"《史记》原名《太史公书》,司马迁撰。司马迁字子长,汉左冯翊夏阳(今陕西韩城市)人⋯⋯"

父亲叹口气,补上一句:我学的历史,教的也是历史,却无缘去一趟陕西韩城,司马迁墓前膜拜一番,算是人生一大憾事!

我年幼无知,听了老半天,《史记》之外,又记住一个名字——司马迁。临了,傻乎乎地望着父亲,搞不懂为何一下子喜悦,一下子又郁闷。

长大才明白,那个年代的人收入低,除因公出差,几乎没有离开家乡外出的机会,更没有旅游这个概念。父亲了却心愿,已是一九八五年退休之后,还真就携上我的母亲,将文物大省陕西游个遍。司马迁祠前,父母的彩色合影照片,可见父亲一脸肃穆。

脚跟脚,为考察历史文化,我也来到古都西安。工作之余,独自坐长途客车,赴撤县设市没两年的韩城市。

走过长长的甬道，便是司马迁祠第二道山门。虽经历代修缮，但山门宋代建筑风格尚存，门楣高挂"史笔昭世"匾额

司马迁亲自认定的故里韩城，在《史记·太史公自序》里面说得一清二楚：迁生龙门，耕牧河山之阳。龙门者，坐落于韩城市与山西河津市之间，横跨黄河两岸。因地势壮观，故清乾隆《韩城县志》云："两岸皆断山绝壁，相对如门，惟神龙可越，故曰龙门。"传说中，龙门山乃大禹开凿，所以又称"禹门"。

其后，《史记》三家注中（南朝宋裴骃《史记集解》、唐司马贞《史记索隐》、唐张守节《史记正义》的合称）的司马迁籍贯，均认定系今陕西韩城人。

我受父亲的影响，大学期间，在"古代汉语""中国通史""中国古代文学"等专业方面下了大功夫。还特意买了一部《史记》，重点内容红笔勾画，细细推敲琢磨。我经过几年废寝忘食，解惑了我父亲对于司马迁的五体投地：司马迁其人学识登峰造极，史学、文学相得益彰。

韩城地界，在108国道一侧，荒原深处，一条古道蜿蜒穿梭。北宋年间铺砌条石地路面，凸凹不平车辙深深，千百年间人来车往。古道幽寂，尽头牌坊一座，题"高山仰止"四字，坡上即司马迁祠。

头一次就印象深刻，后来再去陕西，总不忘去司马迁祠走一圈。大略去的次数多，感动了太史公在天之灵，脑海中那个虚幻的形象，开始若隐若现。

韩城市芝川镇韩奕坡，虽无南丝路上巍巍群山的雄浑壮美，却也绝非关中那光秃秃的黄土塬。于我看，恍若华岳飞来峰，秀美又壮观。东临黄河，西眺梁山，司马迁祠沿山脊而建，周遭苍松翠柏，还真就气势不凡。

究其历史，可追溯至西晋永嘉四年（三一〇年）。当时，景仰司马迁的汉阳太守殷济，东挑西选，相中芝川镇东南一山冈，建墓立碑。这不，时隔一百多年，北魏郦道元慕名而至，一路所见录入《水经注》。尊崇司

沿山坡向上，清康熙年间的砖木结构的牌坊建于甬道，坊额题"高山仰止"

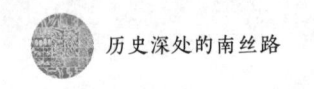

马迁,爱屋及乌,郦道元的几句话,被我背得滚瓜烂熟:

  墓前有庙,庙前有碑。西晋永嘉四年,汉阳太守殷济瞻仰遗文,大其公德,遂建石室,立碑树桓。

  其后,历代多维修,不至湮灭。尤其近些年,作为国家重点文物保护单位,司马迁祠扩建不断。而今望去,设施完善景点增添,荒坡建广场,祭祀大道绿树成荫,司马迁青铜塑像儒雅传神。登山道,我是一秉虔诚,过石桥进山门入得牌坊,瞬息间穿越千年时空,倜傥非常之人司马迁,如见其人如闻其声……

  公元前一四五年,即汉景帝中元五年,有那么一天,左冯翊夏阳(今陕西省韩城市芝川镇华池村)司马谈家中,一男婴呱呱坠地,取名司马迁。小男孩聪明伶俐,又是独生子,父母倍加疼爱。司马迁年少时,司马谈出任太史令,成为汉武帝臣属。由是,东汉史学家班固在《汉书·司马迁传》中,这么记来:

  太史公既掌天官,不治民。有子曰迁。

  天官属皇帝近臣,时常出入宫禁,记录并评价天子言行。圈外人认为光宗耀祖,实则俸禄微薄,同僚们不屑一顾,更不被皇帝放眼里。继任太史令的司马迁,亲身体会个中滋味,《报任安书》中比喻恰如其分,读之让人潸然泪下:

  文史、星历,近乎卜祝之间,固主上所戏弄,倡优畜之,流俗之所轻也。

第九章 千秋太史公

司马迁的感触，这段文字暴露无遗。虽然被人瞧不起，但对待这份差事，自己的父亲很是上心。不计较的司马谈，自有鸿鹄之志，一门心思想借汉朝兴起之机，将中断几百年的修史传统重新恢复，撰写一部国家的历史文献。

家眷留夏阳，独自栖身长安，一门心思，投入前期准备事项。

这场景，如我早年所见，应是文物部门煞费苦心，保留古迹原貌

司马迁先祖"世典周史"，担任周代的史官，亦是司马家族最荣耀的事，《史记·太史公自序》少不了这一笔。后世枝分叶散，去往秦、卫、赵诸国，出类拔萃者居多，秦国大将司马错为其一。后来国家一统，先辈中有秦朝主管冶铸铁器的，有汉朝负责长安市场的……一句话，司马家族基因好，能文能武，天生就是当官的料。

再下来，家道中落，待到司马谈成家立业，已沦为小户人家。幼年司马迁，不得不帮大人干活，春耕夏收之外，还得要放牧牛羊。缺钱，但书香世家不缺书，屋子里堆满竹简。家学渊源，跟着父亲学会识文断字，每日里手捧竹简埋头攻读，里面的记载让人着迷，司马迁是废寝忘食。

牵牛赶羊的牧童们，或短笛吹响，悠扬舒缓飘向远方；或吼出民谣，粗犷高亢天地激荡。司马迁不然，倒骑牛背手不释卷。日复一日年复一

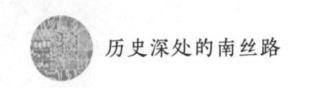

年，天资聪颖外加勤奋好学，诵读起先秦古籍和典章，那叫一个流畅。

此子必成大器！京城供职的司马谈，收悉夫人家书，喜不自胜。既然孺子可教，务必拜名师授业解惑，将来子承父业。

司马谈大主意拿定，赓即回信让家里人搬来，定居茂陵邑显武里的赵村。

那些年，长安多大家。汉武帝继位之初，为了推行改革，亲自书写求贤诏令，天下精英接踵而至。人才荟萃，推动各方面发展，西汉王朝，进入鼎盛时期。物以类聚，人以群分，司马谈的社交圈，以读书人居多，且各有所长。

师高弟子强，艺多不压身。司马谈崇尚道家，按自己的思路，安排司马迁先向精于星象和方术的唐都学习天文，再聆听精通易经的杨何解读《周易》，然后求教专攻黄老之术的黄子……

这边孜孜不倦，那边风水轮流转。强化中央集权，汉武帝废黜百家、独尊儒术，抛弃文帝、景帝信奉的黄老之道。顺应趋势，司马迁转而研

追寻司马迁游踪，千年易逝，湘江旧貌换新颜

习儒学，师从大儒董仲舒学习今文经学，后期又拜在经学家孔安国门下，专攻古文经学。

道家学说的洗礼，儒家思想的熏陶，外加父亲指点博览群书，翩翩少年出落成青年精英，才华出众。

关中汉子性格豪爽，司马迁并非书呆子，闲暇之时爱转悠，逛完茂陵邑再逛长安，交朋结友，拓展视野长见识。

茂陵邑这名称，大有来头，出自汉武帝那座茂陵。茂陵所在地原名茂乡，汉朝时属槐里县（今陕西兴平市）管辖，因有瑞兽出没而被汉武帝相中，金口一开作为自己未来的皇陵。

说干就干，公元前一三九年，茂陵修建拉开序幕。不仅投入几万工匠和民夫，还遵循汉高祖的陵邑制度，配套设置了茂陵邑，拥有类似县级地方行政组织的管理权限。初见规模，汉武帝兴致勃勃，吩咐摆驾茂陵，看罢很不爽。甜头早就给了，设置陵邑之外，还赏赐"徙茂陵者户钱二十万，田二顷"，可就是响应者不多，显得冷冷清清。既然不识抬举，那就采取措施强行迁徙，让茂陵人气旺起来。一道旨意，天下巨富豪门纷纷迁入，几年工夫，茂陵邑移民二十八万，繁华堪比长安城。

明知沧海桑田，纯属了却心愿，两年前我从西安搭乘网约车，特地跑一趟兴平市南位镇的茂陵村。

村名茂陵，必是汉武帝茂陵所在。仰望茂陵，庄严大气形如覆斗，这些年保护完好。移步茂陵博物馆，陈列有周边出土文物，还有作为陪葬墓之一的霍去病墓及西汉石刻群，无一不是价值连城。难以理解，如此厚重的历史文化，游客稀少，以致连接西安市区的旅游公交专线停开。探访显武里、赵村的人，更是罕见。

显武里归属茂陵邑管辖，大致范围在茂陵村一带，这"里"乃西汉王朝设立，为乡、亭、里三级组织中最基层的单位。茂陵村有两个自然

今朝茂陵，昔日的繁华不再，唯有茂陵博物馆陈列的文物，诉说着汉武帝的雄心壮志

村：一个史村，另一个策村。赵村何在，当地人讲早就改名史村了。问及原因，有说司马迁当年在此写《史记》，有说司马迁死后葬身于此。

茂陵博物馆去往史村，网约车几分钟就到，一个村子走遍，没见着司马迁的任何痕迹。一切如我所料，时光带走了过往。显武里及赵村鲜为人知，司马迁与史村的关系存疑，茂陵邑的街巷早已化作乌有，唯见茂陵等九座皇陵拔地而起，构成黄土地上的独特景观。

透过茂陵的霸气，我感到汉武帝的招数够狠。离开原籍，富翁与豪强的经济基础被切断，经营多年的关系网不复存在，危害江山社稷的地方势力土崩瓦解。另一方面，增加了关中人口，发展了京畿经济，中央集权固若金汤。

那些年，茂陵邑藏龙卧虎，房屋和地皮价格暴涨，人来人往好热闹。整个过程，作为目击者，司马迁看在眼里。众多豪爽之人成为邻居，许多故事闻所未闻，尤其郭解等豪强，仗义行侠打抱不平，让他领悟到一种独有的侠气。

司马迁后期撰写《史记》，对董仲舒及其学说无过多评价，著述亦未具体论述；至于孔安国，也就二十来个字，一笔带过。反之，涉及郭解等人的许多故事，虽然胆大包天离经叛道，但司马迁却将这类豪强称之"游侠"，不吝笔墨，为他们扬名立万。

读《史记·游侠列传》，钦佩司马迁的特立独行，对离经叛道者的赞赏有加：

> 今游侠，其行虽不轨于正义，然其言必信，其行必果，已诺必诚，不爱其躯，赴士之厄困。

这番评价，俨然时代楷模。

从古到今，郭解是游侠的杰出代表，还是大恶之人，争论不休。更有甚者，以今天的标准苛求古人，认为司马迁对郭解的评论与赞赏，遗毒不浅，贻害无穷。此类言论，我只能淡然一笑，不敢随波逐流。

司马迁自有见地，在略写朱家、田仲等振人不赡、趋人之急的侠义后，隆重推出郭解，这位被汉武帝满门诛杀者。郭解的为人做事，透过六个故事，可知太史公对其狭义的敬慕，悲惨结局的不满和同情。

写作手法，司马迁明显超越前人。对郭解性格的把握，心理活动的诠释，语言动作的描写……我是如见其人如闻其声，字里行间，一位豪情万丈的汉代游侠，可谓呼之欲出。

其中，诸多细节描述，如"解为人短小精悍，不饮酒""吾视郭解，状貌不及中人，言语不足采者"等等，让我确信：司马迁、郭解相互认识。若非"吾视"，亲眼得见并与之宴饮聚会，怎会将郭解个子矮小，不

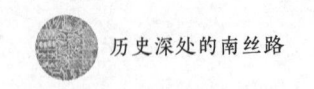

会喝酒，相貌不如普通人等等，勾勒得如此精准到位？

秉笔直书，仗义执言，冒犯天颜在所不惜……究其缘由，司马迁一生挥之不去的侠肝义胆，来自茂陵游侠的熏陶。

天高地阔，侠气伴君行。纸上得来终觉浅，弥补不足及史籍的缺失，二十岁开始，司马迁仗剑游天下，考察不同地域社会状况，了解各方风土人情。择定吉日，祭毕八方神灵和先祖，挥泪别双亲。

汉朝疆域辽阔，出于政治、军事和经济发展的需要，历经百年努力，构建出以京都为中心、辐射四面八方的交通网。其中，连接关中、江汉两地的道路谓之"武关道"，起点长安，经当今陕西省的蓝田县、商洛市，入河南省的内乡市、邓州市，再转向湖北省的襄阳市、武汉市。

第一次游历，司马迁就这么一路走来。牛车代步，虽然慢吞吞，却比马车平稳许多，扬起的尘土也少。看罢"三秦要塞"的武关（今陕西省丹凤县），再游楚国故地……

沿途多名山圣地，如《史记·太史公自序》所言"上会稽，探禹穴，窥九嶷"，以朝圣般的虔诚，寻访舜、禹二帝遗迹和传说。泛舟于沅水、湘水，则为仰慕已久的英雄、楚国诗人屈原，通过农夫渔樵之口，往事一一浮现。临别之际，汨罗江祭奠屈原，怀石投江处来回徘徊，心飞扬兮渔父舷歌声咽。

所见所闻，太史公铭刻于心，一篇《史记·屈原贾生列传》，屈原万古长存。结尾处，当年汨罗访古，可谓唏嘘不已，声声哀叹：

（余）适长沙，观屈原所自沉渊，未尝不垂涕，想见其为人。

祭罢英魂，登一叶轻舟，辞别八百里洞庭浩渺烟波，入长江顺流下江南，访吴越旧战场、春申君宫室遗迹……完毕掉头北上，一路上刘邦、

八百里洞庭，司马迁一叶扁舟，已然不见

韩信、萧何直到孔子，风云人物之历史遗存多如牛毛，如烟往事说不完道不尽……

出乎司马迁预料，"网罗天下放佚旧闻"旷日持久，转眼就七个年头，遇到的困难超乎想象。磨炼意志之外，获取大量一手资料，《史记》中五帝、越王勾践、孟尝君田文、春申君黄歇、汉高祖刘邦、淮阴侯韩信等人逸事，皆出自沿途见闻。

又见父亲，司马谈两鬓斑白，衰老一头。

二 奉使大西南

归家不久，公元前一一八年前后，司马迁被保荐为郎中，侍从汉武帝。这一差事,等同于"拿守门户,出充车骑"的郎官,年俸三百石。

想起郎官司马相如,两人职位相同,但步入仕途的方式不同,思路也截然不同。相如的父亲,为儿子前程"以赀为郎",自掏腰包,买个让人眼馋的岗位;司马迁不然,沾父亲朝廷命官的光,依照惯例,轻而易举获此殊荣。

司马相如瞧不起这份工作,认为埋没才华,拂袖而去;司马迁却看重这一差事,借汉武帝巡幸随扈,游历地方,搜集轶闻旧事。

出任郎中转眼五年,司马迁去过什么地方,不见史籍。直到南越国叛乱,《史记·太史公自序》里边,方留下这么一段:

奉使西征巴、蜀以南,南略邛、笮、昆明,还报命。

涉及地域广,牵扯大事几件,文字虽简约,却是弥足珍贵。

公元前一一二年,北方战火平息,汉武帝掉过头来,决心在南面做两件大事:其一,搞定南越国,清除岭南分裂势力;其二,西南夷变化多端,动不动闹分裂,务必尽早收入囊中。

汉武帝计划妥妥的,从南越国下手。趁第三代南越王赵婴齐过世,幼子赵兴继位,派大臣安国少季为使者,带两千人马去往番禺,宣召新王和太后长安面君,彻底臣服。安抚行不通,那就调动军

站在广州城内的越秀山,俯瞰南越国曾经的王都,被西汉军队一举拿下的番禺

队,挥师南下一举荡平。

赵兴年幼,一切全凭樛太后做主。樛太后原本邯郸人,赵婴齐还是太子时,按规矩赴长安做人质,两人就此相识。一来二去,赵婴齐迷上貌美如花的樛氏,纳为侧室,生下小儿子赵兴。后来赵婴齐当上南越王,为平衡各方势力,上书朝廷废长立幼,赵兴当上太子。樛氏女母以子贵,晋封太后。

赵兴赞同樛太后拍板,与安国少季约定上书朝廷,举国内属。关键时刻,爆出安国少季与太后的男女私情,一时间流言漫天飞,说在长安时二人就有一腿。

内部争斗旷日持久,如今矛盾激化,三朝元老的吕嘉,借机除掉赵兴和樛太后,拥立赵婴齐的长子赵建德为王。杀害安国少季及随行人员后,番禺城外四十里,吕嘉设计,围歼了朝廷两千军队。

这次行动,阴沟里翻了船,汉武帝怒不可遏。当年秋天,调动十万大军,分别由伏波将军路博德、楼船将军杨仆等率领,分五路讨伐南越。犍为郡方向,由驰义侯何遗统一指挥,征调夜郎、且兰等地的兵卒,从牂柯江直捣番禺。

且兰这个部落酋长国,与夜郎、古滇国等交界,国都在当下贵州省黄平县一带。

军情十万火急,朝廷使者不断督促,速派精锐出征。用人之际,遇到个不识时务的且兰君,担心出兵远征,周边国家乘机入侵,掳掠老弱之民。既然有顾虑,就得坦言相告,找出两全其美的办法。浑浑噩噩,不知听了谁的馊主意,起兵谋反。

叛乱此起彼伏,从南夷波及西夷,就连邛、笮等也掺和进来。汉武帝心如明镜,三十年一以贯之,集举国之力应对匈奴,至于经略西南夷,靠的是游说加丰厚的赏赐。这样做的结果,导致西南夷各部落认为朝廷

高枧汉城遗址，国家重点文物保护单位，从汉代至两晋，都是越嶲郡治所。如今地面种满庄稼，年年收成不差，可惜不知，当年司马迁莅临的府邸大堂，位于何方

软弱可欺，漫天要价不说，动辄就反叛。当然，且兰君这番举动，愚蠢至极。杀掉使者和犍为郡太守，封锁关塞，阻断交通，虽然耽误了何遗的行程，但于战局并无大碍。

公元前一一一年开春，远征岭南的汉朝将士所向披靡，长安这边汉武帝胜券在握，一路东去巡幸地方。刚走到汲县（今河南省卫辉市）的一个村子，邀功心切的路博德，派人飞马送来叛乱头目首级。获得吕嘉人头，汉武帝大喜，决定在此置县，手一划，圈出一块地盘，取名"获嘉"。两千多年过去，获嘉县至今犹存。

雄踞岭南百年的南越国覆灭，赵建德及其追随者无一漏网，属地置南海、珠崖、交趾等九郡。

心腹之患去除，赦免从军的巴蜀罪人不再南征，调头由八个校尉统

第九章　千秋太史公

领，接受新任务——剿灭且兰国。同时，参与平定南越的中郎将郭昌、卫广，带上凯旋之师，从背后夹击。一战定乾坤，斩首数万，且兰君自取灭亡，周边小国无一幸免。

远在零关道的邛君、筰侯，还没回过神，就被诛杀。手下大小头目，人人自危，争先恐后上书表忠心；西边的冉、駹等部落君长，一再恳求置吏。捷报频传，汉武帝乐得合不拢嘴。这个时间段，郎中司马迁职责所系，忙于陪驾东巡。一切来得太突然，策略需调整，包括稳定局面、受降置郡、委任官吏……

汉武帝急派能臣落实，随侍左右的司马迁，纳入视野。这就对上了司马迁所说，自己奉皇命出征巴蜀以南，深入西南夷道，经略邛、筰、昆明。

为首者是谁，同行者有哪些，不甚了了。具体使命，亦语焉不详，导致后世说法多样。其实也不复杂，梳理其间大事件，司马迁一行奉使大西南的任务，不外乎宣布汉武帝诏书，设郡置吏，接受相关部族归降，当然还有巡视所到之处。

遗存的汉代高枧城墙，虽系夯土而成，但历经两千年岁月，依然坚固如斯

上谕刻不容缓,马不停蹄从获嘉县动身,长途跋涉至巴郡转犍为郡……风尘仆仆,五尺道去零关道回,大西南绕行一圈,走过的路,远超李冰、唐蒙、司马相如。

转眼工夫增加五个郡,汉武帝收获满满:且兰及周边区域设牂牁郡,郡治在今贵州省福泉市,辖区包括贵州大部、广西西北部和云南东部;邛都为越嶲郡,治所设今西昌市东南,管辖四川西南地区和云南西北部分地区;与之相邻的筰都,改设为沈黎郡,郡治位置今四川汉源县东北,辖雅安市及甘孜藏族自治州的泸定县、九龙县一带……

汉武帝交代的差事,办得妥妥的:西南夷聚居地,多纳入汉朝管辖范围,疆域面积随之扩大,南面直抵古滇国。

司马迁是个有心人,西南夷之行还另有收获。巴蜀、西南夷向往已久,无奈地处偏远,此次天赐良机,朝廷军队护卫,跋山涉水实地踏访,为今后撰写《史记》做准备。往事值得回味,且随司马迁边走边看,梳理归纳,将散落的碎片拼接起来。

且兰故地,难解且兰君何以愚昧至此,竟然以卵击石。陪同将领分析,小邦之君见识浅短,懂不起大势所趋,乃自取灭亡。前车已覆,扼腕叹息之余,司马迁记下一笔,告诫后人。

南丝路一路走来,司马迁感触良多,深夜披衣而起,记录下白天的所见所闻

既然深入西南夷腹地,临

行天子有交代：昆明人如此嚣张，底气何来？一探究竟，抵达古滇国，专程拜会滇王离难，颂扬汉武帝威德。

从王族到部落族群，滇国多趣闻：滇部族由来，三百里浩渺滇池，一望无际的肥田沃地，先祖、楚国将军王滇往事……当然了，人尽皆知的，当数滇王妄自尊大，发出的那一问："汉孰与我大？"

发问者，前代滇王尝羌。那是在十多年前，一位汉使跋山涉水，按汉武帝旨意前往古滇国。宾主交谈甚欢之际，从未踏出国门半步的尝羌，冷不丁冒出的前面那一问。

而今西昌城，最古老的就是这座大通门，始建于明代

肤浅自负如斯？汉使瞠目结舌，好半天才缓过气来。

究其原因，皆因道路不通消息闭塞，尝羌偏处一隅，犹如井底之蛙，以为自己的地盘天底下最大。待听汉使夸耀，汉朝乃泱泱大国，疆域辽阔，人口众多，忍不住发出这么一问。

一个弹丸之地，就敢与汉朝比大小！尝善的浅见寡闻，搞得汉使哭笑不得，吞吞吐吐，几句话敷衍过去。难以置信，闹出这等笑话的人，不止一个尝羌。接下来转道犍为郡，代天子慰问夜郎王多同，居然也这么问来着。返回长安城，汉使当作谈资，逢人就讲，司马迁听在心里。

滇王发问在先，"版权"理当归其所有，《史记》如实记载，结尾不

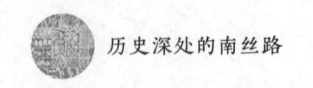

忘捎带一句：及夜郎侯（《史记》原文如此）亦然。滇王、夜郎王先后这一问，司马迁这一写，一个典故耳熟能详。孰料，不知哪个环节出了问题，作为捎带的夜郎王，来了个喧宾夺主，夜郎自大作为成语，就此世代流传。

当着离难，需顾及颜面，这个笑话姑且打住，转达天子问候，奉上丝绸、漆器等礼品。趁离难高兴，顺嘴一说：想去昆明边上瞄一眼，如何？上国使者的面子必须给，一声命下，士兵护卫径直西去，直至边地。昆明同汉朝交恶，贸然踏入，恐有性命之忧。变服诡行，切莫声张，司马迁抵近踏看。更多信息，则靠询问往来的商人、流动放牧的土著。

前方那片辽阔区域，便是昆明夷地界，东至今云南楚雄彝族自治州，西抵保山市。身临其境，再加上分析判断，《史记·西南夷列传》中，司马迁留下这样的记载：

  嶲、昆明，皆编发，随畜迁徙，毋常处，毋君长，地方可数千里。

北归走的零关道，踏入邛都地界，安宁河流域风光好，眼前景象别样。

这邛都，地处零关道中段，控制滇、笮通道，如果将成都比作经略西南夷的大本营，那么这里即为重要的中转站。人多势众，邛人长期当老大，据有安宁河谷平原，面积达一千八百平方公里。

游牧民族的昆明夷，流行梳辫子。迎面而至的邛人，则为农耕民族，个个头发结成锥形的髻，盘绕于头顶，司马迁称为"锥结"。固定锥结发型，使用青铜发钗、束发器，带有装饰作用，安宁河谷大石墓，这类饰品多有出土。

第九章 千秋太史公

一路走来，坝子一个连一个，阡陌交通，农家田间耕作；房屋散布，周围树林竹丛，还有一个个村寨。司马迁记作：耕田，有邑聚。

田地至今犹在，年年岁岁，菜花黄来稻谷香；邑人聚居村寨遗址，也偶有发现。唯独越嶲郡治所遗址，虽经凉山州考古人员反复寻找，依旧踪迹渺无。

遥想当年，一系列重大事件在此发生：宣读诏书邛都置越嶲郡，慰问出征将士，告诫归降首领安分守己……目睹全过程的司马迁，昂首端坐郡守府邸大堂，三十出头风华正茂。

郡治何在，早年曾咨询刘弘。

史料有记载，越嶲郡辖邛都、台登、苏示、定笮、卑水、青蛉等十五个县，郡治设邛都县。作为一郡首县，政治、经济、文化的中心，邛都县城址在西昌城东南几里许。按照这个方向，考古人员锲而不舍，直到二十世纪八十年代后期，高枧乡中所村农田内，方才有一座汉代古城遗址浮出水面。

高枧古城呈长方形，南北走向，位于公路与邛海北岸台地之间，面积近十万平方米。城墙夯土版筑，工艺考究保存较好，两千多年风雨侵蚀，残留部分高三米有多，宽度达五米。

一望便知，古人巧妙利用地形，构建起完善的防御体系：南墙地处台地边缘，增加高度；东、西两个方向借助冲沟，形成天然壕沟；北依小山坡，壕沟采用人工开挖，连接东、西两端。

城址周边，方圆一公里范围，另有南坛、大坟堆等三处汉晋时期遗址。

发掘难度不大，揭开地表耕土层后，即见汉代文化堆积层，厚度都在五十厘米以上。出土的陶器包括罐、盆、豆、碟、钵、盘等，皆生活必需品，纹饰类似汉代常见的弦纹、斜方格纹，至于青灰色陶瓦碎片，

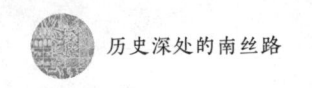

俯拾即是。

古城规模、所处方位、出土文物等证据，传递出一个信息：此地乃当年邛都县城。驻军除外，城内人口连同郡、县官署的官吏、家眷、佣仆，大约三千人左右。另外，以城池为中心，不少居民选择城外居住，耕田种地度日。如遇敌情，城外居民入城避难，增加防御力量。

虽然定位为汉代古城遗址，可无论生活用品还是瓦片，没见着西汉年间的，刘弘大惑不解。

转眼步入一九九九年，中国考古学会副理事长、国家文物局考古专家组成员俞伟超到四川，凉山州纳入考察范围。刘弘门儿清，俞先生系秦汉考古学主要开拓者，功力深厚，何不带往高枧古城，听其有何高见。

南丝路沿线，这样完好的汉代古城遗址，实属罕见。经过多年发掘，就没有西汉文物？听完介绍转一圈，俞先生颇感意外，这么问一句。话音未落，人已趋步上前，泥土堆里捡起一块瓦片，略大于手掌。

饶有兴致，翻来覆去看罢，俞先生面露微笑，将瓦片递给刘弘说："这不就是西汉瓦片吗！"

陪同者挨个传看，感觉同东汉一个样，瞧不出有啥名堂。

俞先生接过瓦片，道出个中奥妙。

西汉或东汉烧制陶瓦，工匠需先制作泥瓦胎，手拿捆绑麻绳的木拍拍打正面，留下清晰的绳纹，称之绳纹瓦。只是西汉时，瓦的泥胎人工捏制，背面可见手捏的痕迹。东汉工艺进步，改桶型模具，为方便取出瓦胎，模具表面铺垫麻布。这么一来，东汉瓦背面，留下麻布印痕。

西汉或东汉陶瓦，区别在背面是手捏痕迹，还是麻布纹样。

这番话浅显易懂，差异细微，却也一看便明白了。困扰刘弘多年的疑问，终于有了答案。

这遗址水源充足，地处安宁河谷，优越的环境被邛人相中，作为中心居住区。汉武帝郡治选址,同样注重地理位置,与邛人的邑聚相重合,丝毫不意外。事到而今,西昌旅游兴旺市区扩张,中所村田埂变街道。

邛人聚居区、越嶲郡治所、西昌城区,两千年沧桑巨变,一座古城延续至今。返回住地,俞先生欣然题词:邛都古城,西南重镇。评价甚高,当之无愧。岁月沧桑,西昌城之外,其余四郡的郡治,早已消失于历史长河。

越嶲郡顺利接收,大渡河那边,笮都故地的沈犁郡,十多年后被撤销。昙花一现,司马迁提不起兴趣,仅见"笮都为沈犁郡",一笔带过。

入得蜀郡临邛县,司马迁陡然情绪高涨,事关相如与文君,两个成语冒了出来。

文君新寡,首先进入视野。这故事当然熟悉,一听便知,出自《史记·司马相如列传》中那句:是时卓王孙有女文君,新寡。打这以后,描写夫君离世不久的妇人,文人们总将这成语随手拈来。

接着往下,说到这对才子佳人情投意合,连夜私奔成都。推开相如家门,文君眼前空空荡荡,唯独四面墙壁立那里。这般境况,司马迁才思敏捷,措辞犀利:家居徒四壁立。好个家徒四壁,形容人一贫如洗,这成语绝了。

成都之两江穿城而过,满目繁华人气鼎盛。铜、铁、丝绸、漆器、茶叶加工制作手艺高超,市场交易活跃,看得司马迁眼花缭乱。白天街头巷尾打探,夜阑人静,油灯下奋笔疾书:沃野千里的成都平原,西南夷道上的经济交往,卓氏、程氏的发家史……

万事皆有因。成都如此富庶,离不开岷江那个水利工程。追根溯源,需去都江堰。

天凉好个秋,岷山枫叶红遍,层林尽染;岷江清澈碧绿,风光无限。读《史记·河渠书》,"西瞻蜀之岷山及离堆"告知后人,司马迁曾经

司马迁眼中，汉代成都的繁华，如今仅见于博物馆制作的模型

踏上都江堰，鱼嘴、离堆、宝瓶口走个遍。这一趟下来，李冰功绩载入史册。

马不停蹄，沿岷江而上，行至冉、駹部落，设汶山郡。最后长途跋涉，抵白马部落，置武都郡。

紧赶慢赶，西南夷这趟远差，耗时近一年。

三　西南夷研究之鼻祖

公元前一一〇年春天，司马迁一行返回长安。

宫中不见君王身影，这个时间段，汉武帝在忙什么？《史记·太史公自序》有记：是岁天子始建汉家之封。"是岁"指元封元年，也就是公元前一一〇年，汉武帝亲临泰山祭天，举行汉朝首次封禅大典，收获最高荣耀。

仪式结束，喜不自胜的汉武帝，觉得应该留下点什么，于是改年号为"元封"。"元"即第一次，"封"指泰山祭天，"元封"合起来寓意清楚：第一次祭天。

却原来，这位非常之君，认为立下不世之功，封禅完全够格，已然兴冲冲带上文武百官，摆驾泰山。

岂敢些许懈怠，司马迁一行顾不得旅途劳顿，扬鞭策马，赶上浩浩荡荡的祭天队伍，面君复命。

公务了结，这才察觉臣子中少了父亲，身为太史令，不可能缺席。一问方知，随驾的司马谈，突发疾病滞留周南（今河南洛阳市）。泰山封禅国之盛典，有恙无法随行，命里注定，躺在病榻上摇头叹气。人老经不起折腾，心情郁闷，病情逐渐加重，奄奄一息。

司马迁心急如焚，折返周南探望父亲。

司马谈病入膏肓，见到儿子，一下回光返照。紧握司马迁的手，老泪纵横，说自己收集并编排资料，想修著一部记述"明主贤君忠臣死义之士"的史书。无奈天不假年，梦难圆留遗憾，未竟之志，寄望司马迁。

生死永别，《史记·太史公自序》中，记下父亲嘱托："余死，汝必为太史；为太史，无忘吾所欲论著矣。"父亲的理想和愿望，司马迁岂有不知，俯首流涕应道："小子不敏，请悉论先人所次旧闻，弗敢阙。"

这话听来生涩难懂，大概意思是说，儿子无才也不够聪明，但会详细叙述父亲大人整理的历史旧闻，承担史学的修著任务，不敢稍有缺漏。

果不其然，司马谈去世三年，司马迁接任太史令。

看一看太史令职责，包含记载史事，编写史书，掌管国家收藏的图

赶赴周南（今洛阳市），沿途座座山峰延绵不断，司马迁昼夜兼程，思父情切

书典籍，还有珍贵的皇室档案……立国百余年，大汉王朝文献收集颇有成效，《史记·太史公自序》记有：百年之间，天下遗文古事靡不毕集太史公。

经过几年的积累，公元前一〇四年，司马迁着手撰写《史记》。此时的司马迁，好学而善于思考，年过不惑历史观成熟，掌握丰富的图书、档案等文献资料，游历考察的足迹遍及东西南北，撰写鸿篇巨著的条件，完全具备。

转瞬七年，专心著述的司马迁，遭到此生中最沉重的打击，史称"李陵之祸"。

公元前九八年，骑都尉李陵出击匈奴，身陷重围，寡不敌众被俘投

第九章 千秋太史公

降。打了败仗，前方飞鸽奏报，皇宫里的汉武帝，赫然震怒。作为飞将军李广的孙儿，李陵降敌，影响极其恶劣，有辱天朝上国声威。是自己贪功冒进，还是策应的将领袖手旁观，抑或主帅指挥调度失误，各种说法皆有。

孰真孰假，姑且搁一边。当年廷议，文武大臣揣摩上意，可以说群情激愤，声讨声此起彼伏。目睹这一幕，一心修史的司马迁，眼瞧皇上悲伤痛心状，想着有机会宽慰一下，尽臣子本分。

不久，时机来临，汉武帝召见司马迁。公事完毕，司马迁敞开胸襟，就李陵事说说心里话，以表忠心。虽然知无不言，但面对君王，尚需字斟句酌，有理有据。殊不知，李陵投敌，汉武帝感到颜面尽失，无论冤屈与否，必须严惩不贷，让前方将士引以为戒。本想尽忠的司马迁，反被误解为替李陵游说，导致龙颜大怒，太史公惹火烧身。

这个时候逆龙鳞，当然被人误解，认为与李陵私交甚笃。二人有无特殊关系？直到十年以后，好友任安因太子造反受牵连，狱中写信求助，方才知道真相。长时间压抑，埋藏心底的哀怨瞬间喷涌而出，司马迁一吐为快，以千回百转之笔写下《报任安书》，道出其中原委。

司马迁光明磊落，首先表明，自己与李陵不过同朝为官，绝无任何交情。仅凭观察，认为李陵忠臣孝子一个。何以见得？"事亲孝，与士信，临财廉……常思奋不顾身，以徇国家之急。"这些评价，司马迁一口气道来。这次出击，虽步卒不足五千，却孤军深入，奔袭单于王庭。一路上凶险万分，李陵无所畏惧，出奇制胜。司马迁一句"垂饵虎口，横挑强胡，仰亿万之师，与单于连战十有余日"，写出战场的残酷，汉朝将士的一往无前，所向披靡。

匈奴单于闻风丧胆，惊恐不安。为自保，急急征调左、右贤王所有军队，举全国之力围剿。毕竟寡不敌众，将士们身陷重围，箭射尽，路

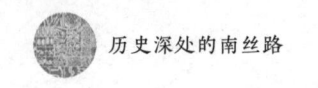

阻断，救兵无望。最后一搏，李陵将生死置之度外，振臂一呼，残部"张空弮，冒白刃，北首争死敌……"数千人舍生取义，结局之惨烈，不敢想象。评价李陵，司马迁认为"能得人之死力，虽古之名将，不能过也"！

至于兵败降敌，司马迁解释：彼观其意，且欲得其当而报于汉。

客观分析李陵为人，失败缘由，陈述其功劳，一心想着以此宽慰皇上，堵塞攻击、诬陷的论调。意想不到，实话实说，反倒惹恼了汉武帝，下旨将司马迁交廷尉议处。

奉诏立案，廷尉雷厉风行，司马迁被定以"诬罔罪"，通俗讲就是欺君罔上。

乍一听，让人心惊肉跳，深入了解，其实不尽然。这罪名在汉代，说大就大，起刑点就是死刑；说小就小，富有的人可赎刑，即用钱赎命。所以，明说按律办事，实质上，就看你有钱无钱。

挺身而出，为一个非亲非故的人仗义执言，司马迁确实侠肝义胆。只是，凭的是主观印象，最后的解释纯属猜测，正确与否，后人无法求证。

次年，风闻李陵为匈奴练兵，汉武帝怒火中烧，杀其妻儿老小。牵扯其中的司马迁，此刻要保项上人头，只有赎刑。

用钱买命当然好，只是五十万钱赎金，对于家境不宽裕的司马迁，无疑天文数字。冒犯天颜，注定永无出头之日，朋友不敢解囊相助，朝中重臣袖手旁观……当然，上断头台之外，还有另外一条出路——接受宫刑。

毅然决然，司马迁认命，甘愿胯下挨一刀，以保项上人头。承受多方压力，苟活于世，所为何来？还是在《报任安书》中，司马迁说得清楚不过：

亦欲以究天人之际，通古今之变，成一家之言。草创未就，会遭此祸，惜其不成，是以就极刑而无愠色。

　　出乎所有人的预料，处以宫刑的司马迁，并没有被天子抛弃。大赦之后，又被汉武帝擢升，出任中书令，位高而权重。旁人眼里，中书令负责起草诏书，掌出入奏事，何等的尊崇，多么的光宗耀祖。司马迁不这么看，自认为阉人一个，辱没祖先，丢人现眼。

　　天牢里笔耕不辍，出狱后依然故我，司马迁忍辱负重。前后十四年，终于熬得《史记》杀青，从上古黄帝开篇，一直到当下，共计一百三十篇。其中，包括本纪十二篇，表十篇，书八篇，世家三十篇，列传七十篇。

　　遗愿实现，修史完美收官。仰望天地，司马迁无怨无悔，《报任安书》中坦露心迹，豪言壮语脱口而出：

　　仆诚已著此书，藏之名山，传之其人，通邑大都，则仆偿前辱之责，虽万被戮，岂有悔哉！

　　岂止无怨无悔，司马迁开创了纪传体史学，同时也开创了传记文学，一部《史记》，于中国文学、历史学皆具开创性。史学不用说了，便是"唐宋八大家"及明清时期的古文家，无不标举《史记》为典范，并在历史散文的创作中，全力践行。一九五八年三月，郭沫若游司马迁祠，写下《题司马迁墓》一诗，后人刻碑陈列献殿。其人其文，诗中如是评价：

　　龙门有灵秀，钟毓人中龙。
　　学殖空前富，文章旷代雄。

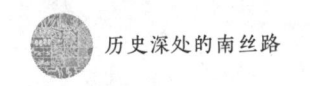

怜才膺斧钺，吐气作霓虹。

功业追尼父，千秋太史公。

读之，佩服郭老学识过人，见解不凡。

至于司马迁之死，有说不愿苟活自杀身亡，也有说归隐故里无疾而终，还有说因《报任安书》流露的抱怨与愤懑，惹得汉武帝再起杀心。诸多说法，无一有史料佐证，纯属后人揣测。

死因不明，犯不着太过纠结，若是想太史公了，净手焚香翻开《史记》。跨越历史超越时空，岁月深处，司马迁正在泼墨挥毫，酣畅淋漓续写春秋。

身临其境，耳闻目睹，大西南的方方面面，司马迁了解深彻。针对西南夷，汉武帝一系列的策略，作为朝廷命官的司马迁，参与其中。至于早期西南夷资料，收藏于兰台，他人无法接触，司马迁则可任意出入，调阅档案。

不吝笔墨，对于古代少数民族，先追根溯源，而后分门别类，逐一载入史册。南丝路方面，涉及巴蜀和西南夷的部分，计有《秦本纪》《货殖列传》《西南夷列传》《司马相如列传》《平津侯主父列传》等十余篇，填补了中国古代少数民族史学之空白。

试想，没有司马迁的驾轻就熟，大西南同中原王朝的关系，汉武帝经略西南夷全过程，各古老部族地理分布、民族风俗、生产生活，以及西南夷道的变迁，后人从何而知？

况且，原本枯燥无味的史书，一改旧貌，采用以写人为对象的纪传体形式出现，深入刻画人物性格，完整呈现人物的一生及其命运。这样一来，通过人物的生活经历、言行举止、场景描写等，再辅以作者对人物的褒贬和爱憎，一个个人物栩栩如生，一个个故事文采飞扬，社会、经济、地理、风情等，无不历历在目。

如古滇国临"滇池，方三百里，旁平地，肥饶数千里"，地理位置一清二楚；蜀郡、巴郡"亦沃野，地饶卮、姜、丹砂、石、铜、铁、竹、木之器"，地大物博；巴蜀"南御滇僰，僰僮"，西则"近邛笮，笮马、旄牛"……

物产再丰富，也离不开"商而通之"。

大西南疆土的扩大，西南夷道交通状况的改善，为交易创造了条件，处于社会底层的商人，

滇人、夜郎人的锥髻，又称锥结或魋结，是一种锥形的发髻，《史记》中多有记载

第一次入得正史。追求财富人性必然，商人重利，往返巴蜀、西南夷之间，两头赚差价，回报丰厚。张骞在大夏国发现邛竹杖，唐蒙在南越吃到蜀地美食枸酱，都是出自商人倒腾。

司马迁以锐利的眼光，注视着西南夷道上的经济发展，提及的商人，从巴郡采炼丹砂的寡妇清，到蜀郡冶铜铸铁的卓王孙，采矿到冶炼再到转手贸易，一个个富甲天下。

抢手生意，数买卖僰僮。

蜀地富裕人家，喜欢使唤未成年的奴仆，投其所好，僰僮价格节节攀升。僰僮出自僰道，商人与部族首领诸多交易中，这一行属暴利。卓王孙手下，上千炼铁、煮盐的劳动力，多见僰僮身影。

对于商人及其商贸活动，司马迁持肯定态度，《史记·货殖列传》说

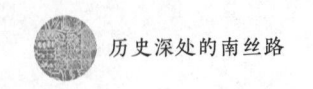

到汉朝兴起，四海一统时，特别提及：

> 开关梁，驰山泽之禁，是以富商大贾周流天下，交易之物莫不通，得其所欲……

司马迁见解犀利，认为商人无特权，不可能危害政权，妨碍百姓。积累财富，那是长期的经营，任何聪明的人，都能从中受到启发。

巴蜀、西南夷经济活动的记载，《史记》首开先例，一字一句，都对南丝路研究影响深刻。

又何止经济，文化同样涉及，民族文化、饮食文化、钱币文化、青铜文化不胜枚举，让人浮想联翩！

提及文化，又得回到司马相如。唯有知音司马迁，对其特别了解，才能写出相如与文君爱情，道出老丈人如何从厌恶到交好，突出了处置巴蜀、西南夷事务的机敏果断，并选录其代表作。

那年头无印刷术，加之天灾人祸连连不断，名家作品多散佚。《汉书·艺文志》记载，贾谊有赋七篇，事到如今，仅见《吊屈原赋》和《鵩鸟赋》。另一名家枚乘，运气更糟糕，九篇作品就剩一篇《七发》。

同贾谊、枚乘们相比，相如幸运多了，《子虚赋》《上林赋》《喻巴蜀檄》等悉数收入《史记》，共计八篇。纵观《史记》，《司马相如列传》字数九千有多，超过孔圣人，仅逊于《秦始皇本纪》《李斯列传》，排位第三。

尤其《喻巴蜀檄》与《难蜀父老》，没有司马迁录入《史记》，能否流传后世，委实是个未知数。放在浩如烟海的中国文学史中，这两篇文章不怎么起眼，但作为研究巴蜀、西南夷最早的史料，则是意义非凡。印证司马相如作为政治家的功绩，凸显价值，超越许多的名篇佳作。

第九章 千秋太史公

司马迁坟茔，苍松掩映。状若蒙古包的八卦墓，出自仰慕太史公的元世祖忽必烈，在位时敕命扩建，遂成今日格局

如果缺了这些，我们对司马相如的了解，肯定大打折扣。

更多故事，讲主宰一切的汉武帝，但凡提及大西南，就绕不开这位非常之君。尽管有些方面，司马迁对这位君王颇为不满，甚至愤怒，但涉及西南夷部分，司马迁未流露丝毫责难之意。维护中央集权，支持国家统一，事关大局必须肯定。

许多年以后的事实证明，汉武帝开拓南丝路，经略西南夷，虽然谈不上利在当代，却是功在千秋。

当时这么做，目的何在？显然为开疆拓土，建立一个空前强大的帝国，向四海宣示中原王朝威德，无愧于祖宗。两千多年过去，我在探寻南丝路的过程中，依然能感受到汉武帝伟绩所在。

一个想着怎样不愧对列祖列宗的君王，无意之间，成为中国大西南疆域的奠基者。对祖宗有交代，变成对国家有贡献。这样的大挪移，想必汉武帝怎么也预料不到，司马迁也闹不明白。

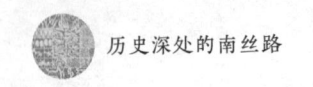

闹不明白的司马迁，忠于职守，从秦惠王开始，直到秦皇汉武经略西南夷，《史记》里逐笔记载。如果说，汉武帝大手一挥，朝廷接手南丝路，忙于设郡置县。那么，太史公大笔一书，开启巴蜀、西南夷研究先河。

没有《史记》，就没有后世史籍相关记载，也就没有后人的孜孜以求。古往今来的学者，视司马迁为西南夷、西南夷道研究的开山鼻祖，盖因他们手中最早最权威的史料，莫不出自《史记》。

想起司马迁一句话：成一家之言。可以断言，没有《史记》的"一家之言"，当今南丝路研究，无从下笔。

感谢司马迁，又愧对司马迁。行走南丝路几十年，我没见过一处遗迹，没听到一个传说，与司马迁奉使西南夷相关。直至当下，整个大西南，找不出与此行相关的雕塑。

不在乎这些，司马迁长袖一挥，飘然而去，留下千古绝唱《史记》。

第十章

那年月圆时

一　终结乱局

接过太史公的笔，东汉班固及后世史家，继续书写着南丝路月缺月圆。

没等到哀牢国内附，古稀之年的汉武帝也走了，正式的说法叫"驾崩"。那是后元二年，即公元前八七年初春，当了五十四年皇帝的刘彻，即将迎来七十大寿。按照汉朝人的平均寿命，能活到这把年纪，极为少见。

先后继位的汉昭帝、汉宣帝，鼓励农业，与民休养生息，多次大赦天下，国力逐渐有所恢复，史称"昭宣中兴"。可惜好景不长，汉昭帝年纪轻轻过世，汉宣帝也不过活到四十二岁，博南山那头的哀牢国，两位君王无暇顾及。

轮到汉元帝、汉成帝这些继位者，一个比一个窝囊，汉高祖的狡诈，汉武帝的霸气，丁点儿没学到。宦官、外戚争权夺利，各阶层矛盾尖锐，土地兼并加剧，农民起义此起彼伏。中原王朝影响力降低，周边地区局势不稳，众叛亲离。

西南方向，巴蜀动荡不安，汉武帝改置的郡县，一些西南夷民族的实权人物，眼见西汉式微，肆无忌惮擅自称王。

糊里糊涂，几十年过完，轮到汉平帝刘衎，那就更惨。九岁那会儿，被大权独揽的外戚王莽看中，一句话推上皇位。王莽以大司马、大将军身份辅政，玩弄刘衎于股掌之间，朝中高官，唯其马首是瞻。瞧着小皇帝一天天长大，转眼十四岁，王莽察觉不好控制，下狠手毒死刘衎，改立两岁的孺子婴当皇帝。

三年过后，也就是公元九年岁末，王莽干脆废掉这个傀儡，自己坐上龙椅，改国号为"新"，改元"始建国"。

王莽篡汉，不服者大有人在，加上改制过程走样，不能对症下药，造成经济大衰退，百姓水深火热。急于立威的王莽，不分轻重缓急，拿周边民族开刀，说称王的人"违于古典，谬于一统"，强令一律改侯。

颁发天下，称王者个个不满。

西南夷方向，钩町王邯，据今云南省广南县一带，口吐怨言。王莽风闻后，杀心顿起，暗示牂柯郡太守周歆派人使诈，将其骗至治所，一刀砍了。其弟承得知凶讯，起兵造反，率人攻下城池，杀掉郡守等官员。益州郡的少数民族高层，也趁机发难，新朝三次讨伐，无法平息。

两汉之交，蜀地到西南夷群雄割据。南丝路的博物馆内，当今画家的想象画，再现中原王朝筑起的座座城池，战火硝烟中化作残垣断壁

这一来，更多人看出新朝的无能，群起效尤，整个西南一片混乱。越巂郡中，邛人首领任贵（一称长贵），阴险狡诈，就连郡守枚根都怵他三分。出于安抚，枚根委其为军侯，帐下士兵五百。不承想，任贵不思报恩，反倒利用手中权力，率军队及族人除掉枚根，自封邛谷王，霸占整个越巂郡。

发兵进剿，此时的王莽，已经力不从心。八方告急，农民起义揭竿而起，绿林军、赤眉军声势浩大，西汉宗室利益丧失，纷纷起兵响应。各方诉求不同，但推翻新朝这点上，大家形成共识。

你争我夺中，起兵于宛（今河南省南阳市）的刘秀，借助汉景帝后裔这一特殊身份，打起匡扶汉室旗号，招揽人才。刘秀文武全才，杀伐果决，知人善任，麾下二十八员战将，个个有勇有谋。

昆阳之战，刘秀区区两万人，击败王莽四十万大军，以少胜多，成为中国古代的著名战例。

公元二五年六月，深得人心的刘秀，在部下拥戴下，半推半就登极称帝，年号"建武"，去世后谥号"光武"，故多以"汉光武帝"称之。短短一个月，刘秀攻下洛阳，大封功臣，汉室江山得以恢复。

此刻长安，屡遭战火满地瓦砾，只好另择洛阳做国都。由于洛阳位于东边，后人称"东汉"；汉高祖建都的长安，地处西面，故而叫"西汉"。

面对割据一方的势力，刘秀招降与用兵双管齐下，逐个分化瓦解。称帝西南的公孙述，地处偏远，放在最后解决。

公孙述不仅据有巴蜀、汉中及荆州一部分，便是西南夷中一些部族，如邛都夷首领任贵，杀掉越巂郡太守自立邛谷王后，也听其号令。兵精粮足，加上后方安稳，实力不容小觑。有这些依仗，刘秀尚未坐上龙椅，公孙述已开始行动。

称帝之人，总爱故弄玄虚，登基前搞些祥瑞与谶语，以示真龙天子即将降临，公孙述也玩这一套。《华阳国志》记有：会夏四月，龙出府殿前，以为瑞应，述遂称皇帝。自导自演的闹剧完结，公孙述迫不及待，抢在刘秀前两个月龙袍加身，定都成都，国号"大成"，称"白帝"。

汉光武帝先易后难，荡平其他地方势力，这才集中精力，于公元三五年发兵成都。是役，大司马吴汉任主帅，武威将军刘尚当副手，率领三万精锐由夷陵（今湖北省宜昌市）溯长江而上，攻入巴蜀腹地。担心殃及百姓，交锋之前，刘秀去信公孙述，希望顺应大势臣服，大汉虚席以待。

公孙述不识时务，依仗人多势众，主力尽出，交予弟弟和女婿，想着一战定乾坤。东汉军队久经沙场，吴汉、刘尚临危不乱，进退有据，终归反败为胜。刘秀大度，再去诏书一道，只要放弃抵抗，既往不咎。白帝有性格，宁死不降，亲自披挂上阵，受重伤不治身亡。

擎天柱倒下，大成政权土崩瓦解，乱局宣告结束。

几十年战乱不息，国力大衰。刘秀效仿汉高祖刘邦，实行黄老之术，同样采取无为而治。加强中央集权，发展经济解放奴婢，社会秩序迅速稳定，举国一派复苏景象。后世感慨，誉为"光武中兴"。

汉武帝经略西南夷那一套，刘秀非常认同，如法炮制。解决公孙述后，各民族稳定放首位，典型莫过重用任贵，想的是起到示范效应。

任贵滑头，墙头草随风倒，眼瞧公孙述不行了，赶紧反戈一击。安排部属，迎接东汉大军入越嶲郡，表示无条件归顺。得到奏报，刘秀自有定夺，颁诏书一道，册封任贵邛谷王。公元三十八年，任贵派使者入洛阳，向朝廷面呈三年间上计文书。

上计文书始于战国时期，由郡、县年终汇总上报，内容涵盖人口、租赋、刑狱等情况。既带档案性质，又包含所辖区域治理状况，朝廷以此为主要依据，考核地方官员政绩，谓之"上计制度"。

收到上计文书，为表示嘉奖，刘秀再次下旨，授其越巂郡守印绶。收敛了一段时间，任贵本性难改，又开始飞扬跋扈，横行一方。

转眼五年，益州境内昆明族首领栋蚕，不满东汉统治，串联滇池、叶榆等地部落起事，杀官吏抢夺钱粮。栋蚕有号召力，王莽时曾带头造反，新朝数万大军几度围剿，毫无结果。这次号令既出，响应者众。益州郡守繁胜带队镇压，同栋蚕交锋失利，侥幸脱身，带上印绶逃往朱提（今云南省昭通市）。

刘秀动怒，决定立威西南，派武威将军刘尚出征，调动蜀郡、广汉郡、犍为郡上万士兵，取道越巂郡讨伐栋蚕。任贵生性多疑，唯恐益州叛乱平定，朝廷令出必行，再也不能肆意妄为。盘踞一方，不受约束，只有自立山头。

不假思索，着手策划谋反。想法简单，吩咐手下君长集结兵力，备下大量毒酒，以劳军名义，酒宴上毒杀刘尚及众将领。与中原王朝抗衡，凶多吉少，其中一位君长懂得厉害关系，密报武威将军。

刘尚正犯愁，顾虑大军过境后，任贵起二心，两面受敌进退维谷。而今将计就计，表面上佯装赴宴，暗地里兵分两路，一路先行拿下邛都，另一路夜袭营寨诛杀任贵。首恶去除，余部作鸟兽散。防止死灰复燃，为首者家属迁徙成都，监视居住。

邛人这个古老民族，从此步入衰落，身影消失在时间的深处，踪迹全无。

后患消除，刘尚沿零关道一路南下，渡泸水直驱益州郡。

东汉军队声势浩大，叛乱的部落首领保命第一，一哄而散。栋蚕熟悉地形，拼死抵抗，毕竟孤掌难鸣，胜少败多，手下伤亡惨重，被刘尚围于不韦县。破釜沉舟，换来的是全军覆没，栋蚕被枭首示众。

叛乱平息，恢复郡县建制，西南局势得以稳定，但各民族相互抢地盘，以及内部的明争暗斗，从未消停。这些利益之争，耗费朝廷人力物力，牵扯刘秀许多精力，也就暂且顾不上哀牢国了。

此后不久，依附于哀牢国的少数民族鹿茤，屡遭欺压心生不满，私下同益州郡方面接洽，打算改换门庭，投靠东汉。

得知密报，哀牢王柳貌毫不手软。公元四十七年，命令王子扈栗出征，教训这个不听话的民族，以儆效尤。鹿茤人不经打，扈栗坐上竹筏，乘胜追击。眼看即将一举歼灭，孰料雷声隆隆，暴雨如注。顷刻间，风高浪急，上百只竹筏被巨浪掀翻，损失几千哀牢将士。

扈栗气不打一处来，派六位部族首领，带上万军队再战鹿茤。出乎意料，弱小的鹿茤人大胜，六位首领惨死。接下来更恐怖，白天刚安葬死者，晚间就被老虎刨开坟堆，吞吃尸体。

保山市博物馆内，展示的哀牢王柳貌画像

莫非上天示警？惶恐不安的扈栗，慌忙退兵，回去报告柳貌说："出兵无数次，从没遇见这样的怪事。莫非汉朝出了圣明的皇帝，得到上天护佑，不容我们逆天而行？"

同样震惊的柳貌，虽萌生归附想法，但心里不踏实。考虑再三，决定让扈栗先行一步，通过越嶲郡太守郑鸿传书朝廷，投石问路。不找益州郡，舍近求远，除了对郑鸿更了解，与越嶲郡土著民族联系也更密切。

扈栗归汉，仅带万余人，哀牢大片的国土，依然为柳貌控制。

明知探路，汉光武帝仍然以诚相待，采取的安置措施，彰显气度：除了随同归汉的人和土地，另划出益州郡的不韦、嶲唐、叶榆等六县，合并设立益州西部属国，以扈栗为君长。

管辖地域扩大，人口增加，完全超出扈栗想象。

一眨眼十来年过去，试探的结果，柳貌感觉朝廷有诚意，不损伤扈栗利益，也没盘剥百姓。年末上贡，土特产而已，仅具象征意义，所得赏赐，价值远超贡赋。

朝廷着眼于大局，确立臣属关系，带动双方人员交往，中原文化影响与日俱增。

人心所向，柳貌压力重重，趋利避害，举国回归为上策。

二 哀牢族源神话

哀牢归汉，时在公元六十九年，即汉明帝永平十二年。

刘秀没等到这一天，十二年前，这位被王夫之誉为"神武不可测"的君王，病故于洛阳南宫前殿，享年六十有二。皇太子刘庄接班，谥号"明帝"。

汉明帝刘庄有理想，希望天下永保平安，于是左挑右选，改个吉祥年号——永平。倡导儒家学说，整顿吏治，崇尚节俭，重视农业兴修水利，减轻徭役和赋税，颇有建树。在位期间，经济得以持续发展，百姓安居乐业，东汉步入鼎盛阶段，周边小邦内附者增多。

大势所趋，远在博南山那边的柳貌，不过顺应潮流。

最早得到奏报，那是在头年的冬季。哀牢王柳貌上表朝廷，准备派

晨曦中的哀牢故地——保山市区一角

人北上，觐见汉明帝，表达归附的诚意。

东都洛阳，刘庄喜上眉梢，充满好奇地问众大臣："哀牢国是个什么情形？"臣子们你看我，我看你，谁也回答不上来。当年的汉武帝、汉光武帝，都没有这么问，司马迁的《史记》亦找不出相关内容，没人能做出解释，丝毫不奇怪。

刘庄眉头紧蹙，颁发圣谕一道。太尉、司徒和司空赶紧照办，从三公府中抽调文章高手，组建《哀牢传》写作班子。不见经传，典籍找不到出处，文人们无从下笔，这差事烫手。

蜀郡上计吏杨终，恰好洛阳公干，呈报经济与赋税事项。这杨终奇才一个，成都人氏，没读多少书。十三岁出任蜀郡小吏时，脑袋瓜特别好使，太守认为是可教之才，安排去京都学习提高。归来后，依旧勤奋好学，常听蜀郡商人讲西南夷道故事，也同哀牢国过往使者有交流，了解不少情况。听闻这事，动身折返成都，找出多年收集的资料，一气呵成《哀牢传》，进献朝廷。

《哀牢传》开篇，讲的是龙生十子，哀牢民族起源神话。

中国文化中，龙作为华夏民族远古图腾，传说为善变化泽润万物的鳞虫之长，寓意出类拔萃、尊贵智慧、祥瑞美满……既赋予许多美好寓意，却又踪影渺茫，充满神秘。

直到今天，只要是中国人，无论身在何方，总说自己是龙的传人。其实，龙的传说不可思议，古往今来所有飞禽走兽，包括已经灭绝的和依旧存活的，并无这一物种。

这一超自然的精灵，不仅驰骋于人类的思维空间，汇入远古神话，成为华夏部族图腾，还世世代代受到尊崇，形成源远流长影响广泛的文化现象。

保山市博物馆，观"龙生十子"图，从神话、狩猎、农耕直到繁衍生息，全方位展现哀牢族概况

龙生十子故事挺有趣，三雍宫举行重大典礼，备下的礼服不也绣着龙！汉明帝读得入迷，仿佛身临其境。既然是个人才，那就安排杨终兰台当校书郎中，负责国家档案典籍校勘和史料编纂。东汉末年，泰山太守、学者应劭，也在自己收录神话和异闻的《风俗通》一书中，转载《哀牢传》故事。

《哀牢传》失传，《风俗通》相关部分散失。好在，常璩《华阳国志·南中志》，范晔《后汉书·南蛮西南夷列传》，先后援引《风俗通》，浓墨重彩描述龙生十子神话。

两本古籍内容基本相同，说是远古哀牢山下，住着一位名叫沙壶的少女，依靠捕鱼为生。一天，站在水中捕鱼时，沙壶被沉在水底的木头撞了一下，就此怀孕。十个月过后，一胎产下十个男婴。

孩子们小时候，常常跟在沙壶后边，河水里嬉戏。一天，孩子们刚脱去衣服，沉在水底的木头浮出水面，化作一条龙，曲颈昂首问沙壶："你为我生的孩子在哪里？"

龙什么样，书中没展开说。好在古人想象力丰富，其他书籍中，集众多动物特点于一身，如此描述：颈项如蛇，双角似鹿，双耳像牛，头如同骆驼，利爪与鹰同，满身鳞甲宛若鲤鱼……

三国、东晋时期画家，笔下的龙，还真就这副长相。

模样这般古怪，九个小孩瞧着害怕，撒腿就跑，躲藏于树林。唯独最小的一个，不但不畏惧，反倒跑上前去，背靠龙乖乖地坐下。龙异常兴奋，为幺儿舔背挠痒，打心里疼爱。

接下来，两本古籍表述上略有差异。早期的《华阳国志》说，沙壶因小儿子陪着龙坐，为他取名"元隆"，即汉语"陪坐"的意思。《后汉书·南蛮西南夷列传》记载，沙壶为小儿子取的名字是"九隆"。这个名字的由来，出自"其母鸟语"，故难以听懂。所谓"鸟语"，古代指难懂的话，多为周边民族及域外语言。沙壶"鸟语"里，称背为"九"，称坐为"隆"，合起来的意思就是"背靠龙而坐"。

往事越千年，谁对谁错，真的说不清。好在，接下来的故事，发展脉络大同小异。两本古籍都说，九隆长大成人，文武双全。九位兄长认为，老幺智商高，聪明又胆大，为龙所舐，说明上天器重他。商议结果，拥戴老幺登王位，统治一方。

山对面寨子，一对夫妇养育了十个女儿，长大后勤劳又漂亮，人见人爱。九隆兄弟上门提亲，娶回家中，自立门户过日子。一代接一代，生儿育女，人口增多枝分叶散，逐步形成古哀牢民族。

哀牢族源神话，就这么问世。

龙生十子，内容多涉及九隆，讲述这位龙的儿子如何登上王位，所以又称"九隆传说"。离奇的传说，丰富了中国古代神话内容，权力来自上天，西南夷中算是开启先例。

既然先有龙生十子，然后才有族人繁衍，所以哀牢人坚信自己——龙的传人。崇拜龙，奉龙为始祖，当偶像作为图腾。最明显的特征，就是哀牢民族文身，不仅图案像龙的纹理，衣服下摆还特意缀一条带子，类似龙的尾巴。

人从哪里来，哀牢人不明白。一切无法解释的现象，借助神话阐释，对于远古人类包括哀牢民族，再自然不过。

神话中的九隆如镜花水月，不可触摸。人世间的九隆活灵活现，不仅一手创建哀牢国，王位也由子孙们世代相传。九隆的后人也争气，以哀牢部落为根基，经过上百年的打拼，不断蚕食周围弱小部族，形成哀牢王国并加速扩张，境内民族构成多样化。

这些古老民族，其后朝着不同方向发展，与所到之处的民族融合，逐渐形成云南省德宏、西双版纳两地的傣族，还有境外缅甸的掸族，老

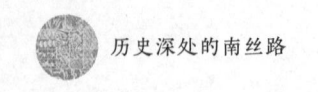

挝的老族及泰国的傣族等,演变过程极其复杂。

"九隆死,世世相继,分置小王",两部古籍统一口径,都这么记来着。可见,为便于统治,后世哀牢王实行分级治理,封邑王七十七个,各自负责一方。邑王都是同宗血亲,一个分封制的部落联盟国家,就此形成。

九隆称王时间,查不出任何记载,早期继位者,名号及年代无从知晓。大约第六代以后,从一位叫禁高的开始,一直到柳貌的儿子扈栗,共计八次王位更替,出现在《后汉书·南蛮西南夷列传》里边。多亏范晔有心,既然编撰时无法订正,不如将《哀牢传》原文注引。这不,哀牢王位的世系,始于禁高,一下子清晰明了:

禁高死,子吸代;吸死,子建非代;建非死,子哀牢代;哀牢死,子桑藕代;桑藕死,子柳承代;柳承死,子柳貌代;柳貌死,子扈栗代。

二十五年为一代,从扈栗算起,依次前推,九隆称王时间,大约战国中晚期的事。继位者当中,一位名号"哀牢"的国王,值得关注,哀牢名称是否由此而来?

西南夷部落联盟中,哀牢国以雄厚的实力,排名前列。巅峰时期,疆域之辽阔,《华阳国志·南中志》一句话概况:

其地东西三千里,南北四千六百里。

用今天的话讲,哀牢国地盘除保山、德宏、临沧、普洱、西双版纳等市州外,东临洱海,南可眺望怒江入海处,北至横断山脉,还包含缅

怒江、澜沧江滇地一段，物产丰富，几千年间，滋养了各兄弟民族。古老如哀牢族等，在这片土地上，留下厚重的历史文化

甸伊洛瓦底江中下游地区。

哀牢故地，南丝路的重点区域，我是几度往返，聆听古老土地上的传奇。

早年间，第一次踏入保山坝子，霏霏细雨中，寻访哀牢遗迹。

王城方位不为人知，早已灰飞烟灭，当地人毫不隐讳。能看的有九隆池，传说中九隆出生地。一路走去，溪流湍急而清冽，道旁仅存一通明代碑刻，内容与九隆毫不相干。

哀牢山下哀牢祠，名称挺诱人，建于唐代，徐霞客也曾一游。到地方举目四望，荒山野岭，无有文物佐证，多系后人牵强附会。

一趟下来，方知哀牢故地山地与江河交汇，气候温热，自然条件优越。哀牢人的生存环境超级棒：水资源丰富，澜沧江、怒江、伊洛瓦底江三大水系，大小河流众多。一个个的坝子，土地肥沃，灌溉便捷，尤其一马平川的保山坝子，近似成都平原。巍巍群山，矿产资源富集，主要有铜、铁、铅、锡、金、银；茫茫林海，飞禽走兽成群结队，珍稀动

哀牢故地的坝子,一个连一个,面积都是上百平方公里

物包括犀牛、老虎、大象、猩猩、孔雀、鹦鹉等,还有大熊猫。

远隔千山万水,哀牢国的贵族及属下,难得有机会进入蜀地。不过无关紧要,哀牢回归前,便是西南夷道的交通枢纽,汉朝与外面世界联系的重要通道。自有逐利商人,不论来自巴蜀还是身毒,将货物在这里交换,然后掉转头,带回各自的家乡。

更有蜀地百姓,两汉之交,携家带口躲避战乱,南下逃入哀牢国。抬头眺望,眼面前非蛮荒之地,而是如《华阳国志》《后汉书》所记:土地沃美,宜五谷、蚕丝。

只要吃苦耐劳,解决温饱不是问题,于是结束漂泊不定的日子,在这里安家落户。难民里,不乏能工巧匠,手把手,传授蜀地各种技能,哀牢国经济文化,注入新动能。

哀牢人学会栽桑养蚕,采用蜀地耕作方式,农作物产量增加;珠宝制作愈加精巧,出名的有光珠、琥珀、翡翠、蚌珠、琉璃等,仅光珠的色泽就分黄、白、青、碧；掌握新技术，采矿业生产能力提升，冶炼水平进步……

哀牢故地，近年出土青铜器四百多件，其中昌宁县编钟十三件，年代从战国中期到西汉末年。作为中国古代特有的打击乐器，哀牢编钟为钮钟，大小不等青铜铸就，饰以龙、牛、蛇、虎等纹样，反映独特的图腾崇拜。

编钟象征地位和权力，作为庙堂雅乐，王室专用。每逢重大祭祀、庆典、宴饮，哀牢国王出席，乐师一旁奏乐烘托气氛，必不可少是编钟。

埋藏地底几千年，编钟还能奏响吗？清理泥土，剔除锈蚀，编钟基本完好。悬挂于木架，丁字形木槌轻击，盛极一时的旷古之音，清脆悦耳令人神往。一瞬间，飘飘然穿越千年岁月，梦回哀牢王庭。

至于铜鼓，西南夷考古中颇多发现，其中楚雄市万家坝铜鼓型制原始，乃是全世界迄今为止

滇地出土的青铜编钟，反映了中原礼乐文化对西南夷的影响

陈列于云南省博物馆的汉代铜鼓不仅是当时乐舞中的重要乐器，还象征财富和权力，常被滇地贵族作为陪葬品

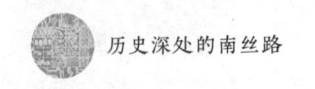

发现最古老的铜鼓。

至于腾冲市出土铜鼓，底部烟熏火燎痕迹明显，属一物两用、由釜向鼓转化阶段，为滇地早期铜鼓之一；昌宁县天生桥铜鼓，图案立体雕饰，犬捕鹿形象生动，哀牢人狩猎的一个瞬间，就此定格，化作永恒的美。

滇地铜鼓，作为特殊意义的器物，归贵族阶层所有。平常日子，铜鼓用于宴会、乐舞，打仗时指挥军队进攻或撤退，击打的声音雄浑深沉，穿透力极强。

器形别致的青铜器，发现于昌宁县大甸山，恰好与哀牢国存续时间、疆域范围对上号。大甸山斜坡土洞墓，陪葬的青铜人面纹弯刀、靴形铜钺等，器形怪异，哀牢族独有。

冶铁技术推广，犁、耙等铁制农具出现，田地的产量增加。

平坝地区人口集中，经济发展加速，生活质量提高，城市逐渐形成，哀牢百姓建起房屋，有了固定住所。譬如，保山市汉庄乡的汉营村，第二次全国文物普查刚开始，就发现汉晋时期遗址——汉庄古城。其后，文物部门几次发掘调查，收获不小。

第一次去汉庄古城，顺着田埂往前走，稻田里的秧苗绿油油，其中一大片就是遗址所在。村里的老人健谈，说遗址这一片早年是海子，明朝时期加高堤坝，解决农田灌溉。新中国成立初期，海子放干水改作农田，春耕夏收时，村里人经常挖出古时候的砖与瓦，花纹犹如卷云般，漂亮极了。

没想到一不留神，汉庄古城声名鹊起，成了全国重点文物保护单位，老人们满满的荣誉感，自告奋勇，带上我到处转：周边的高坎田埂，即是城墙遗迹，足足高出人一头，长度都在三百米以上。城址内，发现多种建筑遗迹，包括水沟、柱洞、柱础、铺地砖、建筑物地基等，面积小容量有限，应是衙署及军营建筑。至于普通百姓，则散居城外。

第十章 那年月圆时

哀牢故地大山深处的村民,迎来又一个丰收年,丰收的喜悦不言而喻

高山峡谷,各族百姓不畏艰险,因地制宜,开出一块块狭长的梯田

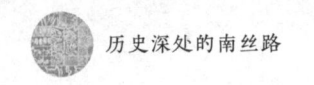

真的是汉代城址吗？毋庸赘述，自有出土文物证明，年代不言自明。

砖瓦纪年文字，说明一切："建安四年造作"，不就是一九九年，时在东汉末期；"延熙十六年七月十七日亡"，时间进入二五三年，正是蜀汉末年；另有"长乐寿未央"及"羊羊"等，皆为汉代常用的吉祥语。

一块瓦当尤其珍贵，中间那圈单线弦纹，其造型与风格，与西汉时流行于中原地区的卷云瓦当，一般无二。

俯下身子，顺手拾起一块瓦当碎片，背面麻布印痕清晰，典型的东汉绳纹瓦。参考不同断层的出土文物，汉庄城址始建于汉代，衰落于魏晋，废弃时间距今近千年。

衣着方面，哀牢国地处亚热带，大量出产木棉。木棉又名攀枝花，由于絮短，没有多大用处。直到来了蜀地织布工匠，传授哀牢人一门绝技：将木棉的絮加热浸泡，短絮就能纺线，粗细长短随心所欲。再用织布机，织出"华柔如丝""洁白不受垢污"的桐华布，宽可达五尺。

还有苎麻，蜀地盛产，哀牢国一样随处可见。蜀地工匠教会哀牢人，用苎麻纤维织出麻布，再经过染色，纹饰如同绫锦般华丽。这种麻布，哀牢人称为"兰干细布"。

桐华布不易污损，兰干细布透气凉爽，缝制衣服，那可是耐穿又舒适。

百姓日子好过，上缴的赋税增加，哀牢王挥金如土。居所豪华，吃穿用度奢侈，就连外出打猎的坐骑，也是"金银鞍勒，加翠毛之饰"，非常气派。

三　龙归大海

几百年称霸边地，逍遥自在，直到柳貌龙归大海，融入中华民族大家庭。

秦惠文王到如今，翘首跂踵，盼得月儿圆。汉明帝刘庄大开庙堂，祭告列祖列宗，经略西南夷，持之以恒数百年，今朝大功告成。

这是一次盛大的回归。

柳貌年老体弱，经不起长途跋涉。既然儿子扈栗先行一步，同朝廷打交道多年，熟悉情况，那就指定其带队，派出的使团阵容庞大。携柳貌奏折，带上各种贡品，扈栗不远万里赴京面圣，代表父王向刘庄表忠心，俯首称臣。

国之大事，仪式格外隆重，刘庄居中端坐，文武百官逐一登堂叩拜，按官职大小站立两厢。略通汉代官方语言"洛阳雅言"的扈栗，作为哀牢使者，趋步上前行朝觐礼仪，代父王念罢称臣奏折，再拜稽首。接过呈上的版图与户籍，一一过目进贡的奇珍异宝……

刘庄乐不可支，臣子们山呼万岁，跪拜朝贺。

亲眼见到龙的子孙，充满好奇的刘庄，将扈栗召至身旁，张口就问九隆传说。扈栗回答：哀牢族都是龙的

哀牢内附，汉明帝设置永昌郡，任命郑纯为太守，一干十年，深得民心。这幅郑纯画像，为今人创作

哀牢内附以来，博南古道的重要性不言而喻。人走马踏，古代坚硬的石头，踩出一个一个的深坑

传人。这话不算犯上，那时的皇帝，还没真龙天子一说，礼服绣龙权当饰物。

龙与皇权搅到一起，始于秦朝还是汉代，抑或更晚，众说不一。我则认为，成为皇家的象征，皇帝身着龙袍，这有一个逐渐演变的过程，也有一个由抽象到具象的转化，最晚在唐代，龙袍开始被皇帝独占。明朝皇帝朱棣，直接下令除皇帝外，他人不得使用。待到清代晚期，设计大清国旗时，更是以张牙舞爪的龙作图案。事情到这分上，百姓们谁敢犯上，除非不要脑袋。

直到推翻清朝封建王朝，被皇家长期独霸的龙，又从宫廷走向民间，重新成为中华民族的象征。

深受刘庄赞赏的校书郎班固，有幸参加这场盛典。

班固著名史学家，除编撰第一部纪传体断代史《汉书》之外，文学方面才华横溢，跻身"汉赋四大家"之一，与司马相如、扬雄、张衡齐名。

当晚，一轮皓月当空，宫廷内灯火通明。设宴德阳殿，圣驾亲临，率土同庆。千人盛宴，满陈美酒佳肴，钟鼓渐起，悠远深邃，丝竹管弦之声轻快舒缓，歌声起兮舞者翩翩。

刘庄高擎黄金酒盏，夸扈栗识大体懂礼仪，称其父柳貌自有安排，回归的事要抓紧……扈栗慌忙站起，躬身回应：一切照办。

汉武帝鞭长莫及，汉光武帝无暇征讨，汉宣帝不能降服的哀牢，而今举国来归，东汉人口一下激增五十五万余。详细数据，见诸《后汉书·南蛮西南夷列传》：

> 永平十二年，哀牢王柳貌遣子率种人内属，其种邑王者七十七人，户五万一千八百九十，口五十五万三千七百一十一。

绝非小数，整个东汉人口满打满算，不过两千一百万。

以前归附的西南夷道沿线各国，包括最大的夜郎和古滇国，说不清辖下百姓多少。人口统计属系统工程，涉及面广，操作难度大，还需要财力支撑。仅此一项，可见哀牢国的治理体系和能力，明显高于西南夷其他王国。

人口还算小事，哀牢归附，东汉王朝西南疆域，直接与盘越国为邻。这个盘越国，辖今印度那加兰邦、曼尼普尔邦、米佐拉姆邦，还有缅甸实皆省北部及钦邦。《三国志》注引《魏略·西戎传》时，无意间的一段记载，让我眼前一亮：

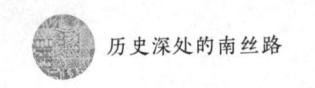

> 盘越国一名汉越王,在天竺东南数千里,与益部相近,其人小与中国人等,蜀人贾似至焉。

前所未有的强盛,班固为之震撼,一气呵成《东都赋》,呈献汉明帝。美哉斯赋,高歌永平盛世,声威远播八方来朝,"绥哀牢,开永昌"一派欣欣向荣!

"永昌"名称何来?哀牢故地,外加益州西部属国,刘庄合二为一,赐名永昌郡,寓意"永远昌盛",叫起来大气又内涵丰富。永昌郡人口众多,下辖哀牢、博南、不韦等八个县,号称东汉第三大郡,仅次于南阳郡、汝南郡。

地势险要的博南山,水急浪高的兰沧水,无法阻止历史前进的步伐,汉武帝念念不忘的博南道、永昌道就此贯通,如《华阳国志》所记:通博南山,渡兰沧水。

永昌寓意深刻,可惜后来一不小心,丢掉这个响亮的名称,更名保山。时在民国初年,废府置县,全国地名重新确定。云南这永昌府,恰与甘肃那边的永昌县重名。当年主事之人,一时草率,竟然将永昌这名字,断给元代才得名的甘肃那边。

木已成舟,无可奈何。直到当下,保山朋友提及这事,仍然捶胸顿足。名称变了,但哀牢文化根深蒂固,龙的踪迹如影随形,这一点我是感触颇深。

行走保山,除去市郊有九隆山,山中有九隆池外,城中以"九隆"命名者不在少数:街道有九隆路,餐饮有九隆阁,社区有九隆小区,投宿有九隆宾馆,娱乐有九隆新天地……一切的一切,无不让人信服,保山与龙大有渊源。

保山博物馆自是当仁不让,造型别致的馆舍外墙,几十米长的巨幅浮雕，再现龙生十子故事。其上，"九隆传说"四个字，分外醒目。

至于闹市区十字街口，矗立的九隆雕塑，既是这座城市的标志，又是保山精气神的象征。雕塑周边圆形浮雕，说永昌古道往事，道保山今朝辉煌。中央造型醒目，巨龙一条昂首腾空，冲天姿态，凌云壮志；下方群龙簇拥环护，齐心合力，众志成城。

显而易见，永昌的名字已然远离，九隆传说再不能缺失，这是哀牢民族的魂，保山文化的根。

保山市闹市区，十字街口矗立的九隆雕塑，已然化作这座城市的文化符号

弘扬民族之魂，守护文化之根，何止保山一方。龙这个精灵，同中华民族一道，度过了漫漫岁月，又一起走向民族复兴之路。

九隆雕塑一侧商店内，不时飘出《龙的传人》激昂的旋律，听其风格，便知是流行歌手王力宏演唱。但凡有中国人的地方，总会听见这熟悉的声音。

几十年广为传唱，经久不衰绝非巧合。二十世纪八十年代前后，正当中华民族何去何从的关键时刻，大陆人开始睁眼看世界；海峡那边，被逐出联合国，民众情绪低落，失去方向。

国何方，根何系？台湾作曲家侯德健有感而发，谱写出《龙的传

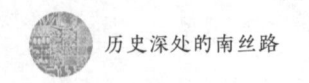

人》，并于一九八八年在央视春晚激情放歌：古老的东方有一条龙，它的名字就叫中国；古老的东方有一群人，他们全都是龙的传人……

恢宏豪迈寓意不凡，闻之热泪盈眶，热血沸腾。民族的向心力，文化的认同感，祖国的自豪感，油然而生。海内外华人猛然惊醒：我们都是龙的传人！

经过几千年的交流融合，哀牢夷、西南夷、巴蜀乃至华夏先民，早已渺无踪迹。就说一个哀牢夷，今在何方？聚聚散散，分分合合，当年的哀牢夷飘落四方，踪影难寻。学界则认为，大西南十多个民族，都有哀牢夷的血缘。既为哀牢夷后裔，自然也是龙的传人。

龙的传人又何止于南丝路，今天中国五十六个民族，亦是经过无数的迁徙、交流、融合，才由古老的华夏族演变而来。骨肉相连，血脉相通，文化相融，你中有我，我中有你，和和睦睦一个大家庭。

云南出土的舞蹈人物青铜俑，造像形象生动，节奏感强烈，乐器包括吹奏、击打等

完全可以这么说：这个族，那个族，我们都是中华民族；这个人，那个人，我们都是龙的传人。

哀牢回归影响大，周边民族纷纷效仿，洛阳觐见皇帝成为一种荣耀，经济往来之外，开始了文化交流。

白狼、槃木、唐菆等王国或部族先后归附，大大小小上百个，人口数百万。其中的白狼国，大致位置在时下甘孜藏族自治州的巴塘、理塘一带，当年同东汉交往密切。汉明帝时，特意派使者探访白狼国，礼品名单中，包含丝绸和食盐。

这些少数民族，能歌善舞，仰慕皇帝的恩德，编出歌谣四处传唱。年深日久，歌谣多已散失，唯有白狼族的《白狼歌》，即《远夷乐德歌》《远夷慕德歌》《远夷怀德歌》，被范晔存录于《后汉书·南蛮西南夷列传》，得以保留。

《白狼歌》原文，采用汉字对音写出，然后翻译为汉文。三首歌原本无名，我们见到的歌名，系犍为郡一位掾吏翻译时添加。原文中，大量古代羌语的音、义和词汇得以保留，作为研究古代西南地区少数民族语言与历史的一手资料，弥足珍贵。

这位掾吏姓田名恭，身份低微，郡守府一般办事员，强项在通晓白狼人语言。当时的益州刺史朱辅，虽只负责巡查蜀郡、犍为郡、朱提郡、越巂郡等区域官吏政绩，却喜好建立功名，为人慷慨而有谋略。在任期间，大肆宣扬朝廷恩德，凭自己的官声和威望，一心想感化远方的夷人。

田恭巴结上司，越过郡守，直接找到朱辅，禀报有白狼国歌谣三首，流传甚广，表达了对当今天子的热爱。

朱辅一听就来劲，赶忙让田恭翻译成汉文，再找高手润色，保留四言句式的诗体语言，合起来取名《白狼歌》。一切就绪，找来白狼国君长，带上白狼族的乐舞，安排田恭等护送京都，来个当场献艺，讨刘庄

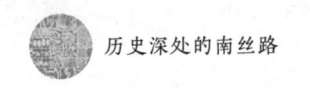

欢心。少不了，呈奏章一道，附上歌功颂德的《白狼歌》。

奏章得体，首先感慨时下政治清明，堪比周朝鼎盛期间，百姓们纷纷前往投奔，沿途歌声阵阵。然后调转笔头，说白狼、槃木、唐菆等国仰慕教化，崇拜德义。西南边地到洛阳，横断山脉何等陡峭，比起周朝百姓所走的路，不知艰险多少倍。向往大汉，白狼等民族的臣民们，朝贡路上，《白狼歌》不绝于道，响彻云霄。

只有帝王圣明，四方的部族，会有献上乐舞。欣逢盛世，为表达无限忠诚，特令手下将《白狼歌》翻译出来，禀报盛世明君。

歌功颂德，哪个君王不喜欢！读罢奏章，刘庄浑身舒坦，盼咐白狼国君长一行上殿，将《白狼歌》唱起来。听不明白不要紧，一旁站田恭，逐字逐句翻译。

《远夷乐德歌》感谢皇帝赐予丝绸、布匹和美酒，祝愿天子长寿，子孙繁多，大汉昌盛；《远夷慕德歌》说为投奔太阳升起地方的明君，长途跋涉不远万里来到中原，臣民们改变习俗归顺德化，如儿女盼望早日投入慈母的怀抱；《远夷怀德歌》唱出感恩之心，从蛮荒之地来到洛阳，父子兄弟个个获得皇帝的赏赐，心甘情愿做大汉的臣民。

刘庄听得来飘飘然，好舒坦好受用，沉浸半天，道出一个字：赏！

天下归心，岂不是舜尧之治，转过身，令史官记入史册。

永昌郡西南是掸国，一个自称"掸"的土著民族组建，国土面积也够大。这掸族，属傣族先民，哀牢人后裔之一。

掸国与中原王朝的交往，始于东汉第四位皇帝——汉和帝刘肇。

公元九七年，掸国国王雍由调派遣使者，万里奔波赴都城，献上珍稀贡品。边远之地，语言经过辗转翻译，刘肇勉强明白使者表达的敬意。朝廷不会亏待远方来客，赏赐雍由调金印紫绶，至于回赠丝绸等礼物，不在话下。

第十章 那年月圆时

礼仪之邦，东汉声名远播，天涯海角倾慕者众。十年后，汉安帝刘祜刚登大宝，永昌境外的部族即来归顺，《后汉书·南蛮西南夷列传》里面，范晔记下这么一笔：

> 徼外僬侥种夷陆类等三千余口举种内附，献象牙、水牛、封牛。

文中提及的僬侥，西南夷部族之一，聚居在今天的缅甸、印度之间，肤色较深，属古达罗毗荼人。部族首领陆类，率三千多族人归附，其中奉献的封牛，原产地身毒国，颈上有肉隆起如峰。就此，唐初学者颜师古有注：封牛，项上隆起者也。

封牛又名"瘤牛"或"峰牛"，耐热、耐旱、抗病能力强，肉质细嫩生长周期短。今天的临沧市，或者德宏傣族景颇族自治州，徒步乡间小道，青青草地，时不时就与瘤牛打个照面。

云南瘤牛是否封牛后代，那是动物学家的事情，我则关注滇地出土的青铜封牛。典型的那几件，出土于祥云县刘厂镇大波那村，立体雕塑的封牛采用合范铸造，一看便知，战国初期的工匠手艺高超，抓住动物特征，造型突出巨角、隆脊。

尝到甜头的雍由调，忘不了深化与中原王朝的交往。永宁元年，也就是公元一二〇年，再次派使者北上，并安排庞大的演出团队随行，为汉安帝献艺。

雍由调很会来事，认为赞歌别人唱过了，那就上新鲜玩意儿，音乐舞蹈不说，最吸引人的数杂技与幻术。耍幻术的人，当年统称"幻人"，随行表演的幻人，自述来自海西。海西是大秦另一称谓，按照时下的说法，就是罗马帝国，途中翻越的"县度"又作"悬度"，为今阿富汗兴都库什山之古名音译。

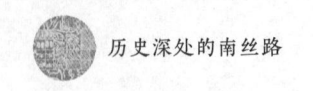

海西幻人的到来，《后汉书·南蛮西南夷列传》中，留有这样一句：

　　海西即大秦也，掸国西南通大秦。

中国同罗马帝国早期文化交流，就这么不经意间载入史册。

这些海西幻人，跳丸（扔蛋）、吐火算小把戏。厉害的，当场牵出牛和马，一刀砍下头，相互调换，依然活蹦乱跳。还有更刺激的"自肢解"，直接将自己的肢体切割下来，大卸几块再——复原。

汉安帝和众大臣，看得心惊肉跳。

文学作品中，不乏汉代杂技的描述，惊险又刺激，且从张衡的《西京赋》中，随手抄录几句：

　　跳丸剑之挥霍，走索上而相逢；奇幻倏忽，易貌分形；吞刀吐火，云雾杳冥……

奥秘莫测，汉安帝啧啧称赞，吩咐留下海西幻人，为来年元会助兴。元会又称"正会"，始于西汉早期，即皇帝元旦朝会群臣，时间在每年第一天。

元旦含"初始之意"，指阴历时日的正月初一，夏、商、周到秦朝，元旦的月、日各有不同。直到汉武帝，启用新编制的《太初历》，方以每年一月（寅月）为正月，正月初一为元旦，沿袭至清末。

这元会皇帝亲自主持，议程包括接受诸侯王、列侯、百官朝贺，接见各地官员、各族代表及各国使臣。这种场合，一个个的表演，当然水平高超。

元会添新意，汉安帝喜悦之余，忘不了雍由调一片忠心，下诏擢升汉大都督，赐予印绶，奖赏金银及彩色丝帛。

巧的是，蜀地汉代画像砖、石棺上，跳丸图像十幅有多。其中，一九七二年大邑县出土的东汉"宴饮杂技"画像砖，除跳丸、弄瓶等技艺外，还有一胖子上身赤裸，屈腿弯腰张口扬头，持火把表演吐火。

哀牢故地，古老的沧源岩画，同样可见杂耍，包括跳丸顶杆、双人叠立等。沧源岩画地处怒江、澜沧江之间，颜料红色，采用磁铁矿粉与动物鲜血调和而成，以竹片、树枝、手指、石头作工具，绘于石灰岩上。年代多在两汉时期，至今色彩不败。绘画技法简洁，人物采用剪影描绘，古朴稚拙，忽略面部细节，强调肢体的动作，体现时代气息。

至于登峰造极的幻术"自肢解"，见诸一件陶质雕塑，出自阿富汗哈达遗址，时间在公元一五〇年前后，属贵霜帝国巅峰时期文物。贵霜帝国疆域，包括今天的阿富汗及印度河流域一部分，还有塔吉克斯坦到里海广袤区域，系当年欧亚四大强国之一，与大汉王朝、罗马帝国、安息帝国齐名。

这件半身陶质雕塑，男性，胸肌发达，高鼻梁，上唇八字胡微翘。手法夸张，造型超级恐怖，双手从耳部提起自个儿头颅，与脖子截然分开，微闭双眼面带微笑。

早年曾见，国外一位魔术师本领高超，"人体分离"节目一个比一个玄乎，观众的心无不提到嗓子眼。临到压轴戏，亮出绝技，右手提头离开脖子，高出二十来厘米不说，还缓缓移至一边……双目微闭，笑眯眯那副惬意状，惊呆全场观众！

高难技巧的魔术，不知出自何人，及至见到陶质雕塑，方知源远流长。

文物承载历史，哀牢夷广为流传的龙生十子，四川省芦山东汉樊敏阙，同样留下痕迹。

第十一章

石头上的大汉气象

一　造石工刘盛

阙为何物？

作为中国古代特有的建筑，阙最早出现在西周，定型并盛行于汉代，明代以后消逝。高大醒目的阙，建于宫室、宅第、城门、陵墓、祠庙正门两侧，显示王权的威严、门第的高贵，又名"阙门"或"门阙"。

不同历史时期，阙具有不同功用，冠以不同称谓，如宫阙、城阙、陵阙、墓阙、宅第阙等，用料包括泥土、木材、石材。

历代文献，不乏相关记载，不胜枚举。古代诗文中，同样屡见不鲜。且看《诗经》，有《郑风·子衿》云：挑兮达兮，在城阙兮，一日不见，如三月兮；李白传世词两首，其一《忆秦娥》声声悲凉：西风残照，汉家陵阙；苏轼《水调歌头》，中秋夜把酒高歌：不知天上宫阙，今夕是何年……

与诗词的抒情感怀不同，《辞海》对阙的解释，侧重形象具体，千年古物恍若眼前：

> 古代宫殿、祠庙和陵墓前的高建筑物，通常左右各一个，建成高台，台上起楼观，以二阙之间有空缺，故名阙或双阙。

历经千载，泥土或木材构建的阙，早已化作尘埃。至尊如秦始皇嬴政、汉景帝刘启，二位帝王陵寝前曾经高耸的阙门，考古勘探唯见遗址，

樊敏阙一侧，摆放的汉代石兽，雄健威猛

樊敏阙与石兽

当年的壮观只能遥想。

唯独汉代石阙，大石块垒砌，不怕火耐风雨，只要躲过人为破坏，就能留存于世。

存世汉阙多残件，大体完好者少之又少，全国不过三十来座，以四川居多。这些汉阙，我几乎都去过。其中，除了青衣江畔的樊敏阙，还有下游四十公里外的高颐阙，体现汉阙之中国气派，成为南丝路重要的文化标识。

西蜀芦山，经济落后人口少，汉代古迹算一道亮色。城南数里开外石马坝，青衣江畔零关道旁，一座鬼斧神工的樊敏阙，一幅龙生十子的画像石图案，一通双龙拱卫的墓碑，让古今多少学者来了又去，去了又来，试图揭开个中奥秘。

其中任乃强、邓少琴二位先生，与我的爷爷志趣相投、年龄相近，二十世纪四十年代西康考察期间，成了家中常客。至于父亲，从小痴迷川康两省的历史文化，无论哪位登门，伫立聆听。

第十一章　石头上的大汉气象

耄耋之年，父亲记忆力明显下降，上午做些什么，下午总也想不起来。唯独早年间的事，记得一清二楚，经常学着任乃强、邓少琴腔调，为我讲述西康考察所见所闻，隔三岔五就来上一段。

尤为难得，抗战胜利那年夏日，二位先生同时勾留雅安，爷爷出面做东，邀三五至交作陪，家中高朋满座。父亲就读川大历史系期间，曾受教邓先生门下，忙前忙后张罗。

中大街老家院子，夏日的阳光，透过葡萄架繁密的枝叶，洒落一地斑驳。凉风习习，葡萄架下摆开大圆桌，下酒菜先上，花生米、卤牛肉、油炸小麻鱼色香味俱全。文人骚客，把酒话西康，争论激烈，高颐阙、樊敏阙之外，说得多的还有王晖石棺。

斟酒倒茶之余，父亲竖起耳朵听，唯恐漏掉一个字。每次提及这些聚会，父亲总对我说：受益良多！

任乃强著名藏学家、民族史学家、历史地理学家，长期活跃在川康两省，从事民族与文化研究。民国时期，先后出任川康边区视察员、西康建省委员会委员、西康省通志馆筹备委员会主任委员，新中国成立后被任命为西南民族事务委员会委员。

据父亲所言，这任先生与我家爷爷，都是瘦高身材，

樊敏碑亭

历史深处的南丝路

今天的高颐阙,沐浴在霞光之中

都喜欢穿一身长袍马褂,就连相貌也有几分相似。更巧的是,新中国成立以后,两人都受聘于四川省文史研究馆,担任馆员。

任先生在西康从事田野作业,风餐露宿调查深入,所到之处无不精心考订,其中《天芦宝札记》拨开重重迷雾,详考樊敏往事,还我一个有血有肉的樊太守。

至于邓少琴,川大历史系教授,主讲川康史地和西南民族史,资深考古、文博、历史和民族学专家,著述有《巴蜀史稿》《巴蜀史迹探索》等。

工作关系,邓先生经常出入西康省,一九四五年岁末那一次,侧重考察历史文物、民族源流、民俗风情等。

首站芦山县,沫东乡石马坝,官道一侧菜地中央,孤零零的汉碑格外显眼。慕名已久,今天方得一见。顾不得雨雪交加,菜地泥泞,邓先生撑起油布伞,一步三滑挪至碑前。手抚其碑,朗声诵读碑文,逐一对照,字迹多模糊,另有十余字无法辨识。问及樊敏阙,带路人略知一二,领至菜地尽头,拨开荒草,露出散落的阙身、阙顶。

洗尽泥土,一幅浮雕出现,只见人物衣着奇特,一旁大象轮廓模糊,满是异域情调。西南夷各民族演变历程,邓先生研究颇深。此刻的他,目不转睛陷入沉思状,滇地尽头,哀牢夷族源传说,挥之不去。

研判结果,一段表述留遐想:

> 正面刻一株枝繁叶茂的大树,树下衣冠而坐者六人,其右侧山峦重叠,有四人作登山状,转角处蹲一大象⋯⋯

樊敏足迹所及,只有永昌郡多热带雨林,为象群栖息地。庞然大物,被当地少数民族加以驯服,除了作运输工具,打仗也派上用场。十人之数,对上龙生十子传说;大树形如巨伞开枝散叶,寓意人丁兴旺。结合樊敏生平,以及浮雕人物与风貌,邓先生判断,内容涉及哀牢夷龙生十子,故为之定名《哀牢夷九隆氏龙生十子图》。

只是这龙生十子,可以说神龙见首不见尾,巴蜀文化难觅踪迹,中原文化不见端倪。即便传承至今的文物中,也仅樊敏阙画像石图案,采用浮雕手法,表现这个独特的题材,图解久违的远古神话。

樊敏何许人,近代方志只语片言,正史不留痕迹,一切多亏汉代厚葬之风。

想那汉代,厚葬之风愈演愈烈,有钱人在墓地修祠、立碑、建神道⋯⋯相互攀比,花样层出不穷。

世风如此,况且樊敏官至太守,孝子贤孙遵循"葬先荫后",寻一风

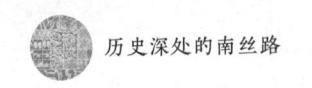

水宝地。紧接着,交由造石工刘盛承头,营造气势宏大的墓地,以求樊太守风范永存。

樊家找对了人,一辈子与石头打交道,刘盛于墓地材质选择,自有见地。这石材,质地坚硬耐风化,取自青衣县耕地之下,适宜制作碑、阙、神兽等。除此之外,当地寺庙的石香炉,还有横跨河流的石桥,多有采用。故而,《天芦宝札记》中,任乃强刻意强调:

> 初出土者,细腻坚润,与端溪石像似,唯不含化石粒块。虽有层理,致密难析裂,故为优良之雕镌石材。

石材品质高,加上刘盛匠心独具,完工后的樊敏墓地,气派可想象。遗憾岁月无情,无论怎样大气,亦不过昙花一现,湮灭于历史的尘埃。

直到一九五七年春耕,石马坝农夫犁地,触碰地下硬物。刨开泥土,露出一堆石头,奇形怪状。逐级上报,惊动文物部门,派员勘看,系失踪已久的东汉樊敏阙散件。右阙构件仅存数块,至今弃置一边;左阙构件基本完好,勉强拼凑修复。没有墓冢,没有神道,仅靠残缺的左阙,很难找到樊太守的威仪和阔绰。

倒是阙后,上几级台阶,汉碑亭高耸,仿汉代建筑风格。内置一碑,高近三米,未及近身,浑然大气逼人。下有神龟,巨石雕琢,碑驮其背。碑首浮雕,刻两条无角小龙,交曲环拱。碑额篆体镌刻:汉故领校巴郡太守樊府君碑。正面碑文隶书,洋洋洒洒五百多字,内容不仅涉及樊敏生平和家族世系、东汉末年蜀地的动乱,还包括哀牢夷、青衣羌等民族情况。

樊敏字升达,公元一一九年出生,卒于公元二〇三年。

早年间,樊敏家乡一带,属青衣羌族世居地。公元前三一六年,秦

第十一章　石头上的大汉气象

惠文王吞并巴蜀，捎带着降服青衣羌人，交由临邛县管辖。西汉早期，青衣羌人断道叛逆，招致朝廷出兵。叛乱平息，故地置青衣县，是为芦山县最早的名称。

樊敏十四岁那年，青衣县改作汉嘉县，以后多有更改，直至明朝初年得名芦山县，至今沿用。至于县治，设在今天的芦山城，从未变更。而在当时，雅安城还是河滩地，归汉嘉县管辖。

汉嘉县内，南丝路贯通全境，有天下名关——灵关。这灵关，坐落汉嘉县西北部，扼南丝路要冲。出关北上，邛崃山脉连绵起伏，天府之国锦绣成都；西去，夹金山终年积雪，青藏高原气势磅礴；南下，大小相岭高耸云端，丝路古道迂回盘绕。

少年时，樊敏聪慧好学，博览多闻，因孝悌举荐为官。步入官场以后，恪尽职守屡获升迁，一路做到巴郡太守，俸禄二千石。公元二〇〇年患病请辞，三年后终老故里，享年八十有四。究其仕途，碑文中"永昌长史"四个字，格外抢眼。

边郡永昌，战事时有发生，按例需设长史，协助太守掌管兵马，保境安民。樊敏仕途中的一个节点，即出任永昌长史，官秩六百石。恰是永昌，龙生十子故事流传久远，石阙画像呈现墓主往事，已是惯例，故邓少琴有此一说。

不过，樊太守自视的功高德劭，跨越历史长河，如尘埃尽散。倒是碑上完好的文字，后人视若珍宝。

这通碑的保护，得力于多少贤德之士，无考，但有两位县令，值得大书一笔。丘常、程勤，同为眉山人氏。丘常在北宋末年，程勤于南宋初期，都曾出任本地知县。碑刻为证，保护的先河，两人首开。

一一〇二年早春，是巡视农事，还是踏春赏花，丘常偶见汉阙崩垮，汉兽倾覆，汉碑倒地。清除泥石苔藓，细读碑文，全然汉隶风韵，厚重

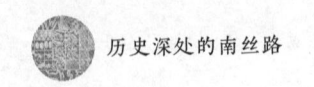

古朴。丘常掂出分量，称墓碑"字法醇古，其文尚可读"。很快，丘常拨付银两，扶正汉碑，修建碑亭，为之遮风挡雨。

事毕，丘常提笔书跋，刻于碑阴，讲述发现的经过，留下几许感怀：

> 余因扶其既倒，植其将仆，又为屋以庇之，庶几永其传也。

希望传之后世，想法不错。然而，事隔五十八年，待到程勤供职芦山，眼前碑亭腐朽，汉碑裸露。仿前辈故事，再起高大碑亭，防骄阳暴晒，霖雨侵蚀。自然，程知县不甘人后，也留跋文一段。

再说丘常修亭扶碑后，仰慕碑文书艺，不仅拓片欣赏临摹，还作为礼品转赠上司与同僚。至此，地处偏远的这一汉碑，始有碑文拓片传世，渐为人知。十余年后，赵明诚和夫人李清照求得碑文拓片，在《金石录》中首次刊印。其后，著录者、褒奖者代不乏人，如南宋的王象之、洪适，明代的杨升庵，清代的顾炎武、李调元，近世的郭沫若、徐中舒。

何人书艺，令后人这般垂青？

本不该有答案的，那个年月，有作品没作者名字的多了去。实属万幸，碑文结尾铭文，留下明白无误的答案，照录如下：

> 建安十年（二〇五年）三月上旬造石工刘盛息憬书。

一切清楚不过，这个姓刘名盛、表字息憬的造石工，即为碑文作者。

又何止碑文，樊敏阙及石兽，皆刘盛亲手雕刻……父亲的回忆滔滔不绝，我是心驰神往。"文化大革命"结束不久，芦山公干，循着任乃强、邓少琴两位先辈足迹，靠山一侧庄稼地头，果见阙和碑相依为伴。虽说"文化大革命"之前，四川省已公布樊敏阙及石刻为文物保护单位，但依旧涂抹石灰刷上标语，处于无人看管状态。境况悲凉，浮雕愈加模糊，已经看不出所以然。

直到一九八八年，樊敏阙及石刻列入全国重点文物保护单位，各项措施逐步到位，保护范围扩大，专人看护。其后，再入樊敏阙，一溜九具汉代石兽，形成强烈的视觉冲击力。其中，樊敏墓前石兽，不过两具，其余是在周边发现后，移入这里集中保护。

这一来，国内现存东汉石兽的半数，聚在一块儿，场面十分的热闹。

而那高颐阙，少了这股子热闹劲儿，仅石兽一对，分列神道两旁。

两阙多有渊源。同处青衣江边，相距四十公里，竣工时间相差不过四年，设计造型相近、材质相同，又先后列为国家重点文物保护单位。另外，樊敏、高颐都出生于东汉中期，都是汉嘉郡青衣县人，都通过举孝廉进入仕途，还都官至太守。

世居雅安，职业涉及文化，造访高颐阙的次数多了去，多到连自己也难以计数。

难忘的是第一次。少时，随同父亲踏青，地点高颐阙。

青衣江畔古道，一条石板路弯来拐去，十里开外，来到一个叫孝廉乡的地方。

道旁一碑，刻全国重点文物保护单位字样，落款一九六一年。手头资料显示，第一批全国重点文物仅一百八十处，声名显赫的故宫、莫高窟、霍去病墓，均在其中。

迎面即石兽，名天禄、辟邪，西王母座下祥瑞之兽。石兽硕大，整块石头打就，虎头狮身，双肩生翅，张口吐舌，作昂首疾走状。在《中国通史简编》中，历史学家范文澜对石兽评价甚高，认为：

> 姿态生动，充分表现狮的强悍性，比霍去病冢前石马，技术上

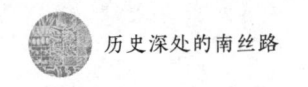

是前进了一步。

霍去病一代名将，封狼居胥，饮马瀚海，夺取整个河西走廊，打出西汉王朝的国威。英年早逝，汉武帝痛失左膀右臂，特意葬之茂陵东侧，墓前石马，国之高手打制。高颐阙石兽技术的超越，不仅表现出偏处一隅的青衣县造石工手艺了得，也标志着经过几百年美的历程，两汉石刻工艺走向成熟。

神道两侧汉阙，大块红砂石砌就，气势雄浑。前行景贤堂，建于宋代，历代损毁重建又重建损毁，唯当中《高君之颂碑》为东汉原物。两厢刻历代凭吊诗文。高颐墓碑年代久远，碑文脱落殆尽，可识读者数字而已。

百米开外的108国道对面，有土丘高大隆起，旁竖明代墓碑，赫然有字：汉孝廉高颐墓。

高颐，一方偶像，虽说遥远得不见真容。遍查方志，清乾隆《雅州府志》仅记"汉高颐，郡人，任益州太守""与子文玉一门两举孝廉"。好在，有宋代金石三大家之一的洪适等人，留下高颐碑拓片三百余字，为后人勾勒出一个模糊的高颐。

按照碑文记述，高颐为五帝之一的颛顼后裔，亲贤乐善，卓尔绝殊。举孝廉后，仕途通达，官至益州太守，年过七旬尚在官场操劳。碑文中的"亲贤乐善""法萧曹之兀要，求由之政事"等，表明他关注民生，讲求法治，刚正不阿。东汉建安十四年，也就是公元二〇九年，高颐卒。由于贤德清廉，一时间，太守府内外哀声一片。若"臣吏播举而悲叫，黎庶踊泣而忉怛"的碑记属实，高颐不失为部属和百姓拥戴的好官。

高颐归葬，丝路添胜景。

高颐墓选址金凤山下，依偎于金凤双翼之间，面对奔流不息的青衣江。

厚葬之风使然，青山碧水间，留下当今唯一完整的汉代葬制实物，留下保存最完好的汉阙，留下众多精美而清晰的雕刻，留下高颐的道德风范。乡人见贤思齐，这乡，称之"孝廉乡"；这村，呼之"汉碑村"。

走进汉碑村，"一门三孝廉"的故事世代流传。两汉时期，推举孝廉成地方官重要职责，一大批孝道高洁之士由此入仕。传说高颐荐为孝廉后，其弟高实、其子高文玉也被荐为孝廉。高家"一门三孝廉"，成为一方表率，世代楷模。

"一门三孝廉"之说难辨真伪，但高颐忠孝仁德，有汉阙为证，断无虚假成分。

沿高颐阙，轻轻绕行。用心感受两汉历史的幽深，透过厚厚的红砂石，与千年前的工匠对话；用眼揣摩华夏文脉的博大，一个个久违的故事，活脱脱走来。

迷迷糊糊间，尘埃四起，马蹄声脆，骑士前导，甲士操戟执盾，高颐端坐辇车，威仪巡行；突闻悲乐骤响，却有师旷盘腿抚琴，听者以手拭泪，鸟兽徘徊哀鸣，其声凄楚，回肠九转；又见周公忠心辅成王，季札挂剑念故人，古之贤者一一闪现，倾诉道德的力量；忽而天马行空，猛兽相搏，仙禽翩翩，猿猴嬉戏，三足乌、九尾狐、龙虎朱雀们腾挪飘逸，流荡汉代艺术的狂放……

或许建造时博采众家，或许此方石匠技艺超人，高颐阙、兽、碑的气势与古拙，直达巅峰。无论石雕还是石刻，雕刻艺术集两汉之大成，于建筑，于史学，于美学，于金石雕刻，于汉代葬制，均极具价值，堪称汉阙文化之典范。后人有诗夸曰：汉画汉隶俱绝艺，历代名家争拓藏。

名家中有鲁迅。鲁迅结缘金石，但高颐阙远在西康，多年寻求未果。直至一九一七年二月五日，友人王叔钧知其所好，转赠高颐阙拓片五十

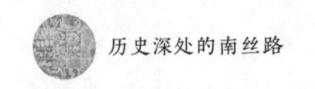

余张。鲁迅视若珍宝，把玩之余，喜滋滋翻开日记本，详记此事：

五日，晴。午往中央公园，饭已赴午门阅屋宇，谓将作图书馆也，同行者部员共六人。王叔钧持赠李业阙拓本一枚，高颐阙四枚，画像二十五枚，檐首字二十四小方……

现今，拓片珍藏北京鲁迅纪念馆，见证了鲁迅对高颐阙的看重。

把玩拓片，尚且令人陶醉其中，若身处汉阙，学者们又该是何等光景？

一九八七年金秋时节，秋雨绵绵，丹桂飘香，王朝闻缓缓步入高颐阙。作为主人，我是寸步不离，生怕王老有个闪失。

历经修复，高颐阙古风依旧，八十老翁，乐得顽童般癫狂。先绕阙而行，远观近看；又上下左右，将一对石兽抚摸个遍。一旁前朝碑刻，真个有言：若夫亲临阙下，目玩真迹，则有惊喜发狂者也！

深沉的历史力量，巨大的美学魅力，使得美学大师发出感言："老祖宗留下的东西太好了，美妙绝伦。今得一见，三生有幸！"

还有癫狂者。春风春雨中，走来国家文物局古建专家组组长、中国文物学会会长罗哲文，时间二〇〇六年。

听随行人讲，为了缅怀恩师梁思成，罗哲文不顾年事已高，参加"重走梁思成古建之路"考查活动，并放弃峨眉山之行，以了心中夙愿——再访高颐阙。

绿荫掩映，粉墙灰瓦，推开红漆大门，院落小巧，却格外雅致。汉阙巍巍，石兽迎宾，我为罗先生撑起雨伞，从神道一路走来。老人如痴如醉，再三赞叹汉阙保护完好。

雨过天晴，高颐阙院落一角，闲坐几株梅花、桂花间，小憩品茶。

第十一章 石头上的大汉气象

二十世纪末的高颐阙，庭院小巧玲珑

历史深处的南丝路

高颐阙石刻画像

第十一章 石头上的大汉气象

老人聊起如烟往事,也是春天,也是雨中,时光倒转六十多年。梁思成与夫人林徽因带一帮学生,成都出发,走了四天路,风尘仆仆赶至高颐阙。梁思成,中国近现代极具影响的建筑大师,古建筑研究的先驱。林徽因同样不简单,既是中国著名的建筑学家,又是作家。

眼前杂草没膝,阙、碑、兽皆卧其中。依稀可辨的神道,通向远方墓地。空旷原野,响起惊呼声,梁思成、林徽因欣喜若狂,摇头慨叹。随即,穿行于玉米地,丈量登记绘图照相,一连几天,师生们乐颠颠忙个不停。以后,梁思成的古建专著屡屡提及高熙阙,对其丰富而又高度的艺术性推崇备至。

高颐阙前忙碌的学生中,闪现出罗哲文的身影,如今八十二岁高龄的他,时年十八岁。

史料凿凿,由北宋建景贤堂,到当代筑围墙修碑廊,高颐阙的完好,得益无数代人悉心护佑。无独有偶,我的先辈有幸加入其间。

一个偶然,桂花树下清代石刻中,发现一个熟悉的名字:李景复。李景复,爷爷赵子元的姐夫,我当称之姑爷爷,清末民初书法家,雅州才子,青城山、乐山大佛均有其题诗碑刻。

一八九四年,高颐阙一侧,雅州知府雷钟德重建景贤堂,弘扬古风,倡导教化。竣工之日,府尊大人亲临,文人墨客前往捧场。酒过三巡,现场咏诗作赋,李景复奉命,题诗并书写刻石。寻碑摩字,我是每每读到"独怜史阙名长古,喜见祠成墓不樵",总能遥想当年庭宇焕然。

四十多年过去,爷爷也参与了筑亭善举。

梁思成西康之行后,乡贤学者不忍高颐阙遭受风吹雨打,爷爷与多位友人联名上书,向西康省主席刘文辉建言,求得专款一千大洋,筑亭护持。不久,古道旁,小桥边,八角亭耸立。此次善举,留有《汉高君阙亭记》碑刻,后附十八位建言者姓氏,"赵子元"三字清晰可见。

清末，高颐阙景贤堂重建，落成之日，我的姑爷爷、书法家李景复现场助兴，挥毫题诗一首

　　有此渊源，父亲钟情高颐阙，自是古风乡情使然。及至自身，每次造访，便是一次文化意识、文化品位、文化人格的升华。

　　午后驱车樊敏阙，一圈下来，罗哲文兴犹未阑，绕着汉阙没完没了。借此机会，求教《哀牢夷九隆氏龙生十子图》事。罗先生反复查看后言道，事隔六十来年，人为破坏加上日晒雨淋，这浮雕面目全非，难于辨识！只能这么认为，邓少琴当年见到的浮雕，相对清晰，以致得出如此定论。正如一些史料所记：浮雕为云南古哀牢夷龙生十子神话图像。

　　下一站，去往王晖石棺，发现过程实属偶然。

　　一九四二年，樊敏阙千余米外一片耕地，村民挖到地底异物，报至县里。应芦山县县长张宗翙邀请，任乃强逐一剥离泥土，刨出石棺一具，整块红砂石凿就。当地人传言，这是樊敏狐妻冢，不可触碰。不信邪，

第十一章　石头上的大汉气象

小心拂去表层污物，露出五幅精美绝伦的东汉石刻画像。

顿时，任先生手舞足蹈，为这一历史性的发现。

即便今朝，当我领着罗哲文走近这具石棺时，内心的激动和自豪，依然难以抑制。为摄魂夺魄的雕刻艺术，也为中国考古史上一段佳话，更为镌刻石棺的艺术大师的鬼斧神工。

任先生主持发掘王晖石棺后，即函告远在重庆的郭沫若。另有成都《工商导报》记者车瘦舟，赴芦山采访，得画像石拓片，当年岁末转寄郭沫若。观拓片，沫若先生夜不能寐，披衣而起，写下《咏王晖石棺》诗，惊呼：诚哉艺术足千秋！

一觉醒来，似乎言犹未尽，不足以表达对画像艺术的崇敬，又作《题王晖石棺玄武像》，诗中赞曰：龟如泰山镇大地，蛇如长虹扛九天……接

"鼓睛露齿，獠牙森森，巨口衔环，利爪抚环"，十六字形容王晖石棺盖头怪兽，生动形象

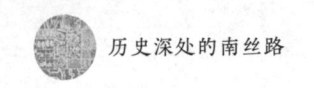

下来，国民党元老于右任题跋，书法家沈尹默和诗，个个感慨万千。

石棺出土后，筑亭修墙原址保护。以后，文物部门又拨款维修，周边装饰汉砖汉瓦，小院风格更趋和谐。每一次光顾，俯下身子，幅幅精美的石刻变得灵动，争相倾诉一个个前尘往事。

王晖何许人？棺头刚健浑厚的汉隶，表述十分清楚：

故上计史王晖伯昭，以建安拾六岁在辛卯九月下旬卒，其拾七年六月甲戌葬。呜呼哀哉！

墓志可见，石棺主人姓王名晖字伯昭，官居上计史，于东汉建安十六年，即公元二一一年的农历九月下旬去世。而这上计史，作为郡国属官，负责钱粮户口人丁统计。至于结尾的"呜呼哀哉"，不过感叹一下而已。我国发现的汉代石棺不少，但多为无名氏，有墓主人姓名者少之又少，是以珍贵之至。

石棺共有浮雕五幅，其中两侧的雕刻，我格外喜爱。

左侧为一有翅龙，古称"虬"，头生角，口含绶带；右侧为一虎首龙身兽，古称"螭"，肩长翅。想那龙，传说中兴云雨利万物的神异动物，为鳞虫之长。虎则威武勇猛，《说文》称之"山兽之君"。龙、虎踞石棺两侧，气势矫健，呼风唤雨破云穿空，大有挟石棺腾飞于天宇之势。这大概也是墓主之心愿，升九天入极乐。

丝路龙影，何止汉嘉县；以龙入题的文物，何止这些汉代的石头。

先民的思绪无拘无束，各民族之间相互影响，一代又一代人传承加工，丝路之龙愈来愈精彩。行进古道，常听父老讲龙的变化莫测，泽惠众生，故事虚无缥缈又大同小异。常见文物中龙的千姿百态，穿云破雾栩栩如生，跨越时空游走眼前。

第十一章　石头上的大汉气象

古蜀国三星堆的龙，青铜浇铸，神树盘绕，形体硕大；金沙遗址的龙，年代晚于三星堆遗址，亦为青铜材质，小巧精致，雕工细腻；古滇国的龙，继承中原、蜀地青铜冶炼工艺，造型别具一格……

南丝路这些龙，若论价值，国之瑰宝举世无双；若论技艺，精妙绝伦大家手笔。观者不时驻足感叹，不知出自哪位艺术大师之手？遗憾在于，艺术伟大，艺术家无名。莫怪史家眼拙，笔底疏忽，那年月中国哪有艺术家，只有工匠们，靠手艺挣钱养家糊口。

彻底颠覆人们的认知，樊敏阙、高颐阙、王晖石棺，这些汉代的石头背后，还真就矗立着一位雕塑大师。在南丝路的零关道，他所创造的艺术辉煌，早于米开朗琪罗一千二百年，罗丹一千六百年。

何以见得？樊敏阙、高颐阙、王晖石棺三处雕刻，从艺术手法到神韵造型，均表现出外观、内涵的一致性。阙的整体结构，相仿相效；碑的尺寸相同，行文和书法显系一人所为；石兽的雕刻风格近似，外貌神态如一母所生……

这个结论，最早见诸任乃强的《辨王晖石棺浮雕》，文中大胆推断：

地复近如此，余故疑为一匠所为。

继后，郭沫若的研究，证实了任先生先见之明。

是谁，赋予这些汉代石头，永恒的生命？刘盛无疑！

二〇三年，樊太守离世，后人慧眼识珠，一切拜托刘盛，历时两年完成墓地设计、选料和制作。四年过后，高颐仙去，此时刘盛名噪一方，受邀主持墓园建造。又过三年，上计史王晖病故，子孙恭请刘盛打制石棺。

由是，零关道上青衣江畔，相隔中原千山万水的地方，几个衣不蔽

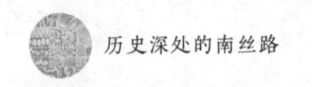

体的石匠，迎着寒风，挥舞简陋工具，敲击一块块冰凉的石头。随着响彻山川的叮当声，从樊敏阙到高颐阙再到王晖石棺，一件件震古烁今的作品诞生，汉代的石头得以永存。

郭沫若为之震撼，不由惊呼：西蜀由来多名工，芦山僻地竟尔雄。著名工匠算个啥？我认为，称之艺术大师，实至名归。

当年，为稻粱谋，刘盛和他率领的团队，敲击块块石头时绝对想不到，这赖以生存的技能，竟然撑起一片艺术的天空。

没有模型，没有画稿，没有美的追求，没有献身艺术的宏志，一切随心所欲，空灵而自然。一块块的硕石，磨砺出一件件绝世精灵，打造出一个气韵生动的境界：双阙雄峙，汉碑肃穆，石兽威猛，神道庄严，为死去的樊敏们，勾画出超越天地的另一种灵奇，一个人世间没有的境界。

眼瞧这些汉代的石头，今天的艺术家们，不知做何感想。后世的石匠们，怎么再也不能随意之间，敲击出这样的精灵？

仰望一千八百年前，青衣江那片天空，留下时代之大美。一个想法油然而生，中国书法美术史，有待添加这么一位大师：

> 刘盛，字息懆，今四川芦山县人，东汉末年艺术大师。他创作的石雕、石刻雄浑大气，粗犷生动，神形兼备，构思独到，尽展汉代精湛的工艺技巧。书法具有相当艺术价值，为历代金石家推崇。存世作品有樊敏阙及石刻、高颐阙、王晖石棺等。

二　无名氏的杰作

五尺道那边，汉代石头上的杰作，同样不缺。

有别于青衣江畔，泸州市合江县的汉代石棺，虽然画像可圈可点，却是无法知晓，雕刻者姓甚名谁。

今天的合江县，即汉武帝刘彻那会儿的符县，治所设长江与赤水河（古称安乐水）合流处，常璩的《华阳国志》可证：符县郡东二百里，元鼎二年置，治安乐水会。

元鼎二年，即公元前一一五年，为巩固边地，刘彻颁发上谕一道：置符县，交犍为郡统辖。若论地盘，符县远超合江县，赤水河中下游大片地区，皆其治下。

符县之名，源自古符关。符关作为巴蜀通往夜郎国的一道关隘，扼五尺道支线——夜郎古道，又是陆路与水运的交汇点。公元前一三〇年，

合江汉代画像石棺之神兽

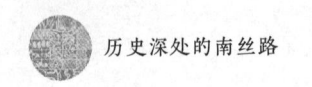

刘彻经略西南夷初期，采取的第一个大动作，即是派中郎将唐蒙经夜郎古道，从符关入大娄山、乌蒙山，插入夜郎国腹地，说服夜郎王多同。

中国历代，州县名称多变，符县当然不例外。据《合江县志》记载，从王莽新朝开始，符县先后更名符信县、符节县、安乐县等，直到北周保定四年（五六四年），乃取"大江（长江）、赤水在县侧合流之义"定名合江县，至今沿用。

符关这名称，后期也没保住。南宋年间，县城建城门四道，符关地处南门，当地人改口称"南关"，而今还这么叫来着。

心存遗憾，南关却无"关"，唯独一间间的木板房，给人一种沧桑感。头次去合江，就这印象。

大清早从成都出发，中巴车一路狂奔，日落前总算开进城。这城依山傍水，主街狭窄坡度大；背街小巷，不上坡就下坎，找不出平坦的路。

这一趟，四川省文化厅文物处的老处长带队，我与几位同行随行。沿途不寂寞，老处长任职多年，与基层交往频繁，熟悉情况不说，还特好汉代画像石与画像砖研究，高论不断见诸报刊。一路上，且听他滔滔不绝，道罢巴人与合江县历史，转而论及当地汉代画像石棺……

说到近年两次发现，老处长眉飞色舞，一车人聚精会神，旅途劳顿一扫而光。

此行目的，为的是画像石棺，虽说数量不多，但非比一般。临近退休，老处长一片好心，召集大家赴合江，交流切磋。

各地同行莅临，县上够热情。地方作陪人员，除文化部门领导，还请了熟悉情况的王开建、王庭福。作陪领导不认识，倒是王开建、王庭福二位，先后担任县文管所长，我与他二人有交流。印象深刻的是王庭福，毕业于当地师范学校，秉性率真谈吐风趣，以后我俩常联系。

晚餐不一般，安排南关一家火锅店，说这家的鱼从河里打来，鲜嫩

第十一章 石头上的大汉气象

合江县汉代画像石棺博物馆存列的照片可见，高村东汉崖墓群状若蜂房，保存基本完好

无比。火锅店面对赤水河，水流清澈，钓鱼的人不少。沿河岸上行，县城拐角地方，有支流习水河注入，合二为一。掉头回走，火锅店往下百来米，赤水河汇入长江，一路东去。

问及南关旧址，王庭福门儿清，说估摸着就在这一带，只是时隔多年，无迹可寻。

遗憾归遗憾，好在眼见为实，验证常璩所言不虚。两千多年过去，合江县城岿然不动，作为通往黔北的要津，坐落赤水河与长江合流处。

第二天去县文管所，外观像院落，解放初期新建，门口挂县文化馆、县文管所牌子。王庭福言明，自己正儿八经的头衔，那可是文化馆馆长，文管所不过寄人檐下，典型的"三无"单位——无编制无经费无办公场地。这地盘属于文化馆，上面要求设文物管理所，县里解决不了编制，于是挂个牌子，馆长、所长一肩挑，再配个职工处理日常事务。

不说我也清楚，早期的县文管所，都是这么个格局。

还没迈入大门，就听里面人高喊："看石方子的来了！"

四川人叫棺材为方子，以此类推，合江人喊石材打制的棺材石方子，一点不奇怪。屋内摆放石棺一具，重达数千斤，形制类似王晖石棺。棺

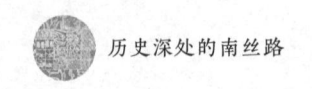

身整石凿空，棺盖大石板一块，用料选择本地青砂石，质地坚硬而细腻。

灯光昏暗，打电筒照亮。棺身四面皆镌刻画像，内容一望而知，分别是双阙图、伏羲和女娲图、西王母图、青龙与白虎衔璧图；棺盖不饰花纹，但凿出的纹理规则。

汉代石棺出土地，主要集中于巴蜀地区，一经发现，尤其是画像石棺，必称"重器"。

眼前重器，据王开建讲来，发现地位于城区张家沟。此前，合江县偶有石棺出土，人们嫌晦气，不是敲碎便是改作他用。直到一九八四年老城区改造，张家沟魏姓人家建新房，地下刨出崖墓一座。阴森森的墓室，一具石方子摆里面，好不吓人。

小小县城，传得沸沸扬扬，王开建得知消息，匆匆奔赴现场。非常遗憾，崖墓早年被盗，陪葬品所剩无几，仅找出四个完整的陶俑。好在，从崖墓布局、石棺外形、陶俑质地推测，应是东汉时期墓葬。赶紧，雇十来个壮劳力，铆足劲儿，抬回文管所。

洗净泥土，果真汉代画像石棺。喜从天降，王开建心情可想而知，逐级汇报之外，写出简讯《合江县出土东汉石棺》，投《四川文物》发表。

获悉这个喜讯，总想抽空去看看，缺的是机会。一眨眼三年过去，合江县又挖出汉代画像石棺，并且是两具。老处长捷足先登，两次发现，都在第一时间跑合江，大饱眼福后一再交代：汉代的符县经济繁荣、交通便捷，富豪殡葬讲排场，相信会有更多的发现，需加强宣传，做好保护工作。

果如其言，汉代画像石棺时有发现。后期，县文管所编号时，张家沟崖墓这具为"合江一号石棺"，并鉴定为馆藏一级文物。

这次发现的两具汉棺在哪里？我迫不及待，张口就问。经办这事的

第十一章 石头上的大汉气象

王庭福介绍，那是一九八七年九月二十五日，自己工作变动，刚调任文化馆长兼文管所长。

城郊，胜利乡菜坝村的草山坪，泸州市合江锻造厂扩建，大兴土木挖地基。施工人员一锄头下去，泥土塌陷，露出黑黢黢的洞口。工地负责人埋头看，模模糊糊像石方子，不敢随意处置，停工上报。

王庭福去到工地，貌似汉代砖室墓，墓顶洞口系盗洞，为盗墓者开挖。顺盗洞，不顾年近五十，王庭福蜷曲身子钻入墓室，两具石棺完好无损。

清理现场刨开泥土，果然汉代单室券顶砖墓，墓道、墓室基本完整，石棺画像隐约可见。至于陪葬品，早被盗墓者洗劫，泥土中仅刨出残缺陶田模型、拱手立俑，另有少量五铢钱。

惊喜万分的王庭福，就一个想法——尽快将石棺运回单位，保护起来。

说到运费，王庭福傻眼了，对方开价上千元，还说纯属帮忙。小小文化馆，全年办公经费也就这个数，承担不起。接手文管所所长不久，难免手忙脚乱，想到泸州市文管所，急忙电话求助。

对方一口答应，第二天派来人，带起现钞，将两具汉棺吊上大卡车。目的地出人意料，不是就近的合江县文化馆，而是几十公里外的泸州城，直接进了市文管所，搞得王庭福欲哭无泪。舍不得呀，两具汉棺画像好精彩，后期合江县文管所编号时，依次列为二号、三号。

眼前墓室空荡荡，到手的重器转眼就没了，王庭福心有不甘，操起小铁铲一个劲刨，希望有所收获。

皇天不负有心人，居然寻得一件玉剑璏。玉剑璏又名剑鼻，剑鞘上方的玉饰之一，穿系于腰带，将剑牢牢固定腰间。都是没钱闹的，假如早发现这玉剑璏，卖掉它就不愁运费了，王庭福陡然冒出这么一句。

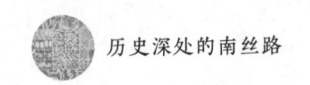

乍听以为发牢骚,以后同王庭福逐渐熟悉,才知幽默一把而已。文博单位有制度,身为文管所所长岂能不清楚,就是借他一百个胆,也不敢卖文物当运费。

闻讯赶来的王开建,运气更好,刨出红陶质地的对吻俑。

提及这事,王开建甚是自豪,说对吻俑高约十厘米,一男一女呈坐姿,相拥亲嘴儿。直截了当,铁柜里取出对吻俑,王庭福让我们开眼界。造型果然大胆:陶俑女子束鬓,一手抚膝,一举胸前,面部脉脉含情;陶俑男子戴冠,右手搂女子香肩,左手抚女子脸颊。

千年一吻秀恩爱,难得一见,专家定为馆藏一级文物。

据我所知,南丝路这个方向,如此柔情蜜意的文物,并非首次发现。早年间,零关道方向的荥经县,长途汽车站附近农民备耕,挖出东汉石棺一具。虽然缺少棺盖,但棺身画像清晰完好。其中一幅浮雕,男女二人盘腿而坐,男子右手托起女子下颌,嘴对嘴一吻千年。

比之合江对吻俑、荥经画像石棺相对含蓄的表现手法,彭山县(今眉山市彭山区)出土的那幅汉代浮雕,男女情事可以说一览无遗。

时在一九四一年初夏,彭山县江口汉代崖墓所在地,成立不久的"川康古迹考察团",组织考古专家来此安营扎寨,展开古迹考察和文物发掘。考察团由中央研究院历史语言研究所、中央博物院筹备处(南京博物院前身)、中国营造学社联合组成,工作重心放在川康两省,团长为著名考古学家吴金鼎,主要成员有大名鼎鼎的夏鼐、曾昭燏、王介忱等。主导并推动这一切的,则是被称作"中国考古学之父"的中央博物院筹备处主任李济,以及著名学者、中央研究院历史语言研究所所长傅斯年等人。

历时一年多,专家们早出晚归,奔波于寂照庵、石龙沟、丁家坡、李家沟、砦子山一带,发掘汉代崖墓七十七座、砖墓两座。抗战期间物资短缺，但遵循科学一丝不苟，从文物古迹的现场记录到测量与绘图，详尽而精准。

工作虽忙碌，但一切有条不紊。直到一天上午，村民去除峭壁障碍，专家打开夫妻合葬双室墓时，墓门门楣上方那幅汉代浮雕，引发轩然大波。

浮雕造型手法上乘，只是题材怪诞，用吴金鼎的话说：春宫。

消息疯传，好奇者络绎不绝，墓道下方麦苗大片践踏，地主心生不满。男青年目不转睛，女青年面红耳赤，站立一旁指指点点，以画中情景相互调笑。道学先生则义愤填膺，大骂有伤风化，欲除之而后快。

两千年前的浮雕珍贵至极，众怒下一旦毁于铁锤，损失不可挽回。事关重大，吴金鼎不敢擅断，左思右想，午后紧急函告李济。其中浮雕内容，考虑再三这么措辞：

> 今日新开本区第十五墓，忽然奇运来临。墓门面刻一凤，楣上刻双羊相向，中刻"春宫"，一对男女并坐拥抱接吻，男之右手搭过女肩持乳部，女左手抚男肩，余两手相携。

涉及处置方案，吴金鼎提议不可遵循惯例原地保护，否则考察团离开后，难逃厄运。只能凿下浮雕，将其"移运嘉定存藏中博院仓库，地方人士当能谅解，甚或钦佩吾人之卫道士精神，而同时亦不违反保护古物之旨"。

得到李济首肯，吴金鼎亲临现场，千叮咛万嘱咐，盯着石匠截取浮雕。眼看着，浮雕小心装入木箱，空隙处棉花、稻草塞紧，经岷江水路运往宜宾李庄，暂存当年中央博物院筹备处驻地。保存完好的浮雕，成为研究汉代社会生活的代表性文物，不断出现相关书籍中。除了描述有所差异，标题方面，南京博物院编撰的《四川彭山汉代崖墓》名"秘戏图"，北京故宫博物院展出期间又作"石男女拥抱像"，郭沫若观赏时呼之"天下第一吻"……

至于《四川文物志》，则称"彭山'拥吻'画像石刻"，描述更显直露：

彭山江口汉崖墓代表作"秘戏图"

  图上男女二人，赤身裸体，偎抱跪坐于台上，二人各用一手相牵，叠放于女子膝上。女子左手绕男子颈后抱住肩膀，男子则用右手从颈后绕胸前握其丰隆的乳峰，同时用力亲吻女子的面部。此画像浮雕较高，立体感强。

南丝路上合江对吻俑、荥经石棺画像、彭山"秘戏图"，谁是天下第一吻，千年一吻还是一吻千年，不过炒作的噱头，博眼球而已。这类画像，揭示古代男女私密生活，学界早有定论，谓之"秘戏图"。

用意何在？表现夫妻情爱，祈求子孙绵延……无有定论。

话别之际，老处长叮嘱王庭福，莫再为了两具汉棺纠结，合江类似文物不少，今后留意就是。

还真就这么回事，接下来的日子里，无论省上开会还是接到电话，王庭福全是报喜。确实了不得，不过十来年时间，汉代画像石棺增加到二十多具，我是真替他高兴。

第十一章　石头上的大汉气象

荥经出土的汉代画像石棺

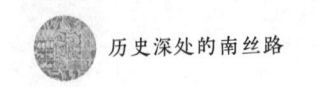

二〇〇二年八月，冒着酷暑，赴泸州市开会。提前一天出发，参观合江县汉棺之外，特意告知了王庭福，邀其聚一聚。

全程高速公路，汽车飞奔，唯独通往合江县那一段，没啥变化。刚打开车门，看见王庭福站在合江县文化馆门外，身边一位不认识，经介绍方知是县文体局的韦副局长，分管文物工作。当着我面，王庭福一个劲喊没法，自己退休快三年，文管所依旧寄人檐下。

文化馆里这二十多具汉棺，有的是抢救性发掘，有的是公安部门收缴，有的是老百姓主动上交。为这些汉棺，文化馆腾出最大的一间房子，见缝插针堆了十来具，剩下的摆放屋檐下。

每一具汉棺，都有一个故事，经王庭福道出，变得挺风趣。

上回当，学回乖，自己的事自己搞定。

一九九四年，城市建设热火朝天，县文化馆那头的张家沟，好些工程陆续动工。岁末，合江县公安局办公楼工地，施工中挖出汉墓，出土汉棺一具。元旦过后，又一建筑工地传来消息，地层深处发现崖墓，里面不仅有汉棺，还是两具。

今非昔比，熟悉业务的王庭福，精明得很。两次出现场，手拿《文物保护法》，严肃地指着上面的条款，告知相关法律。建筑老板聪明，二话不说出钱请人，直接抬往文化馆。

也有法盲，愚昧至极，继续干倒卖汉棺勾当。

一个春节前夕，合江城张灯结彩，人们忙着采购年货。城北黄溪村，砖瓦厂赶任务，工人加班炉火熊熊，取黏土制砖坯忙不赢。土坑深处，挖到一具汉棺，当事人心中窃喜，私下联系文物贩子，发笔横财。

自认为神不知鬼不觉，结果被举报。情况紧急，王庭福匆匆赶到城关派出所，领导一听忙抽调四位民警，一同奔赴砖瓦厂。

终归晚一步，汉棺已经出手。好在警察登门，当事人知道问题严重，

第十一章　石头上的大汉气象

如实交代文物贩子姓李，家住本县榕山镇。这榕山镇，距离县城十来公里，紧挨长江边，一旦上船，麻烦就大了。

折返县城，王庭福拿起电话，请求榕山派出所出警，自己稍后就到。一个小时后，王庭福与民警敲开文物贩子大门，只有其妻在家，估计姓李的听到"风声"，脚底抹油——溜得快。

民警措辞严厉，告知倒卖汉棺涉嫌犯罪，敦促姓李的尽快到派出所配合调查，争取宽大……这女人听得冒冷汗，骂男人糊涂，说石方子在后院，你们拉走便是。

汉棺安然无恙，王庭福如释重负。

还有天下奇闻——农妇不识宝，汉棺竟然作猪槽。

临近退休，王庭福获得线索：密溪乡园艺场附近农家，院子里有汉棺一具，画像痕迹隐约可见。

赶至园艺场打听，确有其事。转弯抹角，寻到这户人，一农妇正埋头铡猪草。听明来意，农妇摇

合江汉代石棺，多见伏羲、女娲画像。人身蛇尾，男女交合，双尾纠缠一起

合江汉棺《羿求药图》，出自神话传说

头说没得石方子，我家只有猪槽，就是地下那玩意儿。顺着手指的方向，王庭福哭笑不得：那可是如假包换的汉棺，图案为龙虎戏璧，只是里面的猪草，让人大跌眼镜。

农妇耿直，说既然是石方子，当然交公家，但得等猪儿吃完食。

等待过程中，通过农妇讲述得知，汉棺是四十年前园艺场开荒时，山坡上挖出。原本一对，另一具当场打碎，铺在机耕道下面。

往事聊完，王庭福愁容满面，拽住韦副局长言道："心疼呀，汉棺长满青苔，不能再这么下去了！"韦副局长解释，汉棺这事县上正在考虑，东挑西选，看中西门上那座古建筑——清乾隆年间修建的考棚。这个方案，得到四川省、泸州市文物部门的支持，准备维修以后，成立合江汉代画像石棺博物馆。

知道汉棺有个好去处，王庭福感到欣慰，我也为他高兴。

三年后的一天，手机铃声响起，电话那头的王庭福充满喜悦，说汉代画像石棺博物馆开馆了，地点就在合江县考棚。这时的汉棺，已增加到三十来具，数量为全国之最。壮观场面，我是心向往之，无奈各种事务缠身，始终

合江县汉代画像石棺博物馆

未能成行，十余年后才如愿以偿。

岁月不饶人，如约而至的王庭福，步履蹒跚，身体大不如前，我赶忙上前问候。老友重逢，尽管气色不佳，但他强打精神带我抄近道，从广场路步入学坎上巷，一路弯来拐去高楼林立。穿出巷口，前面一片开阔地，一座建筑飞檐峭壁，便是汉代画像石棺博物馆。

博物馆坐北朝南，占地面积一千七百多平方米，仿四合院布局，考棚原有建筑基本完整，砖木结构小青瓦。头门、仪门以过厅相连，两侧小天井；进入仪门为厢房，中间有花圃，栽蜡梅、栀子花、满天星等。展厅设厢房，一具具汉棺有序陈列，通道灯光映射，文字介绍规范严谨。

从展厅到库房，一幅幅画像题材多样。

昆仑女神西王母宽袖长袍端坐中央，伏羲、女娲人首蛇身两尾相交，青龙、白虎环护左右，朱雀翩翩起舞……神仙聊得够多，且将视线从天上转向人间，墓主生前怎么过日子，汉代人有什么价值取向。

住宅气派而舒适，门阙、楼阁、庭院、亭台一应俱全，体现汉代建筑风格。其中多有两层楼房，底层三开间明亮宽敞，两边屋子，中间大门两扇；二层之上，楼阁不论单双，屋檐上翘。另有干栏式建筑，高悬地面，需登梯而上，既通风干燥又防毒蛇侵扰。

这一幅是乐舞，那一幅是宴饮，引人关注的一幅是尊老养老……

天之大，孝为先。两汉时期，统治者倡导"以孝治天下"，皇帝率先垂范。

汉文帝刘恒，仁孝闻名，三年如一日，处理完朝政径直摆驾后宫，侍奉卧病在床的母亲薄太后。历史典故"亲尝汤药"，说那薄太后服用的汤药，汉文帝都要一一尝过，这才放心母亲服用。

始于汉武帝，官员选拔途径，改作由下向上推荐，标准为"孝顺亲长、廉能正直"，简称"举孝廉"。孝行，成为考察一个人是否任一方之

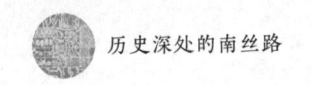

职的重要标准,直到东汉末期,孝廉出身的名公巨卿比比皆是。高颐、樊敏二人,都是考察合格荐作孝廉,而后入仕途。

世风如此,百姓争相效仿。边陲之地符县,虽为少数民族聚居地,依然讲究生前孝顺,归天厚葬。口说无凭,虎头乡那个真武村,一九九七年出土汉棺一具,即镌刻"董永侍父图"。岂止合江县,五尺道经过的地方,如乐山城区的麻浩、柿子湾汉代崖墓中,也有三幅同类题材画像,虽说构图各有千秋,但无不突出董永孝行。

董永故事源起西汉,当朝学者刘向《孝子传》有记,可惜早已亡佚。书中董永贫穷,卖身葬父,宣扬孝文化。到了东晋,史学家干宝根据奇闻轶事,写出《搜神记》一书。涉及董永,卖身葬父之外,增添感动天帝、织女下凡为妻、十天织百匹细绢、助董永赎身等情节,孝子形象淡化。

再往后,文人妙笔生花,庄稼汉董永变成读书人,天上的织女也被玉皇大帝的亲骨肉七仙女取代。尤其黄梅戏《天仙配》搬上银幕,爱情悲剧感天动地,人人同情董永、七仙女,痛恨万恶的玉皇大帝。

合江这"董永侍父图",显然出自刘向原著,相比《搜神记》简洁许多,与《天仙配》完全两回事,再现农民董永的孝道。

大树一棵枝繁叶茂,树杈挂陶罐,装水盛食物;树荫处,停放独轮车,董永之父,执杖安坐车杠。董永者,千乘郡(今山东省淄博市)人,家中一贫如洗,父子二人相依为命。奉养父亲,农忙打短工挣钱,老人推至荫凉处歇息,自己手持锄头田间劳作。不时回头,大概在问父亲饿不饿、渴不渴。

看得出,刘向笔下,颂扬的是董永孝行,而非男女情爱,亦无虚无缥缈的仙界。

还原董永故事,多亏这幅汉代画像。只是石棺整石凿就,再雕刻画像,耗费钱财,非富人不能为。

观二十二号汉棺《董永侍父图》拓片,可知汉代孝文化深入人心,偏远如南丝路的符县,依然刻于石棺

好在符县多富人。两汉时期,这一带日照充足,雨量充沛,土地肥沃,农业发展迅速,冶铁业形成规模。物产丰富,又是交通要道,做生意同样来钱。讲孝行,老人过世打一具石棺,点缀几幅浅浮雕,对于这些富人而言,不在话下。

理应树碑,颂扬墓主事迹,流芳千古,只是合江乃至周边,始终未曾发现汉碑。好在清朝末年,五尺道那头,滇地昭通城东白泥井,挖出一通《孟孝琚碑》,弥补了遗憾。

既名《孟孝琚碑》,墓主当然就是孟孝琚,碑文无非本人生平。相比樊敏、高颐二碑,《孟孝琚碑》年代更早,且为滇地唯一汉碑,云南人誉之"稀世之珍""古汉碑第一"。有些年头不见,二〇〇六年列入国家重点文物保护单位后,就想再去看看。

第二天辞别王庭福,驾车上高速公路。中午时分,看罢新建的昭通市博物馆,再度踏访城内几处文物古迹,《孟孝琚碑》为其一。汉碑置放

《孟孝琚碑》拓片

而今的《孟孝琚碑》，移至昭通市文渊广场，便于保护与向公众展示

地，过去在昭通第三中学，而今移置文渊广场，与东晋霍氏壁画、清代昭通文庙相伴。

时间尚早，那就去白泥井，重游《孟孝琚碑》发现地。白泥井作为自然村，属昭通市昭阳区（原昭通县）守望回族乡刘家海子社区，紧邻贯通市区的昭阳大道，曾经走过几趟的土路，找不到任何痕迹。

三十多年过去，高楼大厦，汽车来往穿梭，面目全非。

忆及当年，随同李绍明等学者考察五尺道，由四川盆地进入云贵高原，不知不觉，抬头已是昭通城。城墙斑驳，城门古朴，经石板路穿越城门洞，一下子跌入旧日的时光。街道两旁，一座座的古院落，一棵棵的梧桐树，一栋栋别致的法式建筑，我是印象深刻。

直驱昭通第三中学，记得操场一侧，便是《孟孝琚碑》存放地。地方文化部门准备充分，找来昭通名人谢饮涧现场讲解，另有当地文物部

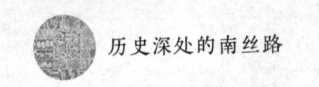

门的人，回答各种提问。八十高龄的谢饮涧，书法、考古皆是行家，研究这通碑有些年头。

谢先生主讲，文物部门的人补充，前尘后事滔滔不绝。一番高论，吊足来访者胃口，兴致勃发，非去发现地看看。

一行人出昭通城东，近郊白泥井下车，话题由梁堆说起。

当地人口中梁堆，特指昭通坝子地面小山包似的土堆，另有"粮堆""大堆子""梁王堆"等称呼。不同称呼中，梁堆得到专家认同，特指封土堆高大的汉晋古墓，一色黄土。今朝，仍有地名以"梁堆"冠名，白泥井周边便有"双梁堆""七个梁堆"。

早年间，农家建房夯墙需黄土，直接去梁堆开挖；修猪圈砌火塘，梁堆砖又大又厚，捡完整的剥离。一来二去，梁堆多损毁，眼下偶有发现，文物部门登记在册，竖起保护标志。

一九〇一年，白泥井附近的那个马家湾。利用深秋农闲，农民马宗祥修补自家围墙，一旁有梁堆，就近取土挺方便。刨开覆土，深处直竖残碑一块，字迹模糊。马宗祥目不识丁，瞧着石块平整，费老大劲儿掏出，打算垫墙根。隔壁表弟马正卫，念过几年私塾，见碑上有文字，当作稀奇事到处讲，传入秀才胡国桢耳朵。

隔些日子，胡国桢去昭通城，拜访曾任翰林院检讨的谢崇基，聊起这件事。谢崇基进士出身见识广，一听就坐不住了，吩咐下人备车，让胡国桢带路，赶往马家湾。

残碑形制古朴，齐肩高，约是原碑三分之二；碑首丢失，断裂处的凿痕，隐隐约约。碑刻采用东汉通行格式，隶书方正平满，左右两侧龙虎纹，正面底部龟蛇纹……汉碑也，宝贝也，谢进士眉开眼笑，庆幸疾足先得！

缘分呀缘分，有碑就有墓。找到碑首，再挖出墓中古董，一并妥善保存，岂不天大好事！满怀希望掏出钱，让马宗祥雇请十来个壮劳力，以发现地为中心，周边挖个遍。毫无所获，谢崇基大失所望。叹口气，残碑拉入昭通城，置放凤池书院（昭通第三中学前身）藏书楼。一九四五年深秋，后人建起碑亭，将汉碑镶嵌亭中墙壁。

考证碑刻铭文，方知孟广宗字孝琚，先祖曾主政严道县，其父时任武阳县令。这个武阳县辖区，即今眉山市彭山区，治所武阳镇，就在江口汉代崖墓下方。

谢进士做事严谨，铺纸研墨，行书写就百余字跋文，无非汉碑发现过程，初步的辨识，供嗜古君子参考。同年岁末，跋文另刻一石，嵌入碑左下沿空白处。

天子门生，自然才识过人，谢崇基评价古碑"文辞古茂，字画遒劲……远过两爨诸碑之上"。至于年代，则断言"以文字揆之，应在汉魏之间，非两晋六朝后物，洵可宝也"。

既然珍贵，独乐乐不如众乐乐，由是广为拓片，赠四方友人。碑刻年代存疑，损毁文字未补齐，顾不上那么多。梁启超、罗振宇、杨守敬、赵藩等硕学鸿儒，收到礼物个个兴高采烈，畅所欲言，叫好声一片。

综合各方观点，可知《孟孝琚碑》铭文博大，用词典雅。龙虎纹、龟蛇纹，得窥当时的石刻工艺，人们的宗教信仰。隶书字体方正舒展，取势扁横，笔画瘦劲古朴，不仅打破"北方南圆"的用笔模式，还可探索汉隶与今隶演变之痕迹。

各自的取舍不同，孟孝琚生平，才是我关注的重点。此人四岁丧母，十二岁入武阳官学，后与蜀郡何彦珍之女定亲。原本一帆风顺，孰料黄泉路上无老少，年纪轻轻病入膏肓，未娶妻先夭折，害得县太爷痛失爱子。灵柩归葬故里，时在一二七年，武阳县的主簿、书佐等承头操办，替主官排忧解难。

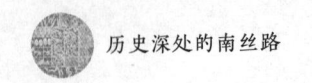

说穿了，我关注的是道路。长途跋涉，沉重的灵柩，能够顺利运回昭通，西南夷道交通状况，差不到哪里去。

可惜，秦汉开边治道成果，尽管有《史记》等典籍记载，有经济文化交流的文物为证，但缺了直接证据——西南夷道遗迹及治道刻石，无法形成完整证据链！

春去秋来几十载，我是望眼欲穿。

第十二章 西南夷道钩沉

一　蛛丝马迹

西南夷道蛛丝马迹，最早的发现者，我知道的有刘弘。

一九八三年春节过后，大凉山腹地，相距诸葛亮南征驻屯的氐坡此不远，四开乡好谷村地头，村民掏出几块石条，棱角分明。昭觉县文化馆派人查看，却是石表、麟凤刻石等，年代为东汉灵帝光和四年，即为公元一八一年。

文物珍贵，可惜缺乏发掘经费，原地掩埋了事。

这件事，刘弘牢记在心。非常清楚，地下覆盖有汉代遗址，附近应该还有汉代砖室墓。五年后机会来临，发掘这片遗址，不仅石表、麟凤刻石重见天日，还找到汉献帝初平三年（一九二年）残碑。

刘弘强调，始于东汉末，蜀郡与越巂郡通道，改走安上–卑水–邛都，石表与残碑就在这条线上。刻上官府公示，石表竖立大路旁，方便往来百姓知晓，惯例如此。顺藤摸瓜，说不准地底，就能发现西南夷道。

找到石表基础位置，刘弘在边上开方下挖，用手铲小心剥离堆积层，发现古道千脚泥，再往下生土暴露。考古学中的"生土"，特指未经人类扰乱过的原生土壤，"不见生土不收兵"，考古人经验之谈。

此次开方，证明西南夷道这一段是土路，作为蜀汉控制越巂郡的主要通道，路面宽度一米左右。想起一九八六年，氐坡此发现蜀汉军营，没准蜀汉平定南中之乱时，西路军就打这儿过，土路上还留有诸葛亮的脚板印。

一九八八年初夏，筹得经费，刘弘发掘调查好谷村东汉石表期间，意外发现秦汉古道遗存

　　羡慕刘弘，昭觉县四开乡好谷村，亲手发掘出西南夷道遗迹。十多年后，深藏不露的西南夷道，亮相于芦山县，我有幸目睹发掘过程。

　　二〇〇〇年初夏，芦山改造老县城。穷得叮当响，所谓"改造"，不过将主街几处有碍观瞻的路段，政府出钱拓宽拉直，铺上水泥路面。拆除重建的民宅，费用房主自理，好处是木板房变砖房，建起三四层的楼房，面积大增。

　　穷归穷，作为青衣羌国故地的芦山，历史悠久。秦时，此地置青衣县，隶属蜀郡，直到一二七年，汉顺帝刘保更名汉嘉县。

　　正史记载的青衣县，仅见于《汉书·彭越传》，其中有一句：

　　　　上（汉高祖刘邦）赦以为庶人，徙蜀青衣。

　　流放罪犯的边地，多民族混居，情况复杂。为了便于控制，西汉在这个方向设西部都尉，东汉更名蜀郡属国都尉，蜀汉昭烈帝刘备那会儿，改作汉嘉郡。可见，两汉时这座小城地位高，西部都尉府、蜀郡属国都尉府先后设此，接下来的汉嘉郡治也在这里。几百年不变，遗存丰富，轻易不能动土。

一说旧城改造，县文管所所长唐国富就头痛，天天提心吊胆，担心出问题。怕啥就来啥，改造刚启动，南街姜城遗址保护范围，状况突发。

姜城遗址属文物保护单位，据传姜维在此筑城，故以"姜城"名之。遗址范围内，早年可见夯土城墙遗迹，明代砖石城墙覆其上，分南、北两段。临街有明代木牌楼，进去是明代建筑姜庆楼，纪念蜀汉大将军、平襄侯姜维而建，又名"平襄楼"。

六月的一个下午，热不可耐。唐国富一朋友找上门，说南街修房子，挖出半截大石头，有点儿古怪。

唐国富不敢怠慢，烈日下一路小跑，累得来气喘吁吁。

那一排住着几户人，房子高出地面有一米多，与相连的房屋不协调，多年过去，也从未有人问个为什么。拆完房子平整地面，高出的那部分得铲除，挖开表层石灰砂浆，包裹在里面的是夯土城墙。听老一辈人讲，这石灰砂浆，一九五八年抹上的。

几户人恍然大悟：自家的房屋高出一截，原来是建在城墙垛子上。管他三七二十一，铲平了事，修房子耽误不得。好在当年，都是用锄头干，刨出半截硕大的石头，一时半会儿挪不动。

汗流浃背的唐国富，蹲下身子，一看吓一跳：石兽臀部！忙招呼暂停施工，赶紧上报。

第二天，我与市文管所负责人来到芦山县，与省文物局、省考古研究院专家会合，一起去施工现场。考证下来，属于汉代城门建筑遗址，南丝路上，尚属首次发现。请示省文物局，决定展开抢救发掘，领队由

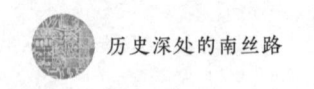

省考古研究院周科华担任。

如今已是副院长的周科华，那年月青年才俊一个，风华正茂，责任心极强。盛夏时节，他带领参与发掘的文博人员，头顶骄阳，接连几十天在工地忙碌，晒脱几层皮。

发掘期间，我去了几次，其中两次陪同俞伟超先生。考古圈的人，谁不尊敬俞先生，著名考古学家、当代秦汉考古学权威，早年北京大学开课，讲的就是"秦汉考古"，听者踊跃。

如前所述，那两年俞先生常跑四川，走了南丝路几处地方。得知发现汉代城门建筑遗址，惊呼为"中国第一城门"！大热的天，非要去芦山，说搞考古研究，实地考察尤其重要。

两件文物，俞先生兴趣浓厚，跑了一趟跑二趟。

一是东汉《赵仪碑》，判断遗址年代，其为主要依据。出土时，石碑已然凿断，一分为三，充当垒砌城墙的石料。

碑刻正面墓志铭，采用隶书字体，字小字口浅，外加风化严重，辨识难度大。拓片分析，赵仪出身小户人家，世居犍为属国汉阳县，即今贵州省威宁彝族回族苗族自治县东部。由于稔知经书，又能"孝顺亲长，廉能正直"，于是乎脱颖而出，举孝廉入仕。

清廉为官，一步步擢升，直至一七一年，被汉灵帝任命为蜀郡属国都尉。在任期间，赵仪保一方平安，注重道路维修，深得属国吏民拥戴，一八九年病逝于任所。

就在这一年，朝廷改蜀郡属国为汉嘉郡，赵仪算是末任都尉。

身前荣耀，身后不得安宁。先后两次，墓碑遭受破坏，好事者两度刻字于墓碑，记载经过。

先有无名氏，刻字十个，叠压墓志铭之上，价值不大。

后有汉嘉郡太守张河，缅怀赵仪功绩，除了承头将墓碑复立，还于

第十二章　西南夷道钩沉

《赵仪碑》（局部）　　　　　　　　《赵仪碑》拓片

碑阴留下铭文，记载经过。这段上百字的隶书铭文，透露不少信息，藉以推断《赵仪碑》受损原因及时间。

　　石碑扑地，时在二〇一年，益州大吏赵韪与州牧刘璋结怨，起兵反叛。汉嘉郡这边，谢酉、张除二人带头响应，动静不小。叛乱平息，继任汉嘉郡太守的蜀郡临邛人张河，见到那场叛乱推倒的《赵仪碑》，为"以示后贤"，发动幕僚捐款重竖。

381

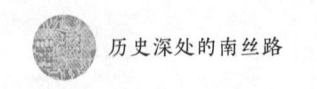

碑阴铭文谁凿就？落款告诉我——依然是那位"造石匠"刘盛。

更大的破坏，发生在蜀汉延熙十年（二四七年）。卫将军姜维，平定汶山郡叛乱后，边地动荡局势不乐观，部族反叛此起彼伏。防患于未然，汉嘉郡加固城防，那是必须的。

修筑城墙，需要大量石料，《赵仪碑》又遭劫难，利器凿断一分为三。

不幸中之大幸，服劳役的百姓，顺手将三截碑垒一块儿，还都是碑阴紧贴城墙夯土。石质虽差，但避免了风化，字迹清晰保存极好，就像刚镌刻一般。据此分析，刘盛勒石不过数十年，墓碑就被夯土包裹，以致今人难以相信，这字出自一千八百年前。

准确把握这些信息节点，操着优雅的南方口音，俞先生一语中的：宛若新刻的铭文，佐证城门维修时间是延熙十一年，即公元二四八年。

其二城门兽，位于汉碑边上，一眼望去，雄健汉风扑面来。头部不知去向，身长接近两米，体形之大，远超南丝路其他汉代石兽。

情绪激昂，俞先生绕着石兽转，语调时而激动，时而深沉。

这是什么？挥动手臂，俞先生表情夸张，描述极准确：罕见的汉代城门兽，造型、技法了不起，胸部宽大两侧带翼，腹部肥硕紧贴地面，后腿饰卷毛，臀部浑圆，四肢肌肉发达，四爪使劲儿抓地……

虽说头部丢失，照样气势不减，给人力负千钧之感。

没了头，尊容无从知晓，俞先生也没深说。落下的遗憾，凭想象恣意发挥，心目中的城门兽，头高昂双目炯炯，表情威猛，凛然不可犯。

用途何在？俞先生解释既然是城门兽，当然摆放城门外，除了当神兽辟邪，又兼城门阙柱础。接着补充，应当还有另一具，配对成双。

还真有这么回事，边上一位老者插话。又手指前面，说是也就十步开外，一九五八年时加宽街道，从地底挖出来，同眼前这具一个样。咋

东汉城门兽，
出土于芦山汉代城
门遗址

处理？当场，施工者挥舞大锤，半个时辰敲碎，垫了路基。

俞先生听得直摇头，其后一席话，让众人再度兴奋：迄今为止，华夏大地发现的汉代城门遗址，从未有城门兽露面。汉代之前的古文献，找不到相关记录；这些年的考古发掘，没见新闻报道。

汉代城门兽，全国唯一，历史文化价值毋庸赘述！

文物有价值，周科华当然高兴，将俞先生请至侧面，说是挖出汉嘉城一截街道。相隔两千来年，假若没有《赵仪碑》那些铭文，缺了城墙及城门兽，街道的久远无人知晓。一句话提醒梦中人：汉嘉郡为零关道必经之地，汉嘉城这街道，当属西南夷道一部分。

哎呀呀，那高兴劲儿，就甭提了。朝思暮想几十年，消失已久的西南夷道，就这么突如其来，近在咫尺。

心儿怦怦跳，紧紧跟随余先生，我是目不转睛。地面的堆积土层层剥离后，地表下方一米处，清理出二十多米长的街道，路面宽度四米多，呈南北走向。同一文化层，掘得蜀汉晚期钱币一枚，篆书钱文"直百五

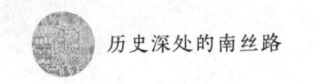

铢",制作较粗劣,品相不佳。

上述文物可证,城门与街道年代,东汉后期至或蜀汉末年。考虑到地处偏远,人口少经济落后,汉嘉城扩建的可能性小,街道定型后不会有大的改变,时间可前推至东汉早期乃至西汉年间。

接下来,俞先生与周科华探讨什么,我再也顾不上。轻轻抬起脚,一下子踏入西南夷道,思绪飘然,回旋于古今之间。从头到尾,走上几个来回,既为寻找感觉,亦是了却爷爷、父亲的心愿。

举动超乎寻常,内心的激动,被余先生一眼看穿。就着话题,几十年的寻寻觅觅,我一吐为快。的确是西南夷道一部分,余先生非常确定。接着又说:"何止这二十来米,扩大发掘范围,必定找出完整的街道。"

那些日子,每次芦山看进度,少不了下至西南夷道,来回踱步。可惜,也就那么几次,遗址没保住,这段西南夷道,不久后化作乌有。

俞先生大手笔,依照其思路,不仅这几户人要异地建房,便是周边人家也需搬迁,以便在更大范围内,找到更多更有价值的文物。发掘完成,原址建展厅,罩住整个遗址,将汉代夯土城墙、城门、城门兽、碑刻、街道统统保护起来,让时间与空间不存在距离,久远的历史触手可及。

复原汉代古城及古城门遗址,算是独一无二,争取当年"全国十大考古新发现",俞先生蛮有信心。

无疑,俞先生的理念,极具前瞻性和开放性,听得我心花怒放。

发掘经费不用担心,但凡重要遗址,上级文物部门会解决。问题来了,这么一个宏大构想,芦山县的主政者,打心里无法接受。山区小县,发工资尚且捉襟见肘,哪里去筹钱搞搬迁?只要街道拉直了平整了,老百姓的房子修完了,任务也就完成了。

没有钱,一切免谈,县上亮出底牌。

这一带属县城热闹地段,门面租金高,几户人谁也不愿搬迁。关系切身利益,老百姓天天纠缠,说耽误不起,要求立刻恢复施工。

无可奈何,县上领导让县文化局找省上,扩大发掘不可接受。解铃还须系铃人,跑成都安排唐国富,心不甘情不愿,但也无可奈何。

解决搬迁费用,市里无力承担,省文物局拿不出钱,俞先生无法可施,只能就此打住。很快,老百姓新居落成,还有两家开起铺子,专做古玩生意,赚外地游客的钱。

由于局部发掘,掌握的资料不够全面,发掘报告未曾发表,俞先生宏大的构想,更是无法实现。

又一次见到古道,已是五年过去,地点在邛崃市。

二〇〇四年底,邛崃平乐古镇搞开发,修筑骑龙山城隍岗游道时,挖出一段古道。铺设所用材料,砌筑的方法罕见:中间安放石板,或是铺筑大块石头,两侧铺以鹅卵石,路边采用石砌挡墙。

文物部门观察,估计清代道路,再往下,或与西南夷道有关。若推论成立,大西南古代交通考古,将有一个突破。第二年入夏,成都文物考古研究所、邛崃市文管所联合,专家刘雨茂出任领队,带考古人员进入骑龙山平乐镇,展开发掘。

成都考古所与川内市、州关系融洽,十二桥不远的办公地,我与同事多次叨扰。这次骑龙山考古,围绕南丝路支线开展,一直延伸至名山县(今雅安市名山区)地界。由于涉及雅安。发掘扫尾阶段,我以名山县中峰镇为起点,看了几处地方,经乡村公路至骑龙山。

古道绕行浅丘地带,下一个缓坡,即是平乐古镇。刘领队指导下,骑龙山顶挖探沟六条,一百多平方米的范围,逐层剥离,发现不同时期路道。

表面道路,宽度两米多,清理出同治通宝、乾隆通宝各一枚,清代错不了;下一层卵石路面,接近两米宽,中轴线大卵石砌就,出土青花

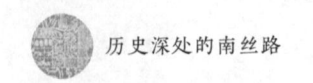

瓷片等，明代风格；再往下碎石路面，宽度收窄，两侧累土做挡墙，发现宋代铁钱、邛窑瓷片等。

最底层土路，不过五十厘米，铺垫黄土夹杂少许炭屑，厚度七厘米，下方即见生土。两侧挡墙，起防护作用，利用挖出的土堆砌，也有凭借天然地势，形成挡墙。

未发现任何遗物，年代判断麻烦，刘雨茂眉头紧蹙。

惊喜藏于挡墙，泥土中刨出一堆铜钱，表面高度氧化，满是绿锈。经修复，竟然十多枚五铢钱，其中六枚较完好，形制规整工艺精致。钱文小篆，"五铢"二字修长秀丽。内行看一眼，便知钱币来头大，出自西汉上林三官。

当年修路的人够奇葩，十几枚五铢钱藏于挡墙，意图何在？莫非转弯抹角，暗示后人古道年代。挖出西南夷道遗址同时，找到汉代五铢钱，意义自不待言，如同《邛崃市平乐镇古道遗址调查与试掘简报》所说：

> 本次发掘清理出了汉、宋、明、清四个时期的道路遗址，出土了清代同治通宝、乾隆通宝和汉代五铢铜钱等重要遗物，为研究汉晋时期的西南丝绸之路提供了重要参考依据。

根据地层堆积状况，结合史料，刘雨茂等得出"平乐古道至迟在西汉时期已经开通，后经宋、明、清等不同历史时期的大规模修缮而延续使用至今"的结论。

成果颇丰，假设俞伟超知道，不知何等高兴。

惜哉，平乐古道发掘前一年，俞先生在广州猝然长逝。否则，依他的脾气，势必亲临现场，提出类似芦山县汉代城门遗址的保护方案：汉、宋、明、清道路遗迹，按照原样修复，采用阶梯形方式，一层叠一层依

第十二章　西南夷道钩沉

平乐古道发掘完成，打造出的仿古道路

这段未曾发掘的平乐古道，同样不可能保留秦汉风貌，只能让我遥想当年

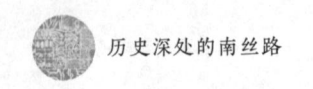

次排列,来个直观呈现。

今天的人们,沿着游览路线行进,洞悉两千年道路演变,岂不美哉妙哉。

问题出在发掘完成,汉、宋、明、清道路遗址未能保留,反倒是平乐镇借势打造,配合旅游开发,修了数千米的仿古道路。自信满满,大刀阔斧"古道"再造,路宽不说,两侧挡墙大石头垒砌,全然与秦汉年间不搭调。

幸好,游客不计较,瞄一瞄路旁宣传牌,走一走找找感觉,蛮好。

二 治道刻石复出

唯有学者们较劲,始终坚持,南丝路年代正名定分,除了古道遗迹,还得仰仗早期治道刻石。一如陕西汉中市,东汉《鄐君开通褒斜道摩崖》摆在那里,褒斜道年代及走向,不言自明。

想起父亲早年的话,还真有些道理。修路架桥功德无量,官府少不了勒石以记,《何君阁道碑》等汉代碑刻,权威性不言而喻。

零关道、五尺道再到永昌道,搜寻治道刻石,每每乘兴而去,败兴而归。

零关道,唐朝人刻下"山横",明代人补上"水远";五尺道,石门关摩崖石刻,出自唐朝御史中丞袁滋;永昌道上,霁虹桥头众多题刻,无有超过明代者。

这类刻石,内容与治道无关,年代所限,无法证明南丝路的久远。

有人不言放弃,坚信奇迹会出现,大相岭脚下荥经县的李炳中,就

第十二章　西南夷道钩沉

群峰蜿蜒的大相岭，路隘林深苔滑。历朝历代，寻找《何君阁道碑》的文人雅士，总是在这个方向忙活，可惜南辕北辙

是其中之一。这荥经县，即秦汉时期的严道县，更改县名之事，发生在唐朝初年，因境内的荥河、经河而得名。早年西南师范大学学成归来，李炳中目标明确，就冲着东汉的《何君阁道碑》。

李炳中的执着，源自第一、第二次全国文物普查，这碑都作为重要文物查找。西南师范大学毕业时，老师兼书法家的徐无闻，也曾叮嘱：假若《何君阁道碑》尚存，必在荥经，归去记得努力寻找，一旦发现功德无量！

何止李炳中，当地文化人也一样牵肠挂肚，毫无希望但不言放弃。

多年前，我从父亲口中得知《何君阁道碑》以来，这通东汉名碑旧事，耳朵听得磨出了茧子。

相关记载，最早见于宋代洪适的《隶释》。洪适官至丞相，深感朝

作为西南夷道治道碑刻,《何君尊楗阁刻石》无比珍贵,证明了秦汉时期零关道的走向

一块凸出的岩石,犹如屋檐,为《何君尊楗阁刻石》遮风挡雨

廷腐败无力回天,归隐山林一头扎进金石学,造诣深影响大,与欧阳修、赵明诚并称"宋代金石三大家"。代表作《隶释》,成书于一一六六年,为现存年代最早、集录考释汉魏石刻专著,亦是同类著述中的佼佼者。

于《何君阁道碑》,洪适下足了功夫,实录五十二字碑文,其中两个字无法辨识,用"□"替代。有感其书艺妙变无穷,神韵与气势后人难以企及,跋文中赞曰:

东汉隶书,斯为之首。字法方劲,古意有余。如瞻冠章甫而衣缝掖者,使人起敬不暇。虽败笔成冢,未易窥其藩篱也。

评价如此精辟,还冠以"汉隶之首",揣度洪适收藏有碑刻拓片,起码见过原拓。考释《何君阁道碑》位置,也是仗着门生故吏遍天下,渠道多信息广,了解、掌握存世汉魏金石情况,是以在跋文中说"邛㙷九折坂盖其地"。

切莫被"邛僰"迷惑,这里不过指代西南偏远之地,关键在"九折坂",乃荥经县大相岭一个小地名。

至于何时、何人发现,跋文仅见"此碑蜀中近出",再无多言。数十年后,另一朝廷大臣、金石学者娄机完成《汉隶字源》编录,就《何君阁道碑》补记:

> 建武中元二年(公元五七年)立,在雅州。《墨宝》云,见于荥经县,以适邛筰之路也。出于绍兴辛未(公元一一五一年)。

娄机不仅订正立碑时间,又转录《墨宝》记载,挑明《何君阁道碑》出现在荥经县,时间是一一五一年。至于《墨宝》,我遍查典籍,无一知其年代、作者及内容。

更为离奇,没过多少年,此碑再度人间蒸发。这消息,被宋代隶书代表人物之一的晏袤,第一时间披露。晏袤有幸,先后任褒城县令、雅州知州,而这两处地方,都有享誉天下的汉隶刻石。

两宋期间,文人雅士喜好金石之美,金石学应运而生,形成第一个高峰。为官者搜集古物,考证古文字,通过铭文追溯历史,风靡一时。欧阳修、曾巩、苏轼、洪适、赵明诚等,个个乐在其中,晏袤当然不例外。

一一九三年初,晏袤就任南郑县令,辖区之大,远超今陕西汉中市南郑区。是年夏,暴雨滂沱,河流洪水暴涨,冲毁当地最大水利设施——山河堰。

山河堰进水处,位于褒斜古栈道谷口,灌溉南郑大片农田。晏袤忙碌一冬,第二年春山河堰修复,验毕现场,想起心仪已久的石门碑刻,

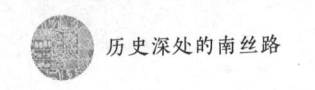

借机访看。

崖壁陡峭,峡谷中褒水湍急。去岁连天暴雨,悬崖之上,苔藓多处冲刷剥落,遥遥望去,隐隐可见字迹。靠近辨识,结果出乎意外,竟是汉隶神品《鄐君开通褒斜道摩崖》,刻于东汉永平九年,是为公元六六年。

这方汉隶神品,失踪多年,欧阳修、洪适、赵明诚等人著述,均无有收录。

古碑再现,晏袤心花怒放,书就《鄐君碑释文》,刻于《鄐君开通褒斜道摩崖》下方,评价其"字法奇劲,古意有余,与《何君阁道碑》体势相若"。

算是老天眷顾,将这旷世奇缘,赐予晏袤。

转眼一二〇五年,官声不错的晏袤获得拔擢,外放雅州知州。机会来临,《何君阁道碑》就在治下,岂能不往荥经县踏访,饱一饱眼福。

打听下落,属下们异口同声:《何君阁道碑》了无踪迹,不知去向。焉能甘心,吩咐部属打道荥经,沿南丝路往大相岭搜寻。好运气,可一不可再二,几经寻访杳无踪迹,晏袤喟然长叹:《何君阁道碑》找不着了!

一句找不着,存世汉隶石刻,年代最久远的桂冠,归之《鄐君开通褒斜道摩崖》。

洪适、娄机说得够清楚,分明就在荥经,怎会转眼不知所在,再次玩失踪?

荥经人向壁虚构,一个故事流传久远,并且正经八百记入县志。说的是明朝年间,一位吴姓巡按,酷爱《何君阁道碑》,告老还乡偷偷拿走。

其后,历代金石典籍虽有涉及,但以讹传讹。乾隆年的《雅州府志》

同样道听途说，一碑记作三碑，名称说法不一，让人无所适从。

清末，荥经举人汪元藻，大相岭寻访古碑，不得。弥补遗憾，出面邀成都书家沈鹤子，据《金石索》摹写《何君阁道碑》，勒石戴匡书院（今荥经中学）。汪举人哪里知道，《何君阁道碑》失传已久，即便明朝《古刻丛钞》，亦是后人伪刻拓本，存在谬误。清代《金石索》，出自《古刻丛钞》，自然跟着错。

汪元藻不了解，沈鹤子不清楚，糊里糊涂，错把伪刻当真迹。再后，民国时期编撰《荥经县志》，记有"旧志云在县西二十里"。

一代接一代，寻找汉碑，荥经文化人矢志不移。关注点，始终大相岭。二〇〇二年，李炳中担任雅安市文管所所长后，依然牵肠挂肚，盼着奇迹能出现。

天遂人愿，一年过去，"汉隶之首"忽然重现冯家村钻山洞。

相隔千载，盼来重现，谁第一个见到，没法回答。无数个春秋，附近村民种地、放羊，爬坡上坎，知道峭壁上有字。只是见识少，文化不高，也就闲扯几句，没人当回事。

刘大锦，当地学校老师，第一个产生好奇心，并付诸行动。作为书法爱好者，得空铺开毡子临帖，一丝不苟。同事见他乐此不疲，提供一条信息：钻山洞峭壁，刻有文字。

揣度古人留下，搜寻多日，无果。二〇〇三年秋，草木渐渐枯萎，刘大锦带上锄头、镰刀，再探钻山洞。这一次，下至荥河往上找，披荆斩棘，直到前面一斜坡挡道。沿斜坡攀爬而上，一无所获，坐下抽烟歇口气，起身离去……偶然回头，山崖间一方平整岩石，镌刻几排稀奇古怪的字。

喜出望外扑上前，高兴劲儿无法用语言形容，摸着字手都在抖。目不转睛看半天，不仅是隶书，还是资格的汉隶。就其大模样，犹如经常

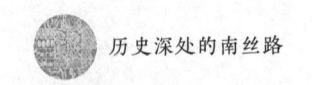

临摹的《石门颂》，只是文字古奥，色泽与岩石相同，不易识别。

潜意识，感觉遇上宝物，回办公室抓起电话，忙与书法爱好者分享。可惜，传递出的信息不是被忽略，就是对方忙于事务，无暇顾及。刘大锦执着，不言放弃，持续向外界披露消息，朋友聚会，总提及钻山洞汉隶。

初冬季节，中国书坛一重量级人物，陪同曾在这里当知青的弟弟故地重游，来到刘大锦所在村庄。见到书法家，刘大锦分外激动，见面就聊这事，并提议带路看一下。不知时间紧，还是不相信有这等好事，书法家婉言谢绝，与一次重大发现擦肩而过。

转眼又是春暖花开，秦启华、吴阿宁等地方文人，相聚城郊农家乐。

人到齐，秦启华说有重要情况。前些日子，刘大锦又来电话，依然说汉隶的事。搞了一张拓片，结结巴巴照着念，开头便是"蜀郡太守平陵何君……"听完这句，秦启华叫打住。接下来，自己一口气背完全文，然后夸刘大锦："你立了一大功！"

在座的惊呆了，这不是昼思夜想的"汉隶之首"吗。

事不宜迟，秦启华、吴阿宁等叫上出租车，赶到刘大锦学校。同行者古文功底不差，书法也过得去，待展开两尺见方的拓片，眼睛都亮了，连忙转身朝钻山洞跑。

刘大锦带路，见到刻石，还有下方古栈道孔，秦启华等心花怒发，估计八九不离十。十万火急，报告市、县文化部门。

清楚记得，那是一个下午，李炳中打来电话——《何君阁道碑》再现荥经！兴冲冲，我俩同乘一辆车，风驰电掣往钻山洞赶，一探究竟。

钻山洞地处半山，位于烈士、新建两乡（今荥河镇）交界，距离严道古城遗址十来公里，恰与县志那"城西二十里"吻合。半个世纪前，修建108国道，山体一劈两半。

车停钻山洞，与县上的人会齐。荥河南岸悬崖，一条刚挖的便道，大家小心翼翼，相互搀扶前行百米。便道尽头，无碑，峭壁下方一刻石，触手可及。

初步认定：确属东汉何君尊楗阁道题记。

汉代治道刻石现身，于南丝路、北丝路而言，都是前所未有。见证奇迹，我是乐不可支。兹事体大，市、县双方议定：荥经县连夜砌墙保护，安排人员值守；市里向四川省文物局报告，请求省文物考古研究院组织专家鉴定。

获此喜讯，省文物局领导乐开花，表示全力支持。对于我们的求助，研究院院长、文物专家高大伦立刻表态：考古院承担所有费用，邀约省内一流学者，赴荥经考察论证。

高大伦长期在四川大学教书育人，一九九八年以来，先后在省博物馆、省文物局当领导。记忆犹新，上任没几天，带人雅安搞调研，由我负责接待并汇报工作。学者派头，文质彬彬戴一副眼镜，处理问题干净利落，第一印象蛮好。雅安市汉代文物，高大伦一清二楚，南丝路情况，问得尤其仔细。

两年过去，高大伦转任省文物考古研究院院长，依然是我的领导。

二〇〇四年三月二十四日上午，高大伦与林向、马继贤，魏启鹏等十多位专家，莅临钻山洞。县上人前头带路，专家们边走边看，不时发表高见。便道加宽许多，围墙完工安上门，值守的人到了位，荥经县效率挺高。

上有繁忙的108国道，下临万年流淌的荥河。就在几年前，大规模拓宽国道，施工方图省事，泥石就地倒入河谷。天佑神品，不仅未被掩埋，反倒因大量倾倒的泥石，堆积出斜坡一个，最高点距离刻石一米多。

此情此景，专家们无不感叹，假如再多倒些泥石，刻石休矣！

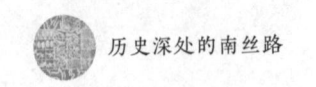

刻石上面，岩石凸出，犹如天然雨棚。下方深度凹陷处，一大块页岩断面相对平整，显系人工凿就，与周边山体截然不同。刻石挺讲究，四周另凿边框，高六十五厘米、宽七十五厘米上下，略呈正方形，镌刻五十二个汉隶。

站立一旁，听专家诵读题记：

蜀郡太守平陵何君，遣掾临邛舒鲔，将徒治道，造尊楗阁，袤五十五丈。用功千一百九十八日。建武中元二年（公元五七年）六月就。道史任云、陈春主。

真与假，一目了然，专家意见趋于一致。

典型汉代石刻，与宋代洪适描述的内容、书写风格完全对路，系建造尊楗阁道记事题记，真迹无疑。回头看《金石索》一类拓本，诚然字体大小相等，内容与原刻相仿，但气韵拘谨，缺少真迹之神韵。

真迹归真迹，问题随之而来。

眼前并非一通碑，而是一方摩崖石刻，与历代金石学著作记载不符。估计刻石外框方正整齐，古人误为碑刻，故而历代金石类书籍称其《何君阁道碑》。

严格意义上，碑与石刻，还是有区别。碑分广义、狭义，广义之碑，泛指多种形制的石刻文字，含碑碣、摩崖、墓志等。狭义之碑，则指东汉以后，镌刻文辞的长方形石板，立于纪念地或墓前，即《说文解字》所说的"碑，竖石也"。

长期以来，"汉隶之首"藏之深山，无人一睹真迹，即便洪适这般大家，也误以为碑。眼见为实，岩壁题记为自己正名，古人记载不值一驳，规范称呼《何君尊楗阁刻石》。

《何君尊楗阁刻石》两边栈道孔洞

地处荒野，少了人为破坏；天然雨棚，免去日晒雨淋。刻石字迹清晰完整，刀笔锋芒依旧。区区五十二字，切莫小看，研究汉字演变与书法艺术发展，至关重要。

秦统一中国前，各诸侯国文字不尽相同。秦始皇一统天下，强化统治，确保政令畅通，"书同文"势在必行，李斯亲自操办。丞相李斯，一手小篆登峰造极，谓之"神品"。偏好加政治需要，在这位大人物主持下，以秦国大篆为基础，演变出新的通用文字——小篆，由朝廷颁发全国。

规范文字，李斯功在千秋，奠定中华民族文化基础，成为大一统格局的文化支撑。

贡献归贡献，历史与李斯开了一个大玩笑，位高权重而又精通书艺的李斯，制定的小篆未能持续推广。倒是同期，一介狱吏程邈，根据民

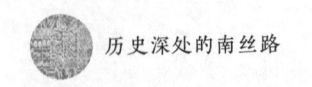

间流行的书体,自创出另一种文字,将其取而代之。

程邈小人物一个,等同徒隶,这种书体于是得名"隶书"。大人物还是小人物,使用的人不管那么多,书写方便易辨识,隶书优势明显,迅速流传。待到两汉,一跃而为通行的主要字体,谓之"汉隶"。

中国古文字与今文字,隶书成为分水岭,变古开今之功,落到了程邈头上。作为中国书法史上一座高峰,汉隶至今云端高耸,书家无不仰慕。

篆书向隶书过渡期,代表作之一的《何君尊楗阁刻石》,展现中国书法由篆向隶的演变轨迹。究其书艺,类似《开通褒斜道摩崖》《石门颂》《西狭颂》等风格,皆以中锋用笔,以篆作隶,而又磅礴大气,圆劲飞动。

时间上,《何君尊楗阁刻石》早《开通褒斜道摩崖》九年,名正言顺,成为存世最早的东汉摩崖隶书石刻。

其书法特点,学术圈遣词考究,语出惊人:

> 结体宽博,横平竖直;波磔不显,古朴率直;中锋用笔,以篆作隶;变圆为方,削繁就简。

道罢书法,再说题记内容,毫无疑问,事关这段古道的一次重建。文中的"建武中元二年",明白无误道出重建时间:公元五七年。

由来已久,无论是秦惠王拓边,还是秦汉王朝经略西南夷,都想到一个关键点:治道。

开边与治道,紧密相连。

接力秦朝,两汉王朝持之以恒,多次投入大量人力物力,整治南丝路。工程浩大,太史公不可不记,有《史记·平准书》为证:

> 唐蒙、司马相如开路西南夷，凿山通道千余里，以广巴蜀……

横断山脉的民间商贸通道，不过时断时续的羊肠小道，辟为官道实属不易。《史记》中"凿山"二字，胜过千言万语，治道之艰辛尽在其中。

岩石坚硬，虽然铁制工具广泛使用，但难度不减。

凿山开道，三百年过去，还得沿用李冰"火焚水激"那一套；铺路所需，采取就地取材，土路、砾石路、石板路都有。高山深谷，多靠栈道连接道路，应了《史记》那话：栈道千里，无所不通。

修建栈道，场面惊险刺激。

石匠腰系藤索，从山顶飞身而下。脚蹬悬崖，身悬半空，有的舞动大锤，有的握紧砧铁，配合默契。一下下地敲击，岩石上凿出方形、圆形、菱形孔穴。

木匠手持刀锯，修正木桩、木板长短粗细。待孔穴凿成，将木桩深深插入，楔子楔紧，外留长长的一截，作为构架。又有粗大圆木，直抵山崖凸凹处，以为构架支撑。凡有衔接，皆以榫卯相扣，铆钉锁死。木桩上，再铺垫木板，一块块横竖交错。

半山工棚，炉火熊熊燃烧，

根据古道走向，荥经县修复栈道。只是下游电站大坝蓄水，水面升高，再无险峻的感觉

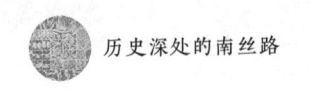

铁匠忙不赢，修补翻新斧头、锯子等工具。

一条条的栈道，就这样出现在南丝路，成为一道道别样的风景。

不要把这"风景"想得太美。相比民间通道，肯定好许多，但自然条件恶劣，技术手段有限，那路走起依然提心吊胆。南北朝时期，郦道元描述这条路时，绞尽脑汁想不出恰当词汇，无奈之下，《水经注》套用古人一句：

> 高山嵯峨，岩石磊落，倾侧萦回，下临峭壑，行者扳缘，牵援绳索。

大规模的整治，经过唐蒙、司马相如的努力，终于告一段落。其后，南丝路进入日常管理阶段，主要是道路维护，破损路段整治。偶有规模较大的重建，则采取分级制，由太守、属国都尉、县令各负其责，设立专门机构保畅通。

路已毁，人不再，亏得《何君尊楗阁刻石》，将悠悠往事道来。

时在公元五七年，汉光武帝光复汉室后，加大对西南夷的控制和交流，南丝路重要性凸显。东汉时，零关道又称"牦牛道"，途经钻山洞这一段，栈道年久失修，损毁严重，导致交通中断。工程量过大，严道县无力承担，县令按程序上报。

官道出状况，蜀郡何太守岂敢掉以轻心，出面统筹，派遣部属、临邛人舒鲔主持重建事宜。

既然是"一把手"工程，舒鲔不敢怠慢，立即抽调得力助手，亲率几十个服徭役的人，安营扎寨钻山洞。仅仅个把月工夫，一百四十米阁道完工，恢复南北交通。栈道总长，远不止于此，从山体坡度、走向观察，不少于千米。

第十二章　西南夷道钩沉

其中，钻山洞这百米阁道，非一般意义上的栈道，而是栈道中的极品。不仅宽于栈道，顶上还搭建棚子，既可防水，延长木桩、木板使用寿命，又能在暴雨、大雪时，供行人、马匹入内暂避。这段阁道，题记用"尊楗阁"表述，仅从字面意思，完全可以想象阁道的高大，支撑木柱的粗壮，顶棚的牢靠。

完工日子，写上一段文字，道出阁道重建原委，刻之路边石壁，以示后人。当

今天的转山洞，下方筑起围墙，保护《何君尊楗阁刻石》

然，也不排除有歌功颂德，拍上司马屁的意思。这件美差，舒鲔不便出面自吹自擂，交由严道县令副手——任云、陈春操办。

碑文言之凿凿，来自平陵县（今山东章丘市）的蜀郡太守"何君"，还真就千古留名。

荥经这钻山洞，成都至昆明必经之地。隔河眺望，贴着悬崖边缘的108国道，起点北京市复兴门，终点云南昆明市，全长三千三百多公里。通过望远镜，绝壁上隐约可见栈道孔，虽然高低不一，但间距均匀。

待我走近这些栈道孔，已是二十年之后。为了让游人身临其境，考古人员经过论证，沿着遗迹恢复栈道，钢架结构木板铺路，稳稳当当。信步栈道，忽高忽低一路延伸，抢眼莫过于《何君尊楗阁刻石》，防止

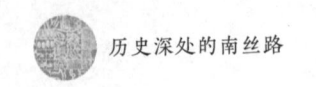

风雨剥蚀，而今加装钢化玻璃罩。原有的栈道孔保护完好，一个接一个，不断出现在我眼前。停下脚步靠拢看，栈道孔为方形，深七十厘米，宽四十厘米见方。

峡谷格外幽静，一时间无法适应。繁忙的108国道，不是应该汽车轰鸣，喇叭声不断吗？一下子反应过来，近些年行走南丝路，交通建设高质量发展，忙碌半个世纪的108国道，车流量断崖式下降，不足为奇。

想那《何君尊楗阁刻石》再现之时，成都通往昆明的交通大动脉，也不过两条：除了早期的国道，就是成昆铁路。那年月，成都动身去昆明，坐火车二十来个小时，小车得跑三四天。

而今大不一样，天空中的飞机且放一边，陆地上乡村公路密织如网，致富之路，连接山寨与城市。高速路纵横交错，连通川滇黔大多数县区，畅通无阻。现代化的交通工具，当仁不让数高铁，线路有多条，快捷又舒适。以成都为起点，除了通雅安，也可经乐山、宜宾、贵阳、曲靖去昆明，还可经西昌、攀枝花到昆明。至于昆明高铁，一路经大理通保山，另一路从西双版纳出国门，直达老挝的首都万象。

无论坐动车，还是走高速，包括那条国道和意义特殊的成昆铁路，路线走向与数千年前的西南夷道，大多保持惊人的一致。

至于司马相如打通的零关道，并非宋朝人臆想那样，出荥经城不久左拐翻越大相岭，而是继续贴着荥河走。改道大相岭，发生在唐朝时期。

如此看，晏袤及后来者被误导，南辕北辙，找错了方向。

当天实地考察完毕，荥经县城召开论证会上，专家们激动不已，观点一致：作为丝绸之路迄今发现的唯一汉代治道刻石，《何君尊楗阁刻石》及钻山洞阁道遗迹，证实了《史记》有关西南夷道记载的真实性，让今人得窥东汉初期零关道遗迹；官方治道南丝路年代几许，一个颇有争论的话题，如今有了说法，大可由东汉前推几百上千年；刻石鲜明的地域和时代特征，于文献、书法、交通等具有极高价值，于南丝路考古具有里程碑意义……

听得是心潮澎湃，深感缘分不浅，作为亲历者我倍感荣幸，是夜日记中写道：

> 二〇〇四年万物复苏的季节，沉睡千年的《何君尊楗阁刻石》，终于被春风唤醒，经典汉隶摩崖刻石重现人间！

一年后，《何君尊楗阁刻石》公布为四川省文物保护单位，两年过后，列入全国重点文物保护单位。

三　岁月里的桥梁

有路必有桥，过河跨谷，连接两端道路，便利行者。

南丝路沿线，河流、峡谷比比皆是，桥梁随处可遇，平坝、山区因地制宜，类型、材质不一。步入幽深的岁月，传奇色彩浓厚的桥不少，如蜀地锦江的万里桥、云南澜沧江的霁虹桥……

一条都江堰，成都平原水系密集，河道纵横交错，桥梁离不了。流经成都的郫江、流江（检江），名气大的桥梁有七座。若问谁人修建，按《华阳国志·蜀志》所记：李冰造七桥，上应七星。

常璩够意思，两江桥梁名称、位置逐一披露，何妨摘抄：

> 直西门郫江中曰冲里桥；西南石牛门曰市桥，其下，石犀所潜

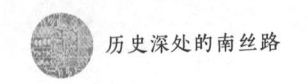

渊也；大城南门曰江桥；南渡流江曰万里桥；西上曰夷里桥；下曰笮桥……

两千年过去，成都面目全非，这些名称与方位，学者们旁求博考，也只能说个大概。唯独一座万里桥，蜀汉以降，即便不断修葺、改建，位置原地不动，横跨南门锦江之上，连接下南大街与浆洗街。改革开放以后，经济建设不断加速，去往眉山、乐山、雅安、凉山、康定乃至云南、西藏方向的车辆，排成长龙过桥。一九九五年一声巨响，老桥灰飞烟灭，原址建起单孔钢筋水泥桥梁，交通依然拥堵，只好又添一座高架桥。

万里桥毁了，痛心的人多了去。毫不夸张，南丝路桥梁不计其数，唯有万里桥，无论所在区位还是名气，都称得上南丝路第一桥！

早期咏颂的诗文多了去，从春花秋月到车水马龙，再到感时寄怀，一个不落。名气大，遗憾也大，单单缺少形状及构造描述。

始于南宋《万里桥记》，大模样才得以首度披露。

一一八二年，宋孝宗一道圣谕，以状元及第步入仕途的赵汝愚，出

成都博物馆，面对万里桥老照片，抚今忆昔，我是思绪纷飞

任四川制置使兼成都知府。游名胜古迹，见万里桥简陋，摇摇欲坠，决心筹资重建。落成之日，果州（今南充市一带）知州刘光祖，写下《万里桥记》，刻碑竖桥头。

读《万里桥记》，可窥桥梁样式：以石鱼作桥基，采用五道水口分流，砌以条石桥墩，桥面柱、梁、枋等全用木材。其中"以木而屋之"，让人遐想，继而恍然大悟——摆明一座廊桥哦！

廊桥造型美观，除结构牢固，还可防雨防潮，木材保持干燥状态，经久不腐。

其后元明两代，不过修修补补。清代动作大，两次重修一次扩建，改作七孔石拱廊桥，两侧石板护栏，长达七十来米，宽十米有多。那些年以桥为市，两边做生意，中间走行人过马车，极是热闹。

民国年间，由于破损严重，万里桥覆盖的廊屋被拆除，下游建起一座新南门大桥。与之对应，万里桥从此得个俗称：老南门大桥。

我对万里桥的印象，停留于"文化大革命"初期。闲来无事，隔三岔五骑自行车从桥上过，目的地南郊公园，图个不收门票。新中国成立之初，加固万里桥，保留下清代的石墩、拱洞，放平了桥面，方便黄包车、人力三轮车、公共汽车通行。两边增加人行道，安装起护栏和灯柱，旧貌换新颜。

时不时，趴在护栏看景致：河边码头，停泊着带篷的货船，水中漂浮的木头。算是有心人，锦江航运的绝唱，被我的记忆锁定！

最晚三国时期，万里桥边码头，已是蜀汉去往东吴水路的起点。古今不少书籍有记，费祎出使东吴，就打这儿上船，宋代诗人范成大一句"万里桥边有船到"，说明一切。

码头确有其事，至于万里桥名称来由，有说出自送行的诸葛亮，有说是即将远行的费祎。读《三国志·费祎传》，如此记来：

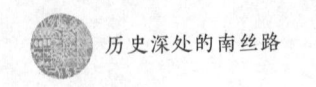

亮以初从南归，以祎为昭信校尉使吴。

就这么一小节，写入唐代地理学专著《元和郡县志》时，编撰者、宰相李吉甫遥想当年，添枝加叶：

万里桥架大江水，在县南八里。蜀使费祎聘吴，诸葛亮祖之。祎叹曰："万里之路，始于此桥。"因以为名。

据此，不少关于成都的文章，作者侃侃而谈，说全凭费祎一句话，万里桥得名。其实，稍微过过脑子就知道，万里桥最早出现于《华阳国志》，比之《元和郡县志》成书时间，差不多要早五百年，李吉甫的"因以为名"，拿不出真凭实据。

至于秦汉年间万里桥形制，这位宰相只字未提，显系不知情，其年代悬案一桩。

证实万里桥的久远，靠的是文物说话。一九八八年，万里桥最后一次维修时，发现水下以条石作基础，另有砌砖、石板、圆木桩、块状铸铁等，皆秦汉时的桥梁构件。在我看，这是一座木石结构的平桥，条石凿有成排孔洞，插入桐油浸泡的圆木，作为桥梁立柱……

至于样貌，斗转星移实物不存，史料亦无记载。推测当时桥梁结构的依据，亏得有东汉车马过桥画像砖，讲述早已消失的景象。

这类题材的画像砖，妙在主题鲜明，构图严谨，线条简洁流畅，充满生活气息与艺术魅力。两千年前的木桥、车马一目了然：平桥、拱券桥、弧形拱桥，外观有不同，构造基本一致。

其中我最欣赏的一块画像砖，出土于一九五六年，地点成都市郊跳蹬河汉墓，而今陈列四川博物院。浮雕清晰，梁柱桥结构一览无遗；角度独特，以斜侧面示人。

桥与河岸交接处，有一段斜坡状引桥，受限于画像砖画面，坡度有点大。安全第一，护栏不可少，桥沿两边都有加装。数一数，桥下桥柱四列，每列四根粗大木柱，排列井然有序。桥柱以横枋相互连接，横枋上方架梁，梁上桥面铺木板，纵横交错坚实牢靠。

静中有动，轺车一辆疾驰而来，拉车的两匹马身姿矫健，四蹄如飞。车中二人，一御者手执缰绳，另一尊者高冠长袍，正襟危坐。轺车边上，一骑吏纵马紧随。

车马驰骋，梁柱桥纹丝不动。

作为汉代主要的桥梁类型，梁柱桥结构简单、修造容易，并且经久耐用。成都平原河床松软，施工时直接将木桩打入河底泥沙，稳定加固即可架设梁枋，省去水下基层工程，周期短少花钱。

横断山脉不一样，自然地理环境特殊，桥梁建造难度陡增，形制、用材迥异。

高山峡谷落差大，条条江河奔

成都市新都区博物馆收藏的汉代车马画像砖，虽图案各异，但无不栩栩如生

全国重点文物保护单位双龙桥，位于云南省建水县西庄镇白家营村，始建于清代乾隆年间，为南丝路典型的廊桥建筑，其建筑规模和艺术价值在国内堪称一绝

腾咆哮，河道礁石密布，急流险滩一个连一个。跨越天然障碍，土著民族两个选项：摆渡或架桥。

河谷深切，江面摆渡危险，水急浪高常翻船。一句俗语这么形容：隔河如隔天，渡河如渡险。消除阻隔，架桥为上策，年代久远数笮桥。

笮桥载入典籍，一般认为常璩为第一人，并以《华阳国志》为证。其实，西汉文学家王褒在《益州记》中，早有如下记载：

司马相如宅在州西笮桥北，百步许。

依照年代先后，常璩作为东晋人，只有屈居第二。

王褒、常璩提及的笮桥，位于万里桥西，形制独特，又粗又长的篾索并排连接两岸，上面铺设木板，方便通行。笮桥又名"夷里桥"，名称源自西南夷，笮人等部族成都住地，应该就在这一带。

408

历代诗人作品中，屡屡提及这座笮桥。例如，一一七四年前后，陆游滞留蜀地期间，写有《看梅归马上戏作》一诗。读"平明南出笮桥门，走马归来趁未昏"一句，可知天刚亮时，诗人步出成都南门，经笮桥郊外踏雪寻梅。

可见，成都这笮桥，宋代依然存在。

笮桥出自笮人，这个极富创意的发明，直到唐代《元和郡县志》，方才有了明确说法：

> 凡言笮者，夷人于大江水上置藤桥，谓之"笮"。其定笮、大笮，皆是近水置笮桥处。

这话说到关键。定笮、大笮这些县，属于笮人地盘，笮人造桥称"笮桥"，专利权的归属不存在歧义。

公元前一一一年，汉武帝派出西汉人马，诛杀邛君、笮侯等部族首领，夺取西南夷不少地方。来了就不走了，第二年设一个越嶲郡，下辖十五个县，其中定笮县，管辖今天的盐源县及邻近地区。既名"定笮"，意思够清楚：平定了笮人地盘。

这一阶段，中原王朝设置带"笮"字的县五个，计有笮道、笮秦、大笮、笮都、定笮。

笮桥讲求实用，越简便越好；称呼多样，如索桥、溜索、绳桥、吊桥、悬笮桥等等，形制有所差异；就地取材，主要用藤条、篾条，唐代出现木结构，明代有了铁索桥。

笮桥为世界索桥之起源，西南夷地区特有的交通设施，无论南丝路中外文明进程、商贸往来，还是各民族经济文化交流，贡献难以磨灭。

峡谷深沟，怎样架设笮桥，笮人有妙招。

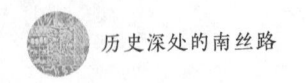

越巂郡多数地方不产竹，架笮桥以藤条为主。

海拔两千米上下，生长周期几十年以上，大山中藤条的韧性和弹性，超乎寻常。砍下藤条，先放火上烤，变得柔软再派用场。

河流两岸，竖立起开孔的石柱，或采用其他办法，固定横跨河流的藤条。一般用三根粗大的藤条，分别穿过石柱洞孔，捆绑牢实后，呈三角形架于河道上空。再用粗细不一的藤条经纬交织，结成密实的网状，增强拉力，安全也有保障。最后一道工序，就是铺垫木板，方便通行。

又粗又长的藤条，如何跨越江河溪流，到达对岸？

利用水流冲力，将藤条系于圆木，从上游推入水中。圆木漂呀漂，漂至对岸回水处，藤条随之过河。

百丈悬崖，则另有办法。使用弓弩，先将细长的麻线射至对面，再系上稍粗的麻线。经多次转换，麻线一次比一次粗，最后换上藤条。

直到二十年前，云南福贡县怒江大峡谷，村民依然坐溜索过江。而今，这样的溜索，已被横跨两岸的桥梁取代

若采用篾条，那就得砍来竹子，先用刀劈成片，再去掉竹黄，仅留篾青，取其柔韧不易断裂。一片片的薄篾青，编织出一根根的篾条，至于长短粗细，根据河流宽窄决定。

明代学者曹学佺，蜀地任四川右参政四年，其间游历各地，写就《蜀中广记》，涉及广泛。依其书中所言，那就是"复横以木梯，布以篾笆，周以栏索，其高低阔狭，视江为度"。

就这样，笮桥建成，外观大同小异。

成都周边的笮桥，杜甫以材质而论，呼之"竹桥"。时在七六一年冬，一座刚落成的桥，杜甫一个来回走下来，兴致盎然，写就《陪李七司马皂江上观造竹桥，即日成，往来之》一诗。首句即云：伐竹为桥结构同，褰裳不涉往来通。诗圣名气大，竹桥、皂江在哪里，南丝路上的温江、新津、崇州等市、区都在抢，现有资料无从认定，只能说就在这一片。

撩起下裳，杜甫步行过桥，有点儿洒脱。若是改换溜索，那就惊心动魄了。

笮桥之一的溜索，形制独特：藤索一根，两头高中间低，孤零零悬在河流上方；藤索两端，固定河岸木桩或岩石上，中间穿木制溜筒，空心圆形，两半合成。也有半圆凹槽溜筒，挂藤索之上，效果一样。

过河非步行，而是溜索人捆绑于溜筒，双手使劲，拉动溜筒朝前滑动，将自己与货物送过河，称之"溜索"。

早在东汉年间，名士李膺任蜀郡太守，写有《笮桥赞》，描述溜索之惊险。《笮桥赞》佚失，好在曹学佺有心，在《蜀中名胜记》里，摘录下这么几句：

复引一索，飞緪栈阁，其名曰笮，人悬半空，渡彼绝壑。

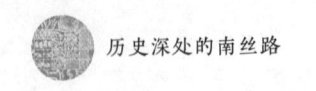

明眼人一看便知，说的是溜索。

李膺之后几百年，唐代文人独孤及，安史之乱随唐玄宗入蜀，看见溜索，好奇心陡起。体验一把，攀缘而渡，场面刺激，即兴赋诗一首，依然取名《笮桥赞》。身临其境，当然感触深，后人读来心惊胆寒：

笮桥缅空，相引一索。人缀其上，如猱之缚。转帖入渊，如鸢之落。寻橦而上，如鱼之跃。顷刻不成，陨无底壑。

溜来溜去，时光悄然溜走，溜索不断改进提高。

单根溜索，开始采用人拉，提高效率。溜索者腰间绳索，照样挂溜筒上，只是不用费力，双手紧抱溜筒就好。彼岸自有人，拉动系在溜筒上的长绳，溜索者平稳过河。

为了省力，增加一根溜索。同一地点固定两根篾索，高低相对，一边高来一边低，形成一定坡度，称为"斜溜"。斜溜省力，但更具危险，一旦滑行速度控制不好，人与货物会在惯性作用下，撞向对岸山崖。

南丝路这些年，边远地区的溜索，先是藤索被钢索取代，钢滑轮替下木制溜筒，安全系数提高。再往后，川滇两省众多江河，为解决当地百姓出行难，现代化的桥梁一座接一座。

跑过不少地方，那些上百年的笮桥，不管溜索、藤桥还是铁索桥，无论位置多偏僻，转眼就被新式桥梁取代，说没就没了。

物以稀为贵，滇西云龙县，藤桥居然成宝贝。

县内多河流，其中，澜沧江支流沘江，桥梁众多。

经济发展滞后，老旧桥梁无力改建，一拖再拖，拖成宝贝疙瘩。二〇一三年经国务院核定，沘江古代桥梁合一块儿，列入第七批全国重点文物保护单位名单，称之"沘江古桥梁群"。其中多数桥梁，原本县级

第十二章 西南夷道钩沉

文物保护单位,陡然身价百倍,惹得游客争先恐后。

慕名而往,名气大点的通京桥、安澜桥、青云桥、彩凤桥、永镇桥等,都去走一走。最大特色,种类多、形制齐全,包括藤桥、木桥、石桥、铁索桥,其中彩凤桥建于明朝崇祯年间,安澜桥建于清中晚期。

白石镇藤桥,据说上千年历史,大理州列入非物质文化遗产,认定传承人。藤桥罕见,虽远离县城,好在有乡村公路,何况不止一座,不可不去。这一带河道狭窄,几天没下雨,水流清澈见底。

藤桥之美,在其原汁原味。跨度二三十米,采取就地取材,两岸对称的栗树充桥墩。

主绳与藤网,选择深山野葡萄藤,时间得盛夏。采回的野葡萄藤,必须火烤,柔软又防虫。编织藤桥,传承人带头,村民们齐心协力:三根粗藤做主绳,呈三角形拴于栗树树杈,横拉沘江上方;细者依托主绳,密密实实,编织"U"形藤网,上宽下窄。

完工在即,底部搁木板,村民过桥如履平地。

此情此景,一下子想起曾听刘弘提及,刚到凉山州工作那会儿,他走过的藤桥。彝族同胞的奇思妙想,让人叹服,隐匿山谷的藤桥,居然有的绿意盎然。

纯属原生态,将河岸藤子生长的方向,有意识地朝对岸牵引,待其长得又粗又长,扭曲编织为桥。鲜活的藤条,生机勃勃,不存在干枯腐烂,省却频繁更换。而两岸对生的大树,可谓最佳"搭档",当作桥墩,取代固定藤条的木桩。

相隔几百公里,不谋而合,南丝路各民族的智慧,我是佩服之至。麻起胆子,藤桥走一回,人有点儿飘,好在离水面不过几米,倒也不畏惧。

时间抓紧,看了松水藤桥、水城藤桥,模样相似,完好度超乎想象。白族老乡说这不奇怪,出行就要过河,要过河藤桥必不可少,成本低廉,所以一用千年。山那边，还有一座顺荡藤桥，比这两座小，构造也更简易。

　　云龙藤桥是个宝，作为筚桥实物遗存，他处难见。日常维护，三年整体更换，手艺世代相传，材料、形状与结构不变。透过藤桥，可窥早年筚桥形制，于南丝路桥梁研究，价值不一般。

　　青云桥等铁索桥，略显小气，时间不过两百年。踏上桥的瞬间，我脑海里陡然浮现出澜沧江霁虹桥，那是何等壮观。当年保山之行，寻访九隆遗迹无果，想那霁虹桥久负盛名，号称"西南第一桥"，不可不去。

　　虽知地处偏僻，却也精神抖擞，掉头找保山文管所打听路线，联系交通工具，感谢的话说了一箩筐。

　　澜沧江本无桥，只有一个兰津渡，风里浪里，一叶小舟飘荡，连通博南道与永昌道。汉明帝永平年间，哀牢故地设置永昌郡，下设哀牢、博南等县。澜沧江波涛汹涌，兰津渡风急浪高，一首歌谣世代流传，《华阳国志·南中志》借行者之口，悠悠唱来：

　　汉德广，开不宾，度博南，越兰津；渡澜沧，为他人……

赶马人不畏艰险，行走于陡峭的博南古道。这个瞬间被我抓拍下来，屈指一算，迄今已近四十年

东汉人口大郡，重要通道，人流、物流与日俱增，一个兰津渡无法应对。官府出面承办，富豪人家集资赞助，百姓出工出力，选择狭窄江面，结篾绳为桥，是为霁虹桥前身。

早期史料匮乏，后来的《大清一统志》中，记载为"汉永平中建"。清人曹树翘，撰写地理书《滇南杂志》时，则称：

> （霁虹桥）在永昌府城北八十里，跨澜沧江。古以舟渡，狭隘湍急，行者忧之，后以篾绳为桥，攀缘而渡。武侯南征，架木桥以济师。

诸葛亮架桥之说，不值一驳，真正意义上的桥出自何时，尚待继续考证。

其实，有关这座桥，唐代樊绰有说法，编撰《蛮书》时如是概括：

空中鸟瞰，澜沧江迂回曲折，水流平缓

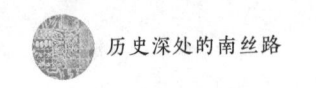

　　　　两岸高险，水迅激。横亘大竹索为梁，上布篑，篑上实板，仍通以竹屋盖桥。

　　描述简洁但形象，博南山、罗岷山两山夹峙，千丈悬崖下，江水的湍急与气势，桥的用材及形状，无一不在眼前。第一部滇地史事专著《蛮书》，可信度高，《大清一统志》与《滇南杂志》相关记载，不可企及。

　　唐代篾索吊桥形制，就此载入史册。

　　霁虹桥得名一二八六年以后，元世祖忽必烈在位期间，也先不花任云南诸路中书省平章政事。澜沧江桥梁重建，飞越天堑难度高，也先不花亲临部署，完工之日又前去巡视。恰好雨后初霁，峡谷云雾蒸腾，霞光绮丽，凌空飞架的吊桥宛若彩虹，横卧江面。

　　雨霁彩虹，美丽又吉祥，也先不花灵感突如其来，手书"霁虹"二字。

　　屡毁屡修，也先不花建的桥，照样因兵祸焚毁。而今这座铁索桥，明代重修，不久前摊上好事，公布为云南省文物保护单位。

　　首站水寨乡，相距保山城四十公里，简易公路一条。是日晴好，天蒙蒙亮动身，爬上供销社拉物资的拖拉机，弯急坡陡，颠簸两个多小时。

　　水寨僻处罗岷山山腰，四面环山，平坦处一块块稻田，无不面积狭小。

　　休憩，打尖，徒步平坡村。脚下永昌道，尽头几公里，开凿于罗岷山东麓峭壁。其中五百多级台阶，直上直下如天梯，由此得名"梯云路"。

　　上坡脚杆软，下坡脚打闪，上与下都不轻松。擦一把汗，我发一声感叹：村名"平坡"，一点也不平！路边晒太阳的当地人，两眼笑眯眯，说我吃得苦来舍得跑，到这里的外地人少之又少。承蒙夸奖，于我来说机会难得，一条永昌古道，数这段相对集中，保存最完整。

下至罗岷山脚,前方不远处,霁虹桥赫然在目。

保山这边罗岷山,永昌道起点;对岸大理的博南山,博南道穿越杉阳古驿站,迂回曲折高度陡降,直达江边。两山绝壁相峙,峡谷深切,澜沧江奔腾而来。上游数百米,水流趋缓,至脚下波澜不兴,深不可测。

远望霁虹桥,山水之间铁索飞跨,阳光投射,江面划出一道优美曲线,极致之美尽显。诚如古人所言:下无所凭,上无所倚,飘然凌空。

抵近霁虹桥,好心情瞬间没了。年久失修,桥面残缺不全,一块块薄石片安放缺损处,稍不留神就会一脚踏空。伫立桥中央,耳畔风呼啸而过,晃动厉害。一旁经过的人很淡定,宽慰我莫怕,说这桥结构牢实,完全扛得住。

果然,临江危崖作桥头,再以条石垒砌桥墩,呈半圆形。两岸铁铸万年桩,深埋地底,十八根粗大铁索,铆死万年桩。铁索贯穿桥墩,延伸至对岸,长达一百一十五米,净跨度五十六米,宽接近四米。其中十六根,作为承重底索,上铺木板作桥面;余下两根,横放两侧上方,既作扶手又当栏杆。铁索、木板之间,以铁条连接,铁丝绑扎,抓钉扣牢。

桥头两端,早年各有桥楼一座,设置税局,住有守桥的公差;另有亭子、御书楼、武侯祠、玉皇阁、观音阁等建筑,供路人休憩与观赏。民国时格局尚存,而后日渐凋零,眼下唯有残破的桥楼,百米外关卡的残垣断壁。

南丝路要津,官府忘不了的是税收。桥头公差,晨起首先开关门,让通宵等候的商人完税,而后马帮依次过桥。

浩大工程,出自何人?

一说明朝弘治年间,云南按察副使王槐兼理金腾兵备道时,奉命重建。这不,明清方志中,果然有"弘治十四年(一五〇一年)……王槐

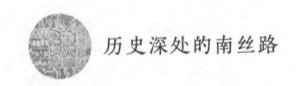

构屋于上,贯以铁索……"

一说江顶寺僧人了然,眼见百姓凄风寒雨,兰津渡苦等竹筏,心生恻隐,发愿重修霁虹桥。万历年间编撰《云南通志》,其中一段曰:

> 成化中,僧了然募化建桥,以铁索系两岸,上盖以板,为亭二十三楹。题石壁曰:西南第一桥。

这座中国早期的铁索吊桥,除去建桥人说法不一,动工、竣工时间,史料也没个准确记载。

印象深刻,三十多年前的"南丝路文物摄影展",用的就是这张照片。其后,无论是滇地多个博物馆的展厅,还是保山市出版的相关书籍,也见同一照片。遗憾在于,摄影者的姓名,无一处提及诸多悬念，自有学者们操心，桥头西端普陀岩的石刻，才是我心中所爱。明朝中期伊始，延续四百余年，多少文人骚客触景生情，泼墨挥毫留墨宝，镌刻霁虹桥周边山岩。普陀岩绝壁如削，石刻相对集中，七八百平方米的岩壁上，有诗有联有题词，最高处离地面三十来米，煞是壮观。

石刻齐聚普陀岩，既见证兰津渡、霁虹桥历史演变，又为山川争辉，为南丝路添彩。

驻足仰望，格外垂青"霁虹桥"三个字，康熙年间题写，出自曾任保山县（今保山市）知县的张其眉笔下。张其眉算不得名人，方志一笔带过。偏生这字一米见方，大气沉稳，位于其他刻石上端，几百米外即见。

凸显霁虹桥地位与作用，则数明代云南督导使吴鹏的"西南第一桥"。高中进士的吴鹏，楷书功力深厚，刻石字大盈尺，笔法遒劲有力，评价也恰如其分。

赞颂兰津渡诗作，首推《兰津渡》，作者系永昌府文人张含。张含才华超众，年轻时中了个举人，其后无意功名，专注于诗歌与书法。一五三三年，张含携友同游霁虹桥，抚今追昔，即兴挥毫赋诗，一手楷书如行云流水。品读《兰津渡》，气势宏大，语言生动凝练，内涵丰富，古渡的辉煌尽在其中。十来年过去，保山知县孙术喜好《兰津渡》，求得原作刻之普陀岩，每字拳头大小。

石刻之外，霁虹桥留下的只有万年桩，铁索更换从未间断，大规模维修，有据可查十八次。尤其清朝康熙年间，不惜投入人力物力，拆桥重建。据说，桥成之时，康熙大笔一挥，御赐"虹飞彼岸"金匾。地方官不敢怠慢，东岸建起御书楼，匾额高悬，黄色琉璃瓦闪闪发光。

早年间，康熙爷的金匾不见了，倒是御书楼的出处，应该就在这里。

黄昏时分，折返水寨乡，寄宿供销社的木板房。卫生极差，臭虫、

而今霁虹桥，已然化作雕塑家的艺术作品。永平高速公路一侧，以霁虹桥为题材的雕塑，造型独特，充满想象力

跳蚤轮番骚扰，通宵未眠，周身的红疙瘩十来天才消退。

一点不后悔，时隔两年，暴雨接二连三。霁虹桥上游百米外，燕子岩山体大面积滑坡，泥石流阻断澜沧江，堰塞湖迅速形成。水位快速上涨，一刻钟左右，堰塞湖溃决，喷涌而出的江水，高过桥面足足七米。

首当其冲，顷刻间，霁虹桥化作乌有。

多年后重返平坡村，普陀岩石刻依旧，澜沧江上空空如也，霁虹桥没了踪影。桥头，面对些许遗迹，同行的学者驻足哀叹，抱怨老天不长眼。暗自庆幸早年那趟保山行，否则我同样遗憾终生。

便是石刻，也未能保全。数年以后，下游小湾电站建成，库区开始蓄水，石刻、霓虹桥遗迹一并淹没，从此与鱼虾为伴。

万里桥改头换面，霓虹桥彻底消失，唯有千百年踩踏的马蹄印，让我仿佛听得千山万壑间，马铃儿响叮当。

四　神话中走来山地马

相比筏桥，南丝路的马何其有幸，不仅正史记载，还留下神话传说。

横断山脉牧场开阔，云贵高原水草肥美，气候温和降雨多，畜牧业起步早。西南夷部族先民，继牛之后，开始野马的家养。初始只为食肉，继而发现马性格温顺，智商高擅奔跑，速度、耐力也不差，于是进一步驯化。

伴随养马业发展，不同区域的部落先民，培育出不同名称的山地马。四川有筰马，产于凉山州及周边地区；而云南的大理马、腾冲马、乌蒙马、水西马等，归属滇

云南的一个小镇，偶遇山地马，主人骑着它前去赶场

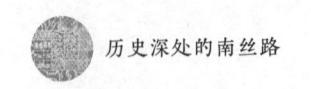

马系列。几千年间，山地马应用广泛，从生产、生活到征战，需求持续旺盛，南丝路交通史上劳苦功高。

这些品质优良的山地马，若按中国马种分类体系，一律归入西南马。

具有灵性的马儿，西南夷先民崇拜不已，随之产生的古滇国神话，为之留下一席之地。早于西汉，金马与碧鸡，优美的神话已然不胫而走，虽然源出动物崇拜，表达的却是先民心声。

说的是远古，碧波万顷的滇池，金马、碧鸡同时现身。金马与碧鸡，原本天上神物，私自下凡，降临彩云之南。金马为九天瑶池金光神马，碧鸡乃凌霄宝殿碧玉凤凰，《汉书》中的"或言益州有金马、碧鸡之神"，说的就是这么回事。

不同于传说，神灵现身于青蛉县禹同山，《汉书》及《后汉书》就这么记来着。西汉时的青蛉县，隶属越嶲郡，辖今云南省大姚县一带，距离滇池有些远。

金马、碧鸡事，动静有点大，沸沸扬扬传到京城。汉宣帝刘询虽然贤明，依然听方士蛊惑，认为通过祭祀，可让神物降临京城，带给皇家祥瑞。《汉书·郊祀志》记为：

    宣帝即位……或言益州有金马、碧鸡之神，可醮祭而致，于是遣谏大夫王褒使持节而求之。

具体哪一年，班固没说。

王褒字子渊，生卒年不详，作为汉赋名家，擅长咏物小赋，与扬雄并称"渊云"。究其文学创作，活跃于汉宣帝在位期间，由此推断，奉旨远行应在公元前五五年前后。

地处偏远，差事够棘手。

原本荒唐事，王褒却是一本正经，斧车开道，率人直奔云南。

走哪条道，目的地何在，史书均未载明。事发突然，王褒偶染恶疾，中途死亡，否则，真不知如何收场。王褒一根筋，对汉宣帝忠心无限，病榻留遗书，竟是《移金马碧鸡文》，兹节录如下：

持节使者王褒谨拜南崖，敬移金精神马，缥碧之鸡，处南之荒。深豀回谷，非土之乡。归来归来，汉德无疆。廉平唐虞，泽配三皇。

读其文，知王褒心迹，至死不忘颂扬汉宣帝功绩，恳求金马、碧鸡离开蛮荒之地，移步都城长安。

汉宣帝一代明君，听闻噩耗，不由得摇头叹息，怜悯之心油然而生。就这位帝王的仁慈，《汉书·王褒传》结尾处，特别强调：

褒于道病死，上闵惜之。

事情并未就此打住，添枝接叶，历代文人好这口。

待得西晋，著名文学家左思写就《三都赋》，文人争相传抄，一时间洛阳纸贵。不愧是名家，《蜀都赋》中，左思语出不凡，一句"金马骋光而绝境，碧鸡儵忽而曜仪"，形容金马驰骋光一样快，碧鸡倏忽闪现光辉耀眼。

再到东晋常璩笔下，神话转向，开始接地气，捎带出滇池驹。

按《华阳国志·南中志》所载，益州郡下的滇池县（今昆明市晋宁区东部），地方父老传言滇池有神马，只要凡马与之交配，就能产下滇池驹，可"日行五百里"。接下来在越嶲郡的蜻蛉县部分，常璩照抄史书，写下"禺同山有碧鸡、金马"。

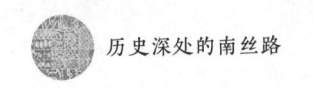

神马到底在哪里？滇池还是禹同山，抑或两地都有，让人困惑。神物大家都爱争，唐代诗人刘禹锡说邛海，元代撰《云南史略》的李京说昆明，还有说洱海……

若说是神话，昆明东郊还真有金马山，与城西碧鸡山遥遥相望。另有金马寺、碧鸡寺，分别建两山脚下，传为古人祭祀神灵所在，唐代《蛮书》有记。明代人充分发挥想象力，神物与风光融为一体，曰"金马朝晖"或"碧鸡秋色"，增添诗情画意，成就一方胜景。

宣德年间，昆明城中轴线大兴土木，为金马、碧鸡各立一坊，相距数十米。二十余年过去，《景泰云南图经志书》问世，其中一句"今城南三市街有碧鸡、金马二坊"，将具体位置交代。其后，金马坊、碧鸡坊历经乱世，几度损毁几度重修，始终作为昆明文化符号。穿越二坊的道路，取名金马街，民国时更名金碧路，三市街位于二坊一侧。

由此可知，昆明先辈人脑筋活泛，受到神话启发，不仅取了应景的名字，还建起二坊，将金马、碧鸡牢牢拴在自己的家乡。

慕名金马寺，寺庙所在的金马村，而今的金马社区，那是数次踏访。不用说，无论山与寺，村子还是社区，皆因金马而得名。金马寺旧称"金马神祠"，供奉的四大天王诸神灵，同神马扯不上关系。唯独左边院子，保留一座方形神骥亭，推开格扇门，当面贴金神驹一匹，身形硕大。又见清代碑碣几通，关乎金马与碧鸡，算是不虚此行。

有人不解，何以不看金马坊、碧鸡坊，那三门四柱牌楼金碧辉煌，重檐歇山式屋顶特色鲜明，气势大够抢眼。说来挺遗憾，金马寺还有些老物件，眼下的金马坊、碧鸡坊，不过二十世纪末期新建。

听昆明老一辈人讲，儿时攀爬的金马、碧鸡二坊，系民国初期云南省省长唐继尧主持重修，再早的模样，毁于战火没人知道。当时重修下了功夫，木结构斗拱牌楼，古香古色，伫立于金碧路中央。一眼望去，

"金马""碧鸡"坊上高悬,书法刚劲有力,结构严谨。

那时金碧路,街面条石铺就,四通八达热闹繁华。街道两厢,两层楼的店铺鳞次栉比,高大的法国梧桐浓荫铺满,更有巍峨二坊矗立,神话一下子跌落凡尘,触手可及。

至于"金碧交辉"奇观,据传六十年一遇,既是酉年,还得秋分与中秋节同天,条件苛刻。是日,太阳西下月亮东升,夕阳余晖洒向碧鸡坊,倒影东移;月亮东升银光照亮金马坊,倒影西斜。渐渐地,两坊倒影相交,谓之"金碧交辉"。

这奇观见不着,责任在唐继尧之前几十年的那次重建,二坊位置、距离、高度,均有所改变。

见不着其实没啥,美丽的传说,听听就好。遗憾"文革"开始,昆明人同样亢奋,扫除封建残余,殃及金马、碧鸡二坊,斧锯声里轰然倒塌。

提及这事儿,当地人追悔莫及。

神话中的金马、滇池驹,原创出自古滇国先民,故事产生于放牧之时。

滇池周边一带,水草肥美,畜牧业日益兴旺,蓝天白云下,马儿悠闲地觅食。现实中的这些马,即滇马祖先,体质强健,动作灵活耐力好,适合山路与险道。风乍起,天空的云变幻莫测,看呆了的牧马人产生幻觉:空中一匹天马,踏着七色祥云徐徐降落,大地金光四射,自己连同周围的草木金色一片。

天降金马,虽然是神话,但云南养马历史的悠久,马文化底蕴的深厚,绝非传言。倘若心存疑虑,就去看看石寨山、李家山那些青铜器,活灵活现的马儿以不同的肢体语言,将古滇国鲜为人知的史事展现。

还是一如既往,一件青铜贮贝器盖一个场景,呈现一段精彩。

驯马,有组织效率高。中央坐一佩剑头目,穿金戴玉发号施令,身

昆明市中心的金马牌坊，虽然金碧辉煌，却系新建，少了历史的沧桑感

后一奴仆为其撑伞，前面一奴仆跪地恭听训斥。七位赤脚驯马人，手势动作不一，环贮贝器盖沿均匀分布；七匹马姿态各异，训练有素，俯首帖耳够温顺。

狩猎，场面精彩刺激。擅长奔跑的两头公鹿，拼命逃窜，头顶鹿角格外醒目；一位通体鎏金的古滇国贵族，跨骏马持长矛，一属下策马配合，另一属下健步如飞，齐心协力穷追不舍。两匹马快如闪电，奋蹄紧追，那身形那动感，逼真不过。

征伐，凸显马的作用。古滇国将领一马当先，突破敌军防线，手中长矛刺中前方之敌；四位骑士纵横驰骋，战马嘶鸣，敌人阵脚大乱，抱头鼠窜。冷兵器时期，战马体现军事实力，往往决定输赢。

炫耀，以马衬托尊贵。器物盖沿，四头体格健壮的公牛，逆时针稳步行进；正中铜柱顶端，一通体鎏金贵族，貌似王者，端坐于高大的骏马上。这马非同寻常，四肢健壮体形优美，昂首翘尾，口微张，双目炯炯。尤其长而密实的马鬃，精心梳理，气质高贵。

高超骑术，追风逐电般速度，有赖于古滇国人完备的马具，安全又舒适。骑马人稳坐马鞍，脚踩马镫，手持缰绳控制辔头，通过不同的声音、动作，各种指令清楚传递，训练有素的马随之改变行进状态。

毋庸赘述，上述场景显而易见，滇王称雄一方，马儿算得好帮手。

有马就有马车。石寨山一处墓坑，还真就出土马车一辆，虽然高度腐朽，轮廓仍隐约可辨。发掘过程中，座位下方刨出一件青铜器，奇形怪状，不知何等用场。煞费苦心，请教内行查阅史料，推测为马车传动轴之间的联动装置——轲，据说罕见之至。

遥遥相对的碧鸡牌坊，同样现代建筑，可惜只有其形，没有其神

古滇国人善于骑术，征战、狩猎、代步都离不开马儿

至于专家期盼的铜马车，不仅石寨山、李家山墓葬群没有，整个云南无有出土。倒是刘弘所在的凉山州，几年前发现青铜马车模型，地点依然在盐源县老龙头。

依照古籍记载，加上出土文物印证，秦汉时的马车构造合理，包括两轮、一辕、一衡、两轭等部件，上面载人的长方形车厢，当年称作"舆"。

此时西南夷，滇人、笮人中的贵族阶层，出行乘坐马车，炫耀身份与地位。从这个角度看，滇池周边、安宁河谷、盐源盆地等区域，道路状况良好，马车这才派上用处。

青铜马车模型了不得，造型够奇特，前方多出个车轮，成为三轮马车。前后轮直径，差别细微，分别以十六根辐条作支撑，负重能力增强。原本大好事，奈何天下马车，通常两车轮，而今凭空多出一个，烦恼随之而来。

据我所知，几年前意大利庞贝古城遗址，出土古罗马时期四轮马车一辆，年代与老龙头青铜马车模型相近，距今两千多年。中国的甘肃省，也曾发掘出春秋时期四轮铜车，由于没有

盐源老龙头出土的青铜马车，居然是三个轮子，上面站立一人，疑为御者

成都市新都区博物馆展厅，修复的汉代陶马车，也是三个轮子

西汉青铜马，出土于盐源盆地，即为今天建昌马的祖先笮马

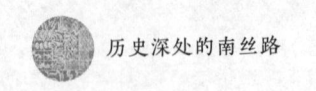

拉车的马，用途不明，考古专家各说不一。

四轮马车不便掌控，三轮的更加危险，稳定性差之外，几个问题值得磋商：

其一，前方那个车轮，夹于两匹马中间，起不到转向作用，这样的设计有何依据？

其二，马蹄不着地，而是与车轴等高，踏于一根铜条之上，不知马儿如何行走？

其三，车厢中站立铜人一个，手中不执缰绳不拿马鞭，反倒双手于胯前持一双耳罐，用意何在？

上述种种，明摆着有违常理，让人琢磨不透。至于这件器物，属贵族家中摆件，抑或有钱人陪葬品，是否实物模型……见过的人莫衷一是，学者们至今守口如瓶，没能给个说法。

笮人别出心裁，我百思不得其解，当天晚上，辗转反侧入睡难。蓦然想起，千里之外成都市辖下新都区，古色古香的新都博物馆，临街展厅里面，不也陈列着一辆陶制三轮马车！

第一次见到这辆马车，几乎不敢相信自己的眼睛。三轮马车怎么驾驭，拉车的马何以摆一边，那些陶俑作用何在……疑问接二连三。

马车年代东汉晚期，虽是三千多块陶片修复，仍然定为国家一级文物。三轮马车太离奇，据说唐代曾有过，但既无实物，亦无信史佐证。

争论也大，行驶的三轮马车如何拐弯，考古、交通方面的专家伤透脑筋，迄今无解。有人还提出，莫非原本两辆车，一独轮一两轮，修复时陶片零碎，一些部位残缺，东拼西凑弄出三轮马车？

而今，老龙头青铜三轮马车骤然现身，总算又多出一个例证。我不清楚，同在南丝路的盐源县与成都市新都区，相隔上千公里的两个地方，不同质地的三轮马车相互印证，能否改写人类交通工具的发展历史？

笮人尚马之风根深蒂固，老龙头前期发掘，出土多种青铜马具，包括马衔、马节约、马头饰等，其中部分鎏金。配上鎏金马具的马儿，属于当年高档交通工具，一如当下奔驰、劳斯莱斯镀金车标，撑得起门面。

刘弘察觉，挚爱马的笮人，还有一个特点：以马殉葬。

二〇〇〇年前后，老龙头墓葬的几次发掘，总有马的残骸出土。看得出，部族上层人物，无论生死，都得让爱驹陪伴。疑问来了，每一座大墓的残骸，都无法拼接出一匹完整的马，仅为业已肢解的头部或四肢等。

似乎可以这么理解，出于尚不清楚的原因，笮人殉葬仅取马的部分肢体，即头骨、肢骨及少量脊骨。

令人吃惊还在于，笮人喜爱的马儿，不仅有名字而且出自司马迁笔下。

灵关道归来，偌大一个越嶲郡，邛、笮部族牛马成群，满山满坡放养，其中不乏笮马。可见这个时间段，笮马数量增多，分布广泛，超出笮人聚居区。其后，撰写《史记·货殖列传》，九州知名物产，太史公逐一列举。说完巴蜀，轮到西南夷，"西近邛笮，笮马、旄牛"几个字，提笔记入书中。

太史公亲自命名，荣幸至极，笮地名马，从此天下知。商机就在身边，巴蜀商人岂能放过，大量收购、交换笮马，驱赶内地倒手赚钱。笮马扬名，朝廷列为贡品，指定笮人及周边部族，定时奉献。

神话中的金马腾云驾雾，南丝路上的山地马矫健轻盈。康熙年间，曾经担任云南府同知的刘昆，写有《南中杂说》，其中于滇马如此描述：

> 质小而蹄健，上高山，履危径，虽数十里不知喘汗，以生长山谷也。上山则乘之，下山则步而牵之，防颠踣也。土酋良马，上下山谷，皆任骑坐，则百不得一也。

南丝路大山深处,笮马依然承担短途货运

山地马一望而知,身矮腿短,马中的小不点儿。早年徒步南丝路,凉山州偏僻的古道道上,时不时听得山间铃响,满驮货物的马儿,穿云破雾飘然而来。步履匆匆地赶马人,吆喝着笮马后代——建昌马。累了的我,与赶马人谈妥,五元一天,丝路古道骑着走。

不可以貌取"马",大有大的用途,小有小的功能。

北方草原马,强壮剽悍,高大威猛,驰骋于草原,四蹄追风。牵古道试试,山陡路窄,更有栈道、笮桥,草原骄子惊恐万状,裹足不前。

生于斯长于斯,又经笮人长期调教,笮马小巧精干,毛色油光可鉴,明亮的眼睛透着机敏。论爆发力与奔跑速度,笮马无法与北方马相提并论,但说到跋山涉水,行走险道,却是一把好手。

如此优秀的山地马,无怪乎东汉王朝念念不忘,天遥地远,跑来西南夷设置皇家马苑。刘弘刚到凉山州博物馆那会儿,"二十四史"中与南丝路、越嶲郡相关内容，逐一查阅。读至《后汉书·孝安帝纪》，里面一段文字称：

（永初）六年（公元一一二年）春正月庚申，诏越嶲（郡）置长利、高望、始昌三苑，又令益州郡置万岁苑，犍为（郡）置汉平苑。

馆里藏有汉砖，早年出土于西昌，铭文"宜子孙长大吉利"，字数不少。汉代吉祥语，多为"吉利""大吉利"，但鲜见"长大吉利"。刘弘寻思"长利"二字，或是"长大吉利"缩略语，这些汉砖，莫非用于修建长利苑。

这推测过于单薄，无法定论，但追踪长利苑位置，刘弘开始留意西昌这地方。大约一九九三年，西昌城外二十来公里，礼州镇方向的西宁，农民地里挖出青铜器。刘弘去到现场，确认是座残破的汉墓，早年间被盗。

不知何故，盗墓者遗留汉代铜马足四只，长约四十五厘米，前后各两只，恰好配套。马足上端有讲究，子母口这种设计，刘弘似曾相识，想起贵州兴义市那件汉代铜马。铜马模型分段铸造，躯干之外，另有头、颈、四肢、尾巴等，系十一个部位组合而成。

子母口相扣，销拴固定，衔接方式巧妙，连接或拆分随心所欲。完成组装，长一百一十二厘米、通高八十八厘米的骏马，昂首翘尾两耳直立，左前肢腾空，竖鬃嘶鸣作奔腾状。

文献可见，这种分段铸造、子母口相扣的铜马，称"马式"或"马法"。

马式者，严格按照名马的尺寸比例，青铜铸造而成，作为骏马之标本，提供各地官办马苑，使其"按形索骥"。《后汉书·马援列传》早有

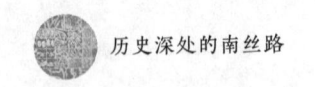

记载，汉武帝那会儿，有相马大师东门京铸铜马法献上，以作骏马样式。

西宁汉代铜马足，同样采用子母口，接头可插入铜马躯干，衔接方式不变。至于高度，加上被盗躯干、头部等部位，与兴义市铜马通高不相上下，形制上也毫无二致，摆明马式无疑。这一马式，极可能归长利苑所有，用以选择良马。

西昌地理环境，安宁河谷条件优越，又是越嶲郡治所在，长利苑设于此，概率极大。

皇家马苑，东汉朝廷一口气设五处，除去山地马品种优良，这片国土的重要性显而易见。

及至东汉末年，群雄并起。魏蜀吴三分天下后，定都成都的蜀汉，将这片广阔的疆域视作后院，对外严防魏、吴两国染指，对内不允许任何人捣乱。

第十三章
诸葛亮平定南中

一　后院硝烟起

防不胜防，还真就有不怕事者。蜀汉皇帝刘备刚晏驾，后院即刻起火，爆发大规模叛乱。

当是时，刘备为结义兄弟关羽报仇，讨伐东吴兵败夷陵，蜀汉元气大伤。退守白帝城（今重庆奉节县白帝城），召来丞相诸葛亮，托付后事完毕，遗诏告诫太子刘禅："汝与丞相从事，事之如父。"

二二三年，十七岁的刘禅，坐上龙椅当皇帝，年号建兴。登极头件事，册封诸葛亮为武乡侯，很快又领益州牧，朝中事无巨细，听其决断。

蜀国危机四伏，诸葛亮接个烫手山芋：北方，魏文帝曹丕重兵屯集关中，欲五路伐蜀；东面，大获全胜的孙权，随时可能溯江而上。

要命还在后院这场动乱，涉及面广，影响范围大，陈寿在《三国志》中用一句话概括：

南中诸郡，并皆叛乱。

作为一个地域名称，南中就此登场，取代西南夷。究其大概位置、民族称谓等，《华阳国志·南中志》中，常璩做出补充：

南中在昔盖夷越之地，滇濮、句町、夜郎、叶榆、桐师、嶲唐侯王国以十数。编发左衽，随畜迁徙，莫能相雄长。

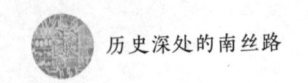

由此可知，南中以秦汉时西南夷聚居区为主，地域辽阔，占蜀汉国土一半有多。大致范围，包括而今四川凉山州、攀枝花市，云南、贵州两省，另有广西壮族自治区相邻地区。

诸葛亮不用多说，三国时期风云人物，留下无数的传奇，至今家喻户晓。蜀汉开国皇帝刘备，尊之为先生；继位的后主刘禅，丝毫不敢怠慢，张口闭口称"相父"。

小学就知道诸葛亮，当然也就知道刘备的这位先生。上语文课时，老师点名背古诗，我连忙站起，依依哇哇张口就来：

蜀相祠堂何处寻，锦官城外柏森森。
映阶碧草自春色，隔叶黄鹂空好音。
……

稍长，迷上三国历史故事。先看连环画，后在家中翻箱倒柜，夹层抱出线装本的《增像全图三国演义》，挑灯夜读。故事情节波澜起伏，人物神态活现，尤其诸葛亮足智多谋，辅佐刘备父子开国兴邦，鼎足三分，让我拍案叫绝。

浩浩五千年，出了个诸葛亮，文治武功，算得上旷世奇才。成都那座武侯祠，展现中国文化的一个精灵，千年香火不断，光芒万丈。

成都武侯祠始建于西晋、东晋更替之际，距先生魂归五丈原不到百年，位置在当时的少城内，称"孔明庙"。南北朝时期，武侯祠迁建于祭祀刘备的汉昭烈庙边上，唐初形成规模，香火鼎盛，冷落了一旁的昭烈庙。

武侯祠名称由来，盖因诸葛亮的封号、谥号，都带一个"武"字。而关联度高的地方，如勉县、南阳、保山等地，也先后建有武侯祠。

崇拜先生，各地的武侯祠，这些年我分别走遍。走动最勤，当数成都武侯祠，十来岁便慕名前往，屈指算来，一年一次有多无少。

打交道多的是副馆长罗开玉，二十多年前初次见面，聊起诸葛亮、南丝路，十分地投缘，我是相见恨晚。

以后混熟了，知道他小我一岁，毕业于成都二十八中学，凉山州博物馆的刘弘为其学长。一九七一年高中毕业，分配云南永德县勐底农场，面朝黄土背朝天，一干八年。好不容易熬到恢复高考，一九七八年考入四川大学考古系，毕业后继续深造，先后拿下硕士、博士学位，导师系徐中舒、童恩正。

成都武侯祠，天天游客如云，都冲着先生而来

名师出高徒。一九九八年，罗开玉调入武侯祠博物馆，深耕三国蜀汉历史，见解独到。尤其南中与诸葛亮这部分，研究系统而深入，提出许多真知灼见，填补了空白。这期间，少不了跑南丝路，实地考证之外，同"道上兄弟"交往密切，尤其是"带头大哥"刘弘。

漫步武侯祠，罗博士讲来过筋过脉，的确长见识。

武侯祠建筑对称均匀，沿中轴线展开，依次是大门、二门、刘备殿、过厅、诸葛亮殿。森森古柏，依然苍劲挺立。锦官城的繁华喧嚣，被一

武侯祠大殿中央，供奉的诸葛亮为清代泥塑像，惟妙惟肖格外传神

武侯祠诸葛亮殿内陈列的隋唐时期铜鼓，表达了南中古老民族对诸葛亮的崇敬

堵红墙隔阻，扑面满是先生高洁风范。

刘备殿皇家威仪，文武大臣静候两厢。诸葛亮殿挺朴实，先生羽扇纶巾，英姿勃发，智慧安详，十分的平民化。与其赞扬雕塑者技艺高超，点化出先生神韵，莫如说别具一格，再现百姓心中偶像。

早年，殿内置铜鼓三面，工艺独到。最大的一面形圆腰束，纹饰地域特征鲜明，六只蹲蛙形制古朴，隋唐时西南地区少数民族敬献。南中有传说，铜鼓为诸葛亮南征时发明，称作"诸葛鼓"，白天烧饭晚间示警。此说显然牵强附会，但诸葛亮南征，《三国志》等典籍多有记载。

南中各种矛盾交织，情况错综复杂。土著民族众多之外，秦汉以来，内地移民不断涌入，大姓开始出现。

所谓大姓，这里特指汉代到晋代之间，由内地迁徙并定居南中的汉人大户。究其背景，出自西汉朝廷对边地统治地位的确立，导致西南夷逐步衰落，终在两汉之交，形成被大姓与夷帅控制的新族群。

初始，大姓通过宗族纽带，接纳前来寻求庇护的流民，并通过掠夺或买卖获取奴隶。这些流民、奴隶平日劳作，若有需要，大呼一声号令，即组成自己的私人武装——部曲。东汉中晚期，宫廷争斗激烈，对南中地区束缚力削弱，有实力的大姓乘机扩张，开始独霸一方，垄断当地盐、铁、茶、酒等的经营。

东汉末到三国时期，南中地区大姓代表，主要有爨、孟、吕、焦、雍等，其中爨、孟二姓势力尤其大。这些大姓以"家""族""姓""宗"为纽带，成百上千户聚族而居，占据重要的城邑、关隘，在一县甚至一郡之内呼风唤雨，形成难以取代的政治、军事、经济力量。整个南中，表面上听官府的，私底下暗流涌动，大姓说了算。

广大农村，依旧土著民族天下。蜀汉的南中地区，主要分氐羌、白濮、百越三大系，氐羌系统又包括笮人、青衣、叟人、昆明、彝人等支系，部族首领称"夷帅""夷王"或"夷率"。

大姓、夷帅之间相互通婚，借姻亲关系结盟，巩固既得利益，叫板蜀汉政权。

南中大姓何以如此嚣张，与内地豪族有什么区别？《三国南中与诸葛亮》这部专著中，作者罗开玉一语道破实质：

> 一是军事实力很强，二是对所属部曲、奴隶实际上拥有生死擅杀大权，可以说是一批兼具汉人、土著民族统治方法的军事奴隶主。

拥兵自重，南中大姓对抗朝廷底气所在！

东汉末年，刘备入主四川，争取民心巩固政权，按照诸葛亮《隆中对》"南抚夷越"的策略，经营南中提上日程。

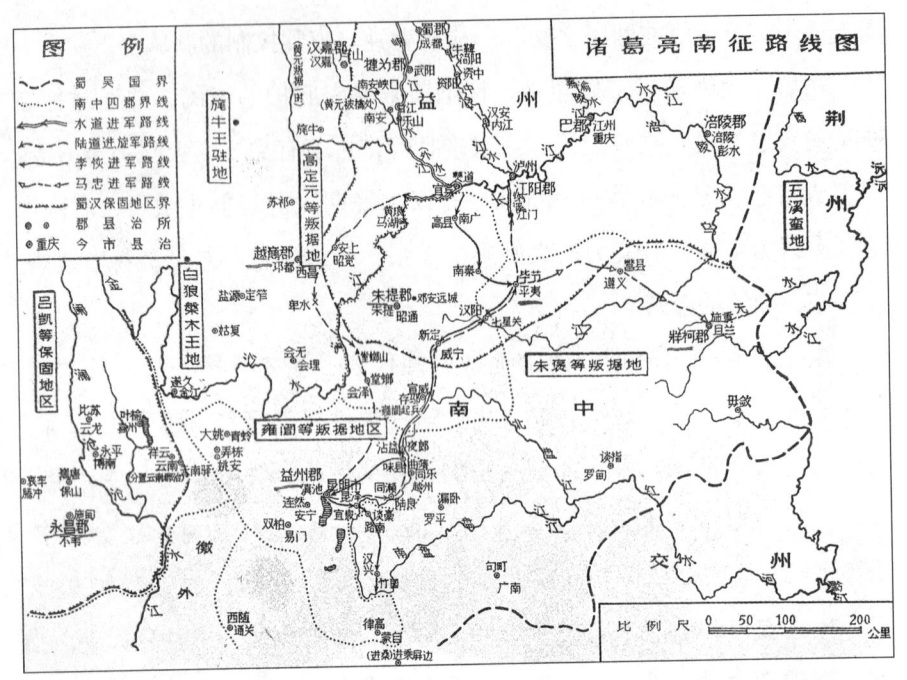

南中三个叛乱集团势力范围，从常璩撰、任乃强校注的《华阳国志校补图注》中，可以得见

遵循这一策略，刘备在南中置庲降都督府，作为最高军政机构，统一指挥辖区郡县。都督府治所，设朱提郡下辖的南昌县，即今云南昭通市的镇雄县，地处云贵川三省接合部。南中叛乱前，治所迁至相邻的平夷县城，位于当下贵州的毕节市七星关区。

庲降都督府下面，设益州、越嶲（《三国志》作"巂"）、永昌、牂柯（《三国志》作"牁"）、朱提五郡，一般称"南中四郡"，将朱提郡排除在外。其实，与庲降都督府同时设立的朱提郡，辖今云南省昭通市及邻近地区，还包括四川省宜宾市南部，多属南中范畴。太守、县令权力大，朝廷外派信得过的人担任，郡、县掾吏就近启用地方大姓。

庲降都督府的设立，算是蜀汉政治制度一大创新。"庲降"二字，不外乎招徕地方势力，归顺各族百姓。最高长官庲降都督，戍守南中，治理地方，协调民族关系，对这一地区负总责。

首任庲降都督邓方，上任后竭尽全力，奈何大姓、夷帅长期把持一方，利益难以调和。几经努力，仅控制朱提郡及周边，余者鞭长莫及。待刘禅登基，南中局势陡转直下，后院烽烟四起。

这场叛乱由来已久，主要是高定、雍闿、朱褒三股地方势力，形成三个叛乱集团。

其中，雍闿长期盘踞益州郡，作为大姓代表人物，善于笼络人心，追随者不少。名气大威望高，私欲膨胀，虽年事已高，总觉得太守一职非己莫属。刘备去世，认为机会来临，借百姓对官府的不满，煽风点火，除掉太守正昂。

正昂死后，雍闿四处活动，想着当太守，结果朝廷派来个张裔。官没捞着，恼羞成怒，唆使人扣押张裔，招兵买马树反旗。

另有越巂郡夷帅高定，仗着人多势众，部曲作战凶猛强悍，发难最早。刘备健在，已然按捺不住，发兵围攻新道县城。

新道县具体位置，一说属越巂郡管辖，县治在今甘洛县东北。还有一说，新道县为犍为郡治下，县城地处夹江、洪雅两县交界处。正是由于守土有责，犍为郡太守李严这才亲自带兵，日夜兼程解围。

查陈寿《三国志》，果然记下一笔：

> 越巂夷率高定遣军围新道县，（李）严驰往赴救，贼皆破走。

这个高定，《华阳国志》又作"高定远"。

得知刘备驾崩，南边雍闿割据一方，高定袭杀驻军将领焦璜，入郡治邛都县城称王，整个越巂郡听其号令。继任太守龚禄不敢赴任，暂借

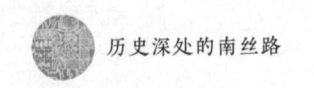

朱提郡的安上县（今四川屏山县新市镇）栖身，紧挨越嶲郡。

还有一位是朱褒，官居牂牁郡丞，士族出身，为人一向自负。

三国时期的牂牁郡，下设十七个县，辖区包括黔地大部，云南曲靖、文山、红河之一部，以及广西右江上游地区，郡治且兰县（今安顺市西秀区宁谷镇）。朱褒俸禄六百石，由朝廷任免，作为太守副贰，辅佐郡守掌众事。虽说协助太守，但一人之下万人之上，尤其一把手空缺代行职权，那就把持一切了。

刘备入川，朱褒立即改换门庭，留任牂牁郡丞。刘备派出的两任太守，也对其认可，离任期间，均交朱褒署理。

代理两次，终归未能转正，朱褒深感失望。眼瞧南中局势失控，也就趁火打劫，于建兴元年，即公元二二三年加入反叛行列，如《三国志·后主传》所载：

> 建兴元年夏，牂牁太守朱褒拥郡反。

五郡反了三，与蜀汉政权经济措施有关，解决国库空虚铸行直百钱，推行盐铁官营。蜀汉一枚直百钱，与五铢钱同样大小，只因添加"直百"二字，购买力等同一百枚五铢钱。

南中大姓、夷帅叫苦连天，这些土老肥，不置地不买房，就好囤积五铢钱。殊不知，大面值钱币一经推出，手中的五铢钱迅速贬值，财富大缩水。

如此看，南中遍地烽烟，并非民族矛盾诱发。挑头反叛者，主要是当地汉族中的大姓，如雍闿、朱褒名门望族，百姓不过跟着走。即便高定这等夷帅，要么是夷化了的汉人，要么是汉化了的部族统治者，并不代表土著民族的利益。

三个叛乱集团中，雍闿实力最强，也最有心计。

雍闿认为，要把事情闹大，还得拉上南中土著民族参与，人多势众好壮胆。多数夷帅虽然不满朝廷，但私下发发牢骚可以，要动真格，那就顾虑重重。

挑灯拨火，还得找人做说客，雍闿想到同为南中大姓的孟获。

孟获是汉族还是少数民族，说法不一。

有说是当地土著民族，传为叟人、孟人、哀牢人都有之。即便而今，彝族、景颇族、苗族一些支系，也尊其为祖先。

我认同罗开玉等观点，即孟获为汉族，朱提郡人氏。

想那《华阳国志》，作者常璩蜀郡江原县（今四川省崇州市）人，也就在南丝路边上。出生蜀地，为官亦在蜀地，且留心历史地理，对南中、南丝路多有观察和了解，积累颇丰。东汉建安十九年（公元二一四年）开始，其后百余年间，南中重大事件、地理沿革、人物传记等诸多情况，唯有常璩书中记载最为详尽。

南中之乱平定后，诸葛亮授予几位地方俊杰职位，《华阳国志·南中志》用语有讲究：

建宁爨习、朱提孟琰及（孟）获为官属。

若孟获真个部族中人，常璩熟知南中习俗，只会采用"朱提夷帅"这类措辞。

史料之外，还得再次提及《孟孝琚碑》，读解其文，可知孟氏确属一方大姓，明白南中与蜀地文化渊源。

英年早逝的孟孝琚，曾祖、父亲先后为官蜀郡，诗书传家崇尚经学，与内地富豪子弟接受的教育一般无二，显系汉族无疑。灵柩辗转千里，

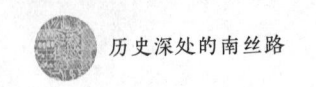

只为归葬故里——朱提郡家族墓地，汉朝直至南北朝，孟氏大姓在此树大根深。

这么些年，孟氏家族梁堆墓时有发现，出土的陶俑、花砖、五铢钱、铜带钩、车马饰鎏金铜片等，中原文化色彩浓厚。孟孝琚碑不远处的二平寨汪家梁堆，就先后发现"孟腾之印""孟琴之印"，同属铜质三联套子母印，做工精湛，称得上汉代私印极品。

由此及彼，作为朱提孟氏一员的孟获，与先辈的孟腾、孟琴、孟孝琚理当同族，亦是汉人。

孟获人缘不错，夷汉两边都能说上话。雍闿邀其出任副手，使用离间计，煽动各部族的夷帅造反。受人恩惠，孟获竭尽所能，为达目的不择手段，找来夷帅们说："朝廷要征收黑狗三百条，胸前不能有一根杂毛。另要螨虫的脑汁三斗，三丈长的斫木三千根。这些稀罕物，你们操办得下来吗？"

满口的谎言，孟获说来有根有据，不由夷帅们不信。

黑狗有，但纯黑不好找；螨虫小，何来脑汁三斗；斫木最长两丈，天下无超越者。既然官府故意刁难，交不了差，那就反罢。

得到各部族的支持，还是担心，想着找个大靠山。雍闿选择孙权，打开牢房，一根绳索绑起张裔，押东吴当作见面礼。

杀关羽夺荆州，夷陵之战大败刘备，梁子结大了，孙权忧心忡忡。雍闿找上门，正中下怀，乐得做顺水人情，安排雍闿出任永昌太守。这永昌郡，还在益州郡西边，原本就蜀国地盘，同东吴八竿子打不着。虽得到孙权的任命，但真要坐上太守职位，雍闿就得出兵永昌，赶走蜀汉驻军。

孙权滑头，口惠而实不至，让雍闿同蜀汉先耗着，自己隔岸观火，见风使舵。

第十三章 诸葛亮平定南中

叛乱来势凶猛,巴蜀震动,成都哗然,从官员到庶民人心惶惶。唯独相府一如既往,每日里大门准时开关,一个仆人值守,不添兵卒,也没文官武将晋见。看来,诸葛丞相成竹在胸,国人这才松了一口气。

外松内紧,蜀汉定海神针诸葛亮,一切尽在掌控之中。大风大浪见多了,先生坐镇成都,以静制动。对内稳军心民心,调兵遣将阻击叛军;对外重点放在汉中、白帝城,严防曹魏添乱,东吴生变。

国丧期间,稳定压倒一切,南中事从长计议,招抚为上。

先生第一步棋,安排托孤重臣之一的李严,先行修书雍闿,好言规劝。李严同雍闿有几分交情,去信冀望迷途知返,说蜀汉大军枕戈待旦,随时挥师南下。

雍闿不买账,态度傲慢狂妄,回复寥寥数语。说天上哪见两个太阳,一国之内没有两个皇帝。而今天下三足鼎立,称帝称王的都有三个,自己深感惶恐疑惑,不知该听谁的?

雍闿一伙胆大妄为,动摇蜀汉根基,罪在不赦,诸葛亮不抱幻想。李严去信,除了拖延时间,还要给叛乱集团造成错觉,认为巴蜀防范严密,让其就在南中范围折腾,减轻成都的压力。

孙权万万没料到,开给雍闿的空头支票,恰好帮了诸葛亮大忙。

永昌郡自然条件优越,回归中原王朝后,百年间稳步发展,人口在南中稳居首位。控制永昌,必定实力大增。拿到孙权的任命,雍闿急不可耐进军永昌,而非联合高定、朱褒突袭成都,打蜀汉一个措手不及。

孤悬敌后,永昌郡被叛乱的越嶲郡、益州郡阻隔,无法与朝廷取得联系。非常时期,又逢太守离任,掌管军队、位居二把手的府丞王伉,无力支撑局面。

危急关头,五官掾功曹吕凯挺身而出。

五官掾功曹级别低,这样的郡吏,一个永昌就有十来位,负责不同

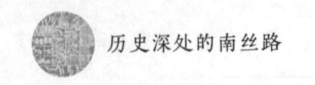

事务。吕凯字季平，本郡不韦县人，当地大姓，深得永昌各族百姓拥戴。如今振臂一呼，群起响应，团结王伉激励官民，拒强敌于境外。

进攻受挫，雍闿无计可施，多次书信引诱吕凯。

吕凯不为所动，回信劝诫雍闿说，你的先祖雍侯与大汉结怨，反被朝廷封侯。当今，丞相诸葛亮明察秋毫，担负托孤重任，全力辅佐蜀汉兴盛，对人从不偏袒，只记功绩不念过失。你若迷途知返，边远小郡永昌太守算个啥，更高的职位等着你。

雍闿听不进去，这么耗着，又恐益州郡有闪失，只得悻悻而归。

诸葛亮的第二步棋，还得遵循《隆中对》既定方针，回归"联吴讨魏"统一战线。与东吴重修旧好，既断雍闿外援，又让曹魏失去盟友，一举两得。

主意有了，但蜀汉与东吴势如水火，大都督陆逊屯兵边界，就等孙权发话。

冰释前嫌，谁能担此重任？一时半会儿，诸葛亮想不出恰当人选。

尚书邓芝，与诸葛亮不谋而合。登门面见，提议派使者赴东吴，双方言归于好，联合起来对付曹魏。堪当大任的人不请自来，先生哈哈一笑，派邓芝作全权代表，出使东吴释放善意。

诸葛亮诚意满满，孙权却举棋不定。此前假意归顺曹魏，被敕封个吴王，心不甘情不愿。继续倒向曹魏，还是同蜀汉再续前盟，一时间踌躇不决？既然想不明白，干脆拖着不见。

邓芝吃透孙权心思，上表请见。求人原本尴尬，下笔却不卑不亢，开头一句"臣今来，亦欲为吴，非但为蜀也"！明眼人一看便知，这使者城府深，不可不见。

孙权若有所悟，召来邓芝，直言不讳云："我诚心想同贵国友好，但皇帝刘禅年纪小，蜀汉国土狭窄，魏国虎视眈眈，怕是不能自保。"

邓芝振振有词道:"不然,吴、蜀合起来据有四大州的土地,大王有治国之才,诸葛亮是当下的人杰。蜀汉有重山为屏障,东吴有三江作险阻,结合双方的长处,结为唇齿相依的盟邦。进,可兼并天下;退,可鼎足而立。这道理浅显,再明白不过。大王若向曹魏低头,先要您入朝称臣,再要太子进京侍奉。如果不从,就会说您叛逆,出兵讨伐。蜀国逮住机会,出兵顺长江而下。如此一来……"

本是求孙权谅解,经邓芝这么一说,倒成了全为东吴着想。孙权沉默良久,临了道出一句:"君言是也!"

合则两利,分则两伤,明摆着的道理。响鼓不用重槌,何况孙权聪明绝顶。权衡利弊,曹魏虎视眈眈,与自己翻脸迟早的事。南中事小,岂能捡起芝麻丢西瓜,开罪蜀汉。

一番讨价还价,孙权归还张裔,派人随邓芝回访蜀汉,两家和好如初。

第三步棋,安定内部,富民强军,一切从头再来。

夷陵之战,五万精锐折损多半,损失前所未有。打仗就是烧钱,何况败仗,国库几乎掏空,当务之急发展经济。

自然经济条件下,国家的命脉就是农业。诸葛亮一边整顿吏治,选贤任能,发展商业增加税收,一边兴修水利,确保粮食不出问题。好在蜀地物产丰富,加上"闭境勤农,育养民物"的措施,百姓能填饱饭,国库也逐渐充实。

重建强大的军队,刻不容缓。诸葛亮治军严明,赵云、魏延带兵高手,征兵,操练,布阵……

两年下来,军队训练有素,士气高昂。

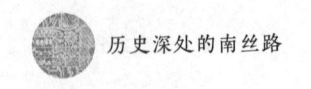

二　恩威并施

一切准备就绪，公元二二五年春，诸葛亮亲自挂帅，兵发南中。

先生一生谨慎，临行前周密安排，成都出不得半点差池。

军事方面，汉中兵家必争之地，由镇北将军魏延镇守，严防曹魏捣乱。镇东将军赵云派驻永安（今重庆市奉节县），扼三峡门户，万一东吴生变，不至于措手不及。

蜀汉事务，交蒋琬等人主持，又留长史向朗统领后勤，保障前方军需。

朝中亦有不同声音，以王连为代表，极力劝阻诸葛亮亲征。王连资格老有能力，担任过蜀郡太守，这时任屯骑校尉兼任丞相长史，还顶着平阳亭侯的头衔。王连一番进谏，说起来也是为国家好，《三国志·王连传》有记：

　　此不毛之地，疫疠之乡，不宜以一国之望，冒险而行。

言辞恳切，乍听是这么个理。反复咀嚼，我察觉王连看问题片面，只担心丞相有个闪失，缺乏大局意识。丢失南中，蜀汉财力骤减，兵源匮乏，别说北伐曹魏，自保都成了问题。所以，先生《后出师表》中，回首这段往事时曾言：

　　思惟北征，宜先入南。

南中丢不得，事关蜀汉兴亡；南征输不起，必须稳操胜券。谁出任

第十三章 诸葛亮平定南中

统帅，先生都不放心，只能自个儿深入险地，亲临一线。

辞别后主，文武百官十里相送，其中有曾任越嶲郡太守、熟知情况的马谡。素好探讨军中策略。马谡这个特点，官员们都清楚，先生焉有不知，招至道旁询问良策。马谡认为南中路途遥远，多险要地段，今天将其折服，明朝又会萌生反意。北伐是重点，长期屯兵南中不现实，故建言丞相：攻心为上，攻城为下，心战为上，兵战为下。

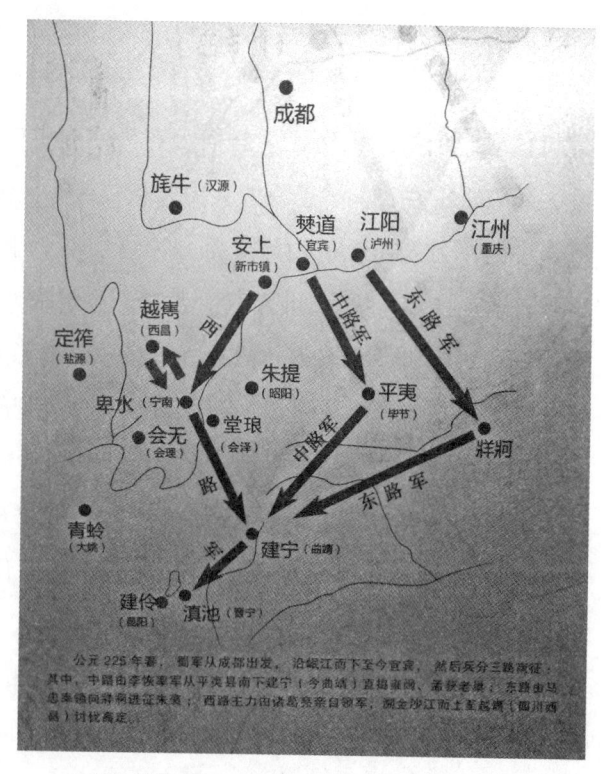

曲靖市博物馆内，悬挂"诸葛亮南征图"，标明三路大军行进路线

马谡这番见解，符合先生初衷，赞其："深得吾心。"

点评先生丰功伟绩，平定南中可谓得意之笔。出征前夕，先生总是围着地图转圈，想那叛贼气势汹汹，压根儿不把朝廷当回事，"攻心"之前需打掉嚣张气焰。叛乱阵营看似铁板一块，实际上各霸一方，沆瀣一气又互不买账。精心筹划周密部署，先生大手一挥：兵分三路，各个击破。

号令下达，按照划定路线、主攻方向，八万将士三路齐发，动用的兵力前所未有。路程遥远，转运辎重粮草，需要庞大的后勤保障人员，

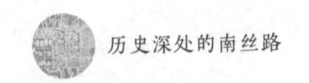

一线作战力量,也就半数左右。

东路军两万多人,交门下督马忠指挥,成都出发赶赴朱提郡修整,伺机攻取牂柯郡。朱褒代理牂柯太守,手握实权,裹挟直属军队参与叛乱,兵力八千左右。马忠一线兵力,相较叛军,优势不明显。

中路军万余将士,由庲降都督李恢负责。李恢益州郡俞元县(今滇地澄江县)人,与孟获同为南中大姓,益州牧刘璋旧部。刘备还没攻入成都,洞察先机,跑去绵竹投靠。刘备对其非常赞赏,登基后委以重任,出任南中地区一把手。土生土长,熟悉地方情况,执掌南中几年间,牢牢控制朱提郡及牂牁郡的平夷县。

西路军先生亲自指挥,目标越嶲郡。擒贼先擒王,高定胆敢称王,显然活得不耐烦,就拿他及上万部曲开刀。队伍浩浩荡荡,先生居中,一旁参军杨仪随行,乘船沿岷江而下……

追寻先生当年,我从乐山乘船直达宜宾市柏溪镇,登岸后坐汽车翻山越岭,去至屏山县金沙江畔的新市镇。蜀汉时期的新市镇,为朱提郡

擒贼先擒王,诸葛亮亲率西路军,翻越崇山峻岭,直插越嶲郡

第十三章　诸葛亮平定南中

隶属的安上县治所,越嶲郡太守龚禄在此加入南征队伍。

安上至邛都,汉武帝时开通官道,沿途设置邮亭,由东向西贯通大凉山,成为连通五尺道与零关道的支线,称作"越嶲道"。先生走越嶲道,沿金沙江峡谷而上,直到西苏角河转向,翻越海拔三千多米的黄毛埂,切入大凉山腹部,率两万将士逼近邛都。

喽啰飞报,卑水县境(辖今昭觉、美姑两县)冒出蜀汉人马,高定满脸惊讶。《三国志》记载很清楚,越嶲郡"有旧道,经旄牛中至成都,既平且近"。若按此说,蜀汉讨伐高定,必走零关道,距离最近。

舍近求远,诸葛亮自有想法。东汉中期开始,大渡河南岸通往越嶲郡这一地带,活跃着两支部族——捉马虏种、旄牛夷,彪悍尚武不服王化,阻断零关道交通。先生路过,这些部族避之深山,待大军离去,再出来拦路抢劫军需,岂不危哉!况且,全程陆路运输难度大,高定多筑营垒重点防守,索性出其不意,由岷江水路转越嶲道。

再打探,回答顶多四千人,三处营盘互为犄角。高定放宽心,急调各地守军赴邛都、卑水两县交界处,想法不错:集中优势兵力,吞灭蜀汉军队立威。

卑水地形复杂,蜀汉主力隐藏高山深谷,仅前锋坝区驻扎,迷惑对手。长途奔袭,转为以逸待劳,先生不愧高人。

先生大营何处?多数专家盯住氐坡此,此地一个屯戍遗址,年代恰在东汉晚期至三国蜀汉。

而今氐坡此,相隔国道线不远,路况良好。我从新市镇动身,汽车沿着公路,时而紧贴金沙江,时而盘旋而上,直入云端。不知不觉,到达昭觉县四开乡(今四开镇)日历村,一问方知,这里地处大凉山腹地西缘。车停宜(宾)西(昌)公路旁,脚下一片平坝,当地彝族称"四开坝子",海拔两千米出头。坝子边上,地名氐坡此的那座小山,高出地

历史深处的南丝路

昭觉县四开镇氏坡此,视野开阔山顶平缓,被诸葛亮看中,在此安营扎寨

面三百米。

于我而言,攀爬氏坡此略显吃力。气喘吁吁,依然精神抖擞,登临蜀汉屯戍遗址,年过六旬方得如愿。缓过气,举目环视,周边山岭蜿蜒起伏,西边的四开坝子,东南方向的好谷乡,尽收眼底。

刘弘多次提及,早在一九七七年,四川资深考古学家王家佑率队氏坡此,发现并试掘后,写下《昭觉县四开区考古见闻记》,确定为蜀汉屯戍遗址。

汉武帝伊始,氏坡此扼官道要冲,属兵家必争之地,刘弘深知意义重大。参加工作到退休,单独或联合武侯祠博物馆等文博单位,反复调查勘探。

一九八六年那一次,为完善相关数据,刘弘带人再探氏坡此。

遗址范围、道路、建筑群旧痕,夯土堆及周边散落的瓦片、陶片,

第十三章　诸葛亮平定南中

而今氐坡此，发现蜀汉屯戍遗址，瞭望哨居高临下，俯瞰卑水唯一通道，叛军动向尽在眼底。

一如王家佑文中描述。

　　圆形夯土堆十一座，人工筑就。山腰两座，余下靠山顶分布，由南向北一字排开，高者达十米。搭起木架，测量夯土堆。刘弘爬上顶，确实视野开阔，好几千米范围尽收眼底，瞭望台无疑。若加派弓箭手，瞭望台间隔之间，尽在弓弩有效射程，防御无隙可乘。

　　建筑群东面为正门，西面及南北两侧房屋组成庭院，通道两边铺汉砖，中间夯土层，痕迹类似汉代殿堂结构。屋顶木质梁架，盖瓦分为板瓦、筒瓦，足以抵御疾风暴雨。"四开"彝语为伐木地，可见早年树林之广袤，建筑材料取之不尽。山下坝区，半山缓坡，可栽种不同农作物，解决戍边将士吃饭问题。

　　开挖探沟，发现铜弩机残件及铜、铁箭镞、环首铁削刀等兵器，也有盆、钵、罐、瓮一类陶器，均屯戍必需品。

话匣子打开，刘弘吐露就在同一年，氐坡此周边村民家中，昭觉县文管所征集到十七枚铜印。摊开均阴文篆书，其中一枚"军司马印"，十三枚"军假司马"，三枚"军假侯印"。据捐献铜印的村民道来，皆出自氐坡此遗址。深感震惊的刘弘，激动地说这都是汉代武官名称，《后汉书·百官志》一查便知，军司马俸禄"比千石"，军假司马、军假侯为其副手。

基层文物单位日子难过，昭觉县文管所就一个人，没钱买保险柜，上班地点县文化馆，一间办公室多人共用。刘弘眉头紧蹙，提议交州博物馆代管。管理人员做不了主，县上又不答应，眼睁睁看着铜印重新用布口袋包裹，存放木头柜子。

转眼过去几年，一次管理人员出差多日，归来清理文物，发现铜印不翼而飞，吓出一身冷汗。县里不敢声张，直到填表上报文物，昭觉迟迟未动，刘弘一个劲电话催，才知出大事。

经多方努力，始终无法侦破，珍贵文物不翼而飞。

出土的盖瓦不少，纹饰多样，其中两种图形罕见：其一为楼阁，单屋下有台座，不知是哨楼否？其二木质斗拱，并系一斗三升斗拱，依照汉代建筑等规则，归入华贵一路。

氐坡此扼南征故道，营盘大，将领级别高，诸葛亮驻节于此，恰同《华阳国志》所记"军卑水"对上号。

稳坐殿堂，先生气定神闲，高定却忙得够呛，督促手下火速就位。确保胜算，又飞马知会雍闿派兵支援，浑然不知落入圈套。

雍闿主动送上门，省得下一步兴师动众。先生心中有数，明说是叛军，其实多系部落武装，缺乏训练战斗力不强。不怕布阵决战，就怕高定回过神，部曲分散躲入大山，熟悉地形来去自如，同自己兜圈子打游击。果真如此，平乱旷日持久，不知拖到驴年马月，耗不起！

几经周折，高定各部集中卑水，益州郡增援人马进至邛都县。雍闿行事草率，再次率部远行，还不留副手孟获守护老巢，可知用兵外行。两支叛军刚会合，突发内讧，雍闿遭袭身亡，随行将士各自逃命。

雍闿死因不明不白，高定背后唆使，还是其手下肆意妄为，或者诸葛亮的离间计，成为一个难解之谜。

孟获反应及时，第一时间接掌权力，收拢军队迅疾回撤，脱离是非之地。探马报来，先生仰天大笑：天助我也！

抓住时机，前锋排兵布阵，三通鼓响，四千健儿勇往直前，杀声震天。这样的场面，叛军哪里见过，一个个心生怯意。高定自认为有对策，上万部曲悉数出动，依仗人多势众，实施围歼。不承想正中先生下怀，周边埋伏的蜀汉主力尽出，四面夹击中心开花，完成分割包围。

一触即溃，高定与各部失去联系，情知不妙走为上。群龙无首，弃守山寨争相撤离，围追堵截下，逃生者不过半数。

一鼓作气，西路军围住邛都城，攻势凌厉。高定困兽犹斗，几天时间伤亡惨重，夜幕下独自逃生，妻儿当俘虏。不思悔改，刚从几个部落纠集两千人，转眼又被一锅端，自己也成刀下亡魂。

听闻高定结局，孟获偷着乐，正待祭告雍闿亡灵，益州郡传来告急文书。

却是李恢，探知雍闿带主力外出，机不可失，带上中路军几千精锐，抄近道深入敌后。沿途叛军无力抵抗，又有亲蜀汉的夷帅济火带部落兵协助，一鼓作气，李恢直插叛军老巢——郡治所在地滇池县，早年的古滇国王都。

孤军深入，毕竟兵家大忌。益州郡留守的叛军，包括部落夷帅闻讯，驰援围攻李恢。叛军万余人，西路军远在千里之外，审时度势，姑且用缓兵之计。抬出家乡人身份，动用济火关系，李恢周旋于叛军头领之间，佯称蜀汉军队缺乏粮草，准备回撤。自己既然归来，不打算走了，留下与大家共谋大事。

一番交涉，部分夷帅信以为真。孟获尚在归途，益州郡缺了掌舵人，互不买账，警惕放松。当机立断，李恢选择薄弱处突围，而后杀个回马枪，逐一剿灭。残敌毫无斗志，沿南盘江北撤，孟获后路被断，遭蜀汉军队前后夹击，"攻心"机会来临。

"烧藤甲七擒孟获"插图，出自《增像全图三国演义》

继续沿着先生南征足迹，我过金沙江进入滇地巧家县，找寻"七擒孟获"发生地。少年时，读家中的清光绪线装本《增像全图三国演义》，这部分内容格外精彩，至今烂熟于心。实地看，江岸峡谷深切，乌蒙山雄奇险峻，由巧家转会泽、寻甸等县，再经曲靖坝子、陆良坝子，抬头已然嵩明坝子，却是昆明远郊。

分析双方态势，我感觉孟获一个劲跑，先生一个劲追，不给对手喘息之机。有一点，与《增像全图三国演义》书中描写，全然对不上。那便是蜀汉时期，这一带农业与蜀地相差无几，孟获老家昭通市，我见得一块汉代画像砖，图像生动又关乎农事。左边披毛毡、结椎髻的人牵一头牛，田间耕作归来，右边的人正挥鞭抽驴，那驴护疼跳起，张口回望……显然，这同小说中的蛮夷之地对不上，亦非先生笔下的"不毛"。

第十三章 诸葛亮平定南中

折返南盘江上游，孟获与败退的叛军合二为一。没待缓过气，牂柯郡消息传来，叛军被马忠率东路军剿灭，朱褒生死不明。前有李恢严阵以待，后有先生步步紧逼，腹背受敌没得选，决战在眼前。

决战的目的在"攻心"，理应有一番大动作。然而，既是史学家，又先后担任过蜀汉、西晋官员的陈寿，在《三国志》中只字未提，倒是《华阳国志·南中志》记有一段：

> 夏五月，亮渡泸，进征益州。生虏孟获，置军中，问曰："我军如何？"获对曰："恨不相知，公易胜耳。"亮以方务在北，而南中好叛乱，宜穷其诈，乃赦获使还，合军更战。凡七虏七赦。获等心服，夷汉亦思反善。亮复问获，获对曰："明公，天威也，边民长不为恶矣。"

百余字的"七虏七赦"，虽勾勒出轮廓，但后人仍有质疑，认为道听途说，不足采信。理由多了去，包括如此重要的历史事件，《三国志》不可能遗漏，诸葛亮南征来去匆匆时间不允许，敞开军营让孟获看犹如儿戏……

好在，《华阳国志》并非孤证，又过几十年，已然南北朝时期。元嘉三年（公元四二六年），宋朝的第三位皇帝宋文帝突发雅兴，说陈寿那《三国志》过于简略，钦点中书侍郎裴松之为其作注，通俗地讲就是补充内容。

这个节点绝好，相隔三国时期不远，当年的文献资料不断浮出水面。作为南朝著名史学家，裴松之博古通今，奉旨作注第一步——广泛收集甄别新发现的文献资料。具体思路，则是兼采众家之长，重在事实的增补和考订，如其所言："绘事以众色成文，蜜蜂以兼采为味。"

奋笔疾书三年，一部宋文帝惊叹、后人赞不绝口的《三国志》注本完成。两相比较，裴松之的注本，陈寿的原作，二者在字数上相差无几。可见史书注释方面，裴松之算是独辟蹊径，注本博引典籍，广增异闻，既保留下大量古籍资料，也弥补了陈寿原作之不足。时至今日，历史学家研究三国历史，无不围绕裴松之注本展开，还真应了宋文帝当年评价：此为不朽矣！

采取什么方法让那孟获心悦诚服，尤其重要。注释《三国志·诸葛亮传》，裴松之慎之又慎，引《汉晋春秋》相关部分予以补充。何以舍弃《华阳国志》，我感觉裴松之自有考量。东晋著名史学家习凿齿编写《汉晋春秋》，一反陈寿等史家以曹魏为正统的做法，转而推尊蜀汉，自然会选用一些遗弃的史料，借以赞颂诸葛亮。

《汉晋春秋》细节更完善，对白更生动。如诸葛亮听闻孟获有威望，当地部落及大姓人人佩服，下令务必生擒此人，降服后为己所用。这么一笔，妙极，"七纵七禽"就此流传。查阅古代汉语，"禽"与"擒"相通。孟获服输后的"公，天威也，南人不复反矣"，彰显个性……

"七纵七擒"亮相以后，唐代长孙无忌、北宋司马光、南宋朱熹等名人，屡屡在文献中提及。

孟获被俘而后释放，应该确有其事，否则，诸葛亮"攻心"谋略何以体现？至于孟获当了几次俘虏，没必要争论，"七"不过虚数词，言其多以表先生胸怀。问题在于说来道去，终归文人圈打转，自娱自乐。直至明朝，罗贯中的章回体小说《三国演义》问世，方才广为流传。

一切归功于神来之笔。作为长篇章回体小说开山祖师，罗贯中是个天才，《三国演义》融史料、戏曲和民间话本于一体，直驱巅峰，成为中国古典长篇小说四大名著之一。学养几何，无任何记录，但他亲历元朝末年的大动乱，也曾投奔农民起义领袖张士诚，参加反元斗争，阅历够丰富。明朝开国后，全身心从事小说创作，专注乱世题材，围绕统治集团之间的政治和军事斗争，写下《三国演义》《隋唐志传》《残唐五代史演义传》等，呈现了一幅幅蔚为壮观的宏大场景。

明朝至今，中国文学不乏名家，但不见任何一部历史小说，有如《三国演义》般风靡天下并历久弥新。

归结到"七纵七擒"，百余字史料经罗贯中奇思妙想，七次生擒兵不厌诈，计谋层出不穷。就一个主题——围绕"攻心"大肆铺陈，层层递进丝丝入扣，升华、演绎出两万多字的"七擒孟获"。这样大书特书，既符合诸葛亮南征初衷，又颠覆史料的简单枯燥，从文人到草根无不痴迷其间，以假当真津津乐道。

争夺"七纵七擒"所在，数百年来地方文人借题发挥，"七擒孟获"突然有鼻子有眼儿，与川滇黔的山水融为一体。诸葛亮的智谋，孟获的豪爽，近在咫尺，永驻百姓心中。

一个南中，许多地方先生未曾涉足，此类传说，听一听即可。

倒是南盘江上游的曲靖市麒麟区，既是孟获率部归降地，又是先生与李恢会师所在，需要格外留意。听地方父老讲古，城里的双井，城外那八塔，还有三座武侯祠……刨根究底，这些古迹要么牵强附会，要么损毁多年，倒是《诸葛亮纪功碑》值得一提。

这碑有来头，非当地人信口开河，查《隋书》《北史》《资治通鉴》，果然不打诳语。按照这些史书所言，隋朝四大名将之一的史万岁，奉皇命出任行军总管，远征南宁州（今曲靖市麒麟区及周边）叛贼。击溃反叛的羌族首领后，追剿途中得见此碑，照录原文如下：

行数百里，见《诸葛亮纪功碑》，铭其背曰："万岁之后，胜我者过此。"万岁令左右倒其碑而进。

曲靖城市名片——大型浮雕《诸葛亮与孟获》

南征历尽艰辛,竖碑颂扬先生功绩,不管蜀汉政权或南北朝的崇拜者,皆有可能。记载出自正史,还不止一部,可信度也高。问题在于非常严肃的一件事,冷不丁冒出先生预言,让人感觉荒诞不经,似乎故弄玄虚。

直觉告诉我,所谓预言大概率为后人谎言,由史万岁一手策划。战功累累的史万岁,南宁州偶遇《诸葛亮纪功碑》,动起歪脑筋。既然诸葛亮文治武功,能掐会算预知未来,仰慕者众多,何不借机编造预言,抬高自身地位。将自个儿名字附上,再带一个"胜"字,风头岂不盖过诸葛亮。

此碑下落不明,碑记内容无从知晓,唯有存疑。

以此为由头,曲靖市麒麟区找来名家,城市雕塑上做文章。城区麒麟北路一侧，落成大型浮雕《诸葛亮与孟获》，道一段千古佳话。

浮雕于我颇具诱惑力。一九八七年落成，其后两访曲靖，我专程到此，从头看到尾仔细看，记得在百步上下。

画幅巨大，材质系黑色大理石，继承汉代画像砖风格，采取白描手法，将历史的瞬间定格。画面紧扣和盟主题，寓意深刻，由雕塑大师刘开渠三审其稿：居中诸葛亮、孟获把酒言欢，头顶祥龙飞腾，朱雀翩翩起舞；两侧山川景物、农事征战、歌舞宴饮，颂扬各民族团结，南中开创新局面。

先生头戴纶巾，雍容大度源自成都武侯祠塑像；孟获一身民族服饰，却与《增像全图三国演义》插图几分类似。由此可见，认同孟获为南中大姓，应是近些年研究者的结论。

每每勾留曲靖，必去浮雕所在，发思古之幽情。这次寻访自无例外，列入最后一站，由此步入历史的深处。

三　稳定大后方

说来也巧，先生深入南中，临了同样坐镇味县，即我此行最后一站：曲靖市麒麟区。

大乱初定，三路大军分头驻扎，把守一方安定民心，平息零星反叛。逗留味县那些日子，先生房间灯光彻夜不息，冥思苦想，琢磨善后良策。

眼见为实，连绵起伏的群山，一个接一个的坝区，地广人稀物产丰饶，哪里是传闻中的蛮荒之地。

汉代打通的西南夷道，一条不可缺少的国际商贸通道，蜀汉丝绸、蜀布、漆器一类货物,多在永昌郡转手外销。外国商人为永昌郡常客,携带的琥珀、水晶、翡翠、宝石、钻石、珍珠等,来自今天的意大利、西班牙、葡萄牙、埃及、伊朗、印度、缅甸这些国家。

蜀汉商人接手,再行倒卖曹魏、东吴。一来一往,商贾大获其利,百姓物品多了销售渠道,国家税收增加不少。

麻烦出在大姓、土著民族上层,不仅同蜀汉离心离德,相互之间也是矛盾重重。情况错综复杂,一旦生变,朝廷鞭长莫及。由乱入治,必须权衡各方利益,方可解除后顾之忧,将南中建成稳定的战略大后方。

谋定而后动,先生举措一个接一个,控制南中,打出了一套组合拳。

针对尾大不掉,先生调整行政区划,分而治之。

南中大郡,实权人物野心勃勃,不清楚自己几斤几两,缺少自知之明。得意就忘形,认为朝廷不过尔尔,动不动就兴兵作乱,割据一方分庭抗礼。西汉著名政论家贾谊,《治安策》中早就说过:"欲天下之治安,莫若众建诸侯而少其力。"

这招高,先生拿来就用,改益州郡为建宁郡。从益州郡入手,主要在于雍闿最具实力,辖云南东部和中部广大地区。此外,益州这称谓确实不妥,既是郡名又是州名,还是蜀汉国之别称,使用时易产生混淆。

第十三章 诸葛亮平定南中

今朝云南,百姓安居乐业,富庶显而易见

以先生为例，当时兼益州刺史，管辖蜀郡、广汉等十二个郡。而在前面提及的雅安高颐阙，墓主人高颐在刘备入蜀前夕，就曾担任益州郡太守。所以，罗开玉说："那时的蜀汉，出现了国、州、郡三者同用'益州'之名的局面。"

郡名选择建宁，诸葛亮有讲究，意在将这一叛乱源头，建成安宁的地方。

紧接着，从建宁、越巂、永昌三郡中，划出部分县，另置云南郡。云南郡辖七个县，地盘包括今天的大理、丽江、楚雄之一部分，郡治驻云南县，大致位于祥云县云南驿镇。

感觉还不放心，又从建宁、牂柯二郡中，各拿走几个县，加上李恢在南盘江新成立的汉兴县，增设一个兴古郡。这么下来，叛乱中心、雍闿老巢的益州郡，改名不说，分割得七零八落，残渣余孽再无本钱兴风作浪。

几年前行走南丝路，途经一个小山村，偶遇当地集资塑的诸葛亮像

这番大动作，《三国志·后主传》有记：

> 改益州郡为建宁郡，分建宁、永昌郡为云南郡，又分建宁、牂柯为兴古郡。

调整结果，南中五郡增至七郡，郡一级管辖面积缩小，太守权力削弱。

第十三章　诸葛亮平定南中

永昌郡虽分走叶榆、云南、邪龙三县，但仍然辖地广大，偏远地区无暇顾及，管理漏洞百出。况且，土著民族人多势大，仗着山高地势险要，动不动就作乱。

听取吕凯建议，先生增置永寿、雍乡、南涪三县，管辖今天滇地的临沧市、普洱市、西双版纳傣族自治州，以及缅甸的果敢等地区。这片遥不可及的地方，一改过去的藩属关系，建立县级行政单位，负责落实蜀汉各项政令。

听起来三个县，待打开中国古代地图，那可了不得，面积加在一块儿，十万平方公里有多无少。诸葛亮这一决策，在汉朝基础上，进一步强化了对边地的统治，巩固了祖国西南疆域。

将士论功行赏，头功李恢。

前期，官居庲降都督的李恢，虽与朝廷断绝音讯，依然坚守平夷一线，确保朱提郡平安。朱提地处三个叛乱集团接合部，既为巴蜀屏障，又如利刃插入敌方心脏。

大军南下，李恢筹措粮草，为南征各路大军提供后援，同时以朱提郡为依托，奔袭益州郡断孟获退路，临危不惧剿灭残敌。得先生认可，李恢留任庲降都督，封汉兴亭侯，外加安汉将军。

马忠是个人才，发兵前拜牂柯太守，率东路军直捣匪巢，一气攻下牂柯郡治且兰城（今贵州省黄平县旧州镇），除掉朱褒。继而一鼓作气，兵分几路夺回所属各县，荡平反叛的土著民族山寨，安抚百姓，终结牂柯叛乱。先生看重人才，调来身边任丞相参军，北伐中屡建功劳。

二三一年，李恢病故，张翼领庲降都督，执法过于严苛，夷帅刘胄趁机起事，南中再次陷入动荡。第一时间，安排马忠接掌庲降都督，迅速平息叛乱，稳住局面。朝廷收到捷报，马忠加奋威将军，封博阳亭侯。

其后，马忠将庲降都督驻地，从群山之中的平夷县，迁至建宁郡治

宜宾人雕塑的诸葛亮，披红挂彩

羽扇纶巾的诸葛亮

味县。建宁郡平坝居多，出产丰富，道路四通八达；味县历史悠久，位于南中腹地，有利于居中调度，加强对各郡的管理。

尤其越巂郡，扼南中通成都要津，当地部族动不动就作乱。

遵循先生策略，恩威并施，马忠协同越巂太守张嶷，区别对待土著民族。清除叛乱部族的头目冬逢、傀渠、李求承，招降首领魏狼、牦牛夷耆帅狼路……

郡治迁回邛都，中断百年的零关道重新通畅，后主加封张嶷抚戎将军。

经济方面，控制盐铁资源，发展农业恢复商贸，百姓安宁，个个感恩戴德。

直到二四九年，担任庲降都督十六年的马忠，猝死任所。惊闻噩耗，南中民间有何反应？《三国志》着墨不多，但当年情景犹在眼前：

及卒，莫不自致丧庭，流涕尽哀，为之立庙祀，迄今犹在。

第十三章 诸葛亮平定南中

保山市区太保公园内,明代建有武侯祠,泥塑的诸葛亮居中,一侧的吕凯庄严肃穆

　　立庙祭祀马忠的场所,现而今我没找着,倒是另一功臣吕凯,尚有踪迹可寻。

　　深陷敌后的永昌,效忠蜀汉,吕凯功不可没。先生上表刘禅,如是说:

永昌郡吏吕凯、府丞王伉等,执忠绝域,十有余年,雍闿、高定逼其东北,而凯等守义不与交通。臣不意永昌风俗敦直乃尔!

　　这道奏折,《三国志》原文照抄。

　　官位高的府丞王伉,排名吕凯之后,熟知礼制的诸葛亮,不会犯这种低智商错误。只能说,牵制雍闿保住永昌,为朝廷平叛争取时间,吕

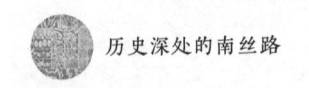

凯功劳更大。奖掖忠臣，吕凯被越级提拔，擢升云南太守，封阳迁亭侯。

可惜飞来横祸，吕凯未赴任，就被叛乱部族杀害，爵位由其子承袭。

吕凯忠义千秋。成都武侯祠，刘备殿前两厢廊庑，二十八位蜀汉名臣从祀，文臣、武将对半。文官廊，个个三国风云人物，清楚记得，人称"凤雏"的庞统居首，吕凯排位第三，费祎、蒋琬尚在其后。

大姓中的俊杰，从孟获、爨习、孟琰开始，全都安排个职位，面子十足。以后，孟获当上御史中丞，爨习升为领军，孟琰随先生北伐，官至虎步监，以后拜辅汉将军。南中各郡守，包括下面的县令，依然豪族大姓占多，前提一个——忠于蜀汉皇帝。

部族夷帅，未参与叛乱的或归降的，一律给个头衔，继续掌管各自地盘。这个方面，历代正史无记载，协助李恢平乱的济火事迹，出自明清时期黔地方志。

明代《贵州通志》，让人得窥其人其事：

> 济火为牂柯帅，一名济济火，善抚其众。时闻诸葛武侯南征，通道积粮以迎。武侯大悦，遂命为先锋，赞武侯以平西南夷。及归，克普里、仡佬氏（僚族）有争，拓其境土，武侯以昭烈命封为罗甸王，即今安氏之远祖也。

清代《大定府志》，写得来活灵活现：

> 深目，长身，魋面，白齿，以青布帛为囊，笼发其中，若角状。习战斗，尚信义，善抚其众，诸蛮戴之⋯⋯

由此方知，济火系牂柯郡土著民族首领，水西（今贵州省西部）安氏、芒部（今云南省镇雄县）陇氏彝族土司之远祖。故而，方国瑜先生的《彝族史稿》指出，济火受封在镇雄，芒部、陇氏系后世分支。

找不出相关遗存，方志仅记有清康熙年间，贵阳城重修武侯祠，新塑武侯像，济火侍立一旁。直到一通残碑浮出水面，研究南中的学者奔走相告。

那是一九八一年，黔地大方县农户何家桥一侧的菜地边，发现一通阴刻彝文残碑，尚存百余字。翻译出来，内容竟然涉及济火。大意是济火忠于蜀汉，为南征的诸葛亮设宴接风，协助讨伐孟获大获全胜，封官受爵，世世代代称雄此地。

残碑年代，当然愈久愈好。有说这是蜀汉彝文碑刻，诸葛亮南征，在平夷县与济火会盟，立下这通纪功碑。

此说破绽多：先生直取越嶲郡，未经平夷县，接风之说不成立；降服孟获，济火压根儿未参与；碑面镌字，根据彝文发展阶段分析，时间应是明代以后。

至于起用地方势力，随行部属看法不一，有人出面规劝，建议留下官员主政一方为妥。先生回答：留人做官就要留兵，留兵就要保障供给，一不易也；这些部族被打败，亲人非死即伤，留外人而麾下无兵，必定造成祸患，二不易也；部族人屡次背叛诺言，杀死蜀汉士兵，隔阂太深，留人无法获得信任，三不易也。

一番话，众人恍然大悟：不留官员，自然不用留兵，更谈不上后勤补给。

蜀汉人口少，兵源紧张，倒不如笼络南中上层，让其尝到甜头，好自为之。先生计深虑远，司马光佩服至极，《资治通鉴》中补记一笔：

  自是终亮之世，夷不复反。

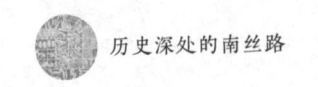

摆平上层的同时，先生推行夷汉一家，讲的是互信，灌输的是纲纪。任何民族，必须遵守蜀汉法律制度，服从官府管辖。

南中原始宗教盛行，《华阳国志·南中志》记有这么一笔：

其俗征巫鬼，好诅盟，投石结草，官常以盟诅要之。

投其所好，借助信仰的力量，肯定行之有效。只是，土著民族无文字，又不识汉字，先生如何操作，才能教化各族百姓？

常璩书中道来，永昌郡治所墙面，诸葛亮作图谱：一画天地、日月、君长、城府，宣扬君长皇帝任命，城府朝廷修建，同天地、日月一样神圣；二画神龙，龙生夷及牛、马、羊，再现夷人传说古史，体现朝廷对土著民族文化的尊重；三画官员乘马巡行，安抚辖区百姓，强调官府统治的合法性；四画土著民族牵牛、负酒、携黄金、宝物一类，向官府纳贡。

图谱好创意，沟通方式简单高效，其意不言自明：蜀汉皇帝的统治上天授予，地方官府的管辖不容冒犯，进贡纳税天经地义。

真是图谱吗？这个三国时期的产物，意图明显指向鲜明，以制造舆论和营造气氛为目的，倒让我嗅出几分宣传画的味道。宣传画另一说法是招贴画，在中国不过百年历史，西方国家也早不到哪里去。按常璩的记载，图谱距今一千八百年，倘若沾了宣传画的边，起源岂不是在三国时期。

要说不是宣传画，却又形象鲜明，主题突出，手法兼具象征与寓意。图谱绘制于路人集中的官府墙壁，直面百姓宣传大一统、尊卑有序，引导舆论走向，很是符合宣传画特征。

若说欠缺，便是受制于文字先天不足，无法书写号召或警示话语，做不到图文并茂。

不管是图谱还是宣传画，是诸葛亮首创还是永昌郡官员附会于先生，这一番神操作真还管用，"纲纪粗定，夷、汉粗安"的局面，得以形成。

战略大后方稳定，蜀汉获得充足的兵源，先生集中精力北伐中原，与曹魏决一雌雄。北伐国之大事，征调南中大姓、部族武装几何，史料不可能不涉及。

果然，《三国志·诸葛亮传》中，先生第一次北伐前上疏后主，信心满满奏曰："今南方已定，兵甲已足。"若问补充了哪些南中兵力，《华阳国志》予以说明，有七部营军、四部斯臾、青羌飞军及孟琰率领的部曲等。

七部营军以邛人成军，四部斯臾由臾人组建，均出自越嶲郡。

其中，尤为凶猛的青羌飞军，《华阳国志》道出来历：

（亮）移南中劲卒青羌万余家于蜀，为五部，所当无前，号为"飞军"。

青羌又名青叟，南中羌族一分支，服饰尚青色，故名"青羌"，以英勇善战而闻名。万余家青羌，当年移居蜀地，为蜀汉增添了人口。这些人中，先生取其青壮年成军，分为五部，每部设都尉一人。因其奔跑迅速，擅长山地战，冲锋陷阵勇不可当，故称其"飞军"。

《三国志·王平传》中，也

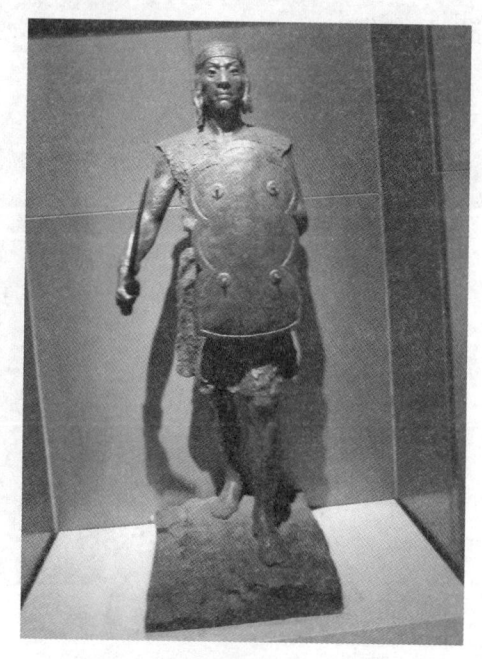

随同诸葛亮北伐曹魏的南中士兵，如今化作滇地博物馆昂首挺立的雕像，手持利剑与盾牌，迎战强敌

历史深处的南丝路

物产丰富的古南中

留有痕迹。蜀汉名将王平，街亭之役率部全身而退，被诸葛亮拜为参军，接手"统率五部兵马兼管屯营事宜"。这里的"五部兵马"，便是五部飞军。

部族武装实力几何，没有谁比诸葛亮还清楚，评价更权威。催人泪下的《后出师表》，先生论及蜀汉军队精锐时，"賨、叟、青羌"这些熟悉的字眼，映入我的眼帘。

兵源之外，财力、物力南中尽其所能，《三国志·诸葛亮传》所记，直截了当：

亮率众南征，其秋悉平。军资所出，国以富饶……

先生嘱托，李恢、马忠谨记于心，传授农耕、手工业技术，鼓励国内外经贸往来，推动经济增加贡赋。军需费用，年复一年源源不断，充实蜀汉国库。南中贡献几何，《华阳国志·南中志》列了个清单：

出其金、银、丹、漆，耕牛、战马，给军国之用。

上述统军治国的财物，见诸历代正史，如《旧唐书·张柬之传》记作"诸葛亮五月渡泸，收其金、银、盐、布，以益军储"。

金、银象征财富，漆制作兵器一类，战马配给骑兵，布匹军民两用，水牛供成都平原耕田犁地……

谋篇布局，善后事宜妥妥的，事实证明，先生策无遗算。

平定叛乱，维护南中稳定，巩固前朝拓边治道成果，无愧于国家和黎民百姓。大军凯旋，明日离开味县，国之安危系于一身，先生归心似箭。奈何路途遥远，即便昼夜兼程，回成都也得四十来天。面对众将领，

历史深处的南丝路

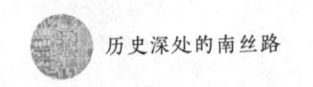

交代完行军路线，先生吹灯就寝。

窗外，月朗星稀，南中重归宁静。

时光带走沧桑和传奇，今夜曲靖，有如先生当年，一轮皓月当空。风儿徐徐，树叶沙沙，打断我无尽的思绪。依依不舍，辞别《诸葛亮与孟获》浮雕，步出历史深处，沿着灯火通明的麒麟大道，慢悠悠逛回酒店房间。

先生忧国忧民，我是思乡情切，掏出手机，查询返程交通工具。何须绕道昆明赶飞机，曲靖城北高铁站尤为便捷，动车直达成都再转乘雅安，满打满算八个小时。

轻轻点击手机，预订下明天的动车票，寻访告一段落。交通便捷舒适，惹得我浮想联翩，忍不住摊开随身携带的《南方丝绸之路线路图》，一幕幕的经典画面历历在目，几十年的寻寻觅觅涌上心头，化作日记中几句感言：

先生悄然离去，南丝路文明历程，无有片刻停滞。历史长河中，西南各民族持续交流融合，与内地联系密不可分，国际通道交往不断，互利互惠谋发展；文脉薪火相传，风流人物逐个亮相，耸立起一座座高峰，留下无数文物古迹……

看来，山高水长，我的行走远未结束！

后记

命运之神眷顾，让我降生于西蜀雅安。

家乡备受瞩目的话题，一个是南丝路，另一个是大熊猫，皆闻名中外。理所当然，在我的文学创作中，南丝路属于重点之一。

南丝路以蜀地为依托，以成都为起点，国内一段穿越巴蜀、滇地、黔地。秦汉时期，四川的部分区域与滇、黔两地及毗邻地区为西南夷聚居区，故司马迁在《史记》中称南丝路为"西南夷道"。云南出境，南丝路入东南亚、中亚、西亚直至欧洲大陆，是为中国内陆一条重要的经济、文化交流国际通道。国内这一段道路，属西南三省兄弟民族相互交流的桥梁和纽带，诸多往事沉淀在历史的深处。

四千年南丝路，拥有厚重的历史，开拓过程曲折而艰辛。各族先民根植这片土地，巩固西南边疆和维护祖国统一，创造出璀璨夺目而又博大精深的文化。为今天的读者们，奉上中华文明、中外文化交流中南丝路曾经的辉煌，揭秘古道传奇般的史实，让今天的人们了解远去的历史与大西南的沧桑巨变，我之所愿。

搞了将近四十年的文化工作，退休后蛰居家乡一隅，潜心南丝路、大熊猫题材的文学创作。其实再往前看，从二十世纪八十年代至今，我是几十年如一日，始终聚焦南丝路，坚信这是一片值得耕耘的沃土，能够写出与别人不一样、具有独特审美愉悦和文化认同的作品。

历史的厚重，缘于南丝路的悠远，文化的博大精深。于是乎，无数次行走南丝路，将所见、所闻、所悟，逐一铭刻在自己的记忆中。无论工作期间还是退休以后，重要文物古迹、历史文化名城、重大事件的发生地，无不多次踏访考证，与各地文博单位的朋友反复、深入地交流探讨。期间，阅读先秦以来的大量典籍，厘清南丝路纷繁复杂的历史脉络；与学者们广交朋友，探究大西南各族先民的迁徙变化……

隐没在岁月中，南丝路风采不减：悠远厚重的历史，博大精深的文化，多姿多彩的民族风情，独具特色的文物古迹，美丽动人的神话传说，雄浑壮阔的高山峡谷……尤其是四千年古道开拓者们的英雄壮举，无论是中国历史上赫赫有名的帝王与谋臣猛将，还是大西南默默无闻的各古老民族先民，不断激励我奋笔疾书，早年间散文不时见诸报刊。

始于二〇一五年，转而以南丝路为题材，着手创作一部长篇纪实文学。奈何心有余而力不足，耗时半年，写了几万字就卡壳，落得个半途而废。转而撰写第三部大熊猫的纪实文学，居然顺风顺水，二十来万字的《熊猫中国——中国大熊猫纪实》一气呵成，出版后颇受读者好评。

跑了一辈子的南丝路，情之所系，心有不甘。趁思路敏捷，创作势头正旺，掉转头重新开始，埋头构思南丝路宏大篇章。

当年的失败，教训深刻。

非文学素养，亦非不能超越前人，因为迄今为止，尚无一部书写南丝路全貌的纪实文学。若说创作素材，几十年不断地实地踏访、阅读学习与交流，再加上自己的亲身经历，南丝路精彩的故事汇聚于脑海，呼之欲出。

后 记

问题出在结构上。难点是如何构建一个复杂的艺术结构,以及怎样有效地组织和呈现这个结构。四千年古道历史,纵横交错,纷繁复杂,叙事结构及篇章安排我是冥思苦想。

经过一番深思熟虑,整体结构以四千年古道形成、发展的顺序为主线,以我的人生足迹穿插其间,串联起南丝路一系列重大历史事件;叙事上打破时空概念,却又讲究布局的严谨,每一章或每一节自成一个完整故事,顺应读者阅读习惯;章节之间尽可能按照时间脉络,将千年往事与今天文博工作者的考古发掘成果有机衔接,二者交叉并行,让读者神游于古今之间。

结构理顺,一切迎刃而解,一部全景式呈现南丝路的长篇纪实文学两年完成,书名《历史深处的南丝路》。

翻开《历史深处的南丝路》,你将穿梭于四千年古道,行进在成都平原、横断山脉、云贵高原,踏访古蜀国三星堆、古滇国贵族墓葬群等古遗址,对话李冰、秦始皇、邓通、汉武帝、司马相如、司马迁、诸葛亮等风云人物,了解锦绣成都、春城昆明及雅安、西昌、宜宾、昭通、大理、保山等南丝路重镇的古往今来,探寻蜀锦、青铜器、汉阙、东汉画像石棺、何君尊楗阁石刻等文物的奥秘,聆听古蜀国、夜郎国、古滇国、哀牢国、昆明部族等古老民族的神话传说……

纵览古往今来的沧桑巨变,触摸南丝路一个个让人震撼的瞬间。《历史深处的南丝路》任何一个章节,都会让你思接千载,浮想联翩,感慨先民筚路蓝缕,义无反顾勇往直前,开拓南丝路、开发大西南之千难万险。同时,也为读者了解中华文明、中外文化交流打开了一扇窗,许多令人惊叹的往事,会从历史深处浮现于读者的眼前,将你带往那个久远而又波澜壮阔的时代。

不得不说,一切有赖于文物,让沉默的国宝说话,让举足轻重的古遗址发声，方才使得历史深处的南丝路"浮出水面"。南丝路尘封千载的故事，诸多不解之谜，有文物作证，有史书为依据，一下子变得活灵活现，引人入胜。

基于此，感谢大西南的文博工作者，感谢刘弘等众多的专家学者，本书的创作，离不开几代文博工作者的默默奉献。正是他们的不懈努力，许多与南丝路密切相关的重要遗址被发现，国宝级文物纷纷亮相，印证了《史记》《华阳国志》》等典籍记载的真实性，南丝路文化的源远流长，也为本书增辉添彩。

感谢四川人民出版社，从编辑石云到社长助理石龙，为本书出版所付出的努力。特别要感谢资深编辑蒲其元，对本书提出的修改建议。

另外，相关单位与朋友们提供了精美的图片，在此表示诚挚的感谢！

历史不会重复，南丝路的故事独一无二，请循着作者的足迹，去品味古道独有的魅力吧。当然，如果这部书得到您的青睐，那首先要归功于我生活的这片土地。

赵良冶
二〇二五初春于四川雅安听雨轩

内文供图

凉山彝族自治州博物馆

雅安市博物馆

韩城司马迁祠景区

昭通市文物保护研究所

谢应辉　李国斌　陶雄辉

洪康琼　杨　涛　赵殿增

张超云　白　涛　李　刚

李　霞　赵良冶　等